Willi Achter

Nichts bleibt

PENDRAGON

Teil 1

»Vor den Menschen,
vor ihnen muss man Angst haben, immer.«

Louis-Ferdinand Céline, »Reise ans Ende der Nacht«

1

In der Nacht kam Regen auf. In den Buchen rauschte der Wind. Äste flirrten über das Dachfenster. Manchmal drang der Mond durch die Wolken, warf Licht auf die Schallplatten und CDs, die verstreut auf den Dielen, dem Sofa lagen. Ein Schimmern auf den Bildern und Fotografien. Eine Flusslandschaft. Weiden, Birken, das Wasser voll Sonnensprenkel. Franz Marcs *Blaue Pferde*. Der Plattenteller drehte stumm vor sich hin. Ich öffnete das Fenster. Die Luft war warm und feucht. Aus dem Wald drang das Rufen der Käuze herüber. Weit entfernt auf einem der Höfe schlug ein Hund an. Wie immer horchte ich in die Nacht. Das Surren von Fahrradreifen auf dem Waldweg blieb aus. Ich hatte es hören können, spät am Abend, wenn ich auf den Jungen gewartet hatte, müde und wütend, da er länger als vereinbart weggeblieben war. Eine Wut, die verrauchte, wenn der Fahrradständer draußen klackte und der Schlüssel im Schloss gedreht wurde. Eine Müdigkeit, die verschwand, wenn die Eier im heißen Öl in der Pfanne aufzischten. Der Junge hatte Appetit. Die Fahrt vom Dorf zu uns hinaus war weit. Der Junge verließ uns vor einem Jahr.

Ich las ein paar Seiten, trank einen Schluck, manchmal fand ich Schlaf, diese Nacht nicht. Ich ging zum Schreibtisch, verglich am Computer die Grauwerte der Fotos, verlorene Orte, ein Waisenhaus in den Bergen, Mauerbögen, auf denen das Gras steht. In den Bettensaal fällt ein Winterlicht, Matratzen gepudert von Staub und Dreck, auf den Fensterbänken gedeihen Birken und Erlen, unter den

Betten regenschimmelige Rechnungsbücher. Ein Chemiewerk, aufgezwirbelte Kabelstränge, die von den Decken hängen und durch die Luft zu wachsen scheinen, eine Wanduhr, die Zeiger eingerostet auf dem Stundenblatt. Ich hörte, dass Vater sich im Bett umdrehte. Die Geschossdecken waren aus Holz und nicht gedämmt. Ich hoffte, Vater fand Schlaf. Der Schlaf schützte ihn vor dem Kummer. Seit der Junge fort war, arbeitete Vater wieder, fuhr Brot für eine Bäckerei aus, die einmal seine eigene gewesen war. Er hatte sie nach dem Tod meiner Mutter verkauft, sich zu uns auf den Hof zurückgezogen. Jetzt nahm er jede Schicht an, fuhr am frühen Morgen, auch am Abend die Filialen ab, lieferte aus, nahm die Retourware an, das Brot, den Kuchen vom Vortag. Ware, die kaum jemand essen wollte. W i r aßen das alte Brot. Man wirft kein Brot weg, sagte Vater. So hatten wir es früher auch gehalten. Weniger aus Geiz, sondern weil das Brot für Vater, nicht für mich, nicht für meine Mutter, auf eine überhöhte Art kostbar gewesen war, und es immer noch war. Wieder schlug ein Hund an. Es musste der Hund vom Nachbarhof sein. Ein Blaffen, das sich steigerte, heiser wurde. Der Hund geriet außer sich. Ich stand auf, griff nach meiner Jacke.

Ein Nachtnebel lag über dem Fluss und dem Bruch. Vor Wochen war der Fluss über die Ufer getreten, war in die Altarme und Tümpel geströmt, hatte daraus ein Refugium für Kröten und Mücken gemacht, das erst der Sommer austrocknen würde. Das Quaken der Frösche füllte die Stille. Eine Bisamratte sprang ins Wasser. Ein Gluckern, Paddelbewegungen mit dem Schwanz waren zu hören.

Dann nur noch meine eigenen Schritte, bis schließlich die Frösche erneut begannen.

Ich pirschte zum See. Die Schilfgürtel rauschten im Wind. Ein Reiher flog auf. Er zog flach über das Wasser. Der Wind zeichnete Wellen auf den See. Am anderen Ufer glommen zwei Zigaretten auf. Es waren Angler, die auf Aal aus waren. Ich kannte die Männer. Aber sie kannten mich nicht. Hin und wieder näherte ich mich ihnen bis auf wenige Meter. Ich sprach sie nie an. Ich hörte das Zischen der Kronkorken, das Rülpsen, ich hörte ihr Schweigen, ihr Warten auf Fische, die irgendwann bissen, die sie dann in die Kühlbox steckten und an der Fischbude weiter unten am See verkauften oder selbst aßen. Ich wischte mir den Schweiß von der Stirn, setzte mich auf eine Bank. Seit der Borreliose, die ich mir von einem Zeckenbiss geholt hatte, bekam ich das Schwitzen nicht mehr in den Griff.

Ich dachte an den Jungen. Er fehlte mir. Ich fühlte seine Abwesenheit in allem: In der Nachtluft, im Glucksen des Sees, wenn ein Fisch aufstieg und den Kopf, die Rückenflosse aus dem Wasser schob und wieder verschwand. Der Junge kannte den Wald: Die Hitze im Sommer, die sich unter die Bäume spannte, an ihrer Rinde leckte, die aufsprang. Die Kälte im Winter, das Ächzen und Knacken der Stämme im Frost. Er mochte den Herbst, das Abendlicht im Ahorn, ein Brennen auf den Blättern. Er hatte mich begleitet, wenn die Rehe in der Dämmerung auf den Lichtungen standen. Wir hatten den Tieren beim Äsen zugeschaut. Der Junge hatte meine Hand genommen. Seine Augen hatten geglänzt – wegen all der Andacht. Schließlich hatten sie die Köpfe gehoben, uns gewittert und waren im Unterholz verschwunden, mit schnellen, nur selten hastigen Sprüngen. Ihr Spiegel, der helle Fleck am Hinterteil, im Winter weiß, im Sommer gelblich, war das Letzte, was wir sahen. Er kannte die Laute der Ricken, ihr Fiepen, während die Böcke in der Brunftzeit im Juli und im August ein kurzes, kräftiges Bellen ausstoßen. Wer sich nicht auskennt, vermutet einen Hund. Es kam vor, dass ich den Jungen suchte. Ich lief zum Fluss, in die Auwälder, die Erlen, die Buchen, deren Stämme das Licht so stark reflektieren, hinaus auf die Wiesen, ich fand ihn im Gras liegend, er schaute den Lerchen zu, die im Fliegen, eine Art Schwirrflug, singen. Er liebte die Balzflüge der Kiebitze. Die Männchen warfen sich in der Luft hin und her, wobei die Flügel wummernde Geräusche machten und in der Sonne grün und violett aufschimmerten.

Der Schuss war nah. Er zerriss die Stille. Ich sah, dass die glimmenden Zigaretten in die Höhe schossen, weil die Männer von ihren Faltstühlen hochgeschnellt sein mussten. Der Hund schlug wieder an. Erneut geriet das Tier außer sich. Hatte der Hund sich so weit vom Hof entfernt? Es war keine Jagdzeit. Nicht für Rehe. Auch die Böcke hatten noch Schonzeit. Ein zweiter Schuss. Ich machte mich auf. Wenn jemand Rehwild jagte, würde er den Tieren auf den Feuchtwiesen auflauern. Nur dort waren sie gut auszumachen. Entweder mit bloßem Auge oder einem Nachtsichtgerät. Es konnte kein Jäger sein. Jäger fuhren mit ihren Geländewagen in den Wald. Ich hätte sie in der Nacht hören müssen.

Ich war leise. Sie nicht. Sie standen auf dem Waldweg, der zu den Wiesen führte. Das Aufbranden von Stimmen, das Laden einer Waffe. Es musste ein Kipplaufgewehr sein, dessen Lauf man zum Nachladen aufklappen musste. Der Hund lag ausgestreckt vor ihnen. Seine Flanken zuckten. Sein Schwanz schlug auf den Boden. Er hielt den Kopf geduckt. Ich schlich mich seitlich an ihnen vorbei, entlang eines Schilfgürtels, der längs des Bachs verläuft und die Wiesen vom Wald trennt. Dort war ich von den Männern nicht zu sehen, und das Gras dämpfte meine Schritte. Am Rand des Schilfs lag ein Reh. Es blutete aus einer Wunde am Bauch. Das Blut floss schnell. Ich sah die Angst in den Augen. Wahrscheinlich wussten die Kerle, nachdem sie es angeschossen hatten, nichts mit dem Tier anzufangen. Ein Kitz lag an seiner Flanke. Es war keine Woche alt. Sein Schädel war eingeschlagen. Ich kehrte um, schnappte mir einen Eichenstecken. Jansen, mein Nachbar, hatte sie vor ein paar Wochen geschnitten und am Rand der Wiesen deponiert. Ich pirschte mich an die Männer heran, ihre Rücken waren mir zugewandt, der Hund kroch auf die Männer zu. Ein Labrador, den Jansen vor ein paar Monaten bei einem Züchter gekauft hatte. Die Männer verstanden ihr Handwerk nicht. Ein ums andere Mal hob das Tier den Kopf, ruderte mit den Hinterläufen, robbte weiter auf die Männer zu, was alles nur noch unerträglicher machte. Der Hund blutete aus der Brust. Ich stand nun keine drei Meter mehr hinter ihnen, konnte die Männer nicht mehr ansprechen, konnte das nicht wagen. Vielleicht würden sie vor Schreck überreagieren. Vielleicht wollte ich sie auch nicht ansprechen. Vielleicht wollte ich das, was ich tat, genau so tun, wie ich es tat. Ich schlug, bevor sie mich bemerkten. Ich schlug auf den Rücken des rechts stehenden Mannes. Traf auch den Nacken. Der erste Schlag muss sitzen. Es gibt keinen zweiten, wenn der erste fehlschlägt. Der zweite Schlag traf den anderen an der Schulter. Ein dumpfes Geräusch war zu hören. Ein Geräusch, wenn morsches Holz bricht. Er sackte zusammen, stöhnte, blutete aus dem offenen Hemdkragen. Das Blut rann über seine Brust und das Amulett an der Halskette, eine Feder aus Silberblech, deren Schaft gezackt war. Ein Bursche von vielleicht 20 Jahren. Der andere schien bewusstlos zu sein, rührte sich nicht. Er war dunkelhaarig, etwa im gleichen Alter. Der Hund winselte, hielt inne, streckte sich auf dem Boden aus. Ich sah, dass seine Augen schmaler wurden. Schließlich kroch er und quälte sich auf mich zu, als wäre ich seine Rettung, als könnte ich ungeschehen machen, was ihn nun töten würde. Seine Schnauze furchte den Boden.

Der Mann keuchte. Ich schaute ihn an und schwieg. Er schleppte sich zu einem Baum, richtete sich ein Stück auf, so, dass er sitzen konnte. Man sah, dass er Schmerzen hatte und nur mit einer, der unverletzten, Schulter am Baum lehnte. Der andere war bleich, war wie tot. Ich fühlte seinen Puls. Er ging langsam, aber regelmäßig. Dann schrie das Reh. Ich nahm das Gewehr. Was blieb mir anderes übrig. Ich hatte nie ein Reh schreien hören. Ich hatte den Mann in dem Loch in Afgoye schreien hören. Ich habe ihm nicht helfen können. Vielleicht ihm auch nicht helfen wollen. Ich kann den Blick nicht vergessen, keinen der Blicke. Den

Blick des Mannes nicht, den Blick des Hundes nicht, ich spähte zu dem Reh. Es versuchte den Kopf in Richtung des erschlagenen Kitzes zu drehen. Ich wählte das Reh. Vielleicht weil ich den Hund kannte. Ich dachte an den Jungen. Ich wusste, ich würde nicht schießen können, wenn ich an den Jungen dachte, weil er die Rehe liebte. Ich sah den Mann in dem Loch vor mir. Ich war inkognito. Ich war ein Somali, war einer in der Menge. Niemand zuvor hatte eine Steinigung in Somalia fotografieren und belegen können. Vor allem: Das Foto war gut. Kein unnötiges Beiwerk. Die Details sprachen: Blut, das aus der zerschlagenen Hirnschale drang, über sein Gesicht rann, das Hemd einfärbte, auch die Steinbrocken und die Erde, in die sie den Mann bis zu den Schultern eingegraben hatten. Man hatte ihn wegen Ehebruchs verurteilt. Das Foto, das den *World Press Photo Award* gewann. Kein Preis ist wichtiger in der Branche bis auf den *Pulitzer*. Das Reh hob den Kopf, zuckte mit den Läufen, als wollte es fliehen. Ich setzte den Lauf auf die Brust. Ich hatte lange nicht mehr geschossen. Ich wandte den Kopf ab, als ich schoss. Der Stein traf ihn im Gesicht, die Lippen platzten, die Nase brach. Das Gesicht war blutüberströmt. Ein weiterer Stein traf ihn an der Schulter. Sein Hemd riss auf, auch die Haut. Ich ging einen Schritt von der Enduro weg. Wenn ich ein Foto von den Männern haben wollte, die warfen, musste ich seitlich stehen, musste mich aus dem Schutz der Menge lösen. Wenn es ein Frontalfoto von den schmächtigen Männern in Flip-Flops geben sollte, musste ich hinter den eingegrabenen Mann gelangen. Mein Herz raste. Der Schweiß tropfte in meinen Nacken, auf meine

Nase. Die Paste in meinem Gesicht, der dunkle Bronzeton, würde der halten? Der Junge, der mich hierher gebracht hatte, ging nun voraus ... langsam ... sich wiegend in den Hüften, ein Singsang auf seinen Lippen, so wie auch die Menge sang, als ein Stein den Mann an der Stirn traf und der Kopf nach hinten in den Nacken schlug. Weitere Männer traten vor, hielten Steine in den Händen. Keiner zu groß, keiner zu klein. Keiner, der den Tod zu früh eintreten ließ, keiner, der ihn nicht näher brachte. Ein melodisches Rufen und Antworten kam aus der Menge, ein kehliger Gesang, der nun stärker wurde, anschwoll, da der Kopf des Mannes sich zur Brust neigte. Ein heißer Wind strich über die Ebene, trieb Plastiktüten und Gestrüpp vor sich her. Die Menge stampfte. Der Boden vibrierte unter meinen Füßen. Wir schoben uns weiter. Ich kopierte den Gang meines Begleiters, das Trippeln und Tänzeln, das Rollen der Schultern, das rhythmische Wiegen des Kopfes. Der Stein krachte auf den Schädel. Er sprang auf, wie eine Kokosnuss platzt. Blut und eine helle Spur Hirnwasser flossen aus. Dieses Foto, und auch das Foto noch, frontal auf die Gesichter der Männer gehalten, in keinem Wut.

Als ich auf den Waldweg zurückkehrte, war der Mann, der am Baum gelehnt hatte, verschwunden. Der Hund rutschte auf mich zu. Ich ließ das Gewehr aufschnappen. Die leere Patronenhülse fiel heraus. Die zweite Flinte fehlte. Ich musste mich entscheiden. Ich konnte dem Hund helfen zu sterben. Ich konnte dem Ohnmächtigen, der dort lag, helfen wieder zu sich zu kommen, und ich sollte mich in Sicherheit bringen. Ich hob das Tier auf. Der Hund war schwer. Ich schlug den Weg zu unserem Hof ein. Ich würde Jansen von dort anrufen. Der Hund röchelte. Ich fühlte, dass sein Gewicht in meinen Armen zunahm: Wann genau er starb, weiß ich nicht. Ich trug ihn, bis ich den Hof erreichte. Nirgendwo brannte ein Licht. Mein Vater schien von den Schüssen nicht aufgewacht zu sein. Ich legte den Kadaver neben die Tür, rief Jansen an, ich erreichte ihn nicht. Ich setzte mich an den Küchentisch, trank ein Glas Wasser. Der Schweiß lief über mein Gesicht. Ich musste zu Noeten. Wegen des Rehs, wegen des Kitzes. Wenn er nicht gesoffen hatte, würde er in der Nacht noch rauskommen. Er würde die Tiere ausnehmen und entbeinen. Ich stapfte durch die Nacht, die vollkommen still war. Der Junge hatte sie hören können, die Stille. Jedenfalls hatte er das gesagt. Sie sei nie gleich. Jetzt war die Stille zu still. Mein Vater hatte einen leichten Schlaf. Er musste die Schüsse mitbekommen haben. Auch Noeten. Auch er musste längst unterwegs sein. Er arbeitete für den Forstverwalter. Es war sein Job, in der Nacht rauszufahren, wenn er Schüsse hörte, die nicht von Jägern stammten. Die Tiere hatten Schonzeit. Kein Jäger würde derzeit jagen. Ich hielt auf Noetens Behausung zu – ein Verschlag aus Brettern, Ziegelsteinen und windschiefen Fenstern. Kein Licht brannte. Ich schlug mit der Faust gegen die schrundige Metalltür. Ein paar Reiher, die entlang der Fischteiche in den Bäumen saßen, flogen auf. Ihre Schatten schwebten über dem Wasser. Noeten erschien in der Tür, rieb sich die Augen.

Was gibt's?, fragte er. Seine Alkoholfahne stand in der Luft.

Man hat drüben an den Wiesen ein Reh und dessen Kitz getötet. Auch Jansens Hund. Hast du die Schüsse nicht gehört?

Nein.

Kannst du …?

Ich kümmere mich drum.

Noeten zog die Tür zu, ohne abzuwarten, ob ich noch etwas sagen wollte. Alkohol schabt alle Höflichkeit von uns ab. Er macht uns so schroff, wie wir sind. Ich dachte an Vater. Er hätte längst wach sein müssen. Diesmal rannte ich. Eine Eule flog auf, kreuzte zwischen den Baumstämmen.

Vaters Zimmer war leer. Sein Bett aufgeschlagen, aber noch warm. Ich rannte zum Schuppen. Sein Wagen stand dort. Ich nahm eine Taschenlampe aus dem Regal und machte mich auf. Der Wald war immer noch still, kein Laut nirgendwo, was ungewöhnlich war, denn der Wald ist in der Nacht nie ganz still. Und in dieser Stille war noch eine andere Stille. Konnte es sein, dass mein Vater sich in den Wald aufgemacht hatte wegen der Schüsse, hatte ihn das Jaulen des Hundes aufgeschreckt, hatte er mein Fehlen bemerkt, wollte er nachschauen? Ich hätte ihm begegnen müssen, es sei denn, er hätte einen anderen Weg gewählt. Ich musste zurück zu der Stelle, wo das mit Jansens Hund geschehen war. Wieder rannte ich. Einmal noch vernahm ich ein Knacken wie von einem Ast, der brach. Erst kurz vor den Wiesen wurde ich langsamer. Ich war nun fast dort, wo der Mann liegen musste. Ich spähte in die Dunkelheit. Ich konnte den Mann, den ich niedergestreckt hatte, nicht ausmachen. Ich knipste die Taschenlampe an. Wir sind unvorbereitet – für beinahe alles, was uns widerfährt. Die beiden Männer waren es vorhin gewesen, und ich war es nun: Mein Vater lag in dem Bach, der die Wiesen entwässerte. Der Strahl meiner Taschenlampe traf ihn. Er lag mit dem Kopf im Wasser, und einer der Männer hockte über ihm, der andere seitlich daneben. Er hielt den Kopf meines Vaters. Er hatte ihn unter dem Kinn gepackt, und mit der anderen Hand schlug er in sein Gesicht, das ganz unbewegt war, in dem nur noch die Augen rollten, und der Mann schaute mich an und schlug ein weiteres Mal zu. Diesmal war es die Faust, und Vaters Kopf kippte nach hinten. Da erst, als unsere Blicke sich trafen, als hätten sie auf diesen Moment gewartet, sprangen die Männer auf; nein, sie erhoben sich, so wie man sich nach dem Knien in einer Kirchenbank erhebt. Sie kletterten aus dem Graben, nahmen das Gewehr, sprangen mit einem Satz über den Bach. Ich rührte mich nicht, sah sie über die Wiesen davongehen. Dann erst stürzte ich auf meinen Vater zu. Er blutete aus der Nase. Sein Mund hing schlaff herunter. Auch das rechte Augenlid. Sein ganzes Gesicht schien aus der Form geraten zu sein. Als hätte man aus einem Bilderrahmen alle Nägel gezogen oder allen Leim entfernt, sodass der Rahmen in sich zusammensinkt, schief wird, und schief war das Gesicht meines Vaters. Ich wollte ihn aufrichten, dass er nicht mehr mit dem Hintern im Wasser saß, aber er sackte in sich zusammen. Er hatte keine Körperspannung, die Beine schlackerten, sie waren Weichteile ohne Tonus, und mein Vater sprach nicht, er konnte nicht antworten, was immer ich sagte, womit ich ihn beruhigen wollte, obwohl er ganz ruhig zu sein schien, seine Zunge rollte nur steif im Mund, ich verstand kein Wort, nur ein seltsam heiseres Hauchen war zu hören, vielleicht ein Murmeln, ein Nuscheln, ein Blasen der Laute, die keine Laute mehr waren.

2

Ich zog Vater aus dem Bach, legte ihn ins Gras, strich ihm über die Wange, fühlte seinen Puls, ein Wagen näherte sich. Es war Noeten. Ein Blick genügte ihm. Er nahm sein Handy aus der Tasche, sagte, was zu sagen war. In der Ferne sprang ein Motor an, Räder drehten im Sand, die Räder fassten, und ein Wagen entfernte sich schnell auf einem der Waldwege. Wir hievten Vater in Noetens Auto, er fuhr zu unserem Haus und hinaus zur Straße. Ich hielt Vater auf dem Rücksitz im Arm, er war schwer. Er war schwer, wie der Hund vorhin schwer gewesen war. Wir fuhren durch die Nacht, an den Fischteichen, an Noetens Behausung vorbei. Manchmal rollte ein gebrochener Laut über Vaters Lippen, etwas ganz und gar Unverständliches. Seine linke Wange und ein Mundwinkel hingen schief herunter. Sein Blick war starr. Von Zeit zu Zeit rollte er die Augen, und das Weiß in den Augäpfeln schien auf. Einen Moment lang, als wir vielleicht schon zehn Kilometer die Straße hinuntergerast waren, und das Martinshorn ertönte, und das Blaulicht durch die Nacht riss, auf den Buchenstämmen hin und her flackerte, von Baum zu Baum sprang, sah ich Angst in seinen Augen. Es war die Angst, die ich in den

Augen des Rehs gesehen hatte, aber es war eine Regung, es war der Hinweis darauf, dass das Hirn meines Vaters auf irgendeine Art noch arbeitete.

Man schob ihn in den Krankenwagen. Sofort begannen die üblichen Handgriffe. Sie drückten eine Sauerstoffmaske auf sein Gesicht, es war fahl. Ich stieg zu Noeten in den Wagen. Der Krankenwagen jagte davon. Noeten gab Gas. Seine Augen flackerten im Blaulicht. Seine Kiefer mahlten. Ich hatte es gespürt, als man meinen Vater in den Krankenwagen geschoben hatte, und ich fühlte, wie es sich nun in mir ausdehnte. Zug um Zug. Seitdem bin ich es nicht mehr losgeworden, dieses Gefühl, eine Düsternis. Sie erfasste alles. Noeten reichte mir eine Packung Zigaretten. Ich lehnte ab. Ich ahnte, was vor mir lag. Ich wollte das Rauchen noch ein wenig hinausschieben.

Wir finden sie, murmelte Noeten, als spräche er zu diesem Gefühl in mir, für das ich noch keinen Namen hatte. Ich nickte und fuhr mit dem Finger über die Schachtel.

Wenn es nicht stark regnet und wir die Reifenspuren entdecken, kriegen wir sie. Noeten sprach ruhig. Aber hinter seiner Stimme lag die Wut. Er würde es ihnen nicht verzeihen. Das mit meinem Vater nicht und das mit den Tieren nicht. Noeten mochte die Tiere mehr als er die Menschen mochte. Vielleicht ging es uns allen hier im Wald so. Dann schwieg Noeten, und seine Worte hingen im Wagen. Ich kannte ihn. Er tat, was er sagte. Er würde mir und sich keine Ruhe mehr lassen, bis wir sie aufgespürt hatten. Vielleicht beruhigte mich das, denn wir würden sie finden müssen, das stand fest.

Sie nahmen Vater Blut ab. Sein Gesicht war noch ein wenig schiefer als vorhin. Auf dem Kopf trug er einen helmartigen Aufbau. Sie schoben ihn in die Röhre des Kernspintomographen. Ein klopfendes, taktendes Geräusch machte sich breit. Man führte mich hinaus in die Wartezone zu Noeten – ein Flur voller Korbsessel. Bis auf eine Frau, sie trug ein Kopftuch und an den Füßen Latschen, waren wir die Einzigen, die sich hier aufhielten. Noeten lief unruhig den Flur auf und ab. Er hatte die Hände auf dem Rücken verschränkt und schaute ins Leere. Die Frau las. Manchmal fuhr der Blick von der Zeitschrift auf, flüchtete in den Flur zu Noeten und mir, verschattete schnell, schien dann nur noch ihre Füße und das Linoleum zu fassen. Als die Tür aufflog, stand sie auf, folgte dem Arzt. Die Tür wippte noch ein paar Mal nach, kam zur Ruhe. Noetens Schritte quietschten auf dem Linoleum. Es glänzte, musste frisch poliert worden sein. Ich schloss die Augen, ich sah das Reh und den Hund vor mir. Ich sah die Männer. Sie waren jung, kaum älter als 20. Ich versuchte mir ihre Gesichter vorzustellen. Ich durfte ihre Gesichter nicht in mir verlieren. Einer war dunkelhaarig, der andere blond. Sie hatten Deutsch gesprochen, akzentfrei. Wir holten uns an einem Automaten einen Kaffee, nippten an der Brühe und warteten. Niemand sprach. Noeten hatte dunkle Schatten unter den Augen. Auch ich kämpfte mit dem Schlaf. Schließlich schob man meinen Vater den Flur entlang. Ich sprang auf. Vater rührte sich nicht in seinem Bett. Ich nahm seine Hand. Sie war kühl und schweißnass. Man brachte Vater zu einem Aufzug. Ein Arzt, ein noch junger Mann mit dunkler Hornbrille und Bart, trat auf mich zu, noch bevor ich den Aufzug betreten konnte. Er führte mich zu einem Raum, zeigte auf einen der Bildschirme, er sprach ruhig, und ein leises Bedauern, ein mattes Mitgefühl war zu hören, als er auf die dunkle Stelle in meines Vaters Hirn wies, eine Blutung, groß wie eine Walnuss.

Wir bringen ihn auf eine Station hier im Haus, die spezialisiert ist auf Patienten, die einen Schlaganfall oder – wie im Falle Ihres Vaters – eine Hirnblutung erlitten haben.

Ich wollte ihn fragen, aber er kam meiner Frage zuvor. Vielleicht wird sie ihm jedes Mal gestellt in einem solchen Fall. Vielleicht lag sie auch auf meinen Lippen, und er sah sie, noch bevor ich sie auf meinen Lippen wusste.

Man muss abwarten. Für eine Prognose ist es viel zu früh. Die nächsten Stunden werden entscheiden, ob er überlebt und wie er überlebt. Er fuhr sich mit der Hand übers Kinn. Alles Weitere später. Kommen Sie.

Er brachte mich zum Aufzug zurück. Wir fuhren hinunter in den Keller. Im Flur lag Abdeckfolie auf dem Boden. Frischer Farbgeruch hing in der Luft. Bei jedem Schritt raschelte die Folie.

Warum ist meinem Vater das passiert?, fragte ich in das Rascheln.

Ein Gefäß ist geplatzt. Hatte Ihr Vater Bluthochdruck?

Nein.

Der Arzt blieb stehen, schaute mich an. Nahm seine Brille ab, putzte die Gläser mit einem Taschentuch.

Hatte Ihr Vater einmal einen Unfall, eine Verletzung am Schädel?

Hören Sie, zwei Männer haben ihn überfallen. Ich fand ihn in einem Graben. Sie saßen auf ihm. Schlugen ihn.

Der Arzt setzte seine Brille wieder auf, nickte.

Das also. Kommen Sie, ich bringe Sie zu Ihrem Vater.

Er ging voraus.

Sie sollten mich aufklären, rief ich ihm hinterher.

Mein Ton geriet zu scharf – wie immer, wenn die Angst mich packt. Er blieb stehen, wandte sich um.

Steigt der Blutdruck plötzlich über alle Maßen, kann ein Gehirngefäß reißen – vor allem, wenn die Gefäßwand durch Ablagerungen geschwächt ist. Wir sprechen von einer hypertensiven Blutdruckkrise. Ihr Vater ist keine 30, Sie verstehen. Es war zu viel für ihn.

Einen Moment wurde mir schwindlig.

Gehen wir, sagte der Arzt und eilte schon wieder davon. Sie sollten die Männer anzeigen, das wissen Sie.

Ich schwieg.

Wir kamen zu einer doppelflügeligen Tür. *Stroke Unit* las ich auf dem Schild. Er stieß die Tür auf. Wir traten in einen Flur. Die Luft roch verbraucht. Die Türen der Patientenzimmer standen offen. Aus allen drang das Piepen der Überwachungsmonitore. Der Arzt hielt auf ein Zimmer am Ende des Flurs zu. Mein Vater lag in einem Bett in der Nähe des Fensterschachts. Der Tropf lief. Weitere vier Betten waren belegt. Die Kranken waren verschwunden im Weiß der Laken.

Wir geben Ihrem Vater ein Medikament, das den Hirndruck senkt. Es darf nicht zu Nachblutungen kommen.

Vater hatte die Augen geschlossen. Sein Haar war in die

Stirn gefallen. Er hatte noch immer schönes Haar. Ein Fuß schaute unter der Bettdecke hervor. Ich zog die Decke über den Fuß und setzte mich zu ihm. Ich wusste, das Warten begann. Ein Warten, das vielleicht in ein paar Stunden oder Tagen beendet sein würde, falls mein Vater sterben würde. Ein Warten, das Monate, Jahre anhalten mochte, wenn er die Hirnblutung überlebte. Es wäre ein Warten auf kleine Erfolge. Das Bewegen eines Zehs, eines Fingers, bevor die Zeit meinen Vater endgültig löschte, wie sie alles löscht. Ich nahm seine Hand. Sie war mir fremd. Ich hatte sie nie zuvor gehalten. Er mochte meine gehalten haben. An meinem Krankenbett, als man mir den Blinddarm entfernt hatte. Ich stelle mir vor, dass er sie gehalten hat. Ich habe keine Erinnerung daran. Seine Hand war kalt, aber trocken. Sie schwitzte nicht mehr. Ich strich über seinen Arm, über die weiche Haut der Innenseite. Sein Arm war nicht dicht behaart. Wir wissen kaum etwas von den Details jener Menschen, die uns nah sind. Eine Zeit lang kennen wir alles von unseren Kindern. Noch kannte ich jeden Zug im Gesicht des Jungen, den Haaransatz, die Form der Fingernägel, die Rundung der Nagelmonde, die vernarbten Schrammen an Knien und Schienbeinen, bis dieses Wissen eines Tages verloren gehen würde. Ich tat einen Schritt vom Bett weg, machte einen Schritt zur Tür hin, kehrte um, sah in sein blasses, schiefes Gesicht, machte abermals kehrt und trat hinaus auf den Gang, trieb den Flur auf und ab. Ich konnte einfach nicht sitzen. Irgendwann tauchte Noeten auf. Er brachte mich hinaus, reichte mir draußen vor dem Krankenhaus die Packung Zigaretten, und ich rauchte.

Meinen Vater hatte ich stets gemocht. Nicht wie ein Sohn seinen Vater mag, nein, als Typ, als die Sorte Mensch, die er w a r oder i s t , hatte ich ihn gemocht. Ich erschrak, weil das Tempus schon nicht mehr sicher war. Er hatte mich, wann immer es darauf ankam, verteidigt. Ich hatte ihn vor ein paar Stunden nicht schützen können.

Es war ein extrem warmer Sommer damals. Ich hatte mein Abitur gemacht, genoss die Zeit, fuhr mit Maria ans Meer, ins Gebirge, suchte nach einem Job, war unschlüssig, ob und was ich studieren sollte. Ich fand Arbeit bei einem Fotografen. Kremer arbeitete für verschiedene Zeitungen in der Region, stellte mich als eine Art Assistent ein. Ich begleitete ihn zu den Fototerminen. Lokalpolitik, Vernissagen, Kleinkunst. Ab und zu ein Bundesligaspiel, bei dem wir am Spielfeldrand standen und Fotos schossen. Das war damals noch möglich. Heute sind die Fotografen hinter die Abgrenzungen verbannt. Nachts kehrte ich selten heim. Ich schlief bei Maria. Bisweilen machte ich Fotos von ihr. Ich war verliebt, wie ich es vielleicht nie mehr gewesen bin, ohne jede Vorsicht, ohne doppelten Boden. Auch ein paar Aktfotos. In der Halbzeitpause, jenen mehr oder weniger öden 15 Minuten, in denen der Ball ruht und die Fans sich mit Bier und Bratwurst eindecken, ließ ich mich dazu hinreißen, ihm die Fotos zu zeigen. Er legte sie an der Außenlinie aus. Es waren vielleicht 20 Fotos. Er beugte sich über sie. Studierte sie. Am Ende bat er, ihm die Fotos zu überlassen. Er würde sie prüfen. Vielleicht für einen Wettbewerb einreichen. Sie seien gut, sehr gut. Meine Eitelkeit war größer als mein Schamgefühl Maria gegenüber. Er verkaufte sie ohne mein Wissen. Ein, zwei Jahre später tauchte eines der Fotos in irgendeinem Magazin auf. Jemand hatte es Maria gesteckt. Am gleichen Tag verlor ich sie. Ihre Wut war größer als ihr Vertrauen, dass ich sie nicht belog, dass Kremer mich damals wirklich hintergangen hatte. Ich fuhr am Abend zu ihm hinaus. Ich sah Licht, schellte. Kremer öffnete nicht. Ich hatte schon seit einiger Zeit keinen Kontakt mehr zu ihm, war mit Maria nach Köln gegangen. Hatte dort Ruffins kennengelernt und war oft für viele Wochen bei ihm in London. Er hatte mich eingearbeitet und mir gezeigt, worauf es beim Fotografieren ankam.

Kremer löschte das Licht. Ich hämmerte mit der Faust gegen die Tür, schrie seinen Namen. Ich zertrümmerte mit einem Stein ein Fenster, stieg ein. Er hatte sich im Schlafzimmer eingeschlossen. Ich trat die Tür ein, schlug ihn nieder, schlug immer wieder auf ihn ein. Kremer war damals in den 50ern und kein Gegner für mich. Als ich mit ihm fertig war – ich hatte ihm mehrere Rippen und die Nase gebrochen, wie ich später erfuhr –, zertrat ich seine Kamera. An meiner Wohnungstür erwartete mich Polizei. Die Maschinerie lief an. Für zwei Tage U-Haft. Später der Prozess. Eine Bewährungsstrafe. Mein Vater hatte einen Anwalt besorgt. Vater war es auch, der mit Ruffins telefonierte und ihm die Sache mit den Fotos erklärte. Ruffins verlor kaum ein Wort darüber, als ich wieder bei ihm in London auftauchte. Maria blieb für mich unerreichbar.

Gegen Mittag stieg ich zu Noeten in den Wagen. Ich konnte für meinen Vater nichts mehr tun. Noeten fuhr mich nach Hause. Auf der Fahrt sprachen wir kaum. Es gab nichts zu sagen, und das, was zu sagen wäre, wagten wir nicht auszusprechen.

Der Wind trieb Staubfahnen über den Hof. Bei jedem Schritt, den ich auf das Haus zumachte, wurde ich mutloser. Die Blätter der Eichen trugen ein violettes Grün, hatten sich gerade erst entrollt. Noeten saß regungslos hinter dem Lenkrad, schaffte es nicht, davonzufahren. Ich schaffte es nicht, ins Haus zu gehen. Die Stille dort würde ich nicht ertragen. Ich setzte mich auf die Bank vor dem Haus, fühlte die Sonne auf dem Gesicht, hörte die Stille wachsen, stocherte mit einem Stock in der Kuhle vor meinen Füßen. Noeten rauchte. Durch das offene Autofenster stieg der Qualm, kräuselte sich in der windstillen Luft, dann startete Noeten den Motor. Er streckte seine Hand durch das Fenster und winkte mir zu. Erst als er die Straße erreichte, verschwand die Hand im Wageninneren. Ich kannte die Stille. Als das mit dem Jungen geschah, war es nicht anders gewesen. Diese Stille ist immer gleich. Vater war kurz zuvor von einer Fahrt ans Mittelmeer zurückgekehrt. Er war damals nur im Winter verreist. Wegen der Tauben. Die Tauben waren sein Ein und Alles. Im Winter gab es für Vater und den Jungen im Taubenschlag nichts zu tun. Die dunkle Jahreszeit verdösten die Tauben. Erst im Frühjahr mussten Wettflüge absolviert werden. Die beiden hatten es ambitioniert aufgezogen, teure Tiere in Holland und Belgien gekauft. Zwei, drei Jahre gezüchtet, dann hatte der Erfolg bei den Wettflügen kommen sollen. Er war glücklich, dass der Junge mit ihm diese Leidenschaft teilte. Schon in seiner Kindheit hatte Vater Tauben gehalten. Ihre Tauben flogen die Strecken heim von Lüttich und Paris, sie fanden zurück von Tours und Bordeaux. Aber sie waren nicht schnell. Sie gewannen nie, obwohl der Junge und Vater alles dafür taten. Sie schulten die Tauben beharrlich, absolvierten zu den Wettflügen noch zusätzlich Trainingsflüge. Vater fuhr die Tauben, die der Junge in flache Weidenkörbe gesperrt hatte, in seinem Wagen zu einem Auflassort 30, 40 Kilometer entfernt. Dort ließ er die Tiere frei und schrieb uns eine SMS mit der Auflasszeit, während der Junge auf die Tiere wartete. Er hatte auf dem PC eine Tabelle entworfen, die Ringnummern der Tauben eingetragen, und nun schrieb er die Ankunftszeit von jeder Taube in die Tabelle, errechnete ihre Fluggeschwindigkeit, verglich diese mit den Ergebnissen weiterer Trainingsflüge und erhielt somit ein Verlaufsprofil über die Fitness der Tauben. Dieser Enthusiasmus für eine Sache. Er entsteht in der Kindheit. Manchmal trägt er einen Menschen ein Leben lang.

Der Wind ließ nicht nach, fegte Laub über den Hof. Mir wurde kalt, trotz der Sonne. Ein nasales Krakeelen klang am Himmel auf. Eine Formation Graugänse querte. Ihre Flugschatten zogen über den Wald. Sie würden gleich in den Feuchtwiesen landen. Obwohl alles schon so lange zurücklag, wanderte mein Blick über den Himmel, wenn dort ein Vogel vorüberzog. Etwas, das sich nicht abstellen ließ. Ich ging ins Haus, setzte mich an den Küchentisch, trank ein Glas Wasser, schaute hinaus in den Wald. Die Buchen reichten nahe an die Rückseite des Hauses heran. Ihre Kronen bildeten ein Gewölbe. Betrat man dieses Gewölbe, glaubte man in ein Kirchenschiff zu treten. Ich fühlte die Müdigkeit. Das Haus entspannte mich. Jedenfalls hatte es das all die Jahre bis zum Verlust des Jungen getan und vielleicht auch noch darüber hinaus. Und doch hatte ich mich oft gefragt, ob mein Leben an einem anderen Ort nicht besser zu ertragen gewesen wäre. In der ersten Zeit hatten wir oft am Küchenfenster gesessen und in den Wald geschaut, weil wir nicht vor dem Haus sitzen und auf den Garten und die Wiese mit dem zerstörten Taubenschlag und in diese leere Stille am Himmel blicken wollten. Wir hatten den Frühling, den Sommer und den Herbst kommen sehen. Als es Winter wurde, hatten wir ein wenig aufgeatmet, weil die Stille nun überall war, nicht nur in uns, nicht nur am Himmel.

Ich stand auf. Ich würde ohne Vater nicht am Küchentisch sitzen können. Ich konnte ohne den Jungen nicht auf der Bank vor dem Haus sitzen. Zum ersten Mal kam der Gedanke, dass ich das Haus verlassen musste, wenn Vater starb, dass zwei Verluste zu viel waren für das Haus und für mich. Ich bewegte mich in der Küche von einer Wand zur anderen, erst mit schleppenden Schritten, dann immer eiliger. Etwas nahm von mir Besitz. Etwas, das ich nicht mildern oder auf irgendeine Art abschwächen wollte, und dessen Existenz unabhängig davon war, ob Vater starb oder überlebte. Etwas war zu erledigen, das Zeit in Anspruch nehmen würde, das geplant sein wollte, keine blinde Wut durfte mich leiten. Etwas, das mein gutes Recht war, für das ich dankbar war, würde es doch die Stille im Haus vertreiben, würde es doch den Schmerz mildern. Es waren jene Minuten, die ich in der Küche wie ein Tier im

Gehege umherlief, die mein Leben retteten. Nicht mein soziales Leben vielleicht, aber jenen inneren Strom in uns, der nicht versiegen darf und von dem ich mich nicht durch eine biedere Moral, eine bürgerliche Räson oder auch nur Feigheit abtrennen durfte. Wollte ich leben, musste ich Vater, musste ich den Hund – und der Junge hätte gesagt, auch das Reh und das Kitz – rächen.

3

In der Spüle standen die Teller von unserer letzten Mahlzeit noch gestapelt, der Geruch von Brackwasser stieg aus dem Becken auf. In den Gläsern die Lachen dahingeschwundenen Weins, die eingetrockneten Ränder auf dem Glas wie Eichstriche. Ich lief hinaus in den Wald. Der Himmel schimmerte in einem dunklen Anthrazit. Ich hatte Jansen wegen des Hundes immer noch nicht angerufen. Die Gagelsträucher entlang des Wegs dufteten. Vater hatte sie besonders gemocht. Bald würden sie blühen. Im Sand zeichneten sich die Reifenspuren von Noetens Wagen noch deutlich ab. Bis hierher, bis zu diesem Zeitpunkt, war es einfach nur ein Spaziergang gewesen. Ein Spaziergang, um die Nerven zu beruhigen, um die Gedanken zu ordnen. Ich eilte zurück zum Haus, das stiller als sonst auf der Lichtung lag. Ich füllte einen Beutel mit Gipsputz. Wir hatten einen Sack davon im Schuppen stehen. Vor ein paar Monaten hatten wir die Küchenwände neu verputzt. Ich steckte den Gips in meinen Rucksack, legte einen Spachtel und ein paar Flaschen Wasser und einen Zollstock dazu, packte einen Eimer und ein paar Plastiktüten ein. Ich nahm die Kamera.

Der Himmel war noch dunkler geworden. Ich musste mich beeilen, der Regen würde heftig werden und die Reifenspuren auf den Wegen jenseits der Wiesen verwischen. Irgendwo da musste ihr Wagen gestanden haben. In der Nähe von Jansens Hof. Wahrscheinlich wusste er noch nichts von seinem Hund, es sei denn, Noeten hatte ihn informiert. Dort, wo die Männer gegangen waren, war das Gras niedergetreten. Auf den Halmen klebte bisweilen Blut, eingetrocknet und bräunlich. Ich hielt auf ein Wäldchen zu. Über mir das *Tschiah* eines Bussards. Die Birken raschelten im Wind. Die Stämme glänzten vor dem dunklen Himmel. Die Reifenspuren hatten sich in den Weg gefräst, der das Wäldchen durchschnitt. Der Wagen war schnell angefahren. Bis auf die Erikabüsche war der Sand gespritzt. Ich machte mehrere Fotos, benutzte den Zoom. Das Profil war deutlich zu erkennen. Ich schüttete den Gips in den Eimer, goss Wasser dazu. Eine Pampe bildete sich, die ich mit dem Spachtel verrührte, bis sie sämig und breiig war, bevor ich sie über die Reifenspuren goss. Als der Gips in den Reifenspuren gehärtet war, hob ich ihn mit dem Spachtel an. Die Gipsfläche löste sich aus dem Sandbett. Ich drehte sie um. Das Reifenprofil hatte sich im Gips abgezeichnet. Wahrscheinlich hätte ein Polizist das nicht besser gemacht. Auch vom Hinterreifen nahm ich einen Abdruck. Ich klappte den Zollstock auf und maß im Sand den Abstand zwischen Vorder- und Hinterreifen. Anschließend maß ich die Spurweite, die Distanz zwischen beiden

Vorderreifen. Aus meinem Portemonnaie klaubte ich einen Zettel hervor und notierte die Längen. Die Gipsabdrücke verstaute ich in den Plastiktüten.

Ich schlug den Weg zu Jansen ein. In den Wiesen blühte Löwenzahn, ein Gelbton, der unter dem dunklen Himmel flackerte. In der Luft das rhythmische Trillern der Lerchen. Weit entfernt am Waldsaum standen Schafe. Auf den Koppeln grasten Pferde. Als ich näher kam, hörte ich das Mahlen der Kiefer und das Peitschen der Schweife in die Fliegentrauben auf ihrer Kruppe. Jansens Haarschopf nahm sich im Kontrast zu dem dunklen Hengst heller aus als sonst. Die Muskeln des Pferdes zuckten an den Stellen, wo Jansen mit der Bürste übers Fell fuhr. Jansen löste den Strick, mit dem er den Hengst an einen Pfosten gebunden hatte, und kam zu mir an den Zaun. Das Tier trabte davon.

Fahren wir, sagte er.

Du weißt Bescheid?

Jansen nickte.

Wir stiegen in seinen Wagen. Der Wagen roch. Vielleicht war es der Pferdemist unter Jansens Gummistiefeln. Ich kurbelte das Seitenfenster herunter. Regen fiel in dünnen Stiften. Jansen steuerte den Wagen zu den Feuchtwiesen. Ein paar Graugänse flogen schnatternd auf.

Ist es hier passiert?, fragte er und ließ den Wagen zum Bach hin ausrollen. Ich wusste nicht, ob er meinen Vater oder den Hund meinte. Jansen stieg aus und nahm einen alten Teppich aus dem Kofferraum. Er stakste mit dem Teppich hinaus auf die Wiesen. Er schob das Kinn vor und starrte auf die beiden toten Tiere. Sein Blick war leer. Er packte das Reh an den Läufen und zog es auf den Teppich. Wir fassten den Teppich und trugen das Reh zum Wagen, legten es in den Kofferraum. Jansen ging zurück zu dem Kitz. Er warf es sich um die Schultern. Der Kopf baumelte, die eingeschlagene Schädeldecke glänzte speckig. Die Augen waren blutunterlaufen, auch im Maul klebten große Flecken Blut.

Jeder kriegt ein Drittel vom Fleisch. Noeten hat van Haugoldt informiert. Er ist einverstanden, sagte Jansen und legte das Kitz zu dem Reh in den Kofferraum. Van Haugoldt war alter Waldadel, seine Familie bewirtschaftete die Ländereien seit Urzeiten. Er würde als Erster informiert sein wollen. Noeten hatte das richtig gemacht.

Jetzt der Hund, sagte Jansen. Bringen wir es hinter uns.

Er sprach in einem verwaschenen Singsang, wie er in der Gegend üblich ist. Ich habe mich nie daran gewöhnen können, obwohl ich dort aufgewachsen bin. Mein Ohr und der Klang der Sprache vertrugen sich nicht. Wenn ich von einer Reise zurückkehrte, kamen mir ihr Ton, ihr Fluss und Rhythmus von Neuem seltsam vor. Immer noch kam Jansen nicht auf meinen Vater zu sprechen. Er fuhr zu unserem Haus. Der Hund lag neben der Eingangstür. Jansen stieg aus, ging die paar Schritte bis zu dem Hund. Er beugte sich über das Tier, Fliegen stoben auf. Er tastete die zwei Einschusslöcher in der Brust ab. In der Ferne taktete das Balzhämmern eines Spechts, und auch der Ruf des Bussards war wieder zu hören. Jansen ging in die Hocke, schaukelte leicht, um das Gleichgewicht zu halten, und schwieg. Dann schnellte er in die Höhe, nahm den Hund

und trug ihn zum Wagen. Er preschte vom Hof, ohne noch ein Wort an mich zu richten.

Als ich die Haustür öffnete, ahnte ich, dass das Haus mich nicht aufnehmen würde, jedenfalls nicht mehr auf die Art, die mir all die Jahre gutgetan hatte. Ich trank in der Küche einen Schluck Wasser, ging ins Wohnzimmer. Ich fand die CD sofort. *When you think that you've lost everything/You find out you can always lose a little more.* Ein Irrglaube, man hätte den Bodensatz von Schmerz und Verlust erreicht. Nicht besonders originell, aber manchmal sagt ein Song die Wahrheit. Ich hatte Dylans Lied, nachdem der Junge fort war, nicht wieder gehört. Ich öffnete die Fenster. Ich drehte die Musik bis zum Anschlag auf, und erst dann weinte ich. Um den Jungen, um Vater und vielleicht auch um mich.

Am Abend, die Musik dröhnte unvermindert in den Wald, stand Noeten am Fenster. Auf seinem Gesicht lag fahles Mondlicht. Er hielt einen Joint zwischen den Fingern, reichte ihn mir zum Fenster herein. Ich nahm einen Zug. Noeten baute das Zeug irgendwo abseits seiner Fischteiche an. Ein wenig verkaufte er davon an ein paar Burschen aus dem Dorf, die ihm ab und zu Gesellschaft leisteten. Ich drehte die Musik leise und zog ein zweites Mal an dem Joint.

Van Haugoldt wär sonst rübergekommen, sagte Noeten. Aber er ist unabkömmlich, hat Besuch. Vor dem Haus stehen ein paar Autos. Auch Karens Wagen.

Mein Augenlid flatterte.

Ich soll dich zur Ruhe bringen, sagt van Haugoldt.

Ich reichte Noeten eine Hand und zog ihn zum Fenster herein. Karen hatte nicht erwähnt, dass sie zu van Haugoldt wollte. Ich musste sie endlich informieren, was mit Vater geschehen war. Die Situation hatte es nicht zugelassen, dieser Ausnahmezustand, in dem ich mich befand. Ich musste es gleich morgen früh tun. Oder ihr eine SMS schreiben. Ins Konzert hinein, in van Haugoldts goldigen Abend – sein Dilettieren am Flügel. Kam man an seinem Haus vorbei, waren im Sommer die Fenster geöffnet, und das Klavier klang hinaus in den Wald und auf die Straße, und man hatte den Eindruck, als spielte er nicht nur, sondern es schien, er konzertierte – für uns, die wir an seinem Haus vorbeifuhren, oder für den Wald, der ihm schweigend zuhörte. Manchmal engagierte er professionelle Musiker, zahlte eine gehörige Summe für einen aufstrebenden Solisten vom Konservatorium, dann war auch Prominenz aus der Stadt unter den Gästen. Nicht immer hatte ich ihm absagen können. Wegen Karen. Ich mochte klassische Musik. Aber nicht bei van Haugoldt und seiner aufgeblasenen Entourage. Karen störten die Leute nicht. Karen mochte den kurzen Weg. Sie liebte es, dass es mitten im Wald in van Haugoldts Waldvilla erstklassige Musik gab.

Noeten holte ein Päckchen Tabak hervor und begann, eine Zigarette zu drehen. Aus der Hosentasche fingerte er einen Plastikbeutel. Grünbraune faserige Blütenköpfe befanden sich darin. Er nahm einen der Köpfe heraus, zerbröselte ihn in der Hand und streute das Marihuana auf den Tabak. Er rollte das Zeug in den Tabak ein, feuchtete den Kleberand des Blättchens an, drückte die Ränder aufeinander und zündete den Joint an. Noeten nahm ein paar Züge und sank in den Sessel. Ich hatte lange kein Gras mehr geraucht. Ich mochte den würzigen Geruch, ich mochte die Wirkung, aber jetzt war nicht die Zeit für einen weiteren Joint. Ich drehte die Musik auf. Noeten ließ mich gewähren. Dylan hatte mich immer begleitet. Seine reibende, näselnde Stimme, die in Zungen spricht, die die Mythen eines scheinbar nur privaten Lebens besingt, füllte den Raum.

Ich schloss die Augen und hörte Noeten sagen: Jagen wir sie! Sie haben es verdient. Ich sagte nichts. Ich schaute hinaus in den Wald. Immer war Dylan radikal gewesen, seinen Stimmen gefolgt und hatte meinen Stimmen seine Stimme gegeben, auch jetzt war er der Zeremonienmeister dessen, was kommen würde. Ich drehte die Musik leise. Dylans Gesang war nur noch ein Wispern, das zum Fenster hinausflog. Aus der Tiefe des Waldes war das Quieken eines Wildschweins zu hören, und kurz darauf, nahe am Haus, setzte im Laub das Getrappel von Hufen ein.

Glaub mir, sagte er, sie werden wünschen, es hätte diese Nacht nicht gegeben. Keinen Hund. Kein Reh, kein Kitz und auch die Sache mit deinem Vater nicht. Ich nickte. Noeten galt als jähzornig und als fanatischer Tierliebhaber. Vor ein paar Jahren hatte es einen Zwischenfall mit einem Jäger gegeben. Noetens Hund hatte abseits der Spazierwege im Wald gepirscht und das Wild vertrieben. Ein Jäger, der Noeten in die Quere kam, als Noeten nach seinem Hund suchte, tönte, er würde den Hund ohne Vorwarnung erschießen, sollte er ihn noch einmal unangeleint im Wald erwischen. Noeten geriet in Wut, schlug den Mann nieder und nahm ihm die Flinte weg. Dann musste der Mann sich ausziehen. Noeten verbrannte die Kleidung an Ort und Stelle, anschließend trieb er ihn nackt durch den Wald bis zur Straße, dort ließ er den Mann zurück und zerschlug dessen Flinte am nächsten Baum. Sechs Monate musste Noeten dafür sitzen, erhielt keine Bewährung. Während der Verhandlung hatte er keinerlei Reue gezeigt. Zudem war er bereits vorbestraft gewesen, hatte Jahre zuvor einem Mann in den Fuß geschossen. Mit Absicht. Auf einer Treibjagd waren sie aneinandergeraten. Damals hatte Noeten sich noch an Treibjagden beteiligt, für ein wenig Fleisch, einen Hasen, einen Fasan. Der Mann war aus dem Dorf gewesen. Ein Treiber wie er.

Noeten stand auf, stellte sich zu mir ans Fenster. Einen Augenblick legte er wie zum Trost seine Hand auf meine Schulter, schaute zum Fenster hinaus und schwieg. Noeten mochte Vater. Vater hatte ihm damals einen Job bei van Haugoldt besorgt, nachdem Noeten seine Arbeit in der Kartonagenfabrik verloren hatte. Noeten arbeitete sich schnell ein, lernte Bäume zu fällen und Bäume zu pflanzen, er mähte Gras und befestigte die Uferböschung des Flusses, er schnitt Hecken und Sträucher, hielt van Haugoldts Maschinen und den Fuhrpark instand, pachtete die Fischteiche und begann schließlich, ohne van Haugoldt einzuweihen, in dessen Wäldern hin und wieder einen Baum zu schlagen, um genügend Brennholz für den Winter zu haben. Bei einem Baum hatte Noeten wohl die Fällkerbe falsch gesetzt. Der Baum kippte anders als erwartet. Noeten konnte sich nicht in Sicherheit bringen, und der Baum hieb ihm das Schienbein entzwei – zu einem Zeitpunkt, da er seine Krankenversicherung aus Kostengründen schon längst gekündigt hatte. Vater übernahm die Arztkosten. Noeten bestand darauf, die entstandenen Ausgaben zurückzuzahlen, aber Vater lehnte dies ab. Es reiche, wenn er ihm ab und zu bei Arbeiten am Haus, im Garten oder am Taubenschlag zur Hand ging. Schon Noetens Vater hatte nach seiner Flucht aus der DDR, aus einem winzigen Dorf jenseits der Elbe, für Vater gearbeitet. Arbeit am Ofen, die hart und schweißtreibend war, die niemand der Gesellen mochte. Arbeit, die zuverlässig und punktgenau ausgeführt werden musste.

Aus Noetens Kleidern stieg ein Geruch auf. Der Geruch des Schmuddels: Kleidung, die getragen, dann tagelang zusammengeknüllt auf einem Haufen lag, hervorgezogen und wieder angezogen wurde. Ich roch den Mief seiner Behausung. Die Feuchtigkeit der Räume, Küchendünste, das Aroma eines Ofens, dessen Schwaden schlecht abzogen, dazu Schweiß. Männer verkommen mitunter auf so eine Art, wenn sie allein leben, erst recht, wenn sie alleine im Wald leben. Noeten lebte nach seiner Scheidung schon lange alleine. Ein, zwei Mal war er Beziehungen zu Frauen aus Osteuropa eingegangen, Frauen aus dem Katalog, hatte er uns gestanden, aber die Frauen waren geflohen vor dem Dreck in Noetens Behausung und vor der Einsamkeit im Wald.

Ein Windzug strich durchs Fenster. Es war eine der ersten wärmeren Frühlingsnächte. Die Luft roch nach dem

Harz der Kiefern. Eine Luft, die die Lungen füllte. Beinahe konnte man den Harz schmecken. Er legte sich auf die Zunge. Er füllte die Nacht. Das Gras ließ uns stumm bleiben. Ich drehte den Lautstärkeregler ganz herunter. Stille hüllte uns ein. Die winzige Leuchte des Plattenspielers warf ein schwaches Punktlicht. Manchmal hörte man einen spitzen Schrei im Wald – wie von einem kleinen Kind oder einem kleinen Tier, einem Kaninchen oder einem Eichhörnchen vielleicht.

Dann begann der Wald zu rauschen. Wir fühlten den Wind, der über den Wald zog und zum Fenster hereinstrich. Wir spürten ihn auf der Haut, am Gesicht, an den Händen, in den Haaren, bis wir ein leises Fächern und Falten, ein Schwingen und Sirren hörten, ein Flügelschlagen, als zöge ein großer Schwarm Vögel über uns hinweg. Grau- und Blessgänse auf ihrem Heimflug von Sibirien. Ganz schwach drehte ich die Musik wieder auf. Noeten hatte die Augen geschlossen. Kaum merklich wippte sein Fuß. Auch mir fielen die Augen zu. Wollte ich schlafen, musste ich diesen Augenblick nutzen. Würde ich aufstehen, um mein Handy zu holen und endlich Karen eine SMS zu senden, würde der Schlaf sich wieder verflüchtigen. Wahrscheinlich war sie längst von van Haugoldt informiert worden und würde gleich zu mir kommen. Ich streckte mich auf dem Sofa aus. Dylan sang, und später in der Nacht hörte ich Noeten durchs Fenster hinaussteigen.

4

Ein Bursche von vielleicht 18 Jahren, vielleicht auch jünger, warf den ersten Stein. Es ist schwer, das Alter der Männer zu schätzen. Hunger, Elend, Verrohung lassen Gesichter anders altern als in Europa. Zudem waren es Schwarze. Mit eigenen Gesetzen des Alterns. Typographien, die ein Fremder nicht kennt. Der Stein traf den Mann am Ohr. Das Ohr riss auf, blutete. Die Männer warteten. Der Mann schrie. Er wusste, wenn er sie nicht besänftigte, würde er sterben. Nie war eine Steinigung abgebrochen worden. Auch die von vorhin nicht. Nie hatte man innegehalten. Dieses Mal, dieses eine Mal vielleicht. Er schüttelte den Kopf, rollte die Augen, brauchte die Arme zum Schutz, wollte die Hände heben und um Gnade flehen. Man sah, dass dort, wo er bis zu den Schultern eingegraben war, der Sand zitterte, sich häufelte, Furchen bildete, als würde eine Schlange sich ihren Weg unter dem Sand bahnen. Er bekam die Hände, die Arme nicht frei. Wie der Mann vor ihm nicht. Ins gleiche Loch hatten sie ihn gesteckt, nachdem man den Leichnam herausgezogen hatte. Sie warteten, schauten ihm ins Gesicht, jetzt flehte die Stimme des Mannes, hob ein anderer einen Stein auf, faustgroß, alle Steine waren etwa faustgroß, mussten es sein, denn wären sie zu groß, töteten sie den Mann sofort, wäre das Schauspiel vorbei, zu schnell und zu mild wäre die Strafe. Einer, der am Rand der Menge gestanden hatte, trat vor, machte ein paar Schritte auf das Opfer zu, bückte sich, auch er griff einen Stein und wog ihn in der Hand. Die Stimme des Eingegrabenen überschlug sich.

Er bot Geld, bot sein Haus, seine Kinder, seine Frau an. Sie sollten ihn verschonen. Noch näher kamen sie an ihn heran. Zwei weitere Männer. Sie schauten ihn an, lange, mit prüfenden Blicken und maßen seine Angst. Ich hätte ihnen in den Arm fallen können. Ich tat nichts als mich zu tarnen. Mit einer Sonnenbrille, den Litham hatte ich bis weit über die Nase gezogen, die Hände geschwärzt wie in alten Filmen, als Schwarze oder Indianer von Weißen gespielt wurden, kostümiert und geschminkt. Ich saß auf meiner Enduro, ein kleines geländegängiges Motorrad. Eine Hand am Gas, die andere am Auslöser der Kamera, einen Fuß am Anlasser. Mein Mittelsmann, 600 Dollar für ihn, die meine Agentur zahlte, raunte mir ins Ohr, nur er würde, wenn es darauf ankam, mit den Männern sprechen. Ich solle nur nicken. Als verstünde ich jedes Wort, als sei ich einer von ihnen. Als sei sie mir vertraut, die *Scharia*, das islamische Rechtssystem.

Aschschaichu wa-`schschaichatu idhā zanayā fa-`rdschumūhumā albattata nakālan mina `llāhi wa-`llāhu `azīzun wa-hakīmun.

Wenn ein bejahrter Mann und eine bejahrte Frau Unzucht treiben, so steinigt sie auf jeden Fall, als Strafe Gottes. Und Gott ist gütig und weise.

Der Steinigungsvers soll ursprünglich schon Bestandteil von Sure 33 des Korans gewesen sein und sieht die Steinigung von Ehebrechern vor, berichtete mein Kontaktmann bei *Amnesty International.* Dennoch: Seine Authentizität ist umstritten. Vermutet wird, dass er die Praxis der Steinigung nachträglich legitimieren sollte und erst nach dem

Tod Mohammeds in die Lehre eingeführt wurde, sagen Islamwissenschaftler. Seine Wirkung ist stabil. Alle Handlanger, die diese Art zu töten praktizieren, beziehen sich auf ihn. Wenige Monate zuvor war in Somalia ein 13-jähriges Mädchen gesteinigt worden. Sie war von drei Männern vergewaltigt worden. Die *Hisb-al-Islam-Miliz* verurteilte sie wegen außerehelichen Sexualverkehrs. Es gäbe keine Beweise für ihre Tötung. Kein einziges verdammtes Foto. Nur ein Foto würde ein unumstößlicher und belastbarer Beweis sein. Auch die vier anderen Steinigungen binnen eines Jahres seien nicht fotografiert worden. Ob ich mir das zutrauen würde? Ich wäre auf mich allein gestellt. Im Fall einer Notlage fehlten staatliche Stellen, die Hilfe leisten könnten. Die Gewährung konsularischen Schutzes sei nicht möglich. In Somalia gäbe es keine deutsche Auslandsvertretung. Auch Botschaften anderer westlicher Länder existierten dort seit Jahren nicht mehr.

Der Stein traf sein Gesicht. Der Kopf, die Schulter taumelten. Ich nahm die Hand vom Gas, den Fuß vom Anlasser. Entfernte mich ein paar Meter von der Enduro, mein Begleiter an meiner Seite. Das Desaster der US-Truppen in Somalia gipfelte 1993 in der Szene eines barbarischen Triumphs: Die Leiche eines massakrierten US-Soldaten wurde von hysterischen Somalis durch die Straßen von Mogadischu geschleift. Die Bilder gingen um die Welt und jetzt durch meinen Kopf. Damals scheiterte eine Armee. Mein Begleiter ging voraus … langsam … sich wiegend in den Hüften, einen Singsang auf seinen Lippen, so wie auch die Menge ihr Lied erneut sang, bis ein Stein den

Eingegrabenen an der Stirn traf und sein Kopf in den Nacken schlug. Ich drückte auf den Auslöser, und der kehlige Gesang schwoll an, wurde stärker, da der Kopf des Mannes auf die Brust fiel, als sei er demütig geworden. Wieder stampfte die Menge. Wir schoben uns weiter. Hinter den Toten. Dieses Foto noch, frontal auf die Gesichter der Männer gehalten. Ich kniete, und die Männer blickten in die Kamera, verharrten, bis ich mehrere Fotos geschossen hatte. Hinterher nahm ich den Fotos die grelle Farbigkeit der Wüste, glich partiell Helligkeitsunterschiede mit einer Software aus. Das Bild wirkte dadurch bedrückender. Die Farben weniger gesättigt. Außer im Zentrum: Ich lenkte den Blick auf die Mitte, auf den zersprungenen Kopf des Mannes, auf die ruhige Präsenz in den Gesichtern der Männer, ihre Harmonie mit dem, was sie taten. In keinem der Gesichter Wut.

In Rückblicken wird vieles weichgezeichnet. Wir vergessen. Ich nicht: Schritte. Unten im Haus. Zögernd die Treppe hinauf. Durch die Ritzen der Jalousie drang Licht. Das Bett neben mir war leer. Ruth war fort, aufgebrochen zu ihrem Kongress. Reichte ihr der Seitensprung vom Seitensprung? Reichte es ihr, von Zeit zu Zeit in ihr altes Leben zurückzusteigen, für einen Tag, eine Nacht? Oder hatte sie allmählich genug von Jean, war er nur ein Intermezzo?

Die Jalousie schnarrte. Die Dachziegel glänzten matt. Die Sonne noch zerstreut im Dunst. Der Junge stand im Zimmer und hustete. Tröpfchen flirrten im Licht.

Kommst du?, fragte er und konnte das Husten kaum unterdrücken.

Wenn Ruth uns besuchte, waren ihre Tage gerahmt von Terminen. Jeden Besuch nutzte sie und fuhr die Projekte ab, die sie von hier aus erreichen konnte. Erst am Nachmittag tauchte sie bei uns auf, blieb über Nacht oder verschwand ins Hotel. Und der Junge? Sie lud ihn zum Essen ein, ins Schwimmbad, in den Zoo. Er beklagte sich nie, blieb zu seiner Mutter loyal, aber man merkte ihm an, dass ihr Programm ihn langweilte.

Ich musste Vater an diesem Sonntag im Taubenschlag vertreten. Vater war verreist, besuchte einen Schulfreund, der in Tirol lebte. Er war Pfarrer dort in einer Gemeinde und betrieb ein bizarres Hobby: Die alte chinesische Kunst der Windmusik hatte er aufleben lassen. Er heftete Flöten in die Schwanzfedern von Tauben. Im Flug ließ der Wind sie erklingen. In München, im Hofgarten, gab er eine Vorstellung mit seinen Tauben und hatte Vater dazu eingeladen. Vater hatte es nicht übers Herz gebracht, ihm abzusagen.

Ist es schon so weit?, fragte ich.

Der Junge tanzte von einem Bein aufs andere. Sein Haar war ungekämmt. Der Schlaf nistete noch in seinem Gesicht. Er trug einen Pullover, der ihm zu groß war. Die Hose war fleckig. Er lief die ganze Woche schon darin herum.

Ich schlüpfte in meine Schlappen, öffnete das Fenster. Die Kirschen standen in Blüte. Zu Füßen der Stämme glänzte das speckige Grün der Gartenwiese.

In Reims, sagte der Junge, ist es windstill.

Dann werden sie noch ein bisschen brauchen.

Der Junge nickte.

Wollen wir wetten, welche Taube als Erste kommt?, fragte ich.

Ich setz auf den Franzosen, sagte der Junge.

Zehn Euro für dich, wenn er als Erster kommt.

Ich wusste, der Franzose kam fast immer als Erster.

Ich setz auf den schwarzen Belgier, sagte ich.

Aus Couvin, einem Dorf in der Provinz Namur, hatten wir das Tier bekommen. Vater kannte den Züchter. Er war aus unserem Dorf nach Belgien gezogen. Hatte dort geheiratet, aber das Heimweh hatte ihn nie verlassen. Er kam regelmäßig ins Dorf, und einmal hatte er Tauben dabei. Keine, die er aussortierte, weil sie schlechte Flieger waren. Nein, solche, die schnell und ausdauernd waren, die Vater ihm abgeschwatzt hatte, beim Bier, beim Schnaps und beim Heimweh.

Der Flug würde schwer werden. Sonnennebel. Tauben mögen dieses diffuse, diesige Licht nicht. Es beeinflusst ihr Navigationssystem. Sie fliegen bei Sonnennebel häufig in die Irre. Der Franzose war erfahren, hatte viele Flüge absolviert. Als junges Tier war er uns zugeflogen. Eines Abends hatte er im Taubenschlag gesessen.

Pire Vernett, Kammbrei, 6 Ruhe Verdunn, hatte der Junge vom Stempeldruck abgelesen, den man auf einer der hinteren Flugschwingen aufgebracht hatte: *Pierre Vernet, Cambrai, 6, Rue Verdun.*

Cher Monsieur Vernet …, hatte der Junge geschrieben. Vernet hatte dem Jungen das Tier überlassen.

Der Junge hustete wieder. Der Junge war oft krank.

Komm, sagte er. Hören wir noch mal, was sie im Radio sagen.

Wir gingen hinunter in die Küche. Der Abwasch vom Abend stand noch in der Spüle. Der Junge schaltete das Radio ein. Eine Stimme verlas Temperatur und Windstärke an den Auflassorten.

7 Uhr Cambrai, 14 Grad, windstill

6 Uhr Compiègne, 15 Grad, windstill

7:30 Uhr Namur, 16 Grad, windstill

Ich holte die Milch aus dem Kühlschrank, goss sie in eine Tasse und verrührte das Kakaopulver darin. Ich schaltete das Handy ein. In unserer ersten Zeit schrieb sie mir am Morgen, schrieb mir in der Nacht. Ihre Worte eine geweihte Schrift. Der Gesang einer Braut, hatte ich gedacht. Ihre Berührungen ein Versprechen. *Bin auf dem Kongress, bis bald.* Das war alles. Kein weiteres Wort. Ich spürte die Enttäuschung, die Ernüchterung.

Ich hatte Ruth in einem Café kennengelernt. Sie hatte in einem Buch gelesen. Hatte Kuchen bestellt, der Kellner hatte das Buch gestreift, es war zu Boden gefallen. Ich war aufgesprungen, hatte es ihr gereicht und mich zu ihr an den Tisch gesetzt. Alles war schnell gegangen. Ihre Knie begannen irgendwann während des Gesprächs meine Beine zu berühren. Sie setzte ihre Sonnenbrille auf. Wegen der Leute, sagte sie. Wollte nicht erkannt werden. Lebte erst seit Kurzem von ihrem Mann getrennt. Ich konnte ihren Blick nicht lesen. Die ganze Zeit nicht. Ich fühlte ihr Knie an meinem Knie. Ihre Hände waren warm, das Perlmutt der Nägel. Die Monde seltsam groß wie bei einer Anomalie. Ihr Haar, seine Dichte, die Fülle, sie nahm es von der Schulter und wickelte einen Strang um ihren Finger, während sie sprach. Nach unserer ersten Nacht hatte ich von ihrem Kopfkissen ein paar Haare geklaubt, bewahrte sie in einem Einmachglas auf: schimmernd, als sei das Sonnenlicht in ihnen gespeichert.

Der Junge setzte sich an den Tisch, trank den Kakao. Ich machte mir einen Tee, stellte Teller, Brot, Marmelade auf den Tisch. Der Junge aß schlecht. Wieder hustete er. Ich würde noch mal mit ihm zum Arzt müssen. Ich strich ihm übers Haar. Die Sonntage waren nach der Trennung am schlimmsten gewesen. Sonntage waren für einen Jungen und einen Mann wie mich nicht das Richtige. Erst als Vater nach Mutters Tod zu uns herausgezogen war und die Taubenzucht mit dem Jungen begonnen hatte, verloren die Sonntage ihren Schrecken. Vaters Anwesenheit hatte vieles verändert. Mit Vater kamen auch seine Freunde. Freunde aus dem Dorf. Jungen, mit denen er Fußball gespielt hatte oder zur Schule gegangen war. Er hatte die Freundschaften all die Jahre gepflegt und Kontakt gehalten. Der Tisch in der Küche hatte sich gefüllt. *Weißt du noch* … und Vater wusste noch, dass er drei Tore in einem Spiel geschossen hatte und dass er Mutter den ersten Kuss gegeben hatte, nach dem Spiel, als er sie auf dem Rad heimbrachte, glücklich über die Tore und glücklich über sie, die all die Zeit am Spielfeldrand gestanden hatte, um ihn spielen zu sehen. Auch die Taubenzüchter kamen und manchmal ehemalige Mitarbeiter, Gesellen und Meister, aus der Bäckerei, die irgendwann ihre Arbeit bei Vater gekündigt hatten, aus dem Dorf fortgezogen waren, zur See fuhren oder sich zu Stahlarbeitern hatten umschulen lassen: Männer, die Vater duzte und die ihn siezten. Ich hatte zu keinem im Dorf näheren Kontakt. Ich war zu lange fort gewesen. War erst vor ein paar Jahren wieder hierher zurückgekehrt. Hatte das Haus im Wald bezogen und war nach der Scheidung von Ruth geblieben, weil ich Vater brauchte, wenn ich auf Reisen war, jemanden, den der Junge liebte und der ihn liebte.

Zu spät hatte ich die Leere gespürt, die Ruth umgab. Eine Leere, durch die man hindurchfiel wie durch eine Wolkenschicht, die einen Menschen nicht trägt, die nichts ist, nur Luft und Kondensat.

Haben wir noch Zeit?, fragte ich.

Sie werden nicht vor neun kommen, sagte der Junge.

Bist du sicher?

Man muss nur rechnen. Es ist windstill, die Tiere fliegen ... sagen wir ... nicht schneller als 90 Kilometer in der Stunde. Bis zu uns brauchen sie vielleicht zweieinhalb Stunden.

Er kannte die Entfernung von Cambrai bis zu uns. Er hatte sie längst durch seine Tabellen und Listen ermittelt. Der Junge trank den Kakao. Er schaute von der Tasse auf, als mein Handy fiepte. Ich las die SMS sofort. Der Junge schaute mich an. Er lächelte sein tapferes Sonntagmorgenlächeln. Am Nachmittag würde ich mit ihm ins Stadion fahren. Dann war der Flug vorbei. Kein Wort, dass sie am Nachmittag käme. Mit keinem Wort sprach sie vom Abend. Ich würde aufs Handy starren und auf ihre Worte warten. Selbst im Stadion würde ich auf das Vibrieren in meiner Hosentasche lauern. Ich würde bei ihr nie satt werden, Ruth war und blieb ein exquisites Mahl in einem Edellokal, ein Mahl für die Augen, nicht für den Magen. Ich stellte die Milch in den Kühlschrank zurück.

Gehen wir, sagte ich, und der Junge nickte ernst.

Gestern Nacht – ihr Gesicht noch gerötet und doch schon leer. Die Züge einer Frau, die bekommt, was sie will, und schnell vergisst. Eine Frau, die immer schon fort ist. Ein müdes Tier, ein Fluchttier, trotz ihres neuen schönen Lebens in Genf. Ihre Hingabe wie ein Gestirn, das im ersten Licht verblasst. Meine Gier an ihr festzuhalten eine Blessur, die nicht heilen wollte, sollte ich mir spätestens jetzt eingestehen.

Die Tauben des Jungen hatten keine Klasse. Außer dem Franzosen und dem Schwarzen schaffte es kaum eines der Tiere rechtzeitig zurück in den Heimatschlag. Meist trudelten sie weit hinter den Tieren der anderen Züchter ein. Kam er am Nachmittag mit Vater ins Vereinslokal, musste er sich auf den hintersten Plätzen in der Preisliste wiederfinden, wenn überhaupt. Oft fiel er aus der Wertung. Nur das erste Viertel aller eintreffenden Tauben wurde in einer Liste erwähnt und erhielt einen Geldpreis, dessen Höhe abhängig war von der Höhe des eingesetzten Geldes. Das Startgeld vervierfachte sich. In die Liste musste man kommen. Es gab keinen Bonus für ein Kind. Der Junge konkurrierte mit Männern, die seit Jahrzehnten ihr Leben auf dem Taubenschlag zubrachten und alle Tricks kannten, eine Taube schnell zu machen. Männer, die noch unter

Tage in den Gruben gearbeitet hatten. Männer, die jetzt alt waren.

Der Junge stieß mit dem Fuß das Gartentor auf. Ein Pfad durch niedrige Büsche und Hölzer brachte uns zur Wiese. Sie war umgeben von Wald. Hinter dem Wald lag das Dorf. Das Gelb des Löwenzahns sprang in den Blick. Auch der Ginster blühte. Der Junge rannte zum Schlag, öffnete die Tür. Ich roch den Federstaub und die Wärme der Bretter, den Kot, der unter den Sitzhöckern auf dem Boden lag. Jeden Tag kratzte der Junge den Kot zusammen. Jeden Tag kehrte er den silbrigen Staub, der sich aus den Federn der Tiere löste, auf ein Kehrblech und verstreute ihn auf der Wiese. Der Staub nimmt den Tieren die Luft, sagte der Junge.

Er schnappte sich die Tränke und schüttete das abgestandene Wasser an die Ginsterbüsche. Aus dem Kran füllte er frisches Wasser nach. Er ging in das Abteil des Taubenschlages, in welchem die weiblichen Tiere untergebracht waren. Einzeln nahm er sie von den Sitzhöckern und setzte sie in den Stall, der den männlichen Tauben vorbehalten war, die die Wettflüge bestritten. Bei der Rückkehr würde der Franzose oder der Schwarze oder eines der anderen Männchen seine Zelle anfliegen und sein Weibchen dort vorfinden. Tauben sind monogam. Sehnsucht und die Aussicht auf Sex treiben die Tiere an, auf schnellstem Wege den heimatlichen Schlag anzufliegen: das konditionierte Wissen, dass zu Hause das Weibchen wartet. Der Junge hustete – ein trockenes, langanhaltendes Husten.

Hört gleich auf, stieß er hervor und hustete weiter.

Ich führte ihn aus dem Taubenschlag. Er setzte sich auf einen Gartenstuhl, sprang sofort wieder auf, krümmte sich unter dem Hustenanfall. Er schwitzte, und als der Husten vorbei war, wischte er sich mit einem Taschentuch das nasse Gesicht. Vielleicht taten die Tauben ihm nicht gut. Aber er hatte nur sie. Seit Monaten schon spielte er keinen Fußball mehr. Er hatte keine Kraft, keine Kondition, litt immer wieder an Infekten. Bleich hatte er auf dem Spielfeld gestanden. Mit hängenden Schultern und ratlosem Blick, als er den Bällen nicht mehr hinterherkam. Ich hatte ihn schützen müssen – vor den Blicken des Trainers. Der Mann war kein Schinder wie die Trainer in meiner Jugend, aber seit der Junge die Bälle nicht mehr erlaufen konnte, waren Enttäuschung und manchmal Ärger in seinem Blick gewesen. Der Junge konnte den Blick lesen. Auch die Blicke der umstehenden Eltern. Immer seltener erschien er zum Training. Kam er zu den Spielen, fand er sich auf der Ersatzbank wieder. Dünner und dünner wurde er wegen der Antibiotika, die die Bakterien im Hals und in der Lunge, aber auch sein Gewicht fraßen.

Wir schauten in den Himmel. Kein Sonnennebel mehr. Der Himmel war makellos blau. Ein Blau, von dem man glauben wollte, es würde bis in die Unendlichkeit reichen und nicht irgendwann von der Schwärze des Weltalls gefressen. Schwalben kreuzten über unseren Köpfen, manchmal eine Krähe. Der Junge stand auf und legte den Kopf in den Nacken, blickte in den Himmel. Aber der Himmel blieb leer. Er schaute auf seine Uhr.

Sie müssten bald kommen, sagte der Junge. Man hörte das Zittern in seiner Stimme.

Mach dir keine Sorgen.

Der Junge nickte. Alles galt, was ich dem Jungen sagte. Erst später kam die Zeit, in der er lernte, den Worten zu misstrauen.

Bei den anderen sind auch noch keine Tauben eingetroffen. Wir hätten sie sehen müssen, sagte ich.

Der Junge ging hinüber zum Klettergerüst und stieg die Sprossenwand hinauf zum Firstbalken. Von dort konnte er über eine Fichtenschonung, die noch niedrig war, bis zum Dorf schauen. Wenn die anderen Züchter eine Taube bekämen, würde er sie mit dem Fernglas ausmachen können. Nichts fürchtete er mehr. Er pfiff vor sich hin. Der Wind trug das Pfeifen über die Wiese. Es war fast schon ein Sommerwind.

Dort!, schrie er und zeigte mit dem Finger in die Luft. Ein Punkt zog über den Himmel, schraubte sich zu uns hinunter … eine Taube!

Und da, noch eine!

Der Junge sprang vom Klettergerüst, landete im Gras, rappelte sich auf und rannte zum Taubenschlag. Gleich würden die Tiere landen. Einmal nur würde er seinen Namen ganz vorne in der Liste finden wollen. Wie sie gucken würden im Verein, ihn endlich ernst nähmen und das Mitleid aus ihren Blicken verschwände. Kein Mensch betreibt einen Sport, um nur Letzter zu werden, kein Züchter und kein Kind. Die Taube kreiste über dem Schlag. Es war der Franzose, ich erkannte den mehlweißen Kopf, die roten Federn, er kreiste tiefer und tiefer. Der Junge hielt den Atem an, Schweiß stand auf seiner Stirn, sein Herz würde wie verrückt schlagen. Schon streckte sich der Kopf, lagen die Flügel eng am Rumpf, gleich würde er landen, der Franzose, seine Lieblingstaube, gleich. Ich wusste, der Junge durfte nicht husten. Beim Eintreffen sind die Tiere nervös, schreckhaft. Der Junge presste die Luft in die Lunge zurück. *Nicht husten!* Der Franzose war keinen Meter mehr über dem Dach des Taubenschlags. Er würde mit den Füßen aufsetzen, wie ein Flugzeug mit dem Rumpf wippen, das Dach hinunterlaufen und in den Schlag springen. Eine Krähe, ein pechschwarzer Vogel, schoss ihm in die Quere, der Franzose wich aus, stieß hoch in die Luft, flog eine Runde über die Wiese, der Junge schlug die Hände vors Gesicht, die Taube drehte eine weitere Runde, Zeit verstrich. Die zweite Taube war nicht mehr zu sehen, längst musste sie bei einem der Züchter im Dorf gelandet sein. Der Junge begann zu pfeifen, ein Lockton, mit dem er die Tauben am Ende des Flugtrainings in den Schlag holte und sie anschließend fütterte. Die Tiere waren darauf abgerichtet. Pfiff der Junge, gab's Futter. Zwei, drei Mal setzte der Franzose an, um zu landen. Jedes Mal zog er, bevor er den Schlag erreichte, wieder in die Höhe. Er war verstört, musste die Krähe für einen Raubvogel gehalten haben. Immer wieder mal schlug ein Habicht eine Taube. Nur in der Luft hatten Tauben eine Chance, einem Habicht zu entkommen. Auf dem Dach waren sie chancenlos, wurden sie zur Beute. Der Junge pfiff. Er pfiff sich die Lunge aus dem Hals. Ein ums andere Mal setzte der Franzose zur Landung an und brach das Manöver ab, um nur noch höher in den Himmel zu steigen, um dort, wo bereits Tiere der anderen Züchter eintrafen, sie ein kleines Stück über den Wald bis zum Dorf zu begleiten, bevor sie über ihrem Schlag eine Runde drehten und landeten. Noch konnte der Junge einen Preis schaffen, würde das erste Viertel der Tauben bei den Züchtern nicht eingetroffen sein. Der Junge pfiff, wieder schraubte sich die Taube herunter, Meter um Meter, sie straffte sich, senkte den Kopf, legte die Flügel an, landete, ruckte sich kurz zurecht, trippelte das Dach herunter, ein hoher, schräger Ton zerriss das Pfeifen des Jungen, ein Ton, den ich auf der Tastatur des Handys nicht einfangen konnte, der bellte und fiepte, der miaute und kauzte, der erst abriss, als das Handy unter meinem Fuß zerbarst und das Tier schon wieder in der Luft war.

Er nahm seinen Schal und wirbelte ihn durch die Luft, eine Kreisbewegung, wenige Male nur, da waren die Mannschaften längst noch nicht bis zum Mittelkreis gekommen, ein tausendfacher Schwirrflug um uns herum, den der Junge für sich abbrach und sich den Schal wieder um den Hals legte. Der Junge war schwach. Seine Augen glänzten wie von einem Fieber. Als das Lied erklang, legte er seine Hand auf das Emblem in Herzhöhe auf seinem Trikot. Das Spiel war schön, jedenfalls die ersten 30 Minuten, bis schließlich das eintrat, was uns den Magen umdrehte und wie ein Schmerz in uns hineinfuhr, da die Mannschaft dieses Spiel unbedingt hätte gewinnen müssen, um nicht in die zweite Liga abzusteigen. Fußball lebt von der Gunst des

Augenblicks. Es gibt nur diesen. Wenn er kommt, muss man ihn nutzen, muss das Tor schießen oder verhindern. Es existiert kein Pakt mit der Zukunft. Kaum etwas ist vorhersehbar. Pure Gegenwart herrscht. Darum lieben wir das Spiel. Keine Spielszene kann im Detail wiederholt werden. Es sind Unikate, kreative Akte oder Werke des Zufalls. Die Mannschaft war aufgerückt bis in die Hälfte des Gegners, sie hatte den Ball. Ballbesitz ist wichtig. Nur wer den Ball hat, kann ein Tor schießen. Um ihn dreht sich alles. Er ist das Zentrum allen Bemühens. Wer den Ball an den Gegner verliert, verliert die Macht über den Augenblick. Er wollte ihn spielen, unser Stürmer, und spielte ihn in die Füße des Gegners. Der Konter lief, der Gegenangriff, der Moment, da Kairos, der Gott des Augenblicks, ins Spiel eingriff. Ein Steilpass. Unser Außenverteidiger musste in ein Laufduell, verlor dieses an der Außenlinie, scharf wurde der Ball vor unser Tor gespielt. Kairos, jetzt musste man ihn ergreifen, den glücklichen Moment, musste ihn v o r n e am Schopf, an den Locken packen. Unser Torwart hätte sich von der Torlinie lösen müssen, hätte den Ball noch vor unseren Innenverteidigern entschärfen und abfangen müssen. Wer den Augenblick verpasst, verpasst alles. Wenn Kairos mit fliegendem Fuß vorbeigeglitten ist, hat man verloren. H i n t e n kann keiner ihn erwischen. Hinten ist Kairos kahl, greifen die Hände ins Leere. Unser Torwart klebte auf der Linie, zögerte, machte den entscheidenden Schritt aus seinem Tor erst, als er sah, dass der gegnerische Stürmer sich vor die Verteidiger schob. Kairos ist schnell wie der Wind. Mit dem Ball am Fuß tauchte der Gegner vor unserem Tor auf und versenkte ihn ins Netz. Der Junge fiel in den Schultern zusammen wie von einem Schlag in den Rücken. Zum Trotz ließ er seinen Schal kreisen, einige wenige Runden nur, dann musste er ihn erschöpft zurück um die Schultern legen.

Auf dem Heimweg wurde der Junge immer blasser. Zu Hause setzte er sich an den Küchentisch, legte den Kopf auf die Tischplatte. Sein Atem ging schnell. Sein Puls war viel zu hoch. Am Abend brachte ich ihn ins Krankenhaus.

5

Spitz schaute die Nase des Jungen über dem Laken hervor. Ich las ihm vor. Eine Geschichte mit einer Oma, die so wohlfeil sprach wie manche Lehrerinnen vor der Klasse. Eine Lehrerin, die, obwohl noch jung, schon ältlich war. Das waren die schlimmsten. Emsig, beflissen. Sie riefen am Abend nach acht noch an. Sie ließen nie ab von den Kindern. Sie machten sich am Telefon Sorgen. Sie fragten, ob der Junge auch genug esse. Dabei lächelten sie. Man konnte das Lächeln am Telefon hören. Ob er genug schlafe? Ob man an Angeboten interessiert sei? Der Junge könne in der Schule an einem Kochkurs, einem Fitnesskurs, einem Kurs für Scheidungskinder … Der Arzt war anders, war schweigsam. Er hatte den Jungen untersucht. Rücken und Brust abgeklopft. Mit dem Stethoskop gehorcht. Es war die Lunge. Er hatte nach Hobbys gefragt. Die Tauben. Er hatte genickt, Notizen gemacht, Blut abgenommen. Ich melde mich. Der Junge im Bett daneben sah fern. Er hatte den kleinen Bildschirm, der an einem Bügel schwenkbar war, nah ans Gesicht gezogen. Der Junge war dick. Und auch er war blass. Es war eine andere Blässe. Die Blässe der Öde, der endlosen Tage und Abende vor einem Bildschirm mit Chips und Cola. Ohne Fußballplätze, ohne Wiesen, ohne Tiere, ohne Freunde. Bald schon würde die passende Mutter zum Kind hier auftauchen.

Zu lange schon war der Junge kränklich. Vielleicht war es auch der Blick des Arztes gewesen. Die Tauben. Das Notat in seinen Notizblock. Unruhe war im Blick des Arztes gewesen. Du hast die Tiere schon lange? Der Junge hatte genickt.

Regen strich über die Felder. Der Mais stand fußhoch. Der Junge schlief ein. Dennoch las ich ihm weiter vor, wenn auch mit gedämpfter Stimme. Würde ich aufhören zu lesen, würde die Tür auffliegen und die Mutter des dicklichen Jungen ins Zimmer flattern oder der Arzt. Ich wollte die Diagnose noch nicht wissen.

Kein Leben ist sicher. Alles kann mit einem Menschen geschehen, hatte Ruffins gesagt. Ich hatte früh schon begreifen müssen, was er meinte. Nach ein paar Monaten der Ausbildung hatte er mich gebeten, ihn zu begleiten: zu den *Tamil Tigers*, der tamilischen Befreiungsorganisation in Sri Lanka. Ruffins war einer der Ersten, der sie in ihren Camps fotografieren konnten. Sie operierten vom indischen Festland aus, kamen für Anschläge und Gefechte übers Meer auf die Insel, die sich in eine Hölle aus Sprengstofffallen und Exekutionskommandos verwandelt hatte, wobei die regierenden Singhalesen die Tamilen in puncto Unbarmherzigkeit noch übertrafen. Der Alptraum der Touristenresorts. Körper, die in der Brandung trieben. Von Äxten hingemetzelt. In den Tagen vor dem Waffenstillstand noch einmal 40 000 auf einem der *Killing fields* im Norden: in der Mehrzahl Frauen, Kinder und Alte, das Personal, das zwischen die Fronten gerät, in allen Kriegen. Da waren die UN-Beobachter schon außer Landes. Schließlich eine Reportage in Afghanistan. Die Endphase der sowjetischen Besatzung. Wir arbeiteten hinter den Linien. Mit Hekmatyar, Warlord und Mudschahed gab es eine lose Absprache. Er wusste, wir waren im Land, bekam uns aber nie zu Gesicht. Über den Chaiber-Pass reisten wir ins pakistanische Peschawar aus. Wir hatten die Fotos. Ausgelöschte Gesichter. Er hätte versucht, unsere Flucht zu verhindern und uns eliminiert, hätte er geahnt, dass es das war, worauf wir gestoßen waren. Wir trugen die Filme bei uns, hatten sie eingenäht in die Rockschöße: Die Gesichter der Frauen unter der Säure geschmolzen. Keine Lippen, keine Brauen, die wundschorfen leeren Augenhöhlen mit Hautfetzen notdürftig vernäht, knöcherne, wie abgenagt aufscheinende Nasenstümpfe. Die Züge im Gesicht, im aufgeworfenen, erstarrten Fleisch wie eingestanzt. Fotos, die keine Zeitung brachte.

Säure war und ist die Waffe der Tugendwächter. Sie frisst sich durch bis auf den Knochen. Man braucht eine Autobatterie, mehr nicht.

Wir hatten Hinrichtungen fotografiert. Baukräne, die Ausleger diagonal in den Himmel gerichtet. An jedem baumelten Männer, wie Schlachthühner an Schnüren aufgehängt, barfüßig, die Pantoffeln noch am Boden nebeneinander ausgerichtet. Die Hände zusammengebunden. Afghanen, von denen es hieß, sie hätten mit den Sowjets kollaboriert. In Wahrheit waren es Männer, die einem Kommando Ahmed Masuds unterstanden. Masud hatte zunächst die Sowjets bekämpft, sich dann zunehmend gegen islamistische Extremisten gestellt, vor allem gegen Hekmatyar und die aufstrebenden Taliban.

Der Arzt, der zur Tür hereinkam, hieß Schmitz, Oberarzt. Der Chefarzt kam keine zwei Minuten später. Professor Walther. Der eine kaum mehr jung, der andere ergraut, schon jenseits der 60. Schmitz ließ den Jungen sich im Bett aufsetzen, er horchte ihn ab, dann wanderte der Professor mit dem Stethoskop über den Rücken des Jungen, sagte etwas von Rasselgeräuschen. Verdacht auf allergische Alveolitis. Eine Kontaktallergie. Die sogenannte Taubenzüchterlunge. Eine atypische Lungenentzündung. Sehr selten bei Kindern. Im Blut des Jungen habe man Antikörper gefunden. Körpereigene Reaktionen auf Allergene, welche die Tauben im Kot, im Federstaub freisetzen. Ob e r den Taubenstall gereinigt hätte, der Junge? Um sicherzugehen, sei eine Computertomographie notwendig. Jetzt gleich. Die Zeit dränge. Die Krankheit sei tückisch. Der Junge dürfe kaum mehr als 40 Prozent Lungenvolumen haben. Die Lungenbläschen seien entzündet. Die Sauerstoffaufnahme kritisch. Zudem zerstöre eine Alveolitis auf Dauer das Lungengewebe.

Sie schoben den Jungen in die Röhre. Wenig später zeigten sie mir die Bilder.

Cortison, sagte Walther. Wir müssen schnell reagieren. Wie ich befürchtet hatte, ist ein Teil der Alveolen zerstört. Cortison … eine andere Chance hat der Junge nicht.

Ich nickte und auch Schmitz nickte, der seitlich am Schreibtisch seines Chefs Platz genommen hatte.

Retten wir, was zu retten ist, fuhr er fort und nahm seine Brille ab. Wenn Ärzte ihre Brille abnehmen und ihrem Gegenüber mit unverstelltem Blick ins Gesicht schauen, wird es ernst. Ich spürte, wie der Schweiß mir aus den Poren drang. Schmitz beugte sich vor. Einen Moment hatte es den Anschein, als wolle er meine Hand nehmen, mich trösten.

Sie müssen die Kleidung, die Bettwäsche des Jungen reinigen lassen, verstehen Sie, alles. Reißen Sie den Taubenschlag ab. Nichts darf übrig bleiben. Verbrennen Sie den Krempel. Es darf kein Allergen mehr in der Nähe des Jungen sein.

Der Schweiß lief meinen Rücken entlang. Die Tauben ließ er unerwähnt. Aber ich wusste, was auf mich zukam. Sie standen auf, gaben mir die Hand. Ich stolperte aus dem Zimmer, ging zu dem Jungen. Er las. Auf dem Nachttisch lagen ein paar Fotos. Die trug er immer bei sich. Fotos seiner Tauben. Ich strich ihm über die Stirn. Er schwitzte leicht.

Du bist sehr krank, sagte ich. Ich setzte mich auf die Bettkante, nahm ihn in den Arm. Sein Rücken zitterte, während er weinte.

Es dämmerte. Als der Junge eingeschlafen war, stand ich auf, stopfte seine Kleidung in einen Müllbeutel, den die Schwester gebracht hatte.

Es darf kein Federstaub mehr in seine Nähe kommen,

hatte sie geflüstert. Es kann sein, dass durch seine Kleidung …

Ich weiß, hatte ich gesagt.

Und Sie … waschen Sie Ihre Kleidung, mit der Sie demnächst ins Krankenhaus kommen. Es ist sehr wichtig. Waschen Sie auch jegliches Kleidungsstück, das Sie dem Jungen in den nächsten Tagen mitbringen.

Ich hielt seine Hand, während er schlief. Vor dem Fenster stand die Nacht. Wieder erschien eine Schwester. Es war eine andere als vorhin. Sie gab mir ein Zeichen. Ich weckte den Jungen. Er machte die Augen auf, duckte sich in meinen Arm. Sie schob den Jungen im Bett aus dem Raum. Sie verfrachtete ihn in ein Badezimmer.

Es darf kein Federstaub mehr in seine Nähe kommen, flüsterte sie. Es kann sein, dass durch seine Kleidung …

Ich weiß, raunte ich ihr zu.

Sie half ihm aus dem Bett.

Duschen S i e ihn?

Ja, sagte ich.

Der Junge zog sich aus, stellte sich unter die Dusche. Das Programm begann. Das Programm, ihn zu heilen.

In der Nacht, als er eingeschlafen war, verließ ich das Krankenhaus. Nach dem Duschen hatte die Schwester die Cortisontabletten gebracht.

Über dem Wald glomm ein Lichtband auf. Eine Eule löste sich aus der Baumkrone, trieb zwischen den Eichen in der Dämmerung. Ihr lautloser Flügelschlag. Ich wählte Vaters Nummer. Vater meldete sich nicht. Wahrscheinlich war er von München aus mit dem Pfarrer bereits in dessen Dorf nach Tirol aufgebrochen. Vater besaß in den Bergen, ganz in der Nähe des Dorfs, eine Hütte. Seit Mutters Tod reiste er nur noch selten dorthin. Mit dem Jungen war ich ein paar Mal in den Ferien dort gewesen und hatte die Hütte instand gesetzt. Bretter gehobelt und genagelt, Dachschindeln gerichtet und ersetzt. Ich schrieb Vater eine SMS. Ich verschwieg, wie es um den Jungen stand. Vater wollte Mitte der Woche zurück sein. Dann mussten die Tauben getötet und der Stall abgefackelt sein. Ich setzte mich auf die Bank, lehnte den Kopf an die Hauswand, schloss die Augen. Der Schlaf kam. Er war barmherzig.

Ich erwachte, als das Telefon im Haus klingelte. Ein Fensterladen schlug. Ich sprang auf, rannte ins Haus. Es war nicht das Krankenhaus. Nicht Vater. Ruth.

Warum meldest du dich nicht? Keine SMS. Nichts. Was soll das? Ich meine, du bist zu nichts verpflichtet, aber …

Ich schwieg. Ich hörte sie predigen, hörte sie mosern. Ich hörte Verkehrsgeräusche. Wahrscheinlich war sie unterwegs zu einem weiteren Termin.

Was ist los?

Ich mochte ihre Stimme nicht. Den Vorwurf darin.

Der Junge ist im Krankenhaus.

Was ist mit ihm?

Er hat eine Lungenentzündung.

Mein Gott! Soll ich sofort …? Ich komme sofort. Ist es ernst?

Nicht nötig. Er hat Medikamente bekommen, schläft. Lassen wir ihm jetzt seine Ruhe.

Gut, ich erledige das Nötigste und komme, so schnell ich kann.

Sie legte auf. Ich fühlte plötzlich, wie fremd sie mir war, vielleicht immer schon gewesen war. Vielleicht war es ihre Stimme, ihre Tonlage. Dieses Überhitzte und Nörgelnde, in das sie schnell verfiel.

Ihr Abschied von uns damals war Hals über Kopf geschehen. Sie hatte ihn Jahre zuvor angedeutet, war unzufrieden gewesen mit einem Mann, der sie mit dem Jungen allein ließ, über Wochen, Monate, der von Mal zu Mal derangierter von seinen Reisen zurückkehrte. Sie hatte Jean auf einem Städtebau-Kongress kennengelernt. Alles war schnell gegangen. Sie hatte ihre Ferien mit ihm verbracht, hatte ihn an Wochenenden in Genf besucht, sah endlich eine berufliche Perspektive, die sie so lange hatte aufschieben müssen – wegen des Jungen und wegen mir, vor allem wegen mir, hatte sie gesagt. Dennoch beschlossen wir, gemeinsam in das Haus im Wald zu ziehen: Ein Versuch, noch einmal die Bruchstellen zu kitten. Dass es ein letzter Versuch war, wusste ich. Dass Jean nicht aufgab, sie nach Genf zu locken, wusste ich nicht. Dass sie mich nicht mehr liebte, schon lange nicht mehr liebte, ahnte ich. Der Junge hatte nicht mitkommen wollen nach Genf. Wegen der Tauben, wegen Vater, wegen mir, auch wegen mir.

Ich machte mir einen Tee, aß einen Happen. Ich wusste, ich musste es *jetzt* machen. Ich zog mir eine alte Hose und ein ausrangiertes Hemd an – Kleidung, die ich hinterher wegwerfen würde. Es waren beinahe 40 Tauben. Und in den Nestern lagen noch Jungtiere. Es war so gut wie aussichtslos, die Tiere an andere Züchter abzugeben. Sie hatten bessere, schnellere Tauben. Die Preislisten sagten es jeden Sonntag.

Ich wusste, dass ich mit dem Schwarzen oder dem Franzosen nicht würde beginnen können. Um zu töten, braucht man Mut oder Wut, ich hatte beides nicht. Ich öffnete die Schlagtür. Der Mief der Federn und eine Spur Ammoniak, das aus den Kotkringeln aufstieg, schlug mir entgegen. Die Tiere stierten mich an, dann flatterten sie auf und stoben in eine Ecke des Stalls. Ich ging zu einer der Zellen. Die Taube gurrte, als ich sie berührte. Es war ein dunkler Vogel. Die Brustfedern changierten grünlich violett. Die weiße Nasenwarze leuchtete, und die Füße waren von einem kräftigen Rot. So musste es sein, hatte der Junge gesagt. So sahen Tauben aus, wenn sie gesund waren. Ich kannte das Tier. Man konnte es gut im Schwarm erkennen. Ein getupftes, von hellen Einsprengseln gebrochenes Schwarz. Es war eine der Lieblingstauben des Jungen. Darum wählte ich sie. Ich trat hinaus vor die Tür. Die Taube lag ruhig in meiner Hand. Ich strich über ihren Kopf. Er war ganz eben gerundet und die Federn seidig. Man musste den Tieren den Kopf abrupt zur Seite drehen, als ob man eine Flasche ruckartig aufdreht. Auf diese Weise litten die Tiere am wenigsten, hatte Vater gesagt. Man brach ihnen dabei das Genick. Kein Blut floss. Ich hatte es nie gemacht. Der Junge hatte dafür einen Knüppel genommen. Damit in ihr Genick geschlagen. Bei Tieren, die krank waren, die er erlösen musste, weil Vater verreist war und es ihm nicht abnehmen konnte. Einmal, zweimal, ein drittes Mal hatte er manchmal zuschlagen müssen, und am Ende hatte der Kopf nur noch an ein paar Halssehnen gebaumelt. Er wählte einen Knüppel, damit er ihnen nicht den Hals umdrehen musste. Ein Knüppel, damit er den Kopf des Tieres nicht mit der Hand berührte. Ich ging hinter den Taubenschlag. Dort bewahrten wir Hölzer, Dachpfannen, Steinfliesen in dem Zwischenraum auf, der sich zwischen dem Stall und der Buchenhecke auftat. Ich fand einen Axtstiel. Er war schwer, aber nicht zu schwer. Ich musste an den Jungen denken, damit ich es machen konnte. Er würde sterben, wenn das Cortison nicht anschlug. Nur wenige Kinder erkranken an einer Alveolitis. Es ist vorwiegend eine Krankheit alter Männer. Eine Krankheit von Bäckern, Schreinern, von Arbeitern in Papierfabriken, von Taubenzüchtern – alle, die über Jahre feinste organische Stoffe einatmen und eine Entzündungsreaktion im Lungengewebe, vor allem der Lungenbläschen, entwickeln. Teuflisch ist, dass es ein schleichender und daher in der Anfangsphase meist unbemerkter Prozess ist, der die Lunge in Mitleidenschaft zieht. Ich musste den Schlag platzieren. Er musste genau in den Nacken fahren. Das Tier zappelte. Vielleicht spürte es die Angst in meiner Hand, fühlte, dass diesmal etwas anders war. Ich hatte die Taube aufwachsen sehen. Ich hatte die Stimme des Jungen im Ohr. D i e , die ist besonders schön. Abends zählte er seine Tauben nach dem Flugtraining. Fehlte eine, kam er nicht ins Haus, bevor das Tier heimgekehrt war. Manchmal wartete er bis in die Nacht hinein, obwohl es ausgeschlossen war, dass sie heimkehren würde. Tauben fliegen nicht in der Nacht. Am

Morgen rannte er noch im Schlafanzug zum Taubenschlag. Hatte er Glück, saß das Tier bereits auf dem Dach, wartete auf Einlass, hatte sich am Abend verflogen und war in den frühen Morgenstunden zurückgekehrt. Junge Tauben müssen ihren Orientierungssinn erst ausbilden. Verlieren sie den Schwarm, sind sie auf sich allein gestellt. Nicht jede findet heim. Steigt in ihnen Panik auf, ziehen sie hunderte Kilometer über den Himmel. Nach Stunden des Herumirrens verlieren sich die Koordinaten des Heimatschlags zusehends. Es kam vor, dass Tauben des Jungen in Belgien, in Frankreich aufgefunden wurden. Vater und der Junge holten sie mit dem Auto ab und brachten die Tiere heim.

Ich schlug in den Nacken und schlug sofort ein zweites Mal. Dann erst ließ ich das Tier los. Es flatterte einen Augenblick in der Luft und trudelte zu Boden wie ein großes Blatt. Mit seltsam verrenktem Hals lag es im Gras, in den Schwanzfedern ein Zucken, so dass ich wieder zuschlug auf diesen Federhaufen, der still wurde, aus dessen Schnabel ein Häufchen Taubenmilch, ein weißlicher im Kropf verdauter Körnerbrei, ausgetreten war, mit Blut vermischt. Meine Hand war schweißnass. Ich wandte mich ab, setzte mich auf den Stuhl. Es war der Stuhl, auf den der Junge sich zuletzt häufiger gesetzt und den Tieren beim Flugtraining zugeschaut hatte. Müde hatte er ausgeschaut. Einen Moment blieb ich dort sitzen. Hörte ein Rauschen in meinem Ohr. Das Rauschen des Meers, sein Wellenschlag. Ich kehrte zurück in den Stall. Ich traf keine Auswahl, ging einfach Zelle um Zelle ab, und nach einer Stunde war die Wiese übersät mit leblosen Federbündeln, und manchmal fehlte einem solchen Bündel der Kopf. Am Nachmittag waren der Schwarze und der Franzose die einzigen Tiere, die noch im Stall saßen.

Ich hörte den Wagen schon von Weitem. Das sonore Röhren ihres Wagens. Sie fuhr schnell und bremste scharf, bog ein zu unserem Haus, eine Wagentür schlug zu, ich rührte mich nicht. Ich blickte auf die Wiese, die voller toter Tauben war. Ich hätte sie längst in einen Sack stecken müssen. Ruth rief meinen Namen. Ich antwortete nicht. Wieder und wieder rief sie, und wieder mochte ich ihre Stimme nicht, dieses Heisere, Überanstrengte, das ihre Stimme überlagerte – besonders seit sie in Genf und für ihre Karriere lebte. Schließlich nahm sie den Pfad zur Wiese, sah mich am Taubenstall stehen, einen Moment zögerte sie, schon tönte ihre Stimme auf, sag mal, warum antwortest du nicht? Was soll denn das? Jetzt rede doch, sie schritt auf mich zu, fünf, sechs Meter, sie musste es riechen, das Blut, die Ausdünstungen der toten Tiere. Ich versuche den ganzen Tag schon ... was ist mit dir? Kannst du nicht gefälligst ...? Ich schüttelte den Kopf, noch immer bewegte sie sich auf mich zu. Einen Moment keimte der Wunsch auf, mich bei ihr zu bergen vor all dem Horror. Sie stakste durch die Wiese und schien doch nicht bis zu mir vorzudringen. Sie trat auf ein Federbündel. Es knackte, als hätte sie einen Knochen zertreten. Da erst blickte sie auf den Boden. Sie schrie auf. Es war weniger der Schreck in ihrer Stimme, es war diese Entrüstung – Was machst du? Was um Himmels willen tust du? –, die mich vollends abstieß, mich schweigen ließ, ein Schweigen, das mich daran hinderte, auf sie zuzugehen, es ihr leichter zu machen, diese Wiese voller Taubenleichen zu durchqueren. Ruth musste es auch fühlen, denn sie machte keinen Schritt mehr. Stand stumm auf der Wiese, begann ihre Füße im Gras abzutreten, als sei das Gras eine Fußmatte, und Arme und Hände rührten in der Luft, als seien auch diese mit dem Kadaver in Berührung gekommen.

Wegen des Jungen, sagte ich, und meine Stimme krächzte. Es ging nicht anders. Die Tiere haben ihn krank gemacht.

Ruth blickte mich verblüfft an. Immer noch bewegten wir uns nicht aufeinander zu. Sie trat noch einmal ihre Füße im Gras ab. Vielleicht war es genau diese Geste, das nochmalige Abtreten der Füße im Gras, die mich nicht sagen ließ, was ich sagen wollte: *Bleib, noch sind es zwei Tiere, die ich töten muss, und es sind die, die ich nicht töten kann, nicht ohne Hilfe von irgendwoher, von dir, von Noeten, und vielleicht auch dann kann ich es nicht tun, weil der Junge sie besonders …* Sie hob ratlos die Schultern, als wisse sie nicht weiter, was mit ihren Schuhen zu geschehen habe, die vielleicht vom Blut oder der Kropfmilch verdreckt waren. Ich ließ sie stehen, in mir diese Wut, auf ihr Leben in Genf, das Drachenfliegen, die Segeltörns, die exquisiten Reisen mit Jean, ihre Karriere, die sie lange geplant hatte, noch bei uns im Wald. Meine Wut auf das, was Ruth war oder besser gesagt nicht war. Ruth hatte uns verlassen und war nach Genf verzogen, ohne sich wirklich mit dem Jungen besprochen zu haben. Sie hatte ihn vor vollendete Tatsachen gestellt, dieses einsilbige *Friss oder stirb, komm mit oder bleib,* so war's. Ich ging zurück in den Stall, griff den Schwarzen, trat hinaus auf die Wiese, hob den Axtstiel aus dem Gras auf und schlug dem Tier den Nacken entzwei, ließ es ins Gras fallen, wandte mich um, und aus den Augenwinkeln sah ich Ruth kopfschüttelnd zu ihrem Auto zurückgehen.

Der Stall war leer bis auf den Franzosen. Ich nahm ihn in die Hand, strich über seinen mehlweißen Kopf und das rote Brustgefieder, in dem sich Schlieren grünvioletten Lichts brachen, Pire Vernett, Kammbrei, 6 Ruhe Verdunn … Cher Monsieur Vernet …

Ich trat ins Freie, hielt ihn mit beiden Händen in der Luft, legte ihn an meine Wange, roch noch einmal den trockenen Federduft und warf ihn in die Luft. Er flatterte auf, stieg schnell hoch und zog seine Runden am Himmel. Im Haus suchte ich nach Streichhölzern und aus der Scheune holte ich Benzin, das Vater für die Motorsäge brauchte. Alles ging schnell, und als das Martinshorn in der Ferne erklang, brannte der Stall schon lichterloh, war ein Knacken zu hören, als brächen Knochen, aber es war nur das Platzen der tönernen Nistschalen, die ich in den Zellen hatte stehen lassen, bis auch die Dachziegel platzten und die Flammen in den Himmel schlugen und das Dach und den Stall vollends fraßen. Noch im Wald, in den Buchen, hörte ich das Ächzen der Kanthölzer, das Brechen des Firstbalkens, das heisere Atmen des Feuers, das lauter wurde, das fauchte, schmatzte, das schnalzte und schlürfte. Immer tiefer begab ich mich in den Wald hinein: Der Wald, der mich nun bergen und das Atmen des Feuers verstummen lassen sollte. Ich gelangte zu einem Kiefernwald. Das Martinshorn schwieg. Die Feuerwehr musste das Haus erreicht haben. Ich bahnte mir einen Weg durch kniehohen Farn, lief durch eine Senke, Wasser stand dort, und zwei Libellen lösten sich von den Blättern einer Schwertlilie. Ich setzte mich an den Tümpel, streckte mich im Gras aus, sah den Libellen zu, die im Paarflug über mich hinweg flirrten. Dysrhythmische Tänze, ein Beschleunigen und Stillstehen, Pirouetten und Steigflüge. Die Tiere landeten auf dem Blatt einer Seerose, spreizten ihre Flügel und wärmten sich in der Sonne. Ich konnte die Äderung der Flügel vor dem Blatthintergrund erkennen, ein feinmaschiges Netzgewebe aus Chitin. Zirruswolken standen am Himmel … Ich kam ein wenig zur Ruhe, einige wenige Minuten nur, bis mein Handy klingelte. Es war Ruth. *Der Stall … die Feuerwehr … ob ich denn nicht …? Ob ich vollkommen verrückt geworden sei …* Wieder klang ihre Stimme scharf. Ich schwieg, und dann folgte zornig und aufgeregt: *Franz? Verdammt! Franz!* Ich legte das Handy zur Seite, und ihre Stimme rief noch eine kurze Zeit über den Tümpel und den Waldboden hinweg.

Ich roch den Brandgeruch schon, noch bevor ich den Kiefernwald wieder betrat. Zwischen den Stämmen hing der Rauch, zog zu den Kronen herauf. Der Feuerwehrwagen stand grell und rot auf der Wiese. Ruths Wagen war nicht zu sehen. Wahrscheinlich hatte sie sich wieder aufgemacht, war zu dem Jungen ins Krankenhaus gefahren. Die Männer hatten die Oberteile ihrer Schutzanzüge abgestreift. Sie baumelten lose um ihre Hüften. Die Helme lagen im Gras. Ich kannte einige der Männer. Mayer, der Einsatzleiter, war ein ehemaliger Mitschüler. Er kam auf mich zu, ich zog ihn zur Seite, bevor er irgendwas fragen konnte.

Paul, ich habe den Stall in Brand gesetzt. Der Junge liegt im Krankenhaus. Es ist wegen der Tauben. Der Stall musste weg und zwar schnell.

So geht das nicht, das weißt du!

Es musste sein.

Alles hätte brennen können. Der Wald, das Haus.

Ich muss zu dem Jungen. Es ist ernst, Paul.

Unsere Blicke maßen sich. Keiner wich aus. Schließlich nickte er. Ich machte mich auf zum Haus, wandte mich noch einmal um.

Nehmt euch ein Bier. Ich stelle es raus.

Ich zog die Kleidung vor der Tür aus, steckte alles in die Mülltonne, auch die Schuhe, und ging ins Bad. Ich duschte, wusch mir gründlich die Haare, zog mich an. Von meinem Zimmer aus sah ich den qualmenden Haufen auf der Wiese, die verkohlten Balken, die noch nachglühenden Metallstreben, mit denen wir den Dachstuhl versteift hatten. Die Wiese war großflächig um den Stall herum verbrannt. Ein fast kreisförmiges schwarzes Nichts.

Sein Gesicht war vom Fieber gerötet. Manchmal warf er sich auf die Seite und sprach im Schlaf. Worte, die ich nicht verstand. Ruth saß an seinem Bett, tupfte den Schweiß von seiner Stirn. Ihre Züge waren hart. Dünnlippig wechselten wir ein paar Worte. Ich hörte den Vorwurf in ihrer Stimme, ohne dass sie ihn ausgesprochen hätte. Dass ich nicht auf den Jungen aufgepasst hätte, ihn sich selbst und den

Tauben überlassen hätte ... Ich machte mir schon Vorwürfe genug, seinen Zustand nicht früher bemerkt zu haben. Das war jetzt die Gelegenheit, es mir heimzuzahlen, die Enttäuschung, dass der Junge sie nicht hatte nach Genf begleiten wollen, sondern geblieben war – bei Vater und mir. Es war vorbei. Ich fühlte es in jeder Geste, die Ruth machte, in jedem Wort, das sie sagte. Wir waren am Ende. Irgendwann wird es deutlich, wie bei jenen Kippbildern, die, wenn man sie lange genug betrachtet, die Gestalt einer Figur zeigen, die dann nicht mehr weichen will.

Die Stunden zerrannen. Ich stand auf, trat ans Fenster und schaute über die Stadt. Die Sonne ging unter, das Licht wurde grau. Die Stadt verblasste. Am Ende verblieben die Lichtbänder der Straßen und das Licht in den Fenstern, und über der Stadt lag der Widerschein dieses Lichts – ein schwacher Lichtdunst, der die Wolken erfasste. Ruth brach zu ihrem Hotel auf, wollte die Termine für die nächsten Tage absagen, ein paar Stunden schlafen, dann zurückkehren.

Ich tupfte den Schweiß von seiner Stirn. Er wimmerte, ich nahm ihn in den Arm, drückte ihn an mich, und das Wimmern füllte das Zimmer, bis sich allmählich das Klopfen von Regentropfen in das Wimmern mischte. Perlige Fäden flossen die Scheibe hinunter, und manchmal klatschte eine Regenböe gegen das Fenster.

Spät am Abend wachte der Junge auf. Aß einen Joghurt. Trank.

Er fragte, und ich sagte es ihm.

Alle?

Alle, bis auf den Franzosen. Er wird zu Monsieur Vernet

fliegen. Er weinte, und dann kam der Husten und löschte das Weinen. Der Junge schlief, und wieder sprach er im Schlaf, seine Stimme klang rau und müde, als hätte er lange und viel gesprochen.

Am Morgen stand Vater in der Tür. Ich musste eingenickt sein auf meinem Stuhl. Ich hatte ihn nicht hereinkommen hören. Sein Haar war zerzaust. Er war unrasiert. Sein Blick irrte durchs Zimmer, flog über das Bett, über das Gesicht des Jungen, das von dem weißen Kissen eingerahmt war, irrte über die pastellblau gestrichenen Wände, über den Balkon nach draußen, der Blick eines Tieres, das man lange durch die Straßen gehetzt hatte und das nun in einem Käfig festsaß, panisch wurde, und alles in ihm, jeder Muskel, drängte ins Weite, wollte hinaus aus dem Käfig. Vater lief ans Fenster, zum Waschbecken, wusch sich die Hände, wandte sich wieder zum Fenster, kopfschüttelnd, trat ans Bett, strich dem Jungen über den Kopf, der kurz die Augen aufschlug und Vaters Hand nahm, wieder einschlief und die Hand mit in den Schlaf nahm, so dass Vater sich auf meinen Stuhl setzte und die Hand dem Jungen ließ. Schließlich fragte Vater, und ich erklärte ihm, was es zu erklären gab, und fuhr nach Haus.

Die Luft war warm. Brandgeruch stieg in meine Nase. Von den verkohlten Balken stieg Rauch auf und hing zwischen den Eichen. Ich machte Tee und setzte mich hinaus, schaltete das Handy an. Ich wusste, dass Ruth mir geschrieben haben würde. Es musste erledigt werden, jetzt, wo sich in mir alle Geduld aufgebraucht hatte. Ich hoffte, dass sie so geschrieben hatte, wie ihre Stimme zuletzt geklungen hatte. Ich hoffte, dass die Worte zur Stimme passten, dass sie sich zu einer nervigen Anklage verstieg, die in meinem Ohr aufgellen würde, so dass ich nicht mehr fähig war, ihr besonnen zu antworten. Ich wollte den Schnitt, den endgültigen Schnitt.

So geht das nicht, mein Lieber. So nicht. Warum hältst du mich nicht auf dem Laufenden, wir hatten vereinbart … Ruth

hast recht. so geht das nicht. es geht gar nichts mehr! franz

Ich ging ins Haus, holte einen Sack und stiefelte zur Wiese. Kein Kadaver war zu sehen. Hatte Mayer …? Mayer war nicht der Typ dafür. Ich lief die Wiese ab. Ich hörte einen Wagen sich über den Waldweg nähern. Es war Noeten.

Er stieg aus, kam auf mich zu, sah den Sack in meiner Hand und zeigte mir die beiden grauen Müllsäcke, die hinter dem Stamm einer Eiche postiert waren.

Über Nacht konnten die Tiere hier nicht liegen bleiben, sagte Noeten. Er nahm mir den Sack aus der Hand, und wir gingen zum Haus.

Ich musste es tun, und ich musste es schnell tun, sagte ich. Die Tiere haben ihn krank gemacht. Eine Alveolitis. Eine schwere Kontaktallergie.

Noeten nickte. Er hatte einige Jahre als Tierpfleger in einem Zoo gearbeitet. Vielleicht kannte er sich aus.

Soll ich uns einen Kaffee machen?, fragte er.

Lass mich das machen. Du hast gestern Kontakt zu den Tieren gehabt, als du sie beiseitegeschafft hast. Warte draußen. Ich will kein Risiko eingehen.

Ich wusste, dass Noeten nicht geduscht hatte. Er besaß keine Dusche. Alle paar Wochen wusch er sich im Fluss.

Ich brachte den Kaffee hinaus. Noeten hatte auf der Bank Platz genommen. Stierte auf die Tasse, trank einen Schluck, drehte sie in seinen Händen, als könne er aus ihr die Zukunft lesen.

Ich werd sie vergraben, sagte er schließlich.

Er ging hinüber zur Wiese, nahm die Säcke, lud sie auf und fuhr davon.

6

Das Haus schlief. Die Wände waren so blass wie das Licht. Vaters Hemd, seine Brille lagen im Badezimmer, das Buch noch aufgeschlagen auf dem Nachttisch. Nichts zeigte den Verlust.

Es dauert oft lange, bis wir es spüren, es anschauen. Mir genügte ein Blick in den Spiegel. Das Haar lag schlaff am Kopf, um die Augen hatten sich die Falten schärfer konturiert, der Blick war schwammig. In zwei Nächten hatte sich alles beschleunigt.

Etwas kroch um mich herum, es hockte in den Bäumen, der Fluss war fahl, die Wiese stumpf. Etwas saß am Küchentisch, am Bett, eine Furcht und eine Macht, die zu uns vorgedrungen waren, die Teil des Lebens zu sein schienen, nicht nur in Somalia, nicht nur auf den Schlachtfeldern. Ich hatte gedacht, mich verstecken zu können. Viele Jahre war es gelungen.

Ich hörte den Wagen auf das Haus zurumpeln. Ich ging die Treppe hinunter und öffnete die Tür. Noeten trat ein, legte die Tüte mit den Brötchen auf den Tisch. Er hielt den Blick gesenkt, als wartete er darauf, dass der Schmerz in meinem Blick sich ein wenig verzog, der Schmerz wegen der Brötchen, die Noeten geholt hatte, in Vaters Bäckerei. Wie jede Taube an den Jungen erinnerte, so wiesen die Brötchen auf Vater. Ich deckte den Tisch, machte Kaffee, nahm ein paar Bissen. Noeten langte zu. Er schmierte Butter auf das Brötchen, wählte Salami und legte darauf noch eine Scheibe Käse. Auch ein Spiegelei lehnte er nicht ab. Ich zeigte auf die Plastiktüten, die neben Vaters Stuhl standen. Noeten fingerte an den Tüten, holte die Gipsabdrücke hervor. Ein Grinsen huschte über sein Gesicht. Ich zog mein Portemonnaie aus der Tasche und nahm den Zettel mit den Daten heraus.

Ich hab den Radstand und die Spurweite, sagte ich und führte ihn zu Vaters PC im Wohnzimmer. Noeten begriff sofort.

Womit fangen wir an? Welche Automarke bevorzugen solche Leute?

Keine Ahnung, antwortete ich und googelte *Audi Radstand 2933 mm Spurweite 1660 mm.* Kein Ergebnis.

Ein Mercedes vielleicht, sagte Noeten.

Auch diesmal ergab sich keine Übereinstimmung.

BMW, die ganzen Japaner und VW, schließlich Ford und Opel, sagte ich.

BMW reichte. Ein *X5 M.* Das Datenblatt mit allen Maßen und Gewichten. Volltreffer. Meine Hand zitterte, als ich die Maus bediente. Es war ein bulliges Fahrzeug, eine Art luxuriöser Geländewagen, mit dem man an der Oper vorfahren oder in die Sahara aufbrechen konnte. Ein Auto für alle Fälle. Ein blechgewordener Potenzbolzen. Der Wagen kostete über 100 000 Euro. Wer waren die beiden? Sie waren jung. Konnten sie sich einen solchen Schlitten leisten?

Fahren wir, sagte er. Fahren wir ein wenig durch die Gegend.

Für die Polizei wäre es kein Problem, den Halter …

Dann bin ich raus, sagte Noeten schroff. Keine Bullen!

Ich hätte es mir denken können. Bei Noetens Vorgeschichte war das nicht verwunderlich. Entweder Noeten oder die Polizei. Ich musste mich entscheiden. Ich zog meine Jacke an und folgte ihm.

Noeten fuhr langsam. Die wenigen Wagen, die uns entgegenkamen, nahm er ins Visier. Ich schaute auf die Fischteiche, blassblaue Flächen, auf denen die Sonnenstrahlen sich brachen und ein Netz aus Lichtpunkten warfen.

Noetens Haare standen wirr vom Kopf ab. Bis auf den Haarkranz am Hinterkopf und einem Büschel vorne war er kahl. Den Bart stutzte er regelmäßig auf Fünf-Tage-Niveau. Das war sein Tribut an die Zivilisation. Endlich informierte ich Karen und schrieb eine SMS. Spät. Viel zu spät. Sie würde es mir übel nehmen. *vater ist etwas zugestoßen. bin wieder auf dem weg zum krankenhaus. es geht ihm schlecht. franz*

Karen musste jetzt in der Schule sein. Manchmal ließ sie ihr Handy an. Ich schrieb ihr, wenn sie für ein langes Wochenende verreist war und wir uns nicht gesehen hatten, pathetisches Zeug in den Unterricht: *war am see, trank wein, fuhr mit einem kahn einmal um den mond. du hast gefehlt.*

Sie antwortete: Und ich sah für dich einen Skiläufer. Er schnitt eine senkrechte Linie ins Weiß. Darüber nichts als Blau.

Bauernhöfe tauchten entlang der Straße auf, dunkler Backstein und rote Fensterläden. Die schnurgeraden Hügelfluchten der Spargelfelder. In gebückter Haltung oder auf den Knien die Erntehelfer mit Eimer und Spargelstecher. Auf den Weiden grasten schwarzweiß gefleckte Milchkühe, dazwischen die Leere des Grüns. Schilder am Straßenrand, dort, wo jemand verkaufte. Häuser, die durch die Jahre grau geworden waren. In Vorbesitz genommen durch Makler, das grelle Orange der Lettern auf den Schildern. Schließlich die Blocks, sechsstöckig, in denen vor Jahren noch Soldaten einer britischen *Air Base* gewohnt hatten, die in den 50er Jahren unweit des Dorfes errichtet worden war. Die leeren Fensteröffnungen, aus denen man Rahmung und Flügel herausgebrochen hatte, vor den Türen kniehohes Gras. Das Zentrum aus Kirche, Rathaus, Schule, Marktplatz, einer Arztpraxis. Der Park, der sich bis vor ein paar Jahren vom Marktplatz bis zur Durchgangsstraße gezogen hatte, war einer trostlosen Architektur gewichen: Ein Parkhaus, das leer stand, ein thailändisches Restaurant mit chronisch wenigen Gästen. Darüber Wohnungen, umlaufende Balkons, auf denen sich nie jemand aufhielt. Eine Massagepraxis, daneben ein Supermarkt, cremefarben gestrichen, mit einem Pultdach aus rotem Blech. Sonne und Frost hatten die Farbe an vielen Stellen schon vom Blech geputzt. Noeten steuerte auf den Supermarkt zu. Auf dem Parkplatz standen nur wenige Autos. Kein BMW X5 darunter. Ein Lastwagen, der die Maut der nahen Autobahn vermeiden wollte, donnerte die Straße hinunter. Ein Fußgänger, gerade erst hatte er die Fahrbahn überquert, sprang auf das Trottoir. Ich kannte den Mann. Er war früher Metzger im Dorf gewesen. Es gab keine Metzgerei mehr, wie es auch bald keine Bäckerei mehr geben würde. Vaters Nachfolger konnte sich kaum noch halten wegen der Billig-Konkurrenz, die in einem weiteren Supermarkt außerhalb des Dorfes Brot und Brötchen für weniger als den halben Preis anbot.

Das war knapp, sagte er und gab mir die Hand.

Ich nickte.

Hör zu, Hans, kennst du jemanden, der einen schicken Geländewagen fährt, einen BMW, so eine eitle Geldkarosse? Du weißt, was ich meine.

Hans schob eine Hand unter die Achsel, senkte den Kopf ein wenig zur Brust, das tat er immer, wenn er nachdenklich wurde.

Hm, eher nicht.

Eher …? Hans, was meinst du mit e h e r ?

Hans schaute mich an. Auf seiner Glatze lag das Licht der Frühlingssonne.

Nein … also eigentlich nicht.

Gut, Hans, falls dir uneigentlich doch jemand einfällt mit so einem Wagen, ruf mich an. Es ist wichtig … wegen Vater.

Was ist wichtig?

Hans, ich muss weiter.

Ich war nicht in der Stimmung, ihn über das, was Vater

widerfahren war, aufzuklären. Wir betraten den Supermarkt. Noeten bestellte uns Kaffee am Imbiss im Eingangsbereich. Wir traten an den Stehtisch. Mein Handy fiepte. *Was kann ich tun? Was ist geschehen? Karen*

Ich tippte meine Antwort: *eine hirnblutung. ruf dich später an. franz*

Hast du schon einmal daran gedacht, dass der Wagen gestohlen sein könnte?, fragte Noeten.

Was würde es ändern?

Noeten zuckte mit den Schultern und stierte in seinen Kaffeebecher. Er umklammerte ihn mit beiden Händen. Seine Hände waren grob, die Haut rissig, die Nägel nicht sauber. Wir blickten auf die Straße und den Parkplatz. Ein weiterer Laster fegte durch den Ort. Von einem X5 keine Spur. Waren wir vorhin noch fast euphorisch gestimmt gewesen von der Aussicht, die Männer zu finden, so machte sich nun Tristesse breit. Ich dachte an Vater, an seinen erbärmlichen Zustand. Ich dachte an das, was vermutlich seine Zukunft war. Ich dachte an mich und dass mir allein Karen blieb, wenn Vater starb.

Hans ging die Straße hinauf, passierte den Friseur, die Bäckerei, wandte sich seinem Haus zu. Zwei Jungs kamen ihm entgegen. Sie trieben eine Cola-Dose vor sich her. Sie kickten die Dose diagonal von einer Straßenseite über die andere und bewegten sich auf den Supermarkt zu. Wenn ein Wagen sich näherte, warteten sie. Sie warteten genau so lange, bis der Wagen fast auf gleicher Höhe war. Dann schossen sie die Dose über die Straße, gerade noch rechtzeitig genug, dass die Dose den Wagen nicht traf, bis –

es gibt immer die Ausnahme – die Dose dieses eine Mal einen Aufwärtsdrall bekam und gegen die Seitenscheibe eines Autos flog. Der Fahrer bremste, verriss vor Schreck das Steuer, der Wagen schoss über den Bordstein hinweg, knallte gegen eine Straßenlaterne, die scheppernd zerbarst, Glas rieselte, der Laternenmast war gekrümmt, an einer Seite aufgerissen, der Mann taumelte aus seinem Fahrzeug, die Jungen stoben davon.

Komm, sagte Noeten.

Ich stürzte meinen Kaffee herunter, folgte ihm. Noeten fuhr schnell. Sein Blick pirschte in die Vorgärten, in die Nebenstraßen. Wir fuhren die Straße hinunter bis zum Ortsausgang, dort, wo die Blocks begannen. Die Jungen interessierten mich nicht. Was wollten wir hier? Ein paar Männer mit Plastiktüten voller Leergut waren unterwegs. Aus einem offenen Fenster im ersten Stock drang Musik. Ein Barockstück. Es klang nach Bach. Noeten fuhr jetzt Schritttempo. Ein Sonnensegel hatte sich von einem Balkon gelöst und hing wie eine Fahne im Wind. Es klatschte gegen das Metallgestänge des Balkons. Am Straßenrand parkte ein Opel Kadett. Techno wummerte gegen die geschlossenen Fenster. Niemand saß am Steuer. Wir fuhren weiter, lugten in die Garagenplätze, in die Grünflächen zwischen den Blocks. Ein einzelnes Auto kam uns entgegen. Am Steuer ein Mann mit Hut und rotem Gesicht. Er schlich an uns vorbei, umklammerte das Lenkrad wie eine Reling. Aus der Ferne schlug uns ein Knallen entgegen, als schlage jemand auf ein Blech. Auch ein Wimmern war zu hören. Immer schneller kamen die scheppernden Schläge von einem der Garagenhöfe weiter unten in der Straße. Ich sah die Unruhe in Noetens Augen. Wir parkten den Wagen am Ende der Straße, wo die Felder begannen. Wir stiegen aus, wieder schlug ein Gegenstand gegen ein Blech, es musste von den hinteren Garagen kommen, die wir von der Straße nicht einsehen konnten. Schritt um Schritt gingen wir dem Scheppern entgegen, vernahmen Stimmen, ein Johlen und Prusten, das dann verstummte und einer Stille wich. Wir erreichten das Ende des Garagenhofs, bogen in eine Gasse ein, die in einen Wendehammer mündete. Es war ein Waschbär, ein junges Tier. Angeleint am Griff eines Garagentors. Das Tor stand ein Stück offen. Der Hals des Tiers war überstreckt. Seine Pfoten berührten kaum den Boden. Das Tier rührte sich nicht. In den Wäldern stieß man schon mal auf einen Waschbären, wahrscheinlich hatte man ihn dort gefangen. Noeten trat an den Waschbären heran, ein Flackern zog über Noetens Gesicht. Es war gerötet. Um die Nase war er blass. Der Waschbär blutete aus der Schnauze, auch in den Augenwinkeln war Blut, der Kopf war unnatürlich weit nach hinten gebogen, jenseits aller anatomischen Möglichkeiten, man sah das sofort. Noeten hockte sich hin, strich über das Fell des Tiers, schließlich befühlte er das Genick. Noeten band die Leine los, nahm das Tier und legte es an den Feldrand. Er wendete, fuhr die Straße, die durch die Blocks führte, wieder hinauf. Schaute in die Garagenhöfe, in die Grünflächen. Mit schmalem Blick und zusammengekniffenen Lippen. Ich wusste, was ihn beschäftigte. Aber es war sinnlos, die Täter finden zu wollen. Sie waren fort und nicht diejenigen, die wir suchten.

Straßenfluchten, die durch die Vororte schnitten. Die Ödnis leer stehender Fabrikhallen. Blinde Fensterscheiben oder keine Fensterscheiben. Graffiti, die die Wände hochwucherten. Dilettantisch und grell. Günstig, alles günstig, das Fitnesscenter und die Kleinwäscherei, die Gebrauchtwagen wie die Matratzen, ein Getränkehandel, der sich *Dursty* nannte, eine abgefackelte Diskothek, rußschwarze Mauerstümpfe, auf die die Mittagssonne schien.

Noeten fuhr im Schritttempo über den Parkplatz der Klinik. Eine Schotterfläche, die Parkbuchten mit Balken markiert, viele aus der Verankerung gerissen oder morsch. Keines der Autos, die hier standen, glich dem, das wir suchten. Es war eine Schnapsidee, im Pakt mit dem Zufall ans Ziel kommen zu wollen. Menschen in Hausschuhen und in Trainingsanzügen, auf Krücken und in Rollstühlen standen an der Pforte und rauchten. Die Luft war geschwängert von Nikotin. Rauchen verbindet. Schafft Verbindung, zu jeder Zeit, an allen Orten. Ich stieß die Glastür auf, hastete den Flur entlang. Eile lag in den Mienen der Ärzte. In den Gesichtern derjenigen, die man als Patienten ausmachen konnte, las ich Langeweile. Ich wählte das Treppenhaus statt des Aufzugs. Ich wollte Zeit gewinnen, mich wappnen für das, was mich erwartete.

Unverändert roch der Flur vor der *Stroke Unit* nach Farbe. Erst heute fiel mir auf, wie niedrig die Räume waren. Souterrain. Die Fensterschächte waren mit Kies ausgelegt. Spinnennetze und Staubmuster marmorierten die Scheiben von außen.

Die Patienten lagen reglos in den Betten, hatten keinen

Blick. Vater hatte die Augen geschlossen. Sein Kopf lag in den Kissen. Sie hatten sein Haar gekämmt. Vater schlief auf dem Rücken, und ich ahnte, dass er sich niemals wieder aus eigener Kraft würde auf die Seite drehen können, nachts, wenn er erwachte, wenn er den Drang verspürte, die Liegeposition zu wechseln, so dass ihm auch noch das Letzte geraubt würde, was ihm als Fluchtpunkt blieb: der Schlaf. In den man versinkt, der die Zeit von einem nimmt. Wer schlafen will, muss die Position wechseln können.

Die Monitore piepten. Wer glaubt, auf einer Intensivstation sei es still, der irrt. Es gibt Töne, die bilden den Herzschlag ab, andere zeigen den Blutdruck an. Ändert sich ein Ton, hört ein Pfleger oder Arzt einen Misston im Konzert, so kann er reagieren, zum Monitor eilen und die Herzschriften studieren. Vater war nicht alleine im Zimmer. Zwei weitere Patienten lagen noch dort. Das Piepen ihrer Monitore war zeitversetzt – um jene winzigen Sekundenbruchteile, die meine Nerven reizten, die den Impuls entstehen ließen, das Geräusch abzustellen oder den Raum zu verlassen. Man erträgt das eine Zeit lang – mit der Maßgabe, dass man es selbst in der Hand hat, davonzugehen oder den Ton abzustellen. Zu leben bedeutet agieren. Was meinem Vater geblieben war, war kein Leben mehr.

Ich ging hinaus auf den Flur. Noch war Karen im Unterricht. Ich schrieb ihr eine weitere SMS, schrieb, wo sie mich finden konnte, dass es mir wichtig sei, sie jetzt bei mir zu haben. Im Nachbarzimmer setzte ein Absauggeräusch ein. Ich wollte nicht wissen, welche Verrichtung an einem der Patienten dort vollzogen wurde. Als ich zurückkehrte, regte Vater sich, ein Muskel am Oberarm zuckte, er streckte ein Bein, er schlug die Augen auf, schien mich anzublicken, aber sein Blick verlor sich, und er sank zurück in einen Dämmerschlaf.

Von Zeit zu Zeit kam ein Pfleger, um nach dem Tropf zu schauen. Mitunter bat er mich hinauszugehen, um meinem Vater die Windel zu wechseln. Ich war erleichtert, seiner Bitte folgen zu müssen. Für ein paar Minuten konnte ich fliehen, ging ich hinaus ins Freie, trat zu den Rauchern und steckte mir eine Zigarette an. Die Exkremente eines Erwachsenen zu entfernen, war eine Handlung aus einer anderen Welt. Diese andere Welt jagte mir Angst ein. Sie riss die Schranken der Intimität ein. Vielleicht auch der Würde, aber das konnte nur Vater mir beantworten. Diese Welt bestand aus Gestank und Blut, aus Schmerzen und Elend, sie war die Bresche, durch die ein jeder am Ende hindurchmuss, eine umgekehrte Geburt, ein Kraftakt der Auflösung. Sie zeigte die ganze Misere des Körpers, der auch immer bei aller Schönheit, bei aller Stärke, die einem Körper mal eigen gewesen sein mag, mit der anderen Seite der Medaille, dem Verfall, mitgedacht werden muss. Eine negative Ästhetik.

Ich sah Karen schon von Weitem. Ihr schneller Schritt. Das Haar, das auf den Schultern wippte. Ihre dunkle weitausgestellte Hose, darüber das weiße Hemd, ein Männerhemd. Ich mochte ihren Anblick immer, jetzt nahm er mir ein wenig von dem Schmerz.

Wir stiegen die Treppe zum Keller hinunter, ihr Gesicht blieb gefasst, vielleicht, weil sie nicht wusste, was sie erwartete. Als wir den Flur betraten, kam uns der Arzt entgegen, der mir gestern Vaters Zustand erklärt hatte.

Kann ich Sie einen Moment sprechen?

Es ist nie gut, wenn ein Arzt einen Angehörigen sprechen will.

Er führte mich in sein Dienstzimmer, ein enger Raum mit einem Schreibtisch, der an die Wand gerückt war, daneben ein Schrank und ein Hängeregister. Er fuhr mit dem Finger über das Register, zog eine Akte, blätterte darin herum, schaute mich an, dann Karen.

Ihr Vater hat Schluckbeschwerden, kann keine Nahrung zu sich nehmen. Wir müssen ihn künstlich ernähren. Liegt eine Patientenverfügung vor, die das ausschließt?

Was ausschließt?

Eine Magensonde.

Ich schaute Karen an. Sie senkte den Blick.

Nein, sagte ich. Nichts liegt vor.

Gut, ich meine ... dann setzen wir die Sonde.

Er machte einen Eintrag in die Akte, schaute uns wieder an.

Es muss zusätzlich zu der Hirnblutung noch eine Verletzung im Stammhirn vorliegen. Wir haben einen weiteren Scan gemacht. Wahrscheinlich ist es ein Mikro-Schlaganfall. Der Schluck- und auch der Hustenreflex sind ausgeschaltet.

So tief kann man ins Bodenlose fallen, dachte ich.

Wenn er etwas zu sich nähme und sich verschluckte, was immer es wäre, er würde es nicht mehr aus der Lunge bekommen.

Er würde ersticken?

Das nicht unbedingt, aber es käme schnell zu einer Lungenentzündung. Etwas, das wir nicht gebrauchen können.

Verstehe, antwortete ich, obwohl ich nichts verstand. Ich begriff nur, dass immer mehr Land unter war, dass Region um Region geräumt und geflutet wurde.

Wir traten hinaus auf den Flur, an einen der Kellerschächte. Karen öffnete das Fenster. Wir sogen die Luft ein. Wir schwiegen. Es gab nichts zu sagen. Vaters Leben hatte eine Grenze überschritten, die unumkehrbar schien. Vater musste den Tanz tanzen. Ein paar verschossene Blumen standen in den Rabatten, blasse Kolonien im Unkraut. Karen strich über meinen Handrücken, ihre Arme waren gebräunt. Auf ihrem Gesicht ein Glanz, selbst hier. Sie war eine Frau aus einem Land, das jenseits des Kellers begann. Ihr Hals war grazil. Ihre Brauen kräftig. Sie küsste mich auf die Wange. Ich gehörte zu Karen, ich war nur Besucher in Vaters Welt.

Wir gingen zu seinem Zimmer, öffneten die Tür, ein Akt, so wie man auf einem Sprungturm im Schwimmbad steht, zögert und sich entscheiden muss, zu springen. Karen trat an sein Bett. Nahm seine Hand. Einen Moment änderte sich der Atemrhythmus. Dann nahm sie ihre Hand fort, und es gab nichts mehr zu tun, als dort an seinem Bett zu sitzen. Wir hörten Vater seufzen, manchmal bewegte sich ein Arm, ein Muskelzucken, und der Ärmel scheuerte über das Laken, eine Bewegung, die ein winziges Geräusch in das Zimmer entließ. Vom Flur her hörten wir Schritte durch die geschlossene Tür, das Klappern von

Geschirr auf einem Tablettwagen, Stimmen, gedämpft und wie aus großer Ferne. Vater bewegte die Lippen, aber kein Wort löste sich aus seinem Mund. Ich nahm seine Hand, sie war kühl und trocken. Minute um Minute verstrich, und irgendwann standen wir auf und gingen, und ich war erleichtert darüber, diesen Ort verlassen zu können, den mein Vater nicht verlassen konnte.

Als wir hinaustraten auf den Parkplatz, wartete Noeten an seinem Wagen. In den Händen hielt er den Gipsabdruck der Reifen.

Kommt, sagte er. Er ist gerade vorgefahren.

Wir folgten Noeten über den Parkplatz, kamen zu einer Schranke. Ein abgesperrtes Areal für die Klinikleitung und die Chefärzte. Ich sah den Wagen sofort. Wuchtig. Mit dem Charme eines Panzers. Mein Herz klopfte, und zum zweiten Mal an diesem Tag machte sich plötzlich so etwas wie Zuversicht breit. Noeten bückte sich und hielt die Abdrücke an die Reifen. Sie passten nicht. Vorne nicht und hinten nicht. Karen schaute uns verblüfft an.

Wollt ihr mich aufklären?

Mit jedem Satz, den wir über den Hund, die Rehe, über die Männer und Vater, über mich und Noeten verloren, büßte ihr Blick an Haltung ein, wurde er verblüffter, war er entsetzt, und am Ende, als ich sagte, wir fänden die Männer, und Noeten wiederholte, ja, wir fänden sie, war ihr Blick ratlos. Sie zog mich zur Seite und sagte: Lass es! Geh zur Polizei.

7

Von den Teichen drang das heisere Schreien der Reiher herüber, dem das *Zilipp Zilipp* der Bachstelzen unten am Fluss folgte. Das Gurren der Tauben fehlte. Dort, wo der Taubenstall verbrannt war, wuchsen inmitten der Brandfläche bereits wieder Drahtschmielen und Reitgras. Das Flügelklatschen der Tauben war vor ein paar Monaten noch zu uns herein an den Frühstückstisch gedrungen, und der Junge war mit seinem Brot hinaus vors Haus gestürmt, um die Tauben in der Luft zu sehen. Ihre Sturzflüge, nachdem sie am Himmel in einem fischsilbrigen Schwarm gekreist waren. Ihre Flügel hatten in der Sonne geglänzt. Vater und der Junge hatten die Fitness der Tauben an ihrem Flugverhalten erkennen können. Die Tiere blieben, wenn sie austrainiert und im Vollbesitz ihrer Kräfte waren, lange in der Luft, und wenn sie über das Haus flogen, hatten wir unweigerlich aufgeschaut, so geräuschvoll und windstark waren sie über uns hinweggeschossen. Taubenschwärme wirken oft ungeordnet, chaotisch, aber der Eindruck täuscht. Die Anordnung der Tiere im Schwarm ist nicht willkürlich. Der Junge hatte uns aufgeklärt. Er hatte Studien in einer Zeitschrift gelesen. Schwarmtheorien zufolge glaubte man lange, dass der Zufall entscheidet, welcher Vogel vorne fliegt. Das ist ein Trugschluss. Taubenschwärme gehorchen klaren Regeln: Der Anführer fliegt vorn, und zwar vorne links. Ändert sich die Flugrichtung eines Schwarms, liegt sogleich wieder der ranghöchste Vogel an der Spitze. Brieftauben wurden im Rahmen einer Studie kleine Rucksäcke am Rumpf befestigt. Sie waren mit einem Mini-GPS-System ausgerüstet. Jeder Apparat wog nur ein paar Gramm. Während des Fluges wurde alle 0,2 Sekunden von jedem Tier die Flugrichtung gemessen. Dadurch konnte festgestellt werden, welche Taube den Ausschlag für einen Richtungswechsel gab. Mitunter würden die Leittiere während der Flugsaison wechseln, hatte der Junge gesagt. Er erkenne, welches Tier gerade dominiere, und hatte auf einen Punkt am Himmel gewiesen. Es sei der rote Vogel von 2006 mit der Ringnummer 515.

Vaters Aufgabe war es gewesen, die Tauben am Ende des Trainings, da war der Junge schon längst auf dem Weg zur Schule, in den Stall zurückzuholen. Er musste, waren sie auf dem Dach des Taubenschlags gelandet, mit der Futterdose rappeln, und schon stürzten sie in den Schlag, wo sie sich an irgendeinem Diät- oder Kraftfutter satt fraßen. Die beiden hatten ein Fütterungsschema entworfen, das ich nicht weiter verstand, aber an den Abenden hatten sie oft zusammen gesessen, die Futtermischungen studiert und die Trainingspläne besprochen. Es war ein Fulltime-Hobby, das sie betrieben hatten. Er wird sich immer daran erinnern, hatte Vater gesagt. An die Tauben und an mich. Es wird mich ein Stück vor dem Vergessenwerden bewahren. Vater hatte nicht ahnen können, dass er es sein würde, der sich erinnern würde, dass er es war, dessen Blick in den Himmel von einem Schmerz grundiert war. Vater hatte nicht voraussehen können, dass die Erinnerung all ihre Last i h m aufbürden würde, dass er keine Taube in der Luft mehr sehen konnte, ohne dass eine Trauer ihm in den Leib fuhr, die durch nichts gemildert werden konnte. Es gab nichts, das den Verlust des Jungen entschärfte. Kein gedankliches Ummünzen, keine falsche Hoffnung auf seine Rückkehr. Ich wusste, dass Vater keine Wetterkarte mehr studierte, er verschwand aus dem Zimmer, wenn die Karte Europas und Frankreichs in der Tagesschau erschien. Die Karte, anhand derer sich die Orte erkennen ließen, an denen die Tauben aufgelassen wurden und von wo aus sie den Flug in die Heimat antraten. Die Startorte zogen sich in einem Abstand von vielleicht 80 Kilometern von der französisch-belgischen Grenze quer durch Frankreich hinunter zu den Pyrenäen: Charleville, Reims, Étampes, Blois, Tours, Bordeaux, schließlich Dax und Pau. Orte können den Schmerz konservieren.

Vater setzte in der Küche auf dem Gasherd den Kaffee auf, den er wie zu Mutters Zeiten in der Espressokanne, einem Mitbringsel aus einem Italienurlaub, zubereitete. Sobald der Kaffee fertig war, würde er zu mir herauskommen. Im Zimmer des Jungen war es noch still. Wieder fiel mein Blick auf die Brandfläche, wo bis vor ein paar Monaten der Taubenstall gestanden hatte. Nur die Fundamente, vier knöchelhohe Betonstreifen, waren übrig geblieben. Zwei Schmetterlinge ließen sich auf dem Armband meiner Uhr nieder. Mit ihren winzigen Saugrüsseln nahmen sie das Salz auf, das der Schweiß auf dem Leder hinterlassen hatte. In den Stockrosen entlang der Hauswand tummelten sich bereits Bienen. Der Junge würde ihn mögen, den Tag, blau und wolkenlos, ein Tag, an dem seine Tauben oft besonders gut heimgefunden hatten. Aber es war kein Tag für Tauben, es war der Tag nach den großen Ferien. Der Tag, an dem der Junge erstmals nach all den Monaten wieder zur Schule gehen würde. Nur, dass er nicht mehr der Junge war, der er noch im Frühjahr gewesen war. Das Cortison hatte sein Gesicht aufgeblasen wie einen Ballon. Der Junge war hübsch gewesen mit seinen blauen Augen, dem blonden Haar, dem schön geschwungenen Mund, der schmalen Nase. Auch die kleine Speckfalte am Hosenbund hatte das Bild nicht getrübt. Sie hatte ahnen lassen, dass er gerne aß. Jetzt hatte er nicht nur im Gesicht, sondern auch am Bauch und an der Brust enorm zugenommen, selbst zwischen den Schulterblättern und im Nacken hockten große Mengen Fett. Der Junge war nicht wiederzuerkennen. Er hatte einen Stiernacken und ein Mondgesicht – Nebenwirkungen der hohen Cortisongaben. Waren die Entzündungen in der Lunge therapiert, würde das Medikament allmählich reduziert werden können. Noch waren die Finger des Jungen dick wie Würste.

Ich hörte eine Tür schlagen, dann rauschte die Toilettenspülung. Vater kam zu mir heraus. Was der Junge an Gewicht zugenommen hatte, hatte Vater aus Sorge um den Jungen verloren. Seine Wangen waren eingefallen, die Hautlappen am Hals flattriger geworden. Vater trank seinen Kaffee und schwieg. Wir durften nicht zu tief in dieses Schweigen sinken. Wenn der Junge gleich zu uns herunterkam, brauchte er unsere Zuversicht, unsere Leichtigkeit, auch wenn sie gespielt war. Der Start in der Schule, die Wiederaufnahme eines scheinbar normalen Lebens war extrem wichtig für den Jungen und auch für Vater, der von Gewissensbissen zerfressen war. Er hatte den Jungen für die Tauben begeistert. Er hatte ihn verrückt gemacht nach den Tieren. Wir hörten den Jungen die Treppe hinunterkommen. Schritt für Schritt. Sein Gang war schwer geworden. Sein orangefarbener Haarschopf erschien im Türrahmen. Er hatte sich die Haare gefärbt, als sein Gesicht dick wurde. Lassen Sie ihn! Was man nicht verbergen kann, muss man zeigen, hatte der Professor geraten. Vater ging auf ihn zu und nahm ihn in den Arm. Lange standen sie dort. Der Junge schmiegte sich an Vaters Brust. Vater strich ihm über das Haar. Das Leben ist ungerecht. Es ließ den Jungen erkranken an dem, was er liebte. Vielleicht ist es auch gerecht – wegen dieses Augenblicks, da er den Kopf an Vaters Brust legte, sich dort barg, sich dort immer bergen konnte. Vielleicht besteht der Kern des Lebens, der schöne Kern, aus solchen Momenten der Nähe, des Anvertrauens zwischen zwei Menschen. Wahrscheinlich gibt es nicht mehr, und es rettet uns vor dem, was dort draußen auf uns wartet, das in unser Leben schlägt wie ein Sturm, der in die Bäume fährt. Er knickt und fällt sie, so wie auch wir fallen, und wenn wir brechen, stehen wir nicht mehr auf. Ich hoffte, dass der Junge und Vater nicht gebrochen waren, nur gebogen wie die Ähren auf den Feldern, die sich Wochen nach dem Sturm wieder aufrichten, wenn die tieferen Fasern nicht zu sehr verletzt sind.

Der Junge löste sich von Vater und setzte sich zu mir auf die Bank. Wir schauten in den leeren Himmel. Vater ging in die Küche und machte Frühstück. Ich nahm die Hand des Jungen. Ich spürte, dass er zögerte, sie mir zu geben.

Vielleicht ahnte er, dass er nicht mehr weich und schutzbedürftig sein durfte, wenn er es gleich in der Schule schaffen wollte: Diese ersten Meter, die ersten Minuten mit dem neuen Gesicht, den dicken Fingern, dem Stiernacken, wie wollte er sie schaffen, wenn er sich nicht hart machte? Ohne Panzer war er verloren, denn die Sprüche seiner Mitschüler würden kommen, vielleicht nicht heute, weil alle überrascht und geschockt sein würden, wenn sie ihn das erste Mal so verändert sahen. Aber morgen oder übermorgen würden die Sprüche zu hören sein. Kinder mögen keine Veränderungen, nicht an sich und nicht an ihren Mitschülern. Erst recht mögen sie niemanden, der ihnen vor Augen hält, wie dünn das Eis ist.

Wir gingen hinein zu Vater in die Küche. Der Junge aß ein paar Happen Müsli und trank den Orangensaft, den Vater ihm gepresst hatte. Immer wieder schaute der Junge auf die Küchenuhr. Wir hatten vereinbart, zeitig loszufahren. So wäre er einer der Ersten, konnte sich der neuen Klassenlehrerin vorstellen, war schon in der Klasse, wenn die anderen kämen. So hatten wir es geplant. So fiele er weniger auf, als wenn er in die Klasse träte und alle Blicke sich auf ihn richteten. Die Kinder würden einzeln oder in kleinen Gruppen eintreffen und ihn begrüßen und konnten sich, während sie die paar Meter auf ihn zugingen, ein wenig an seinen Anblick gewöhnen. Ein plötzliches unkontrollierbares Lachen der ganzen versammelten Klasse musste vermieden werden. Käme er als einer der Letzten, hätte gar der Unterricht schon angefangen, wäre die Situation unberechenbar. Selbst wenn die Klasse das Lachen unterdrückte, wäre es dennoch ein Ausgelachtwerden, kein lautes, aber ein Auslachen wäre es: Ihre Augen würden lachen, die schnell vor den Mund gerissenen Hände würden lachen, die sich schüttelnden Körper.

Ich fuhr. Der Junge saß neben mir. Vater hinten. So hatten wir es vereinbart, Vater und ich. Der Junge konnte den Weg besser verfolgen, konnte sich auf die Situation vorbereiten, Kilometer um Kilometer. So kämen die Stadt und die Schule nicht plötzlich in seinen Blick. Im Fond war die Sicht eingeschränkt. Wir bogen vom Waldweg auf die Straße, vorbei am Haus des Forstverwalters. Zwischen den Buchen schimmerten die Fischteiche auf.

Noeten wird wohl gerade die Fische füttern, sagte Vater.

Der Junge nickte.

Viele Jungfische wird es nicht geben, sagte ich. Der Sommer ist zu heiß.

Der Junge nickte wieder und schaute auf die Straße. Die Asphaltdecke war schlecht. Der Wagen hüpfte. Die Bäume standen dicht an dicht am Straßenrand. Sie hatten jeden Blick in den Himmel zuwachsen lassen. Wir fuhren durch eine Art Tunnel. Das wenige Sonnenlicht, das durchdrang, wurde von den Blättern reflektiert. Es schillerte und glitzerte in diesem Tunnel. Man musste sich beim Fahren konzentrieren. Der Junge kaute an seiner Unterlippe und kratzte mit den Fingern an den Nagelrändern des Daumens. Die Haut dort war weggeschabt, aber nicht entzündet wegen des Cortisons.

Wir sollten bei Noeten einen Fisch holen fürs Abendessen, sagte Vater, und diesmal nickte nur ich.

Als wir die Stadt erreichten, duckte sich der Junge in den Sitz. Mit jedem Meter, dem wir uns der Schule näherten, schien er kleiner zu werden. Vater legte ihm eine Hand auf die Schulter und nahm sie hastig wieder fort. Auch Vater wusste, dass jetzt für den Jungen etwas anderes galt. Wir parkten. Kaum ein Auto stand auf dem Schulparkplatz. Es war kurz vor halb acht. Wir hatten ausgemacht, dass ich den Jungen begleiten würde und Vater im Wagen blieb. Als wir ausstiegen, riss der Schublärm eines Flugzeugs über den Himmel, und der Junge wird Vaters Worte »Es wird alles gut« nicht gehört haben. Er hatte sich die Hände auf die Ohren gelegt und blieb neben dem Wagen stehen, bis das Flugzeug in einer Wolke verschwand, ein großes Gebirge aus Quellwolken, aus dem es nicht mehr auftauchte, als hätte das Gebirge das Flugzeug geschluckt. Ein tiefes Dröhnen war noch eine Zeit lang zu hören, aber da war der Junge schon vorausgegangen auf das dreistöckige Gebäude mit den blaugerahmten Fenstern zu, die stark reflektierten, so dass wir uns in den bodentiefen Scheiben der Aula spiegelten und gleichsam auf uns selbst zugingen. Der Junge und der Mann in den Fensterscheiben schauten uns ernst an, sie winkten nicht, verzogen keine Miene, würden gleich die Köpfe senken, wenn es denn möglich gewesen wäre, dass wir dies hätten sehen können – unsere Spiegelbilder, wie sie die Köpfe senkten angesichts dessen, was uns bevorstand. Wir hatten das Gebäude noch nicht ganz erreicht – kein Schüler war auf dem Schulhof, nur der Hausmeister schob eine Sackkarre mit Kakao und Milchkästen über das Pflaster –, als dort zwischen dem Jungen und mir, in der Lücke, die wir beide zwischen uns ließen, noch einige Meter hinter uns, ein Gesicht auftauchte, ein brünettes Gesicht, wenn es denn brünette Gesichter gab, aber das schulterlange Haar rahmte das Gesicht so sehr. Die Frau trug einen Rock, eine geblümte Tasche baumelte über der Schulter, und da war dieses Lächeln, es war ernst, und es war warm. Sie winkte in die Scheibe hinein uns zu. Ich erinnere mich genau. Der Mann und der Junge in der Scheibe verharrten, beide blieben sie stehen, bis die Frau zu ihnen aufschloss. Erst als sie sie erreichte, drehten wir uns zu ihr um.

Ich bin die neue Klassenlehrerin. Schön, dass wir uns, bevor der Unterricht losgeht, noch sprechen können.

Ich nickte, und der Junge schaute zu Boden.

Kommen Sie, sagte sie und ging voraus. Ihre Stimme klang warm. Eine Stimme, die ich mochte. Eine Stimme, die es dem Jungen leichter machen würde, die nicht tanten- und gönnerhaft zu sein schien.

Sie ließ den Jungen sich einen Platz aussuchen. Sie schrieb mir ihren Namen und ihre Telefonnummer auf. *Karen Derks.*

Er wird viel verpasst haben. Sicherlich muss er einiges an Stoff nachholen. Ich mache ihm in den nächsten Tagen einen Plan.

Der Junge schaute mich an. Ein Schweißfilm nässte seine Stirn. Es war nicht nur das Cortison. Wenn ich gekonnt hätte, hätte ich ihm abgenommen, was ihm bevorstand.

Wir kommen schon zurecht, sagte sie und lächelte. Ein Lächeln, das mich nicht ausschloss, eines, das mir zu verstehen gab, dass sie mich verstand und mich bat, ihr zu vertrauen. Ich habe ihr immer vertraut, sehr lange.

Ich strich dem Jungen über den Kopf. Er schaute von seinem Platz in der ersten Reihe auf. Ich hatte erwartet, dass er diesen Platz wählen würde. Sein Gesicht würde während des Unterrichts zur Tafel und nicht zur Klasse gerichtet sein. Unsere Blicke trafen sich. Ein wenig schwammen seine Augen. Ich kannte diesen Blick. Er traf mich ins Mark. Nie weinte der Junge laut. Es war allein dieses feuchte Schimmern in seinen Augen. Selten Tränen. Es war da, als seine Großmutter starb. Es war da, als seine Mutter ihm eröffnete, dass sie nun doch zu Jean nach Genf ziehen würde. Ob er nicht mit ihr kommen wolle? Der Junge hatte sie angestarrt und auf seine Unterlippe gebissen, als könne er den Schmerz durch einen anderen Schmerz betäuben, und seine Augen waren feucht geworden. Er hatte die Hände vors Gesicht geschlagen. Ich hatte seinen Kopf in meine Hände genommen und das Beben gefühlt.

In der Tür wandte ich mich noch einmal um. Ich fühlte diesen Wunsch in mir, sie zu umarmen, als hätte sie einen Trost für mich. Ein Trost, der nicht erbeten, den sie mir einfach schenken würde, wie sie jetzt dem Jungen eine Hand auf die Schulter legte, nur kurz, und ich spürte diese Hand auf m e i n e m Rücken, eine Hand, die warm sein würde.

8

Tag um Tag patrouillierten wir im Dorf, schoben Wache vor der Apotheke, vor dem Supermarkt, fuhren in die Stadt, suchten Parkhäuser und Parkplätze ab – vor dem Stadion, am Bahnhof, in der Innenstadt. Wir durchstöberten weiterhin das Netz. Noeten befragte Jäger und Angler, unterhielt sich mit van Haugoldt, beschrieb ihm den Wagen. Nein, er kenne niemanden, der einen solchen Wagen fahre. Noeten lag auf der Pirsch im Wald und am See: Wir fanden den Wagen nicht. Sogar einen Einbruch ins Straßenverkehrsamt erwogen wir. Dort ließen sich Fahrzeuge und Halter ermitteln, dort würden wir vielleicht den BMW ausfindig machen. Am Ende verwarfen wir die Idee. Zu aufwendig, zu risikoreich. Erwischte man uns, hatten wir ein Verfahren am Hals und eine zweite Front.

Karen schüttelte den Kopf, wenn ich mit Thermoskanne und Feldstecher aufbrach, mich an einer Durchgangsstraße postierte und nach dem Wagen Ausschau hielt. Am Abend kehrte ich zurück, zermürbt von einem weiteren vergeblichen Versuch, zermürbt von meiner stummen Wut, meiner Unruhe.

Ich schlief schlecht, war unkonzentriert, konnte mich kaum auf meine Arbeit einlassen. Seit Längerem schon plante ich eine Porträtreihe, *Menschen an vergessenen Orten.* Eine stillgelegte Tuchfabrik in der Lausitz, eine dem Verfall übergebene Zierglasmanufaktur in Lüttich. Die Arbeiter, die ich kontaktiert hatte, so ausgezehrt wie ihre ehemaligen Arbeitsstätten. Sobald ich am Rechner saß, kehrten meine Gedanken zu Vater zurück. Vater allein in seinem Krankenhauszimmer, nachts rief er nach meiner Mutter, forderte, sie zu sprechen: gebrochene, zerfaserte Laute, die ihren Namen meinten. Er weinte, schrie, versuchte, aufzustehen, sich aus dem Bett zu rollen, man fixierte ihn mit einem Gurt am Bett. Vater stemmte sich gegen den Gurt, riss mit der linken Hand, die nicht gelähmt war, die noch etwas Kraft hatte, am Verschluss, die Augen panisch, der Mund aufgerissen. Man informierte mich, auch nachts, wenn es besonders schlimm wurde, sie ihn nicht beruhigen konnten. Ich gab Karen einen Kuss, zog mich an, verschwand. Ich wusste, Vater litt an Platzangst, konnte schlecht in einem Konzert oder im Kino sitzen. Ich ahnte, wie groß die Qual sein musste, mit einem Gurt fixiert zu werden, und doch hatte ich eingewilligt, aus Furcht, er würde aus dem Bett stürzen und sich eine weitere Verletzung zuziehen – am Kopf, was tödlich sein konnte, oder an den Beinen und Armen, was ihn ebenfalls noch näher an den Abgrund brächte. Neben ihm, neben seinem in eine Tortur auslaufenden Leben wuchs meine Wut Stück um Stück. Ich malte mir aus, dass wir die Männer fänden, dass wir sie … ja, was eigentlich? Ich sah mich sie windelweich prügeln, ihnen alle Knochen brechen. Ich sah mich sie, manchmal … ja, auch töten. Mit einem Jagdgewehr aus dem Hinterhalt. War ich dazu fähig? Fragte ich meine Wut, stimmte sie zu, willigte sie ein – in jede Demütigung, jede Art, sie zu erniedrigen und am Ende eben auch zu töten. Es waren zwei. Wir hörten ihre Schritte auf dem Waldweg. Noeten und ich. Wir hatten erneut die Stelle untersucht, an der man Vater und den Hund misshandelt hatte. Vielleicht würden wir etwas finden, irgendwas, was wir übersehen hatten, was uns helfen konnte, sie aufzuspüren. Wir kamen oft hierher, inspizierten den Boden und die Feuchtwiesen. Fanden nichts. Was auch hätten wir finden sollen?

Wir folgten den Männern. Hielten Abstand. Die Größe passte. Sie trugen Angeln, Faltstühle, eine Box, in der sie die Fische kühlen würden. Sie nahmen den Pfad, der zum Fluss führte. Ein Sperrgebiet. Wegen der Eisvögel, die in den lehmigen Uferwänden nisteten. Am Fluss klappten sie die Faltstühle auf, präparierten die Angeln. Wir warteten in einer Fichtenschonung. Es dämmerte. Wir mussten ihre Gesichter sehen. Es konnte irgendwer sein. Sie zündeten ein Gaslicht an, warfen die Angeln aus, setzten sich, entkorkten ihr Bier. Kein Zweig knackte unter unseren Füßen, als wir aus der Schonung traten. Wir hörten ihre Stimmen. Ich war mir nicht sicher. Wer behält schon eine Stimme im Gedächtnis, die er ein einziges Mal gehört hat? Wir hatten nichts dabei. Kein Messer, keinen Knüppel. Wir standen außerhalb des Lichtkreises des Gaslichts, als wir sie ansprachen. Sie fuhren herum, blieben aber sitzen. Ich kannte die Männer nicht.

Ihr könnt hier nicht angeln, sagte Noeten. Seine Stimme war schroff.

So? Können wir nicht?

Könnt ihr nicht!

Weil …?

Weil hier Eisvögel nisten, ganz einfach.

Die Männer standen auf. Sie waren in meinem Alter. Trugen grünes Drillichzeug, wie es Menschen tragen, die sich in einem Militaria-Laden eingekleidet haben. Sie schauten sonntäglich aus in den neuen Feldjacken und Hosen.

Eisvögel, aha. Die Stimme klang klar. Ohne Angst.

Wir machten einen Schritt auf sie zu. Traten in den Lichtkreis. Einen Moment maßen sich die Blicke.

Ihr habt fünf Minuten, sagte ich.

Fünf Minuten?

Fünf Minuten, sagte Noeten.

Sie grinsten.

In drei Stunden sind wir so weit. Früher nicht.

Der Mann nahm das Grinsen aus seinem Gesicht. Er hatte volle Wangen, war aber nicht fett.

Gut, sagte Noeten. Versucht's. Er trat einen Schritt zurück.

Werden wir, sagte der andere.

Alles ging schnell. Noeten trat gegen die Lampe, gegen die Faltstühle. Unser Sprung in die Dunkelheit. Einen Moment brauchten sie, dann stürzten sie hinter uns her. Noeten wandte sich nach links. Ich rannte in die Schonung zurück. Der Boden war weich. Voller Nadeln. Die Dunkelheit schluckte mich. Ich stellte mich hinter einen Baum. Sie folgten Noeten. Ich ging zurück. Zerbrach die Angeln. Auch die, die noch im Futteral steckten und die ich herausholte, und ich spürte, als sie brachen, dass es ganz und gar nicht reichte für meine Wut.

Wir waren in einem Lokal in der Stadt. Der Wein verbesserte meine Stimmung nicht. Wir hatten Vater im Krankenhaus besucht. Seine Lage war aussichtslos. Niemand hatte es so formuliert. Kein Arzt, niemand vom Pflegepersonal. Aber ich hatte Augen im Kopf. Von dem Vorfall im Wald hatte ich Karen nichts erzählt.

Kann ich Vater in seinem Bett liegen lassen, ohne ihn auf irgendeine Art zu rächen?, begann ich. Kann ich das? Ich wollte Karen vorbereiten, auf das, was kommen würde, kommen musste.

Aug um Aug? Zahn um Zahn?

Vielleicht genau so.

Du setzt das Rad erst richtig in Bewegung. Hilft das deinem Vater?

Hilft es ihm, wenn ich nichts tue?

Deine Wut wird dich zerstören, sagte Karen. Gewalt folgt der Gewalt, und daraus wird wieder Gewalt. Es hört nie auf, verstehst du?

Sprach ich mit Karen, verschwand meine Wut nicht, aber sie mäßigte sich. Die Vernunft fing sie ein, nahm ihr das Maßlose. Saß ich bei Vater am Bett, Stunde um Stunde, während draußen der Tag verging, hörte ich ihn röcheln, husten, was schwer genug war, da diese Reflexe durch die Verletzung im Stammhirn immer noch beschädigt waren, sah ich, dass er sich aufbäumte und versuchte sich aufzurichten, sein Mund schäumte, sah ich ihn schweißnass in die Kissen zurücksinken und mit starren Augen zum Fenster hinaus blicken, immer der gleiche Blick hinaus in den Krankenhauspark, auf die Bäume, die immer gleichen Bäume, wuchs die Wut, nahm sie Stunde um Stunde zu, die ich an seinem Bett saß. Noch lebte Vater, aber ich hatte ihn längst verloren. Fast nichts war von ihm übrig geblieben. Viele Körperfunktionen waren eingeschränkt oder zerstört: Er hatte einen Blasenkatheter, weil die Blasenmotorik ausgefallen war, er saß in einem Rollstuhl, weil die Beine versagten, er nahm Tabletten, weil der Schlaf porös geworden war, er trainierte seine linke Hand, weil die rechte Hand gelähmt war, er weder einen Stift noch einen Löffel führen konnte. Er sah stundenlang fern, weil er nicht mehr lesen konnte, sein Gehirn fasste und entschlüsselte die Wörter nicht mehr. Am schlimmsten aber war, dass er fühlte und für alle Gefühle keine Worte besaß. Jene Bereiche im Hirn, die die Sprechmotorik steuern, waren beschädigt. Er hatte die Wörter im Kopf, aber nicht mehr auf der Zunge, nicht mehr auf den Lippen. Er rollte die Augen, und ein Strom unverständlicher Laute entfloss dem Mund. Sprechen ist ein komplexer Vorgang, sagen die Ärzte. Die Luft muss über die Stimmlippen strömen, sie müssen in Vibration geraten, Klang erzeugen. Das Gaumensegel muss den Mund vom Nasenraum abschließen, so dass der Luftstrom und mit ihm die Wörter durch den Mund entweichen, aber Vaters Gaumensegel war flatterig, unpräzise wie ein ausgeleiertes Gummiband. Zunge, Lippen, Kiefer müssen schnell und beweglich sein, sie lassen die Buchstaben und Wörter fließen. Sie modifizieren den Klang, arrangieren die Laute zu Sprache. Die Muskeln justieren unentwegt, kleine Muskeln, sehr kleine, mehr als 100 sind es, die sich beim Sprechen zusammenziehen und wieder entspannen. Ein komplexer Rhythmus, ein Metrum, das in Bruchteilen von Sekunden im Hirn geschrieben wird. Bei Vater waren die Muskeln, waren Zunge und Lippen, der Unterkiefer nicht mehr koordiniert. Sie waren störrisch und schlaff, sie waren schlechte Tänzer, verhaspelten sich, stolperten, hielten den Schritt nicht und nicht die Schrittfolgen.

Vater war eingesperrt in einen Körper, der jeden Tag mehr verlor. Er war mager. Es war die Magerkeit des Zerfalls. Das Fett schwand von den Rippen, weil Vater kaum mehr aß. Ihm war jeglicher Appetit vergangen, da er nichts mehr schmecke, glaubten die Ärzte.

An seinem Bett, im Surren des Motors, der die Matratze durchwalkte und Vaters Liegeposition um Nuancen veränderte, damit er sich am Rücken und am Gesäß nicht wund lag in seiner Gruft, stellte ich mir vor, dass wir sie fanden, endlich fanden. Rache hat nur die eine Funktion. Sie schenkt uns Ruhe. Wir würden sie in das Kühlhaus der Bäckerei sperren. An einem Samstagnachmittag, da hielt sich niemand mehr dort auf. Vater hatte noch einen Schlüssel. Sie würden gegen die Wände des Kühlhauses schlagen. Ich würde das Radio in der Halle aufdrehen, eine Nacht, einen Tag lang. Ihr Schreien, das schwächer würde. Der Raureif in ihren Haaren. Das Betteln um Gnade an der verriegelten Tür, das Winseln. Am Sonntagabend schließlich Stille, eine wohltuende, versöhnende Stille.

Ich konnte mit Vater kein Gespräch mehr führen. Ich erzählte ihm vom Haus, von Karen. Anekdoten aus dem Dorf. Nie erwähnte ich den Jungen. Nie die Tauben. All die Jahre schnitt ich aus meinen Erzählungen aus, weil ich ihm die Erinnerung an den Verlust ersparen wollte, auch wenn ich wusste, dass sie ihn ohnehin quälte. Nie bekamen meine Worte Tiefgang. Nie fragte ich ihn, ob er sie gutheißen würde, meine Rache.

Der Wind war warm und weich. Ein Wind aus dem Süden. Er verwischte den Blütenstaub auf dem Wasser zu Schlieren. Am Ufer hockten die Frösche paarweise aufeinander. Als ich näherkam, rauschten sie huckepack in die Tiefe. Die Kröten entdeckte ich erst spät. Ihr Grau tarnte sie. Die Tiere hatten die Größe eines Kinderkopfes, kauerten auf einem Baumstamm, der ins Wasser gestürzt war. Sie blähten sich auf, tönten dumpf, und das Wasser zitterte auf in Resonanz.

Der Weizen stand gelb auf den Feldern. Er war umrahmt von Futterwiesen, schob sich wie eine Zunge in das Grün. Auf den Weiden die Schattenhöfe einzelner großer Bäume, unter denen Jansens Vieh ruhte. Ich blickte zurück auf den Wald. Eichen, die mehrere hundert Jahre alt sein mussten, ragten über die Krone des Waldes hinaus. Vögel schwangen sich auf, zogen über den Himmel – ungelenke Wildtauben mit zu großen Rümpfen und zu kleinen Flügeln. Ein Bussard, der weite Kreise zog, auf der Jagd nach einer Maus, einem Kaninchen. Zwei Schmetterlinge tanzten über dem Gras. Vor ein paar Tagen war der Sommer gekommen. Niemand konnte wissen, wie lange er blieb. Er strich übers Land, trocknete die Pfützen aus, vertrieb die Staunässe aus den Wiesensenken, ließ den Atem des Bruchs flacher werden, die wabernde Nässe, die aus den Tümpeln, den Pfuhlen stieg, ein schwerer, fauliger Geruch, der bis zu uns ins Haus drang. Der Geruch modernder Baumstämme, der Geruch von Fischleibern, Froschlaich, welken Blättern, der Geruch von Schlamm und Pilzen, von Brackwasser und Larven. Die Schatten, die der Wald warf, wurden länger, liefen hinaus in die Wiesen. Ein paar Krähen zogen zeternd und schreiend über mich hinweg. Ich machte ein paar Fotos. Für Vater. Vielleicht erkannte er die Landschaft. Vielleicht träumte er sich hierher zurück. Ich stellte das Rad ab, legte mich ins Gras, hörte dem Summen, dem Getier zu, den lautlosen Flügelschlägen der Falter und Motten, dem entfernten Quaken der Frösche. Manchmal gellte der Schrei eines Tieres auf, fuhr der Wind in die Bäume, schüttelte sie ruppig. In der Ferne, wo ein Höhenzug den Wald zum Dorf hin abschloss, reflektierte der Wald das Abendrot, verwandelte es in ein glimmendes Violett – bis der Ton verging und dem Sepia der Dämmerung wich. Später ein Nachtblau. Die Konturen der Wipfel traten überscharf hervor. Ein Wagen näherte sich. Ich stand auf, das Scheinwerferlicht strich über den Weg. Es war van Haugoldt. Er hielt. Er war in Begleitung. Ein Mann, schlank, das Haar kurz geschnitten, stieg aus dem Wagen.

Noch etwas für die Linse? Der Mann zeigte auf die Kamera. Ich nickte. Er öffnete die Hecktür des Jeeps und holte ein Jagdgewehr hervor.

Dr. Grunewald, Franz Mathys, der Fotograf. Sie kennen sich?, fragte van Haugoldt.

Kenne Ihre Arbeiten, sagte Grunewald.

Er würde das Preisfoto kennen, mehr nicht. Viele kannten das Foto.

Etwas für die Flinte? Ich zeigte auf das Gewehr. Grunewald hob die Brauen, ein Glimmen huschte durch seinen Blick.

Eine kleine Entspannung noch, bevor es losgeht, sagte van Haugoldt. Sie kommen doch?

Wovon sprach er?

Ich habe Ihnen Karten reserviert.

Ich hatte van Haugoldts Einladung für das Konzert vergessen. Karen hatte davon gesprochen. Grunewald nahm das Gewehr aus dem Futteral und lehnte es an den Wagen.

Ich darf mit Ihnen rechnen? Auch für die Party hinterher?

Sicher.

Es würde kein Hinterher geben. Das würde Karen nicht von mir verlangen. Van Haugoldt strich sich eine Strähne aus der Stirn. Er trug sein Haar lang. Es hatte einen Blondton, von dem man nicht wusste, ob er echt war. Er nahm das Gewehr, blickte durch das Zielfernrohr, justierte es und stellte die Waffe zurück an den Wagen. Grunewald nahm eine zweite Waffe aus dem Jeep, packte sie aus dem Futteral und händigte sie van Haugoldt aus. Ich stieg aufs Rad.

Wir sehen uns, sagte van Haugoldt.

Ich trat in die Pedale. Hielt auf den Wald zu. Wahrscheinlich waren sie auf Rehe aus. Sie würden noch eine Zeit warten, sich gegen den Wind anpirschen, wenn die Tiere zum Äsen auf den Wiesen standen. Morgen schon würde eines der Tiere an der Teppichstange in van Haugoldts Garten hängen und ausbluten – ein Kadaver ohne Kopf, ohne Fell. Die Schnittkanten am Hals schorfig, schwarzes Blut, eingetrocknet. Ihre Hirnstruktur lässt Gefühle zu, hatte Noeten vor ein paar Wochen gesagt. Angst, Freude, Trauer. Es kam vor, dass er, bevor eine Jagd bei van Haugoldt anstand, in den Wald ging und das Wild mit einer Trillerpfeife vertrieb. Van Haugoldt gegenüber schwieg er, wollte die Pacht der Fischteiche nicht gefährden. Noetens Existenz war ohnehin fragil. Van Haugoldt hatte die Verlängerung des Pachtvertrags noch nicht unterschrieben. Es hieß, dass van Haugoldt die Fischzucht aufgeben wolle, die Pacht rentiere sich nicht. Er habe andere Pläne, glaubte Noeten, solche, in die er ihn nicht einweihte. Die Reifen surrten. Der Wald war finster. Nur der Weg, der blasse Sand, hob sich aus der Schwärze ab.

Das Haus stand still auf der Lichtung. Kein Licht brannte. Vaters Abwesenheit war überall, in jedem Zimmer. Es stimmt nicht, dass Materie unbelebt ist. Ein Haus verändert sich nach einer Katastrophe – natürlich nicht in der Molekularstruktur, aber in dem, was die Esoteriker, die Klein- und Großhändler eines erratischen Wissens, die uns ein besseres Leben verkaufen wollen, Aura nennen. Ich setzte mich an den Küchentisch, biss ins Brot, das ich am Morgen geschmiert und auf dem Tisch hatte liegen lassen. Die Tischplatte war abgewetzt, die Lasur rau, Wasserflecken, der Abdruck eines Kaffeebechers, der, einst heiß auf den Tisch gestellt, sich dort kreisrund abgezeichnet hatte. Daneben Kerben im Holz, wovon auch immer. Vater und der Junge hatten an den Kopfenden gesessen, ich an der Längsseite. Wenn Karen kam, nahm sie mir gegenüber Platz. Ich schloss die Augen, rief mir ihre Stimmen ins Gedächtnis. Vielleicht ist das das Schwierigste: sich an Stimmen zu erinnern – die des Jungen verstummte mehr und mehr. Es gibt ein Video, in dem der Junge über Fußball spricht. Altklug erklärt er die Technik beim Torschuss. Mit Kreide sind Pfosten und Torlatte auf das Scheunentor gemalt. Vater trägt Torwarthandschuhe, und sein Blick ist genauso ernst wie der Blick des Jungen, der sich den Ball auf den Elfmeterpunkt legt, vier Schritte zurückgeht, anläuft und den Ball ins Tor schießt. Vater ist chancenlos. Der Ball schlägt flach neben ihm ein. Er hatte die falsche Ecke gewählt, hatte zwei, drei Halbschritte in die linke Ecke gemacht, als der Junge anlief und rechts einschoss. Der Junge jubelt nicht. Er reckt die Faust in den Himmel – wie einst die *Black-Power*-Protagonisten Tommie Smith und John Carlos während der Olympischen Spiele 1968. Fotos, die um die Welt gingen. Bilder, die zum kollektiven Bewusstsein vieler Amerikaner gehören. Smith und Carlos stehen auf dem Podest, senken die Köpfe und strecken die Faust in den Himmel. Die Faust ist mit einem schwarzen Handschuh bekleidet, dem Symbol der *Black-Power*-Bewegung. Carlos trägt eine Kette um den Hals, um die ins Gedächtnis zu rufen, die der weiße Mob gelyncht hat. Er trägt sie, sagt er, um vor allem an die zu erinnern, derer niemals gedacht wird. Männer, Frauen und Kinder, die man an der Westküste Afrikas in die Schiffsbäuche gesperrt und, wenn sie auf dem Weg nach Amerika erkrankten, über Bord geworfen hatte.

Ein Schuss fiel und dann ein zweiter. Ich stand vom Küchentisch auf, ging zur Tür. Ein Nachtfalter trieb durch das Licht der Außenlampe. Sein Körper stieß gegen die heiße

Glühbirne. Ich blickte auf den Tisch, auf die Bank. Dort hatten wir an den Sommerabenden gesessen: Vater hantiert mit einem Flaschenöffner. Das Plopp des Kronkorkens, das Gurgeln des Biers im Glas. Eine Kerze flackert auf dem Tisch. Der Junge sitzt neben ihm, ist eingeschlafen, lehnt sich an Vater an. Der Mund des Jungen steht offen. Ich höre ihn atmen – ein leiser, rhythmischer Luftstrom. Das Kerzenlicht liegt auf seinem Haar. Wenn ich es berühre, wenn ich darüber streiche, zittert das Licht auf meiner Hand. Fledermäuse sind in der Luft. Sie scheinen kein Ziel zu kennen. Sie flattern und kreisen zwischen den Buchen.

9

Ich fuhr den Jungen zur Schule, und manchmal traf ich sie am Schultor. Wann immer es möglich war, sprachen wir ein paar Worte miteinander. Der Junge mache seine Sache gut, verstecke sich nicht. Was sie damit meine, fragte ich sie. Er verstecke sich nicht im Gestrüpp seiner Gefühle. Wirke nicht niedergeschlagen oder gehemmt. Seine Situation sei ihm klar, er kämpfe darum, den Stoff nachzuholen, und wahrscheinlich kämpfe er auch darum, gesund zu werden. Karen roch gut. Ihr Duft erinnerte mich, so seltsam das war, an den Geruch von Waldboden. Das Aroma von Feuchtigkeit und Blättern. Der Duft meiner Kindheit, der endlosen Tage, die wir im Wald zubrachten. Lauf- und Versteckspiele. Räuber und Gendarm. Man rannte sich die Lunge aus dem Hals, hetzte die Waldwege herauf und herunter, schlug Haken, der Verfolger machte Boden gut, man hörte ihn schnaufen, man hörte den Klang seiner Sohlen auf dem Sandboden, das Hecheln. Der Drang, sich zu Boden zu werfen und endlich aufzugeben. Man beschleunigte, beschleunigte noch ein einziges Mal, für mehr reichte es nicht mehr, und hatte man Glück, schob sich Meter um Meter zwischen Jäger und Gejagtem, bis endlich der Jäger aufgab, um sich kurz zu erholen, um dann die Jagd aufs Neue zu beginnen, aber da hatte man sich schon abseits des Weges ins Unterholz geworfen, drückte das Gesicht zu Boden, um nicht gesehen zu werden, und dort, mit noch panischem Herzschlag, mit Lungen, die noch brannten, roch man den Boden, diesen feuchten, erdigen Geruch, der die Kindheit, die Tage im Wald in sich trug. Ich fühlte mich wohl in Karens Gegenwart, und immer war die Zeit zu kurz, schlug das Klingeln der Schulglocke in unser Gespräch, sie rannte, um noch rechtzeitig in den Unterricht zu kommen, und bevor sie die Schultür erreichte, drehte sie sich noch einmal um, winkte, und ich blieb zurück am Tor und fühlte, dass ich sie vermissen würde, gleich schon auf der Heimfahrt, ihre Präsenz, das Zugewandte und Empathische in den kurzen Begegnungen. Vielleicht war es das, was ich besonders an ihr schätzte, und schließlich lud ich sie zu uns nach Haus ein. Ich benutzte keinen Vorwand, fabulierte nicht, sie möge mir Nachhilfetipps für den Jungen geben.

Kommen Sie raus zu mir. Ich sagte nicht, kommen Sie zu u n s raus. Machen wir einen Spaziergang, und hinterher gibt es Kaffee und Kuchen.

Sie kam an einem Samstag. Sie hatte das Haar zu einem

Zopf gebunden, trug Wanderschuhe, hatte einen Rucksack dabei und sagte: Ich hab den Tee für unterwegs.

Prima, antwortete ich und gab ihr die Hand. Eigentlich hätte ich sie umarmen wollen, ich spürte, es wäre nicht unpassend.

Schön haben Sie es hier, sagte sie und zeigte auf das Haus, auf den Garten und die Wiese.

Ja, sagte ich, und es gefiel mir, dass ihr gefiel, was mir gefiel.

Ich würde mir später gern ein wenig von dem Löwenzahn abschneiden. Für den Salat.

Kommen Sie, nehmen Sie vor dem Haus Platz. Ich hole meinen Rucksack.

Sie setzte sich auf die Bank. Ich ging in die Küche, nahm meinen Rucksack vom Tisch. Im Fensterausschnitt ihr Kopf. Einen Moment verharrte ich, wollte dieses Bild in mir aufnehmen, weil es auf eine seltsame Art passend war, als gehöre sie hierher, gehöre zu uns, zu mir und dem Jungen und Vater.

Wir überquerten die Brücke. Das Wasser glitzerte in der Sonne. Ein Fischreiher flog auf. In den windschiefen Erlen hatte er auf Beute gewartet. Der Fluss hatte den Ufersaum ausgewaschen. Die Wurzeln fanden kaum noch Halt, zogen sich wie Luftwurzeln entlang der Uferabbrüche hin.

Der Weg führte durch Buchenwald. Blau schimmerte der Waldboden. Die blauen Blumen – Veilchen, Lungenkraut, Lerchensporn – standen in Blüte. Noch fiel durch die Kronen ein Streulicht. In ein, zwei Wochen würden diese Frühblüher aus Mangel an Licht unter den dann dichten Kronen, die noch lichtgrün waren, verschwinden. Über uns rauschten die Wipfel auf. Der Hintergrundton im Wald ist Stille. Aber diese Stille ist eigentlich ein Vielklang. Geräusche, die sich ergänzen und binden, die die akustische Gestalt schließen, so dass kein Misston entsteht, keiner, der sich für lange Zeit in den Vordergrund drängt. Es ist wie in der Musik, am Ende hören wir die Stille hinter den Tönen.

Wir rasteten auf einer Lichtung. Perlgras blühte am Abhang. Die Trauben weiß und an den Rändern rotviolett. Karen bot Tee an. Weit entfernt war die Kammlinie eines Höhenzugs zu erkennen. Karen zog Schuhe und Strümpfe aus, schob die Zehen ins Moos. Sie streckte sich im Gras aus, schloss die Augen. Wir schwiegen. Das Schweigen hatte nichts Spannungsvolles. Ich fühlte die Wärme auf meinem Gesicht, roch ihr Parfum. Der Himmel war marmoriert. Haufen von hellen Wolken zogen in großer Höhe dahin.

Am Nachmittag ein Kaffee. Unter Obstbäumen. Keine verliebte Aufgedrehtheit, nur ein Glimmen, irgendwo im Bauch. Alles war richtig. Im Gespräch berührte sie meinen Arm. Ihr Haar flatterte im Wind. Ich fing eine Strähne auf, legte sie zurück an ihren Kopf. Ihr Blick veränderte sich, wurde tiefer. Wir sprachen über den Jungen, das Haus, übers Fotografieren. Sie holte aus dem Rucksack eine Kamera hervor. Fotografierte die Bäume, den Kaffeetisch, mich.

Wenn Sie später weg sind, habe ich ein Foto von Ihnen,

sagte sie und ließ ihre Hand auf meiner Schulter liegen, kurz, aber es zählte, das wusste ich.

Am Abend tranken wir Wein. Die Wiesen und dahinter der Wald verschatteten. Es wurde kühler, wir wechselten den Sitzplatz, nahmen auf einer Bank Platz, lehnten mit dem Rücken gegen die Hauswand. Die Bretter waren braun gestrichen und hatten die Wärme des Tages gespeichert. Unsere Schultern, unsere Schenkel berührten sich – in allem Vertrautheit, in den Worten wie den Berührungen. Mühelos und unverdient.

Auf dem Rückweg nahm sie meine Hand. Das Gras stach in die Kniekehlen. Unter den Sohlen brach Löwenzahn. Sie strich mit dem Daumen über meinen Handballen. Es war dunkel, als wir den Wald erreichten. Die Bäume standen wie Schattenrisse im Nachtblau. Der Wald ist in der Nacht ein anderer als am Tag. Auch wir werden andere, wenn wir in die Nacht gehen. Manchmal werden wir wahrer. Es gab keine Hast. Es war zuerst der Duft ihres Atems, ehe die Lippen sich berührten und später ausgestreckt im Gras der Taumel begann und schließlich dieses lange Fallen am Ende.

Manchmal saßen Vater und der Junge abends noch vor dem Haus, schauten statt den Tauben den Schwalben zu. Der Junge blieb nie lange, setzte sich aufs Rad und verschwand im Wald. Vater ließ ihn, begleitete ihn nicht, wusste, dass der Junge mit seiner Trauer allein sein wollte, wusste, dass der Himmel für ihn keine Bedeutung mehr hatte. Dieses Stieren in die Luft war ein Ritual, von dem sie noch nicht ablassen konnten, so wie Raucher, lange nachdem sie das Rauchen aufgegeben haben, noch Streichhölzer oder ein Feuerzeug in der Hosentasche bei sich tragen.

Oft kam Karen zu uns raus in den Wald. War ich mit dem Jungen auf der Wiese bei den Kaninchen, die wir als Ersatz für die Tauben angeschafft hatten, hörten wir ihren Wagen auf den Hof fahren, die Wagentür schlug zu, Karens Schritte, die Stille, die das Gras unter ihre Sohlen legte, schließlich stand sie am Gartenzaun, umarmte mich, strich dem Jungen über den Kopf. Sie war nicht verlegen, und der Junge war nicht verlegen, obwohl er sie jeden Morgen in seiner Klasse als seine Lehrerin vorfand. Es sprach für sie, und es sprach für den Jungen, dass diese Scheu zwischen ihnen gar nicht erst aufkeimte. Es war dieses ehrliche Interesse für den Jungen, für den Fußball. Manchmal begleitete sie ihn ins Stadion, sie kannte die Spielernamen und teilte ein wenig seine Liebe zu diesem Spiel und zu seiner Mannschaft. Sie verstand die Euphorie und den Schmerz, den das Spiel brachte. Sie verstand, dass es mehr als ein Spiel war, dass das Herz daran hing. Wir fuhren mit den Rädern hinaus zum See, ins Dorf, radelten weite Partien übers Land. Manchmal verabredeten wir kleine Wettrennen und Vater musste die Zeit stoppen. Wir festigten, was Karen und ich begonnen hatten. Wir imitierten das Leben einer Familie – die wir alle verloren hatten, der Junge, Vater und ich, aber auch Karen, die lange schon von ihrem Mann getrennt lebte, danach einige Liaisons eingegangen war, die sie aber schnell gelangweilt hatten. Es sei tödlich für eine Liebe, wenn sich Langeweile breitmache. Einen Seitensprung,

Unzuverlässigkeit, alles möge man eine Zeit lang tolerieren, Langeweile nicht. Tauchte sie auf, sei es das Aus.

Brachte Karen den Kuchen mit, machte Vater den Kaffee. Ich sammelte die Gartenstühle auf, die auf der Wiese oder irgendwo unten am Fluss verstreut standen, und stellte sie an den Tisch. Wir saßen unter den Bäumen, in der Nase den Duft der Mahd, den Duft der guten Laune, der Vertrautheit. Im Gras hoppelten die Kaninchen. Vater hatte sie dem Jungen vor ein paar Monaten gekauft. Ein kleiner und billiger Trost für den Verlust der Tauben. Der Junge fütterte und pflegte sie nur nachlässig. Selten nur nahm er sie auf den Arm oder streichelte sie. Keine verordnete, aber eine arrangierte Liebe. Zu Karens und meinem Glück fehlte das Glück des Jungen, fehlte Vaters Glück. Vater musste den Jungen nur anschauen, dessen Gesicht noch vom Cortison gezeichnet war, und seine Freude wurde getrübt. Dennoch: Karen war ein Versprechen, noch vage und ungeprüft, aber sie tat uns allen gut. Es gibt Menschen, die lassen einen Raum düster werden. Sie machte das Haus hell. Es gibt Stimmen, die schneiden in unsere Ohren. Ihre Stimme war warm und von einer Tiefe, die guttat. Es war nichts Schrilles an ihr. Ich schien mein Ziel erreicht zu haben, und der Junge mochte froh sein, über eine Frau, die zwar nicht seine Mutter, die aber das vierte Rad am Wagen war. Wenn ich heute zurückdenke an jene Zeit der Idylle, scheint ein besonderes Licht über allem zu liegen – über der Wiese, dem Haus, dem Wald. Ein Licht, das man auf den Bildern William Turners findet. Ein Schimmer auf den Dingen wie in der Landschaft. Es schien ein Glücksversprechen zu enthalten. Ein Licht, das die Konturen der Gegenstände auflöste, ohne sie weichzuzeichnen. Turner malte Licht. Zu Turners Zeit war das Licht in Europa für viele Jahre ein besonderes. Vor allem die Sonnenauf- und Sonnenuntergänge zeigten aufgrund einer veränderten Lichtbrechung, ausgelöst durch einen heftigen Vulkanausbruch im Pazifik, eine nie da gewesene Pracht und ließen die Menschen vergessen, dass das Schöne sich beim Schrecklichen bedient hatte.

10

In diesem Sommer nahm ich keinen Auftrag an, reiste in keines der Krisengebiete. Wir hatten genug auf dem Konto, das Leben hier draußen war nicht teuer, und Vater zahlte weit mehr in unsere Haushaltskasse ein, als er sollte. Ich wollte den Gedanken nicht denken, aber er dachte sich in jenen Tagen: Es war vorbei. Ich wollte nicht enden, wie so viele endeten: ausgebrannt. Traumatisiert. Oder in einem Leichensack. Die wenigsten schaffen es auszusteigen, empfinden es absurd, ihre Befriedigung in Industrie- oder Landschaftsfotografie finden zu wollen. Der Horror und der Ruhm binden uns. Kaum einer weiß, wann man aufhören muss, wann man sein Glück und sein Talent verbraucht hat. Das Talent, sich rechtzeitig aus dem Staub zu machen. Das Glück, an einem Ort zur richtigen Zeit zu sein. Nicht mal unsere Ikonen wussten das dauerhaft: Don McCullin brachten sie in ein Lager in Uganda. Täglich wurden dort Gefangene mit Vorschlaghämmern erschlagen. Idi Amins

Schergen hatten ihre Quote. Vor seiner Zelle ließ man bereits die Gruben ausheben. McCullin kam gerade noch davon. Andere nicht. Robert Capa starb, als er aus einem Jeep sprang und auf eine Mine trat. Gerda Taro wurde im Spanischen Bürgerkrieg von einem Panzer überrollt. David Seymour, Capas Kompagnon bei der *Agentur Magnum Photos*, starb beim Überqueren der Frontlinie am Suez Kanal. Capas Diktum gilt heute noch: *Wenn deine Bilder nicht gut genug sind, warst du nicht nah genug dran.* Deshalb, und nicht nur deshalb, muss man irgendwann Schluss machen mit dem Fotografieren des Kriegs oder wenigstens pausieren, lange, sehr lange, länger als Capa, der sich sechs Jahre zurückzog, für immer, wie er glaubte, um 1954 für ein Intermezzo, als *Life* dringend einen Fotojournalisten für den ersten Indochinakrieg brauchte, an die Front zurückzukehren. Zu einem Zeitpunkt, als sich sein Glück verbraucht hatte. Die wenigsten ertragen dauerhaft den Horror der Kriege und Bürgerkriege. In uns bleiben die Dämonen zurück und die Bilder der Angst. Es ist, als ob du das Leid der Menschen, die du fotografiert hast, mit dir trägst, sagt Don McCullin. Niemand bleibt, der er war.

Oft ging ich mit Karen zum Fluss. In warmen Nächten war das Surren der Mücken zu hören oder der Regen, wenn er durch die Bäume tropfte und ins Gras fiel. Auf den Fluss tanzte er ein Netz aus springenden Tropfen, die das Wasser sprenkelten. Wir spannten die Hängematte zwischen den Bäumen auf. Die Schatten der Zweige flirrten über das Wasser. Forellen standen über den Kiesbänken. Ihre Rücken waren gelb marmoriert. Wir hörten ein Tier durch die Farne streichen, einen Marder oder einen Fuchs. In der Dämmerung schwebte ein Habicht über dem Fluss. In der Windstille war sein Flügelschlag zu spüren: Ein Fächern der Luft, ein Windhauch, mehr nicht, bevor das Tier am Ende seiner Pirsch auf einen Ast flog, dort verharrte und nach einer Maus, einer Bisamratte äugte, die am Ufersaum auftauchen mochte. Mitunter bewegte er den Kopf, ansonsten hielt sich der Vogel starr wie ein Holz.

Wolken senkten sich über den Wald. Jede Farbe wurde intensiver vor dem dräuenden Hintergrund, so wie auch die Düfte des Morasts und der Tümpel, des öligen Brackwassers zunahmen. Wo der Fluss über die Ufer getreten war und Seitenarme zurückgelassen hatte, die im Nirgendwo endeten, leuchteten Sumpfdotterblumen in einem tiefen Gelb. Ich küsste Karen. Ich zog sie aus, und sie zog mich aus. Der Regen zerstäubte, wurde zu Nebel. Er wehte in Fahnen zu uns herunter, wir wurden nass und wurden es doch nicht. Nicht mehr als ein feuchter Film lag auf der Haut und dem Haar. Er war kühl, ansonsten hätte man ihn für Schweiß halten können. Ich küsste ihren Rücken, ihre Backen, die wie poliert von der Feuchtigkeit aufschienen. Ich kniete hinter ihr, und meine Hand klatschte auf ihre Schulter, zerschlug eine Mücke, und die Hängematte tanzte, als meine Zunge zwischen die Lippen fuhr. Karen kroch die Hängematte bis ans Ende hinauf, verschaffte uns ein schaukelndes Gleichgewicht, die Knie in den Stoff gedrückt, Arme und Hände zum Spannseil hin gestreckt wie ein Ertrinkender, der eine Boje erwischt, bevor wir wippten und pendelten in unserer Schaukel. Im Ohr das Sirren der Mücken und ein Schnurren und Stöhnen in das Tuch hinein.

Wir brachen auf, der Junge, Karen und ich. Wir folgten dem Uferpfad und versuchten uns geräuschlos zu bewegen, auf keine Zweige zu treten. Die Eisvögel nisteten in Höhlen, die sie mit ihren Schnäbeln in die lehmigen Uferböschungen getrieben hatten. Manchmal konnte man die Vögel über die Wasseroberfläche dahinjagen sehen, schnell wie ein Torpedo. Der Junge blieb stehen, hob den Arm und zeigte auf das gegenüberliegende Ufer. Erlen standen dort und ein paar Fichten, dahinter öffnete sich eine Lichtung. Es war schwer, den Vogel auszumachen. Er saß auf einem Ast, der sich über den Fluss spannte. Seine orangefarbene Unterseite flammte für einen Moment in der grünstichigen Umgebung auf. Wir rührten uns nicht. Ich wusste, worauf der Junge wartete. In all den Jahren hatten wir es nur einmal beobachten können. Nun geschah es ein zweites Mal. Der Vogel stürzte mit angelegten Flügeln und gestrecktem Kopf ins Wasser, tauchte unter und zog fast im gleichen Augenblick wieder hoch und zurück auf seinen Ast. Ein Fisch zappelte in seinem Schnabel. Er schüttelte den Fisch, schlug dessen Kopf gegen einen Ast, bis der Kopf sich vom Rumpf trennte. An ein paar Fasern hing der Kopf noch. Er verschlang den Fisch Stück um Stück, bis nur noch die Schwanzflosse aus seinem Schnabel herausschaute und schließlich auch verschwand.

Ich hörte Karen im Schlaf sprechen, ein Gemurmel unverständlich wie eine fremde Sprache. Das Licht der Kerze fiel auf die Wölbung ihrer Hüfte, den Sandton ihres Hügels, darauf die Schraffur einer Sichel. Ihr Haar auf dem Kissen eine Woge, die aufgebrandet war und jetzt schlief. Die Luft war warm, roch nach Harz und Regen und nach Begierde. Ihr Kopf an meiner Schulter, ihr Arm zuckte im Schlaf, ich mochte es, so zu liegen und den Schlaf hinauszuzögern. Der Wind strich über das Laken, die Dunkelheit hing in den Bäumen, sie stand vor dem Fenster. Ich nahm meinen MP3-Player, Leonard Cohen ist der Meister des Ungefähren. Eine Live-Aufnahme. Seine Stimme im Alter fast brüchig. Das Oud, das zum Fenster hinausstieg und über das Dach zog, die Violine, die in den Wind flog, sich mit ihm mischte. Ein Cello klagte, und die *Webb Sisters* ließen ihre Stimmen perlen.

Der Gesang der Vögel im Kuckuckslicht. Es streute durch die Baumkronen, fiel auf die Wände, die Dielen, die Bilder und auf Karen, hob die Kuppen ihrer Schultern, die Rundung ihres Hinterns unter dem Laken in den Tag. Karens Atem strich über meinen Arm. Eine Tür quietschte in den Angeln. Weit entfernt schlug ein Hund an. Eine Brise wehte die Vorhänge am Fenster auf, die Straße verlief schnurgerade.

Das Schweigen in den Gärten, auf den menschenleeren Feldern. Viele Gebäude waren verfallen. Leere Fensteröffnungen, Metall blühte im Rost, die Dachkrater noch pulverschwarz umrandet, ein Kajal. Die intakten Häuser schienen unbewohnt zu sein. Diese Stille ist immer die gleiche. Im Dunst tauchten die Gerippe einer Fabrik, einer Lagerhalle, ein schiefes Fußballtor auf, dahinter ein Feld, darauf grüne und weiße Stelen. Die Erde lehmgelb. Am Straßenrand eine Prozession, die wie eingefroren schien. Die Frauen hielten Fotos in den Händen. Dunkle, ergraute, auch flaumige Schnurrbärte in den Gesichtern. Die Tafeln waren mit Folie überzogen, gegen den Regen, die Sonne, den Schnee. Weiter unten, in Potocari, ein Blumenstand. Damit man was in den Händen hielt. Immer sind es die Hände, die etwas brauchen. Ich parkte den Wagen vor der Bastion. Ein brusthoher Betonklotz. Regen und Frost hatten die Lettern verwittern lassen. *Dutchbat.* Hinter dem Betonklotz ein Zaun, ein Fabrikgelände.

Ich dimme die Musik auf dem MP3-Player, bevor ich die Halle betrete. Diffuses Licht fällt durch die Fensterschlitze, an den Wänden Graffiti, die Schriftzüge niederländisch, die Särge schmal, Hunderte. Eine Frau. Sie kniet. Der Sarg ist mit grünem Stoff bespannt. Sie hebt ihn an. Er muss federleicht sein. Sie hebt den Sarg bis zu ihrer Stirn. Er trägt die Kreidenummer 151. Ein Flüstern streicht über den Sarg, verebbt.

Der Himmel trägt ein tupfiges Blau. Ich laufe in die Grabfelder. Die Erde ist rissig. Dürres Gras, Steine, Kamille. Menschen, die auf dem Boden hocken, die Stelen umarmen. Kinder und Frauen zumeist.

Eine Schutzzone. Viele kamen in die Stadt. Bauern, versprengte Soldaten, alle, die nicht aus der Region geflohen waren. Die meisten waren Muslime. Wer Waffen mit sich führte, musste sie abgeben. Die Granatwerfer, die Mörser, die Haubitzen. Die Gewehre behielten sie. Man konnte nie wissen. *Dutchbat:* Keiner von ihnen war im Krieg gewesen, niemand hatte Kampferfahrung. Die meisten nicht älter als 20. Eine Art Wachdienst, nichts Dramatisches, hatte man ihnen in Den Haag gesagt. Sie kamen wegen des Geldes.

Luuk trägt Bergstiefel, im Rucksack Getränke und Brote, als würde er zu einem Marsch aufbrechen, über die Höhenzüge, durch die Wälder. Er schwitzt und trinkt oft und zählt leise. Bis 50, manchmal bis 100. Die Särge werden in die Luft gestemmt, werden getragen, sie heben und senken sich, sie tanzen. Ein Bittgang, ein Betgang. Luuk lehnt an einer Mauer. Er ist blass. Auch das Trinken hilft nicht. Die Sonne. Er sagt, es ist wegen der Sonne. Er sagt, es sei gut, dass er hier sei. Er komme jedes Jahr. Er zwängt sich nach vorne. Nimmt eine Schaufel in die Hand wie die anderen. Die Erde ist klumpig. Die Brocken schlagen auf den Särgen auf. Ein dumpfer Trommelhagel über den Gräbern, noch bis in die Hügel.

Wir gehen zurück zur Fabrik. Sind verabredet. Eine Ausstellung, sagt er. Man würde ihm jemanden schicken. Jemand, der die Bilder erklärt. Ihm und mir.

Die Stadt war überfüllt. Es waren 50 000. Seit Monaten kamen keine Hilfstransporte der UN mehr durch. Seit Monaten verstärkten sie den Belagerungsring. Sie hatten Waffen, die man braucht, um eine Stadt zu stürmen: Granatwerfer, Mörser, Haubitzen, das schwere Zeug.

Waren keine Kampftruppe, hatten nur leichtes Gerät, verlangten Luftunterstützung durch die NATO. Genau e i n e Bombe fiel auf serbische Stellungen, sagt Luuk. Sein Blick verliert sich.

Niemand habe die Absicht, die Stadt einzunehmen, hieß es von serbischer Seite und im UN-Stab. Die Stadt fiel nach einem Tag. Viele flohen nach Potocari, zu der nahen UN-Basis. Mehr als 10 000 auf eigene Faust durch die Wälder nach Tuzla in die sichere Zone.

Wir verteilten Brot, das letzte Wasser, sagt Luuk. Scharfschützen hatten die Leitungen zerschossen. Die Leute starben an Hitzschlag, an Hunger, an Entkräftung. Jetzt ist er da, der Geruch. Ich sehe es an seinem Gang. Luuk taumelt. Kinder, die auf dem Betonboden kauerten, sagt er. *Chewing gum, Mister. Čokolada, Mister.* Das Winkeleisen hängt noch. Abseits der Halle, ein Lagerraum. Hier habe ich den Strick abgeschnitten, sagt er und eilt zu einem anderen Raum. Man muss die Tür aufstoßen. Sie schrappt über den Boden. Rostbraune Flecken auf dem Beton. Die Wände sind pockig, rußig, haben Krater. Luuk wandert von Wand zu Wand. Er legt seine Hand auf ein ausgefranstes Loch, streicht über die Reste der Eisenbewehrung im Mauerwerk. Er wendet mir den Rücken zu. Der Mann war immer sehr still, sagt Luuk. Hatte keine Familie. Hat sich eine Handgranate an den Kopf gehalten, murmelt Luuk und geht hinaus.

Nachrichten trafen ein, unter den Zaun geschoben, als die Scharfschützen auf den Hügeln schliefen. Nur ein Drittel der Flüchtenden kam in Tuzla an. Eine Jagd. Mit Gewehren, Mörsern, mit allem, was greifbar war. Kopfprämien für jedes Dutzend.

Schaulustige und Verwandte streifen durch die Wälder. Auf der Suche nach einem Stiefel, einem Gürtel, manchmal fände man noch Schädel, sagt Luuk. Das Gelände sei minenfrei. Er sei den Weg schon gegangen, sagt Luuk. Mehrmals. Eigentlich gehe er ihn jedes Jahr.

Am Eingang der Halle steht sie. Mustert uns. Eine junge Frau. Sie trägt einen knöchellangen, dunklen Sommermantel, der Talar eines Priesters, eines Juristen. Wir sind die einzigen Besucher.

Waren Sie als Soldat in Potocari?, fragt sie. Ihr Englisch ist gut. In ihrer Stimme liegt ein Ton, den sie zügelt.

Als *Blauhelm*, als *Peace-Keeper*, antwortet Luuk. Sie blickt mich an.

Bin nur ein Fotograf, antworte ich.

Ein Lächeln, das zu einem Schädelgrinsen verkommen ist. Gesichter, von deren Wangen alles Fleisch gewichen ist. Kinnladen, Kiefer, die Augen des Hungers auf den Fotos.

Oft starben die Kinder zuletzt, sagt sie. Viele steckten ihnen etwas zu. Sie saßen bei ihren Müttern. Manchmal bekamen wir sie nicht los von den Leichen, weil sie sich an sie klammerten.

Sie sagt »wir«. Luuk nestelt an seinem Rucksack, greift hinein. Dann zieht er seine Hand heraus. Vielleicht hat er wieder trinken wollen. *Wir.* Sie muss unter den Eingeschlossenen gewesen sein.

Man hatte uns gesagt, ihr würdet kämpfen, ihr würdet uns verteidigen, sagt sie zu Luuk. Ihre Stimme zittert.

Luuk ist bleich. Eine *mission impossible*, sagt er. Sagt

auch die UNO. Wir waren zu wenige. Nur 150 von uns waren bewaffnet.

Sie spuckt vor ihm aus. Ein bleicher und silbriger Rotz. Dreht sich um.

Luuk lehnt mit dem Rücken an einem Metallpfeiler. Er schnappt nach Luft.

Sie geht langsam voraus. Von Bild zu Bild.

Ich sehe, dass Luuk hier raus muss, es schnell hinter sich bringen muss.

War zwölf, sagt sie, als sie vor der Leinwand stehen bleibt. Vor ein paar Jahren brachten sie mir ein paar Knochen und seinen Schädel. In einem Karton, wissen Sie. Hab ihn hier zum letzten Mal gesehen. Sie bebt in den Schultern, drückt die Fernbedienung: Sie halten Gläser in der Hand. Karremans prostet Mladić zu. Es sieht aus, als ob sie feierten.

Wir verhandelten, sagt Luuk hastig. Über den freien Abzug der Menschen. Von Kommandeur zu Kommandeur. Die Bilder seien inszeniert, in Karremans Händen sei kein Schnaps gewesen. Man habe ihm ein Glas Wasser in die Hand gedrückt. Seit Tagen hätten sie nicht mehr geschlafen. Sie seien überrumpelt worden, schlecht vorbereitet gewesen für ein solches Treffen.

Mladićs Stimme peitscht auf Karremans ein. Karremans fährt sich durchs Gesicht, schaut zu Boden, nimmt von Mladić eine Zigarette an, raucht sie, tritt die Zigarette aus, bückt sich und besorgt den Rest mit der Hand, damit die Kippe auch wirklich nicht mehr qualmt.

Wir hatten ein gutes Leben, bevor die Muslime durch westliche Mafiosi aufgestachelt wurden, sagt Mladić.

Dann fällt der Satz. Er ist unumkehrbar. Das weiß auch Luuk.

Bin nur ein Pianist, antwortet Karremans. Er fährt sich mit den Händen durchs Gesicht. Als wasche er sich.

Was sagst du?, fragt Mladić.

Ich bin nur ein Pianist.

Du bist ein wertloser Pianist. Bist du verheiratet, hast du Kinder?

Karremans nickt.

Willst du sie wiedersehen?

Pardon?

Willst du sie wiedersehen?, flüstert Mladić.

Sie fährt herum, ihr Blick fixiert Luuk. Einen Tag später begannen die Deportationen, sagt sie. Ihr habt Mladićs Leuten geholfen, Frauen von Männern, Jungen von Mädchen zu trennen. Ihre Stimme schrillt auf. Wir wurden in Busse und auf Lastwagen gepfercht.

Wir hatten keine Ahnung, was sie planten, sagt Luuk und weicht zurück.

Sie hatten euch gezwungen, eure Uniformen auszuziehen und in Unterhosen herumzulaufen. Ihr schautet zu, wie unsere Pässe auf einem Haufen landeten. Ihr saht, dass sie uns Geld und Schmuck abnahmen. Nur die Kleidung behielten wir.

Sie versprachen, euch in muslimisches Gebiet zu bringen, sagt Luuk.

Sie hielten Wort. Alle Frauen, alle Mädchen. Wir sahen am Straßenrand einen Mann. Er hing zwischen zwei Bäumen. Sie hatten ihn mit Draht an den Hoden aufgehängt.

Ich weiß, sagt Luuk und weicht noch einen Schritt zurück und nickt, nickt immerzu.

Wir fuhren an einem Baum vorbei, sagt sie. Er war schütter und beinahe kahl. Mitten im Sommer. Statt der Blätter trug er Ohren. Große und kleine, die meisten schon von der Sonne geschwärzt.

Luuk greift in den Rucksack. Er zieht eine Wasserflasche hervor. Er muss jetzt trinken. Sein Gesicht verschwindet fast hinter der Flasche.

Für das, was folgte, gab es Augenzeugen. Aber die Fotos fehlten. 8 000. Männer, Jungen, Alte. Sie wurden in Stadien, Schulen und Industriehallen gebracht. In Gruppen aufgeteilt. Zur Erschießung in die Wälder geführt.

Eine Schautafel. Die Schrift ist groß. Einer, der man nicht ausweichen kann: *Ich versteckte mich 15 Tage in Boriči bei Pobudje, aß Wildbirnen, Äpfel und Schnecken. Auf dem Berg Udrč war ich 20 Tage lang. Ich stieg durch die Wälder hinunter in die abgebrannten moslemischen Dörfer. […] Körper über dem gesamten Sportplatz zerstreut. […] Auf der Tribüne saßen Menschen. Die einen ohne Kopf, die einen mit einem halben Kopf, andere ohne Hände, Beine. Ich ging in den Mittelkreis, dort lag ein Skelett, also von der Hüfte ab. Der Granatenbeschuss begann wieder. Ich lief zwischen dem Haus von Savo Jeremic und dem Sportplatz. Ich kam zur Hauptstraße heraus. Auf der Straße ein Kinderfuß (entsprach einem Kind von ca. vier bis fünf Jahren).*

Luuk taumelt auf eine weitere Leinwand zu. Den Haag. Das Tribunal. Karremans sagt, man habe von Mladić keine Rechenschaft über das Schicksal der Flüchtlingsgruppen verlangt. Ehrlich gesagt, wir haben nicht einmal daran gedacht, Mladić zu fragen, was mit den Leuten passiert, gibt Karremans zu Protokoll.

Wir waren zu sorglos, hatten keine Ahnung, was geschehen könnte, kommentiert Luuk dessen Worte.

Mladić hatte euch einen Tag zuvor einbestellt. Ihr musstet euch in einen Raum begeben, sagt sie.

Luuk hält die Flasche in den Händen. Nestelt am Etikett.

Dort war ein Schwein angebunden, nicht wahr?

Luuk schweigt. Stopft die Flasche in den Rucksack zurück.

Ein Soldat betrat den Raum. Er hatte ein Messer. Mladić gab ihm ein Zeichen, er schnitt dem Schwein die Kehle durch. War es so?

Luuk fingert immer noch am Rucksack. Zieht die Schlaufe des Schultergurts enger.

So werde er es mit jedem machen, sagte Mladić. Mit allen, die sich unter den Schutz der *Blauhelme* gestellt haben. War es so?, fragt sie.

Luuk zieht die Schlaufe enger und enger.

Ob es so war?

Ich war nicht dabei, sagt er. Ob wir gehen könnten. Es sei heiß. Viel zu heiß.

Sie lächelt dünn. Wieder flimmern Bilder auf. Ministerpräsident Balkenende ehrt Soldaten, die in Srebrenica waren. Sie hätten einen außerordentlich schwierigen Auftrag gehabt, seien falschen Anschuldigungen ausgesetzt gewesen. Die Kamera schwenkt, zeigt die Frauen. In den Händen halten sie Fotos. Dunkle, ergraute, auch flaumige Schnurrbärte in den Gesichtern. Schnitt. Zagreb: feiernde, tanzende niederländische UN-Soldaten unmittelbar nach ihrem Abzug aus Srebrenica. Die Gesichter gerötet vom Schnaps.

Waren einfach nur froh, diese gottverdammte Scheiße hinter uns zu haben, flüstert Luuk.

Ja, sagt sie und geht hinaus. Wir folgen ihr.

Es ist wichtig, sagt Luuk, dass ich immer wieder hierherkomme. Er ist bleich um die Nase, er sieht aus, als ob er sich übergeben müsse. Er blinzelt. Die Sonne hämmert auf seinen Kopf. Er schüttelt zum Abschied meine Hand. Sie lässt ihre Hand in der Manteltasche, geht zum Tor. Dann geht auch Luuk.

Ein Wald. Der Boden zerfurcht von Reifenspuren. Wir versinken bis zu den Knöcheln in der Erde. Halil hat ein gelbes Regencape übergeworfen. Die Grube ist vielleicht zehn Meter lang und drei Meter breit. Wie eine Wunde klafft sie im Boden. Der Regen tropft auf die lehmverschmutzte Abdeckplane. Man arbeitet mit Spitzhacke, Spaten, Spachtel – je nachdem. Ein süßlicher Geruch tränkt die Luft. Ich setze meinen Atemschutz auf. Ich hab das Ding immer in solchen Fällen dabei. Köpfe, Gliedmaßen scheinen im Dreck auf. Hier und da ragen Knochen aufrecht heraus, als seien es Bauhölzer, die im Boden stecken. Ein Mann gräbt ein Paar Schuhe frei, legt sie zu zwei Oberschenkelknochen. Die Wadenbeine, die Füße fehlen.

Für das, was sich in diesen Tagen abgespielt hat, war eine umfassende Logistik nötig, sagt Halil. Busse und

Lastwagen zum Abtransport der Gefangenen. Bagger zum Ausheben der Massengräber.

Wir gehen an den Rand der Grube. Die Frau kniet. Mit einem Spachtel fährt sie vorsichtig in die Erde. Sie trägt Plastikhandschuhe wie alle hier auf den *Killing Fields*. Gräbt. Wenige Zentimeter. Ein Knochen schält sich heraus. Er führt sie zum Schulterblatt. Die Frau verharrt.

Hier zögern die meisten, sagt Halil. Sie fürchten die Köpfe. Sie fürchten, was nach den Jahren unmöglich ist, dass sie in ein Gesicht schauen müssen. Es sind Freiwillige, Angelernte. Kaum einer ist ausgebildeter Forensiker.

Mit einem Handfeger kehrt die Frau über den Unterarmknochen zurück bis zur Hand und legt sie frei. Dann greift sie nach einem Pinsel. Finger für Finger streicht sie die Erdkrumen fort. Die Frau nimmt die Hand, legt sie in ihre. Dies ist der Moment, in dem Halil sich wegdreht und ich das Foto mache.

Plötzlich sind sie da. Frauen, die man zu einem Areal abseits der Grube führt. Alle tragen Kopftuch. Der Boden ist mit Fähnchen abgesteckt und mit Planen ausgelegt. Man hat die Körper nebeneinander gelegt. An den Knochen flattern Zettel. Sie sind mit Draht befestigt. Die Zettel sind beschriftet. Manchmal hat man einen Zettel mit einem Kopf beschwert, damit der Zettel im Wind nicht verloren geht. Die Frauen beugen sich über die Leichenteile. Was um Himmels willen wollen sie wiedererkennen?

Häuser ohne Putz, der Asphalt bucklig, voller Schlaglöcher, eine Moschee, ein Café, ein Nachtclub, davor Männer in Jogginghosen. Ich muss etwas essen, ich brauche einen Kaffee. Ich brauche einen Slivovitz, bevor ich mich auf die Rückreise mache. Der Wirt kommt an meinen Tisch. Er blickt auf meine Kamera. Er geht hinter seinen Tresen, kramt in einem Regal, zieht einen Ordner hervor. Das Lokal ist leer bis auf eine Frau, die an einem Tisch am Fenster sitzt. Sie liest Zeitung. Vor ihr steht ein Glas Wein. Sie fährt auf, als der Wirt die Fotos auf meinen Tisch knallt.

Das, sagt er, vergesst ihr. Es ist ein holpriges, kehliges Deutsch.

Er legt die Fotos auf meinem Tisch aus, deckt die Rückseiten auf. Er stellt sich hinter mich. Ich spüre seinen Bauch an meinem Hinterkopf. Ich höre und fühle ihn atmen. Die Frau kommt zu uns herüber. Ihr Gesicht ist gerötet. Sie baut sich mit verschränkten Armen vor meinem Tisch auf. Der Wirt sagt etwas auf Serbokroatisch zu ihr. Sie nimmt eines der Fotos und dreht es um. Der Brechreiz kommt sofort, und mein Herz rast. Man hat die Stirn, die Augen, die Nase aus dem Kopf herausgeschlagen. Der Kopf ist bis hinunter zum Kiefer in einem rechten Winkel aufgespalten worden. Die Haare fallen über eine fehlende Stirn. Ich reiße meinen Kopf zur Seite. Der Wirt nimmt mit beiden Händen meinen Kopf, dreht ihn zurück zum Tisch, zurück zu den Fotos.

Ljubomir Mitrović, geboren 1955, aus Rogosije, einem Dorf nicht weit von hier, sagt er.

Die Frau deckt ein weiteres Foto auf. Das Gesicht ist schief, entstellt, Zähne fehlen. Dort, wo das rechte Auge war, ist nur noch eine dunkle, blutig verklebte Höhle. Das andere Auge hat im Blick eine grenzenlose Angst konserviert. Eine

Angst, die man bei niemandem sehen möchte. Eine Angst, die es nicht geben darf. Ich will den Kopf abermals wenden, aber die Hände des Wirts sind wie ein Schraubstock. Ich blicke die Frau an. Ihr Gesicht ist ausdruckslos. Dahinter spüre ich ihr Beben. Der Wirt presst meinen Kopf näher an das Foto heran. Die Ohren sind verstümmelt. Am Hals sind dunkle Male zu erkennen. Ich ahne, von was sie herrühren. Ich schwitze. Schweißtropfen fallen auf den Tisch, masern die Tischplatte. Immer weiter drückt er meinen Kopf herunter.

Ljubomir Jurošević, aus Milići, sagt die Frau. Sie holt ein Päckchen Zigaretten hervor. Ein schiefes Lächeln huscht über ihr Gesicht. Sie muss meinen Gedanken erraten haben. Sie zündet die Zigarette an, zieht, bläst den Rauch in meine Richtung, geht in die Hocke, zieht abermals, bläst den Rauch in meine Nase, zieht erneut, bis die Zigarette glüht. Noch tiefer drückt der Wirt meinen Kopf herunter in Richtung der Fotos. Die Frau legt ein weiteres Foto aus. Ein Körper, der seltsam verkohlt ist. Sie hält die Zigarette an mein Gesicht, fährt es mit der Zigarette ab, ich spüre die Glut, die Hitze, vorbei an meiner Wange, an meiner Nase, dann führt sie die Glutspitze hinauf zu meinen Augen.

Schauen Sie, sagt sie.

Das dritte Foto. Ganz nah ist es. Keine zehn Zentimeter mehr entfernt. Im beißenden Rauch sehe ich einen verstümmelten Körper mit aufgerissenen, kohlschwarzen Flanken, abgeschabten Gliedmaßen, ein Gesicht ist nicht mehr zu erkennen. Der Körper ist gekrümmt. In sich eingedreht.

Velo Majstorović, auch aus Rogosije, geboren 1967, ein

zu kurzes Leben, finden Sie nicht? Er wurde gefoltert, beschnitten, wie ein Schwein auf einem Grill geröstet.

Er knallt meinen Kopf auf das Foto. Er reibt mein Gesicht über das Foto, wieder und immer wieder.

Kein Wort sagt ihr über die Massaker der Muslime. Die Stimme des Wirts füllt den Raum. Kein Wort über die Todeskommandos. Er drückt seinen Mund an mein Ohr. Orić. Den Namen schon mal gehört?, flüstert er, und die Zigarette fährt hinunter in meinen Nacken. Orić ließ serbische Dörfer massakrieren, lange bevor in Srebrenica für die Muslime die verdiente Rache kam. Der Schmerz schießt in meine Stirn, und sofort stinkt es nach verbrannter Haut.

Ihr sucht Mladić. Er ist ein Held.

Und dann lassen sie ab von mir. Ich schnelle hoch, der Stuhl kippt, ich stürze aus dem Lokal, muss an Karremans denken.

11

Freihändig fuhr der Junge über die Brücke und winkte Vater zu. Vater saß am Fluss und las. Ohne die Tauben las er mehr als je zuvor. Ich sah nur seinen Kopf. Der Rest des Körpers war dem Blick entzogen, war von Farnen und Brombeerbüschen verdeckt. Der Junge radelte von der Brücke zur Straße, machte dort kehrt und donnerte den Weg wieder hinunter zum Fluss. Vor ein paar Monaten noch war er um diese Uhrzeit im Taubenschlag gewesen, hatte die Nistzellen gereinigt. Bis zu uns ans Haus war das Kratzen des Spachtels zu hören gewesen. Es hatte den Abend grundiert. Manchmal hatte er vor sich hin gepfiffen, Lieder gesungen, ein krudes Englisch mit eigenen Wortschöpfungen, Lieder aus dem Radio, deren Texte er nicht kannte, in die er sich mühsam eingehört und von denen er oft nur den Lautwert reproduziert hatte. Der Junge erreichte den Wald. Das Geräusch der Reifen war eine Zeit lang noch zu hören, bis es schließlich unhörbar wurde wie das Umblättern der Seiten, wie das Ziehen der Wolken am Himmel, dünne gazeartige Schlieren. Ein Flugzeug flog durch die zuckerwatteartig zerrissenen Fetzen, lautlos, ein sehr schnelles Wolkeninsekt. Ich trank einen Schluck Wein, holte Brot, Oliven, Käse aus der Küche. Vater hatte das Brot gebacken: ein stark gesalzenes Weißbrot mit harter, ausgebackener Kruste. Innen war es weich, hell und duftete. Wenn man das Brot brach, hörte man das Platzen der Kruste – ein trockener, harter Ton. Fast jedes Brot hat einen Ton, wenn man es bricht. Er ist beinahe unverwechselbar. Ich kannte Vaters Brote. Ich konnte sie am Ton unterscheiden. Manchmal mit den Gesellen, den Lehrlingen, hatten wir in einer Reihe vor Vater gestanden, er hatte uns die Augen mit einem Tuch verbunden, und er machte dieses Spiel mit uns: Brote erkennen, am Samstagmittag, wenn die Arbeit in der Backstube getan war, die Arbeitstische, die Mengmaschine, die Teigkneter, die Brötchenstraße, die Öfen, die Töpfe, die Kuchenformen, die Sahnebeutel, die Schieber und Löffel, die Messer und Rührbesen gereinigt, die Mehlsilos verschlossen waren, das kurze Wochenende vor der Tür stand und die Geschäfte während der Woche gut gelaufen waren, und sie liefen immer gut in jenen Jahren, da jeder Bäcker mit seinem Geschäft ein Auskommen hatte. An den Samstagen stand Vater vor uns und ließ mich mitspielen. Für den Sieger gab es zehn Mark, was damals ein doppelter Stundenlohn war. Vater brach das Brot, brach es mehrmals, bis der Klang uns vertraut war, dieser ureigene Ton des Brechens und Platzens der Kruste: die spröden Laute der Schwarzbrotlaibe, das Rosinenbrot, das fast lautlos zerriss, das Weißbrot mit harter Kruste, eine Art Baguette, nur konsistenter, duftender und öliger im Teig. Schließlich eines der Graubrote, das *Eifler*, das *Ardenner*, das dunkle *Kommissbrot*. So hießen die Brote schon immer, wenn auch heute kaum noch jemand den Namen Kommissbrot versteht. Es war das Brot für die Armee, für die Soldaten auf dem Westfeldzug, die in unserer Bäckerei das Kommando übernommen hatten, für einige Kriegsjahre – am Ofen und bei den Rezepten. Als sie abzogen, als sie die Maas sichern sollten, hinterließen sie uns, das heißt Vater und seinen Tanten, denen die Bäckerei in jenen Jahren gehörte, Liebesbriefe und ein Backbuch mit Rezepten aus Königsberg, eines mit Rezepten für Dresdner Stollen. Auch Schallplatten, ein paar Romane und selbstgeschriebene Gedichte steckten sie ihnen zu. Gedichte an junge Frauen in einem Dorf, deren Welt aus Backen und Kirchgang bestand. Keiner kehrte zurück. Niemand, der das Geliehene wieder in Besitz nahm.

Karen parkte den Wagen auf dem Hof. Sie trug ein blaues Kleid mit großen weißen Punkten, das um ihre Waden spielte. Das Haar hatte sie hochgesteckt. Ich ging ihr entgegen. Sie umarmte mich. Ich fühlte die Wärme der Haut unter dem Kleid, ihre Hand strich über meinen Bizeps, der Duft ihres Haars, ihrer nackten Schultern, vom Sommer getönt, ein mattes Braun. Ich hörte den Jungen den Waldweg hinauffahren, der Wind raschelte in den Eichen, Vater blätterte eine Seite im Buch um – vielleicht war ich hellhörig an jenem Abend. Wir tranken den Wein, aßen Brot, den Käse, die Oliven. Es gebe einen Ort in den Bergen, er liege auf einem Sporn, man blicke von dort auf einen See. Ihre Stimme wurde ein wenig heller, wie immer, wenn sie sich begeisterte. Man könne dort baden. Bis in die Nacht hinein sei das Wasser warm, sagte Karen. Gipfelbilder, Steinzacken würden im See auftauchen, fuhr ich fort, blasse Negative. Wellen kräuseln das Wasser und verwischen das Bild, meinte Karen und küsste mich. Wir gehen durch die Bergwiesen, begann ich wieder. Wir steigen den Pfad hoch, auf der Alm der Duft der Arven, der Heumahd, vielleicht. Warte, sagte sie. Wir erreichen den Sporn, legen uns genau an die Bruchkante, schauen auf den See, der jetzt fast schwarz ist. Ein Nachtblau am Himmel, das lange dort bleibt, ergänzte ich.

Der Junge tauchte auf der Brücke auf. Sein blonder Schopf hob sich aus der Dämmerung heraus. Ich hörte ihn mit Vater sprechen. Später im Zimmer ziehe ich mich aus, öffne das Fenster, lege mich aufs Bett, sagte Karen. Der Wind streift über deine Haut, fuhr ich fort. Als wäre es eine Feder, so Karen. Als wäre es meine Hand, widersprach ich.

Der Junge schob sein Rad den Weg hinauf, hielt auf uns zu. Karen stand vom Tisch auf, ging ihm entgegen.

Hast du Hunger?

Sie verschwanden in der Küche. Ich hörte sie am Backofen und am Kühlschrank hantieren. Wenig später kam Vater. Er setzte sich zu mir, legte das Buch auf den Tisch. Stifters *Hochwald*. Wir hörten ihr Lachen, das dunkle Lachen von Karen, das helle des Jungen.

Sie ist ein Glück, sagte Vater und berührte kurz meine Hand.

Ich hatte Windlichter angezündet. Die Luft spielte um Stirn und Knie. Das Haus lag auf einer Lichtung. Sie erwärmte sich am Tag stärker als der Wald. In der Nacht ist es umgekehrt. Der Wald speichert die Tageswärme besser als eine Lichtung. In der Nacht gibt er sie ab und wärmt somit die Umgebung, die sonst sehr viel schneller auskühlen würde. Der Junge aß im Backofen gegarte Pommes Frites, ich holte noch Brot und Käse, wir tranken den Wein, Vater ein Bier. Das Glück, wir wissen nie, wann es endet. Wir spüren, wenn es beginnt. Ich sah es an den Blicken, die sie tauschten, an den Berührungen zwischen Karen und dem Jungen. Seitdem Ruth und ich uns endgültig getrennt hatten – sie traf den Jungen noch in den Schulferien, an Feiertagen, bisweilen spendierte sie ihm ein Flugticket nach Genf für ein Wochenende –, war dieser Hunger in seinem Blick, den ich nie ganz stillen konnte. Kaufte Karen ihm ein Buch, besorgte sie Karten für den Besuch einer Flugschau, begleitete ihn ins Stadion, schenkte sie ihm einen Fußball, ein Trikot seines Vereins, erlosch dieser Hunger für den Moment.

Vater brachte den Jungen ins Bett. Die Deckenlampe

flutete in seinem Zimmer auf und warf einen Lichtkranz in die Rabatte mit Rittersporn und Storchschnabel, dahinter begann die Schwärze der Wiese. Wir rochen das Bruch, diesen leicht sauren Duft der Sumpfauen, in den das Aroma des Waldes einfloss: Terpene, über Nadeln und Blätter geben die Bäume diese Duftstoffe ab – als Schutz vor Insekten. Uns stärken sie das Immunsystem, hatte Vater erwähnt. Der Schrei eines Vogels gellte auf, schrill und ängstlich. Nichts, niemand erwiderte den Schrei, und das Schweigen machte ihn noch lauter in unseren Ohren.

Ich war schwimmen, sagte Karen und beugte sich zu mir. Ich fuhr mit der Hand über ihr Haar, als könnte es noch feucht sein.

Du kennst die kleine Bucht hinter dem Schilfgürtel, wo kein Mensch hinkommt. Zwischen den Birken hatte ich die Hängematte aufgespannt. Ich las, schlief, schwamm ein paar Runden. Einen ganzen Tag hatte ich für mich.

Was ist mit der Nacht?, flüsterte ich.

Sie küsste mich und sagte: Ich kenne da eine Stelle, wo das Ufer seicht ist, und bis in die Nacht hinein ist das Wasser dort warm.

Ich stand auf, ging zum Schuppen, holte die Räder. Wir radelten ohne Licht. Die Augen gewöhnten sich schnell an die Dunkelheit. Weit entfernt fuhr ein Auto im Wald. Die Luft des Sommerwalds strich um unsere Nasen. Wenn wir an einer Fichtenschonung vorbeikamen, streifte uns kühle Luft: Kaltluftseen entstehen in klaren Nächten in solchen dichten Gehölzen. Die Luftseen fließen in die wärmere Umgebung ab.

Ein grasiges Areal. Die Birkenstämme leuchteten matt. Wir stellten die Räder ab, zogen uns aus, schlüpften ins Wasser, das uns wie eine zweite Haut umschloss. Karen schwamm voraus, hielt auf die Mitte des Sees zu. Mir ist das Schwimmen in einem See, besonders bei Nacht, unheimlich: die Angst, etwas könne mich hinunterziehen in dieses gründunkle Nichts, in die Gesellschaft eines zerschlissenen Schuhs, einer rostigen Fahrradkette, eines zerfledderten Eimers, bewohnt von Fischen und Wasserschnecken, die an mir fressen würden. Am jenseitigen Ufer brannte ein Lagerfeuer. Der Schein der Flammen lag auf dem See. Karen winkte mir zu. Als ich sie erreichte, strich sie mir über die Wange – ein kühler, nasser Strich aus Licht und Wasser. Dann schwammen wir zurück. Am Ufer fasste sie meine Hand, zog mich zu Boden. Sie legte sich auf mich. Ihr Bauch war kalt. Ich roch das Wasser, das aus ihren Haaren tropfte, dieses etwas moorige, weiche Wasser. Meine Hand fuhr hinunter, strich über ihre Pobacken, sie atmete eine Spur schneller, ihre Augen waren geschlossen, ihr Mund an meinem Hals, manchmal flüsterte sie: Laute, die ich nicht verstand, rhythmisch und wohlklingend, ein leiser Gesang. Ich fühlte den Druck ihres Beckens, die Bewegungen eines Schwimmers, bis auch ich schwamm, Züge, die das Wasser teilten. Dann öffnete sich die Stille im Wald und um uns herum ganz.

12

Alles ist geschenkt auf Zeit. Wenn man glücklich ist, wenn das Glück einen blendet, meint man zu spüren, dass alles bleibt. Hinter dem Glück wohnt die Zeit.

Das Rücken eines Stuhls, das Klappern von Tellern, von Besteck drang zu mir herauf ins Bad. Ich rasierte mich zu Ende, wählte ein Hemd zum dunklen Anzug.

Karen lehnte am Küchentisch, hatte das Haar hochgesteckt, trug ein helles Kleid. Das irritierende Grün der Augen in dem mediterranen Gesicht, der matte Lippenstift. Sie hakte sich bei mir ein. Wir bogen von der Straße zu den Fischteichen ab. Vor Noetens Bude stand sein Rad. Ich klopfte. Noeten machte nicht auf. Wahrscheinlich war er schon bei van Haugoldt. Er sollte die Arbeiten auf der Bühne und beim Catering begleiten, als Ansprechpartner, als Mädchen für alles.

Die Villa mit Türmchen und Fachwerk, mit bleiverglasten Fenstern, mit ziselierten Holzbalkonen, lag im Licht. Dahinter der Park mit Springbrunnen und Laubengängen, einem Teich, darauf Seerosen und von einer Trauerweide flankiert – Monets *Giverny* bei uns im Wald. Über den Teich spannte sich eine Brücke. Sie stieg bis zur Teichmitte leicht an und senkte sich zur anderen Seite im gleichen Maß ab. Dort das Teehaus, ein Hexagon mit Kuppeldach und Holzschindeln. Van Haugoldt, im weißen Anzug, lehnte am Brückengeländer und rauchte ein Zigarillo. Auch der Hut sehr weiß, mit dunklem Hutband. Neben ihm Grunewald. Er trug Schwarz, und pechschwarz waren das Hemd und die Brille. Ins Beige changierten die Stiefel. Ein Schlangenmuster räkelte sich über den Schaft. Noeten trat auf uns zu, er trug passable Schuhe, das Resthaar war gegelt und zurückgekämmt. Er hatte sich rasiert, selbst seine Fingernägel waren sauber.

Was zahlt er dir für den Abend?, fragte ich.

Noeten grinste.

200. Er wollte den Preis heute Morgen noch drücken. Da bin ich noch mal nach Hause frühstücken gegangen.

Und dann hat er dich angerufen und beim Frühstücken gestört.

Es blieb ihm wohl nichts anderes übrig.

Auf der Bühne glommen die Scheinwerfer auf. Van Haugoldt und Grunewald schritten die Brücke hinunter – im Visier der Blicke, im Fokus der Kamera eines Lokalsenders. Der Sender sponserte Grunewalds Schubertiade, war Premiumpartner, wie man auf den Tafeln las, die im Garten aufgestellt waren. Sie stelzten zur Bühne, postierten sich für das Fotoshooting. Van Haugoldt vor dem Flügel. Um ihn herum die Streicher, der Pianist. Im Vordergrund, mittig ins Bild gehoben, eine Hand in der Hosentasche, der Daumen der anderen lässig zwischen Hosenbund und Gürtel geklemmt, so dass die verbleibenden vier Finger sich zu seinem Gemächt hin spreizten: Grunewald.

Ich holte für Karen einen Prosecco, für mich und Noeten ein Bier. Die Stuhlreihen vor der Bühne füllten sich.

Wird van Haugoldt hier heute reich?, fragte ich Noeten.

Er nimmt keinen Eintritt. Aber man darf spenden. Er stellt die Spendenliste ins Netz, mit Namen und Summen.

Verstehe. Franz Mathys und Begleitung: 30 €.

Womit ihr als Geizhälse gebrandmarkt wärt. Das will niemand. Das ist der Trick, sagte Noeten.

Das Bier war warm und schmeckte fad. Auf der Bühne nahmen die Musiker ihre Plätze ein. Van Haugoldt und Grunewald schritten die Rampe herunter, wir konnten ihnen nicht entkommen, sie kamen direkt auf uns zu, wir hatten unsere Plätze noch nicht erreicht.

Schön, Sie zu sehen, hob van Haugoldt an.

Karen lächelte.

Ich darf vorstellen, sagte van Haugoldt zu Karen gewandt: Dr. Grunewald, der künstlerische Leiter des Abends.

Es gibt ihn noch, den Handkuss. Er wird mit den Lippen auf den Handrücken getupft. Bei unverheirateten Frauen nur das angedeutete *Küss die Hand*, wobei die Lippen die Hand der Dame nicht berühren, sondern einige Millimeter davor verharren sollen – sie spürt nur den Luftzug auf der Haut, den Atem des Kavaliers, eines Mannes mit Manieren. Jemand, der sich partout unterscheiden möchte von anderen Männern in der Runde. Jemand, der sich seines Rangs, seines Namens, seines Habitus sicher ist. Niemand wagt den Handkuss, dem er nicht zusteht. Er ist zuallererst Selbstzeugnis und Selbstadel. Weniger adelt er die Dame, die er küsst. Und doch hebt er sie aus der Menge derjenigen, die keinen Handkuss erhalten, hervor. Grunewald würde Karen demnach Achtung und Wertschätzung zeigen, wenn denn die Lippen den Kuss nur andeuten würden. Mehr, so viel mehr ist es, wenn die Lippen des *Impresarios*, des *Maître de plaisir*, ihre Hand berühren. Einen kurzen, sehr langen

Augenblick … fühlen die Lippen die Haut, ist es Vorgeschmack, ist es Kuss.

Karens Blick verriet Verwunderung.

Ja, sie besuche zum ersten Mal eine seiner Produktionen. Sie liebe Schubert, seine Wehmut und Härte zugleich, seine Präzision wie die Melancholie, die dahinter aufscheine. Eine Zartheit kommentiere sich darin, so Grunewald, eine latente Sehnsucht, meinte Karen. Sie parlierte, und ich wusste nicht warum. In ihrem Blick ein Glanz, auch auf den Wangen. Es war ein euphorisches und gebildetes Geschwätz. Plötzlich sprach sie in einem Code, den ich an ihr nicht kannte. Statt das Gespräch auslaufen zu lassen, warf sie ihm neue Happen hin, kam auf ihre Schule zu sprechen, dass doch jedes Kind in seiner Schulzeit ein Instrument erlernen möge. Es sei nur zeitgemäß, wenn die Schule das Kognitive u n d das Musische fördere, bemühte Grunewald einen Satz aus der Mottenkiste. Nicht zuletzt den neuronalen Vernetzungsprozessen käme das Musizieren zugute. Es gäbe Studien, die zeigten, dass musikalische Handlungskompetenz – sie sprach wie eine Lehrerin, war ungeniert in ihrem Metier angelangt – auch die Synapsenperformanz verbessere, was schlichtweg wohl Intelligenzzuwachs heiße, schnalzte Grunewald. Ich staunte. Ich hatte sie nie zuvor so reden gehört. So aufgeblasen und schlau. Noeten und ich, auch van Haugoldt, wir gaben nur noch die Zuhörer. Ob sie wisse, dass es in früheren Tagen, etwa noch zu Händels Zeiten, die Aufgabe eines Impresarios gewesen sei, in Abstimmung mit den Regenten, die musikalische Bildung des Volkes zu fördern. Ein Gedanke, der heute bei den Musikintendanzen zu kurz käme. Er strich sich übers Kinn, ein kantiges Kinn. Heute sei das vermehrt Aufgabe der Schulen, meinte Karen. Deren Wirken man bei den geringen finanziellen Ressourcen nicht hoch genug loben könne, gurrte Grunewald. Ihre Schule etwa suche Sponsoren, welche die Instrumente der kleinen Cellisten und Geiger finanzierten, kam sie zur Sache. Ob er sie, pardon, uns, Karens Blick flog mir zu, ein Blick, den ich nicht deuten konnte, ob er u n s also hinterher zu einem Glas einladen dürfe, setzte Grunewald nach. In den Salon oder, falls das Wetter hielte, auf die Terrasse, im kleinen Kreis – Journalisten und Sponsoren fänden sich dort ein. Vielleicht könne er für sie etwas einfädeln. Er entschwand, tänzelte zur Bühne, nahm mit Schwung die Treppe, trat ans Mikrophon, fing Karens Blick und kündigte sie an – die Schubertiade.

Es dauerte seine Zeit, aber schließlich machte die Musik Grunewald vergessen. Karen fasste meine Hand, schloss die Augen, lehnte sich zurück. Das Klavier tänzelte, steigerte sich, wurde hitzig, um dann wieder zurückzufinden in gemäßigte Bahnen. Allein die Pause drohte.

Danke, dass du mitgekommen bist. Sie flüsterte den Satz in mein Ohr, als sei es ein Satz, den niemand uns ablauschen durfte.

Als die letzten Takte verklungen waren, wurde man zappelig, drängte man von den Plätzen, zwängte sich an uns vorbei, die wir noch einen Moment die Musik nachklingen lassen wollten. Knie stießen gegen unsere Knie, Handtaschen gegen unsere Schultern, und somit machten auch wir uns auf zu van Haugoldt, zu Grunewald, zu all den 1 000 Worten, dem Geplapper, das sich bei Veranstaltungen dieser Art einstellt, als befeuere die Musik geradezu die Worte, als sei sie der Dünger, der einen jeden ausholen lässt und einen Brei aus Sätzen und Halbsätzen über jedes Ohr, das sich nicht retten kann, ergießt. Und wer kann sich schon retten? In eine Zone ganz abseits des Geschehens, wo nicht Wort um Wort in die Ohrmuschel springt und das Ohr, ja, der ganze Leib entspannen kann, da niemand fragt: Und ... wie bekam Ihnen die Musik? Als spräche man von dem Carpaccio vor sich auf dem Teller, dem Parfait, dem Lachsbrötchen. Eine Suada folgte, die das Trommelfell in Schwingung brachte, worauf Hammer, Amboss und Steigbügel, jene winzigen Knöchelchen im Innenohr, die kleinsten, die wir überhaupt im Körper kennen, in Fluss kamen und hören mussten, ob sie wollten oder nicht, und sie brachten ihrerseits eine Membran, das ovale Fenster, in Vibration, und von dort war es nicht mehr weit bis zur Paukentreppe und bis zur Vorhoftreppe, über die die Worte stolperten. Eigentlich schwammen sie, schwammen durch Perilymphe, Flüssigkeit, die die Treppen umspielte – Flüssigkeit leitet den Schall stärker als Luft –, bis die Wörter schließlich die Reißner-Membran durchbrachen und im Schneckengang hockten, die Endolymphe durchwateten, und im inneren, intimen Teil der Gehörschnecke das zarte schutzlose Corti-Organ aufschreckten und es, ohne um Erlaubnis gefragt zu haben, in Erregung brachten. Das, was vorher nur Schall und noch ohne Bedeutung gewesen war, wurde über die Nervenfasern, die dort auslaufen und die sich nicht wehren können, in Nervenimpulse umgewandelt und gelangte über den Hörnerv zum Hirn und zu uns, die wir nichts hören wollten, jedenfalls nicht Grunewalds Stimme, die sagte: Schubert schrieb das Trio im Jahr vor seinem Tod. Wie viel Düsternis und gleichwohl Leichtigkeit darin steckt, als sei der Tod ein Fest, finden Sie nicht? Am Ende noch, als ich mich wegdrehte, Karen am Arm nahm, sie abrupt von Grunewald wegzog, die Worte: Schubert, viele suchen ihn unter den Toten, man muss ihn unter den Seligen suchen, Theodoret von Kyros, welch treffender Kitsch, nicht wahr?

Im Universum, sagt man, käme alles zur Ruhe, auch unser Ohr. Dort würden Grunewalds Worte verpuffen. Dort wären sie reiner lautloser Schall, den unsere Ohren nicht hören können, denn der Schall braucht die Luft als Träger. Im Himmel bei Schubert ist keine Luft und weder zu Karen noch zu mir hätte Grunewalds vorläufig letzte Bemerkung durchdringen können: Einer der großen Kirchenväter, einer der Erklärer der Heiligen Schrift. Aber da stürzte Noeten auf mich zu, hob den Daumen, Bingo, zog mich zur Seite und sagte: Ich habe ihn gefunden. Komm mit!

Wen?

Den Wagen. Schau ihn dir an, steht auf dem Parkplatz. Ein Grinsen loderte auf seinem Gesicht.

Ich ließ Karen, ich ließ Grunewald stehen, folgte Noeten durch den Garten. Er hielt auf eine Weide neben der Straße zu. Van Haugoldt hatte sie für die Veranstaltung als Parkplatz einrichten lassen. Absperrband markierte das Areal, Streukreide die Parkzellen. Er stand in der ersten Reihe, wuchtig mit hohem Radstand und breiten Reifen. Ein Wagen, mit dem man in den Krieg ziehen konnte, so bullig spannte sich die Fronthaube, so massiv wirkten die breiten Kotflügel, die Stoßstangen, so klotzig prangte der Wagen auf seinem Fahrgestell.

Hast du das Reifenprofil überprüft?

Noeten nickte.

Du bist sicher?

Kein Zweifel. Hab die Gipsabdrücke zu Hause abgeholt und mit dem Profil verglichen.

Wem gehört er? Meine Stimme war heiser vor Aufregung.

Grunewald. Es ist Grunewald. Noeten sprach leise und sehr artikuliert – wie bei einer Sprechübung.

Unmöglich.

Hab mich umgehört bei den Männern vom Bühnenaufbau.

Keiner der beiden Männer war Grunewald.

Es ist sein Wagen.

Ich hoffe, du irrst dich nicht.

Wem leiht man seinen Wagen? Wieder huschte dieses Grinsen über sein Gesicht. Sag schon, wem leiht man eine solch teure Karre? Familie, nur jemandem aus der Familie.

Gut, sagte ich. Sehr gut.

Ich taumelte, wandte mich ab, wollte zurück zu Karen, wollte sie informieren, mich beruhigen, eine Auszeit noch, bevor wir handeln mussten. Ein metallisches Ächzen, ein hoher spitzer Ton an meinem Ohr, ich fuhr herum, da war die Klinge schon mehr als einen Meter über die Motorhaube gefahren und hatte Noeten das Messer an der Fahrertür angesetzt, zog die Spitze mit voller Kraft über die Tür. Der Lack riss auf, der Stahl drang durch die Grundierung, ritt auf dem Blech, alle vier Türen mussten dran glauben, zuletzt ritzte er die Frontscheibe. Ich hielt ihn nicht davon ab. Auch hinderte ich ihn nicht daran, dass er zum Tankdeckel ging, ihn aufdrehte und hineinpinkelte, lange, mit Genuss, ein kräftiger Strahl, der vielleicht einen halben Liter Urin in das Benzin mischte, womit Noeten sich aber nicht zufrieden gab. Er bückte sich, riss eine Grassode aus der Weide, drückte sie in den Tank.

Gehen wir, sagte er.

Noeten verschwand im Park, ich nahm den Weg zurück zu Karen. Wolken waren aufgezogen, blumenkohlartige Gebilde, die aus sich selbst zu wachsen schienen. Ich fand Karen nicht. Nicht am Buffet, wo ich sie vorhin zurückgelassen hatte, und nicht vor der Bühne. Ich ging hinüber zum Haupthaus, sah sie auch auf der Terrasse nicht. Ich entdeckte sie am Teich. Sie stand auf der Brücke, neigte sich über das Geländer, in der Hand hielt sie ein Weinglas, neben ihr Grunewald. Ich hielt auf sie zu, setzte ein Lächeln ins Gesicht, eines, das ganz lose nur dort verhaftet war und jederzeit aus meinen Zügen rutschen konnte. Grunewald würde sie sehen, meine Wut, viel zu früh und am falschen Ort. Ich bot Karen meinen Arm, sie hakte sich bei mir ein, lächelte, wandte den Kopf zu Grunewald, lächelte auch für ihn, der sich aufmachte zur Bühne. Wir gingen ein paar Meter, dann ihre Frage: Wo warst du?

Wir haben den verdammten Wagen gefunden.

Ihre Schritte gerieten aus dem Rhythmus.

Der Wagen gehört Grunewald. Ich sagte es möglichst gefasst, wollte keine Hysterie in die Worte geben.

Sie blieb stehen.

Es ist sein Wagen, sagte ich, meine Stimme schlug um, bekam ungewollt Schärfe.

Das passt aber gut, nicht wahr?

Es ist so, wie ich sage.

Was habt ihr vor? Sie hielt auf die Sitzreihen zu.

Hör zu, Karen …

Ich fasste sie an der Schulter. Sie fuhr herum. Du hättest mich dort nicht stehen lassen dürfen. Mit Grunewald. Wie sah das denn aus? Wir sind nicht im Wald, wir sind hier auf dem Parkett.

Was sie sagte, gefiel mir nicht. Und wie sie es sagte, gefiel mir nicht.

Gut sah das aus. Du und Grunewald auf der Brücke.

Franz, lass das. Nicht so!

Doch, genau so!

Ich sah die Falte auf ihrer Stirn. Zwischen den Brauen tat sich der Spalt auf. Sie suchte ihren Platz auf, setzte sich. Schwieg. Man gab einen Zyklus mit Schubert-Liedern. Ich hörte kaum zu. Neben mir Karen, eine gekränkte Primadonna, der ich vorhin nicht zu Diensten gewesen war, die sich brüskiert fühlte, die unfähig schien, meine Erschütterung zu fühlen, weil wir den Wagen gefunden hatten. Ich hatte diesen Zug nie zuvor an ihr bemerkt.

Nach den Liedern betrat Grunewald die Bühne, trat ins Licht, trat ans Mikrofon. Die Celli, das Klavier verstummten. Der Sänger zog sich zurück. Grunewalds Stimme besaß etwas, das nur ganz schwach an die Oberfläche trat, aber man spürte es, als er rezitierte: *Doch besser, du bliebest im Walde dazu / Und ließest die Mühlen und Müller in*

Ruh / Und willst meinem Schätzchen dich machen beliebt / So wisse, mein Freund, was ihr Herzchen betrübt.

Er las aus einem Gedicht von Wilhelm Müller. Schubert hatte Gedichte Müllers in dem Liederzyklus *Die schöne Müllerin* vertont. Grunewald sprach ohne Pathos. Am Ende wurde die Stimme rauchig, hatte sie jenes Timbre, das sie alle haben, die Charismatiker und Verführer, die andere für sich und ihre Sache einzunehmen wissen.

Hier gibt es kein Wild zu jagen für dich / Hier wohnt nur ein Rehlein, ein zahmes, für mich.

Jenes *für mich* klang nach, stand in der Luft. Ich musste weg! Ich musste mir das nicht anhören. Ich rutschte auf meinem Stuhl hin und her, scharrte mit den Füßen. Beim Applaus sprang ich auf, Noeten stand seitlich am Bühnenaufgang, er gestikulierte, gab mir ein Zeichen. Ich nahm Karens Hand.

Lass uns gehen.

Es wird eine Zugabe geben, sagte sie.

Ihr Blick blieb auf die Bühne gerichtet. Grunewald war an den Bühnenrand getreten. Er verneigte sich, tauchte lange nicht aus seiner Verbeugung auf, stand dann kerzengerade da, die Hände wie zum Gebet geformt, Handfläche auf Handfläche – so beteten einst fromme Kinder, heute sah man so den Dalai Lama grüßen. Ich zwängte mich durch die Stuhlreihen, ließ Karen zurück. Noeten führte mich hinter die Bühne.

Hab mich umgehört. Grunewald lebt allein, mit wechselnden Begleitungen und einer Ehefrau im Hintergrund, die sich mit ihm zusammen schon lange nicht mehr zeigt, sagt man, und er hat einen Sohn. Einen Sohn im passenden Alter.

Wieder huschte dieses Lächeln über Noetens Gesicht. Auch in mein Gesicht stieg es, und mein Gesicht brannte plötzlich. Wir setzten uns auf eine Bank. Ganz entfernt war ein Donnern zu hören. Ich dachte an Vater, an sein Gefangensein im Bett. An seinen dürren Körper, der alle Muskulatur verloren hatte. Die kalten Finger – so schmal wie jenes Stöckchen, das Hänsel der Hexe entgegenstreckte. Finger, die alles Fleisch verloren hatten, Wangen, die eingefallen waren. Ich dachte an seine Stimme, dünn und schräg war sie geworden. Die weinerliche Falsettstimme Stan Laurels. Eine Stimme, die kaum noch artikulieren konnte. Manchmal verstand ich ein Wort. *Pudding … Mutter … der Junge.* Ich dachte an den Blasenkatheter – ein Schlauch, der durch Vaters Penis bis in die Blase reichte und diese entleerte. Die entwürdigende Situation, sich Tag um Tag den Hintern abwischen lassen zu müssen. Der Dekubitus, eine Stelle am Gesäß, die durchgelegen und wund war, das rohe Fleisch. Ich dachte daran, wie oft Vater in seinem Bett auf die Uhr schaute, seine Armbanduhr, die um seinen Unterarm schlackerte. Am Ende seines Lebens verblieb ihm als eine der wenigen Tätigkeiten, die er ausführen konnte, der Blick auf die Uhr. Zum Schluss gesellte sich zu ihm die Zeit, die verstrich, ohne dass sie ihn heilte, ohne dass sie ihn in den Tod entlassen wollte. Eine leer vor sich hin laufende Zeit, eine Zwischenzeit ohne jeden Sinn. Er würde die Uhr noch im Grab tragen, bis sie eines Tages stehen blieb und alle Zeit von ihm genommen war.

Der Schlussakkord der Zugabe erklang. Regen fiel. Der Wind frischte auf. Er trug den Geruch des Waldes mit sich, und einen Moment meinte ich das Meer riechen zu können. Karens Stuhl war leer. Die Reihen hatten sich geleert. Die Leute hatten Schutz gesucht in der Scheune. Die Tische dort waren mit weißen Tüchern ausgelegt, darauf Gedecke mit Wein, Säften, Wasser, Tapas, Oliven, Brot, Käse. Ich eilte hinüber zur Terrasse. Auch dort fand ich Karen nicht. Ich wählte ihre Handynummer. Ihre Mailbox meldete sich. Der Regen wurde stärker. Ich stellte mich im Teehaus unter. Der Regen prasselte, schoss vom Dach, quoll aus den Regenrohren, stürzte über den Rand der Dachrinnen, flutete den Teich. Kurz drosselte er seine Kanonade, als wollte er Luft holen, nur um sich noch einmal zu steigern. Er überspülte die Kieswege, verwandelte die Rasenflächen in kleine Seen. Schließlich beruhigte er sich, wurde sanfter, einschläfernd, wurde zum Landregen, wurde Sommerregen. Ich schaute hinüber zur Bühne. Sie war leer und ohne Licht. Erloschen wie ein Schiff ohne Mannschaft. Ich setzte meine Runde fort. Ich fühlte den Riss, diesen ersten Riss. Stimmen perlten, ein Singsang, der durch den Park strich wie ein irrender Bienenschwarm.

Das Haus duckte sich, schien in den Wald zu entschwinden. Mauersegler schwirrten über den First. Regenschwer hingen Äste über dem Dach. Kein Licht brannte. Karens Wagen war fort. Ich schloss die Tür auf. Auf dem Küchentisch lagen zwei tote Motten, Beine und Fühler von sich gestreckt. Auf den Dielen eine Ameisenstraße, die unter der Spüle verschwand. Unter dem Stuhl ein Paar Schuhe, an den Fersen verdreckt. Die Schnürriemen an den Enden aufgezwirbelt und borstig. Ich lief durchs Haus, machte Licht. Nichts hatte sich verändert, und nichts war geblieben, wie es war. Kein Möbel, kein Gegenstand füllte mehr die Zimmer. Alles war Staffage, war nur noch Kulisse.

Ich streifte hinunter zum Fluss. Der Regen hatte ihn anschwellen lassen. Das Wasser schoss torfbraun dahin. Wir waren zu viert gewesen. Vater, der Junge, Karen und ich. Wenn Vater starb, blieb mir allein Karen. Wie gut kannte ich Karen? Noch vor ein paar Stunden war ein solch desaströser Abend undenkbar gewesen, hatte vollkommen außerhalb unserer Möglichkeiten gelegen.

Ich hörte den Wagen schon von Weitem. Die Reifen sangen auf dem nassen Asphalt. Das Geräusch mischte sich in die Stimmen, diesen Dauerton, der kaum modulierte und sich von van Haugoldts Garten über die Teiche zum Fluss schlug. Der Wagen verlangsamte. Mein Puls beschleunigte sich. Der Wagen rumpelte über den Waldweg. Sie parkte, stieg aus. Sie hatte sich umgezogen, als ließe sich mit der Kleidung auch die Stimmung wechseln. Ich blieb auf der Brücke stehen. Ich ließ ihr Zeit. Ich ließ mir Zeit. Sie kam auf mich zu, schaute mich an.

Es war der Regen, es war die Wut auf dich, ich brauchte einen Schnaps, sagte sie.

Ich brachte sie ins Haus. Wir gingen hoch ins Schlafzimmer. Ich öffnete das Fenster. Waldluft drang herein. Aus irgendeinem Grund roch sie tröstlich. Wir legten uns aufs Bett. Ihr Kopf an meiner Schulter. Wir schwiegen, sahen die Nacht über den Wald hereinbrechen. Was ist Glück?, hatte der Junge einmal gefragt. Wenn alles bleibt, wie es ist, hatte ich geantwortet.

Als sie schlief, stand ich auf, googelte Grunewald. Ich entdeckte nichts Brauchbares zu seinem Sohn. Kein Bild, keine weiterreichenden Hinweise zu seiner Identität. Wonach sollte ich suchen? Welchen Anhaltspunkt hatte ich? Grunewald und sein Begleiter hatten einen Hund gequält. Das war alles. Mehr wusste ich nicht von ihnen. Ich gab den Begriff *abartige Jäger* ein und landete auf Seiten von militanten Tierschützern, die zu Rachefeldzügen gegen Robbenjäger aufforderten. Ich fand Foren, in denen irgendwelche Irrsinnigen zur Hunde- und Katzenjagd aufriefen, man postete Industrieruinen, in denen die Tiere in größerer Zahl zu finden seien, diskutierte das Kaliber, das Format der Messerklingen, um die Tiere zu töten. Andere zeigten Filmchen von einer Jagd auf Waschbären. Ich verirrte mich auf den Seiten der *Animal Liberation Front*, stieß auf obskure Foren, bei denen man sich mit einem Passwort und einer E-Mail-Adresse registrieren musste. Ich erstellte mir einen neuen E-Mail-Account, wollte meine Identität nicht offenlegen, trudelte von Forum zu Forum und verharrte schließlich bei einem kurzen Trailer: *Der tierische Tod* von *Loupp und Hakan ZZ*, einige hundert Aufrufe. Ein Schwein an einem Wandhaken hängend, blutend aus Maul und Ohren. Auf dem gefliesten Boden stehen Pfützen aus Blut und Wasser. Rinder, die in einen Viehtransporter getrieben werden. Das Schrappen der Hufe über die Rampe, die Augen der Tiere zeigen die Angst. Ein Hund, auf einem Waldweg, im Hintergrund der Bach und die Wiesen. Der Labrador kriecht, die Schnauze berührt fast den Boden, die Augen sind geweitet, der Schwanz ist zwischen den Beinen eingeklemmt, Blut an seiner Schnauze, er junkt, bettelt, ein Wimmern. Die Kamera zoomt, filmt jenen Moment, da der Hund den Kopf hebt und die Schnauze zur Kamera hochstemmt. Ein Schlag, ein Knüppel saust durchs Bild, das Bersten von Knochen oder von Holz ist zu hören. Dann Schwärze. Dann der Hinweis auf eine Performance in einem ehemaligen Off-Theater in der Stadt. *Thrill-Art. Animal death. Der tierische Tod.* Ich riss das Fenster auf. Ich stolperte in die Küche, trank ein Glas Wasser. Ich holte den Grappa, setzte mich vors Haus. Ich hatte in jener Nacht bei den Männern keine Kamera, nicht mal ein Smartphone gesehen. Loupp und Hakan. Ich sprach die Namen nicht aus, sie lagen auf meiner Zunge, auf meinen Lippen, ab jetzt hausten sie in meinem Kopf.

13

Wir hatten damals eine Woche, Karen und ich. Vater kümmerte sich um den Jungen, der sich schlapp fühlte und reizbar war, dessen Gesicht noch von dem Medikament aufgedunsen war. Ich wollte arbeiten, wollte fotografieren. Ein Wettbewerb. *BergWelten.* Von Zeit zu Zeit musste ich mir beweisen, dass ich anderes konnte, als das Grauen zu zeigen.

Wir aßen Kuchen, tranken Kaffee, der trotz der Milch bitter und stark war. Die Hütte roch nach Kaiserschmarrn und Frittatensuppe. An den Tischen saßen Bergsteiger. Die

Rucksäcke mit den Seilen, den Eispickeln, den Karabinerhaken lehnten an den Stuhlbeinen. In die Rückenlehnen der Stühle waren Namen eingelassen. Die Lettern waren schwarz ausgemalt. Grünstein, Simon, Jablonski. Karen schmiegte sich an mich. Aus den Augenwinkeln sah ich das stumpfe Leuchten ihres Haares. Von Zeit zu Zeit schaute ich aus dem Fenster. Die Wolken wurden dichter: Haufen, die wie Zuckerwatte aussahen und stetig wuchsen, warfen sich über die Bergspitzen. Wir mussten aufbrechen, um noch trocken ins Tal zu kommen. Mein Blick fuhr wieder über die Namen auf den Stühlen: Fischer, Grünlaub, Weiß. Die Kellnerin kam an unseren Tisch. Sie war jung, blond und brachte die Rechnung.

Was ist mit den Namen auf den Stühlen?, fragte ich.

Bergsteiger, sagte sie. Sie strich sich durchs Haar. Eine Pause entstand. Jüdische Bergsteiger. Als nichts mehr ging, haben sie sich hier oben eine Zuflucht gebaut.

Sie flohen hierhin? Versteckten sich?, fragte Karen.

Schauen Sie, Juden konnten doch nirgendwo mehr sein, auch nicht im Alpenverein. Da haben sie einen eigenen Verein gegründet, samt Hütte. Deshalb die Namen. Zur Erinnerung.

Und wer erinnert? Sagen Sie jetzt nicht der Alpenverein. Karens Stimme fuhr auf, gerade so viel, dass die Schärfe nicht schnitt.

Doch, so ist es. Ihr Blick wich nicht aus.

Wieder mal die Ironie der Geschichte, finden Sie nicht?

Sie meinen, man hat den Bock zum Gärtner gemacht.

Irgendwie schon.

Nicht jeder Bock bleibt immer Bock, sagte sie und entschwand zur Theke.

Wahrscheinlich hatte sie wenig Lust, sich das Gute weniger gut reden zu lassen. Was BMW, Krupp und Deutsche Bank für opportun hielten, konnte der Alpenverein nicht anders einschätzen: Es schadete dem Ruf ganz und gar nicht, wenn Verstrickungen im Nazi-Deutschland offengelegt wurden. Im Gegenteil: Man bewies kritische Distanz, Reue, die Fähigkeit zur historischen Aufarbeitung, was sich in jedem Image-Ranking gut ausnahm. *Image sells.*

Die Luft war schwül. Der Wind blies von den Bergen. Wir stöckelten den Pfad hinunter. Manchmal blieb ich stehen, schaute Karen nach. Verschwand sie an einer Wegbiegung, wartete ich auf den Moment, da ich den Verlust fühlte, die Leere in der Landschaft. Kann man Abwesenheit sehen? Ist die Landschaft dann eine andere?

Der Regen fiel in Strichen, in der Ferne war ein Donnern zu hören. Der Weg mäanderte durch Blockgestein. An den Felsen Alpenrosen und gelbes Leinkraut, Farbtupfer in der immer dunkler werdenden Landschaft, bis wir endlich die Alm erreichten, eine Hangfläche, baumlos, nur an den Flanken einzelne Lärchen und Zirben, manche nur strauchhoch. Kein Vogel war in der Luft. Am Talschluss flammte eine Bergspitze auf in einem irisierenden Licht, ähnlich einem Nordlicht. Noch rechtzeitig drückte ich auf den Auslöser und machte das Foto. Der Regen wurde heftiger, ein weiterer Blitz flackerte, und der Donnerschlag kam sofort. Wir rannten, wir mussten aus der Höhe fort, Schutz gab es keinen. Der Himmel spuckte Hagelkörner, groß wie Taubeneier. Ich holte Karen ein. Ihr Gesicht war bleich, ihre Unterlippe zitterte. Ein Surren stieg von ihrem Rucksack auf. Das Gewitter war nicht *über* uns, wir waren *in* ihm, und wieder flirrte auf der Bergspitze dieses blauviolett oszillierende Licht, und jetzt ahnte ich, woher das Surren kam. Ich fasste an Karens Rucksack, streifte ihn von ihrer Schulter ab, ließ den Rucksack mitsamt des Eispickels, der seitlich am Rucksack festgeschnallt war, zu Boden fallen, nahm Karens Stöcke, schleuderte sie fort. Auch meine. Wir hielten auf eine Senke zu, gingen in die Hocke, zählten die Sekunden zwischen Blitz und Donner. Ein elektrisches Feld musste sich unterhalb der Gewitterwolke gebildet haben. Ein Feld, das sich an exponierten Stellen, sei es eine Bergspitze, sei es auch nur die Spitze eines Eispickels, entlud: ein Elmsfeuer. Eine senkrechte Lichtschneise riss über den Himmel, und zeitgleich griff eine fackelnde Ader nach einem Baum am Hang. Über Stamm und Äste raste ein Funkenfluss, ich fotografierte flüssiges Licht, sie brannten sofort. Wieder krachte es, der Donner rollte über die Hänge ins Tal hinunter, rollte über unsere Köpfe. Am Himmel eine Gravur aus Licht, gezackt und gleißend. Ich zählte, ich sagte das Alphabet auf, hielt mir die Ohren zu. Spaltet der Blitz einen Körper, wie er einen Baum spaltet? Hat das Bewusstsein noch Zeit zu erfassen, was geschieht? Wir bestehen zu 60 Prozent aus Wasser. Wir kochen und verdampfen inwendig.

Die Stille gestern, als wir vom Bett aus in die Nacht sahen. Keiner von uns sprach, ich hörte das Rauschen des Baches in der Ferne, ihre Hand, die mich an der Wange berührte, als müsse Karen sich in der Dunkelheit vergewissern, dass ich neben ihr lag und nicht heimlich aufgestanden war, dass ich sah, was sie sah: Nebelschwaden, die von den Bergwiesen aufstiegen, in den Baumkronen hingen, Gespinste, die, wenn das Mondlicht sie streifte, leuchteten – wie Engelshaar, sagte sie. Keiner wollte einschlafen und tat es doch.

Wieder krachte es, der Schall wurde reflektiert von den Wänden, den Gletschern hoch oben, den Eistürmen, er wälzte sich in unsere Ohren, er ließ den Boden zittern, er ließ uns zittern. Ich strich über ihre Wange, hielt ihr die Ohren zu. Jederzeit konnte es geschehen. Eine Art Russisch Roulette mit zahlreichen Kugeln im Magazin. Eine Kugel mochte treffen. Das Gewitter zog nicht ab, der Himmel wurde noch schwärzer, die gegenüberliegende Talseite war nicht mehr zu sehen. Ich betete, leise, dass sie es nicht hörte. Man kann vieles teilen, aber das Beten war mir etwas Privates und Intimes geworden. Ich war aus der Übung, war allem kollektiven oder gemeinsamen Beten entfremdet. Was mir als Kind wie selbstverständlich über die Lippen ging, war nun entwöhnt, war in den Bereich der Scham abgedrängt.

Karen hob den Kopf, die Angst saß in ihren Augen. Ich küsste sie. Es gibt viele Arten zu küssen. Diesmal meinte es: Weißt du noch? Ein Club, sie saß an der Theke, ein Schummerlicht, ihre braunen Schultern, der kniekurze Rock, dazu die derben Schuhe, knöchelhoch, als der Schlag kam: Ein Flächenblitz, gleißend wie das Licht auf der Tanzfläche. Ich trat auf sie zu, wartete, bis sie mich spüren würde, im Moment, da sie sich umdrehte, das Leuchten in ihren Augen. Ihre Hand fasste in mein Haar, sie zog mich von der Tanzfläche, ich bugsierte sie aus dem Raum, ein Stapel Holz, hinter dem Gebäude, wir konnten einfach nicht warten. Sie kniete, ihr Scheitel, eine helle Linie im Haar, die sich vor und zurück bewegte, ich versuchte mich zurückzuhalten, damit es noch nicht zu Ende ging, im Rücken der Takt des Beats, durch die Wand drang er auf die Haut, in die Muskeln, ich setzte mich auf einen Balken, sie war auf mir, ich spürte das Scheuern am Hintern, wenn ich mich im Rhythmus bewegte, am Ende dieses Flattern, bei Karen, bei mir, wie bei einem Schneebrett, bevor es vom Hang rutscht.

Das Gewitter zog nicht ab. Der Regen trommelte, die Tropfen hämmerten in die Pfützen, perlten von den Steinen, von unseren Köpfen, den Armen, den Oberschenkeln, torkelten in der Luft, überschlugen sich und durchnässten uns vollkommen. Von den Hängen stürzten keine Bäche, sondern Flüsse: Die Senke füllte sich. Das Wasser stand knöchelhoch, wir hockten in einem See. Ich griff ihr unter die Schultern, stellte sie auf die Beine, schob sie vor mich her, bis endlich ihre Füße den Dienst aufnahmen und wir auf den Pfad zurückkehrten. Er hatte sich in einen Sturzbach verwandelt, wir sprangen von Stein zu Stein, das Wasser torfbraun und duftend. Wir durften uns nicht das Knie verdrehen, keiner stürzen und sich den Kopf an den Steinen aufschlagen.

Man hörte das Brüllen schon von Weitem. Keine tierischen Laute. Als würde Wasser brüllen. Dann sahen wir die Gischt, ein brodelnder Fluss voller Schlamm, der die Brücke schon überspült hatte, der Bäume und Sträucher mit sich führte, Wiesenmatten, Dreck, Steinbrocken. Der Fluss spülte den Berg ins Tal. Ich setzte einen Fuß auf die Planken, auf den Rest, der noch aus der Flut aufschien, machte Schritt für Schritt. Ich wandte mich um, sie folgte nicht, ihr Blick war starr, sie scheute wie ein Pferd vor dem Feuer. Ich musste den Fluss frontal fotografieren, musste zur Mitte der Brücke. Lange würde sie nicht mehr halten. Ich musste die Gischt, die Schlammwelle ins Visier nehmen, den Schwall aus Dreck und Steinen. Die Flut. Ihre ungeheure Dynamik. Hier war das Foto. *BergWelten*. Man konnte die Flut nicht von der Seite fotografieren, nicht aus sicherem Abstand. Man musste nah genug dran sein wie an allen anderen Schrecken auch. Das Grauen begreift und fotografiert man nicht aus der Distanz. Dann erst stapfte ich zurück, reichte Karen eine Hand, wir mussten hier rüber, um ins Tal zu kommen. Sie schüttelte den Kopf. Es gibt eine Angst, die warnt, und eine, die alle Chancen verspielen lässt. Welche Angst fühlte Karen? Welche fühlte ich? Ich packte ihr Handgelenk, zog sie mit mir fort, sie setzte einen Fuß auf die Brücke, sofort war der Schuh überspült, die Flut brandete gegen die Knöchel, im Ohr Karens Schreie, das kalkweiße Gesicht, die aufgerissenen Augen, sie hielt sich am Geländer fest, presste sich mit den Füßen gegen einen der Geländerstäbe, riss an mir, und noch einmal drückte ich auf den Auslöser, fotografierte ihr Gesicht und es war entschieden: retour, Meter um Meter. Wir hetzten den Pfad hoch, wir hörten den Schlag, noch bevor wir ihn fühlten. Der Boden vibrierte. Ein Baumstamm hatte die Brücke torpediert, die Planken und die Balustrade weggeschossen, er stand quer zum Wasser, verkeilt zwischen den Brückenpfosten. Er bildete ein Wehr, das Wasser staute sich, drückte gegen den Stamm, der wiederum gegen die Pfeiler. Das Metall stöhnte unter dem Druck. Ein Singen, ein Surren, ein metallisches Flirren lag in der Luft. Wieder fotografierte ich. Die Träger knickten weg. Die Flut schoss ins Tal. Sie dröhnte und grölte. Nichts konnte sich ihr mehr in den Weg stellen. Das würden die Fotos zeigen.

Karen kauerte am Boden. Ich half ihr auf. Wortlos lief sie voraus und wandte sich nicht nach mir um. Nebelschwaden standen über dem Pfad. Wir mussten die Hütte vor der Dunkelheit erreichen. Wir würden den ganzen Weg wieder hinaufsteigen müssen. Waren durchnässt, waren erschöpft, und vor uns lag noch einmal ein Tagespensum, vielleicht 1 000 Höhenmeter. Eine andere Möglichkeit gab es nicht. Das Wasser spülte über den Pfad. Wir hielten Ausschau nach Steinen und Felsen, die aus dem Wasser herausragten, die wir als Stufen benutzten. Bei jedem Fehltritt, bei jedem Stein, der lose auflag und kippte, rutschte der Fuß in den Bach. Ich holte Karen ein, sprach sie an. Sie antwortete nicht, hielt den Blick auf den Pfad gesenkt. Ich verstand sie, aber ich hatte die Fotos machen müssen. Vielleicht nicht das Foto von ihr. Es war ein Reflex gewesen – der trainierte Blick für den besonderen Moment.

Auf den Bergwiesen lag ein stumpfes Licht. Man sah die Dunkelheit wachsen. Manchmal zuckte ein Lichtschein am Himmel auf, ein tief in den Wolken verpacktes Leuchten. Keine Vögel waren zu sehen. Kein Murmeltier pfiff. Karen und ich, niemand sonst war hier unterwegs. Von Zeit zu Zeit blickte ich mich um, ob sie noch folgte. Sie sprang von Stein zu Stein, wir waren eine absurde Springprozession, Pilger auf einem Pfad hinauf in die Wolken, in die Berge, in die Dunkelheit, die uns schlucken würde. Ich blieb stehen, wartete, bis sie mich erreichte. Wir stützten uns auf unsere Stöcke, die wir weiter unten aus dem Gras gefischt hatten: eine Pause, in der wir unseren Atem jagen hörten, bis er sich beruhigte und das Zeichen zum Aufbruch gab. Kehre um Kehre stiegen wir hinauf. Der Rucksack wurde schwer, seine Bänder schnitten in die Schultern. Irgendwann wandte ich mich um. Der Pfad war leer. Von Karen keine Spur. Die Dämmerung hatte alle Konturen verwischt. Ich wartete, und schließlich setzte die Unruhe ein. Ich stieg hinunter, stieg tiefer, ich hätte sie längst finden müssen. War Karen abgestiegen? Hatte sie die Nerven verloren? War ich so lange den Berg hinaufgelaufen, ohne mich umzuschauen? War ich in eine Art Trance geraten? Die Trance der Erschöpfung.

Sie saß hangaufwärts, an einen Baum gelehnt, hatte sich ein Bündel Zweige unter den Hintern geschoben. Ihr Kopf auf den Knien. Ich ließ mich neben ihr nieder. Schnee grießelte. Dann fiel Eisregen, und ich wusste, dass wir den Aufstieg nicht fortsetzen konnten. Das Eis überzog alles: die Stöcke, die Schuhe, jeden Stein. Nach einiger Zeit lehnte Karen sich an mich. Wir schauten in die Dunkelheit. Ganz in der Ferne im Westen glomm ein Streifen Licht auf. Karen sank zur Seite, ich legte meinen Pullover unter ihren Kopf, klaubte Tannennadeln, Zweige zusammen, schob sie ihr unter. Ich stieg ein paar Meter den Hang hinauf und raffte ein paar Zweige auf. Ich fand einen Ast, zerschlug ihn an einem Felsen, innen war das Holz noch trocken. Ich hatte ein Benzinfeuerzeug dabei. Man sollte es immer in den Bergen dabei haben. Das Holz fing Feuer, eine schmale Lichtfackel, auf die der Eisregen fiel und sie löschte. Ich stieg den Hang wieder hoch, sammelte Holz, trug es hinunter zu Karen. Mit dem Messer schälte ich die Stöcke und schnitt Späne aus dem Holz, die ich zu einem kleinen Haufen aufschichtete. Zweige und dünnere Stöcke zerbrach ich über dem Knie und legte sie über die Späne. Das Feuerzeug flammte auf, die Späne fingen Feuer. Ich blies in die schüttere Flamme. Sie wuchs und erfasste die Zweige. Einzelne Flammen schlugen aus dem Haufen. Ich sammelte Holz und hielt das Feuer in Gang. Die Rucksäcke stellte ich ans Feuer, gerade so, dass sie Wärme aufnahmen und ein wenig abstrahlten. Ich schaute in die Flammen, sah den Widerschein auf Karens Gesicht. Ich legte mich auf den Boden, schob mir die Fleecejacke unter den Kopf. Als ich aufwachte, streckte ich den Arm nach Karen aus und berührte sie.

In der Nacht fasste meine Hand ins Leere. Ich blinzelte in die Flammen. Karen stand am Feuer, brach Zweige, warf sie in die Flammen. Zweig um Zweig brach mit einem leisen, fedrigen Knacken. Der Himmel war marmoriert. Ein paar Sterne standen über den Bergen. Haufen heller Wolken zogen in großer Höhe über den Himmel. Es war vorbei.

14

Wenn wir ein Krankenhaus betreten, befällt uns Kummer. Kummer um diejenigen, die wir besuchen. Gleichzeitig stellt sich Erleichterung ein. Wir sind es nicht, die dort liegen. Auch wir waren in der Lostrommel. Auch wir hätten gezogen werden können. Wir laufen die Flure entlang, steigen Treppen, fahren Aufzug in dem Wissen, nur Gast zu sein und in ein, zwei Stunden wieder hinaus ins Freie zu treten.

Die Zentrale, ein thekenähnliches Halbrund, war von einem Arzt und einer Krankenschwester besetzt. Auf der Wand hinter ihnen leuchteten Monitore. Von jedem Patienten auf der Station gingen dort Daten ein: Blutdruck, Herzfrequenz, Sauerstoffsättigung. Die Luft in dem niedrigen Raum roch verbraucht. Sie war so abgestanden wie die Luft, die aus einer Luftmatratze weicht, wenn sie nach Tagen entstöpselt und zusammengepackt wird. Es war die Luft all der Kranken und ihrer Maschinen und Vorrichtungen, an denen sie angeschlossen waren: EKG-Schreiber, Sonografiegeräte, Urinbeutel, Katheter und Monitore, als hätten die Körper sich um eben diese Apparate im Raum erweitert. Zu dem Geruch der Geräte kam der Geruch der Ausscheidungen: Urin, Kot, Schweiß. Am Ende ist das Leben für die allermeisten ein Aufenthalt in Hieronymus Boschs Welt. Wer in den Tod will, muss ein Nadelöhr passieren. Erst dort, hinter diesem winzigen Durchlass, für den man sich zurückschrumpfen muss, blickt man ins Nichts oder in den Himmel. An die Hölle glauben nur die wenigsten noch. Ein umgekehrter Geburtskanal ist der Weg in den Tod. Alle, die nicht durch einen Unfall oder einen plötzlichen Herztod ans Ende finden, müssen diesen Weg der Aus- und Aufzehrung, des Muskelschwindens, des Organdefekts, des Organsverlusts, des radikalen Zergehens, des ultimativen Wenigerwerdens gehen. Sie schwinden aus der Welt. Am Ende passen sie durch ein Nadelöhr.

Vaters Gesicht war schmal. Die Wangen hohl. Die Lippen zu Strichen verkümmert. Er lag hier jetzt vier Monate. Wie lebt man ein Leben, das kein Leben ist? Wollte er sterben? Ich hatte ihm diese Frage nicht gestellt. Was, wenn er sie bejaht hätte? Wie sollte ich ihm beim Sterben helfen, wenn ich ihm schon nicht beim Leben helfen konnte? Ich strich über Vaters Hand. Er murmelte ein paar Laute, die ich nicht verstand. Er besaß die Worte, aber sie taumelten über seine Zunge, seine Lippen, es fehlte nach wie vor die Präzision der Motorik. Es war das Sprechen eines Ein- oder Zweijährigen. Vielleicht ist das Grausamste, dass der, der in seinen Körper eingesperrt ist und sich mit diesem maroden Gebilde aus schrumpfenden Muskeln und schwindendem Fleisch nicht bewegen kann, sich nicht entfernen und keinen Abstand gewinnen kann, dass er, der nur Körper ist – ein Körper in fixierter unveränderlicher Position –, dass er, der darauf angewiesen wäre zu sprechen, nicht sprechen kann. Jedenfalls nicht so, dass man ihn versteht. Wer braucht die Worte dringender als derjenige, der an ein Bett gefesselt ist: Stunde um Stunde, Nacht um Nacht, Tag um Tag, Monat um Monat, auch Jahr um Jahr, auch das hielt die Welt eines Hieronymus Bosch bereit. Bisweilen mit Gurten fixiert und nicht immer mit richterlichem Beschluss. Oft nicht einmal schlafend oder apathisch, fast alle denken, fühlen wie jedermann auf der Straße, wie jedermann im Theater, vor einem Buch, einem Fernseher, einer Zeitung, auf einem Waldweg, auf einer Autobahn, im Café …

Ich strich über seine Hand. Sie war so knöchern wie sein Kopf. Die Haut spannte sich über dem Jochbein. Das Gesicht hatte alles Flächige verloren. Spitzer noch als zuvor stand die Nase im Gesicht, das Kinn war nie so stark hervorgetreten. Immer noch hatte er schönes Haar. Es fiel in seine Stirn. Nur am Hinterkopf war es verfilzt, hatte Knoten gebildet, die sich nur schwer herauskämmen ließen. Ich öffnete die Jalousien. Draußen lag der Park im Abendlicht. Er war weitläufig und mit Bäumen bestanden. Sonnenlicht spielte in den Kronen. Vater mochte das Licht nicht. Es schmerzte seine Augen. Ich rückte einen Stuhl an Vaters Bett.

Konntest du schlafen?

Er schaute mich an. Ich fürchtete diesen Moment, wenn sein Blick mich wirklich traf, ich in seine Augen schaute, die so unverstellt waren, dass man ganz in sie hineinschauen konnte. Vater hatte keine Scheu mehr, er verbarg in seinem Blick nichts mehr. Seine Not nicht, seine Angst nicht, die langen nächtlichen Stunden nicht, in denen er wach lag – trotz der Schlaftabletten. Die Stille auf den Fluren, vor dem Fenster, die Stimmen in seinem Kopf. Mutters Stimme, die Stimme des Jungen, manchmal schlief er, dann war er bei ihnen und sie bei ihm, ein Tag am Meer, sie ist jung, er riecht ihr Haar, er hört die Melodie der Wellen, fühlt ihre Hand in seinem Haar, den Rhythmus ihrer Zunge, den Geschmack ihrer Lippen, er ist im Taubenschlag, riecht das Aroma von Holz und Federstaub, er hört das Kratzen des Spachtels auf den Bodendielen, der Junge nimmt den Franzosen aus seiner Nistzelle, das Tier gurrt, zuckt in der Hand, das bernsteinfarbene Auge, darin eingeschlossen die dunkle Pupille, nicht scharf markiert, sondern wabernd, an Lava erinnernd, sie scheint zu pulsieren, schaut Vater an. Der Junge streicht über den mehlweißen Kopf des Tieres, sein Haar ist blond, ein Kinderblond, das er spät verlor. Der innige Blick des Jungen. Vater legt seine Hand auf den Kopf des Jungen, fühlt das Rund des Hinterhauptes, das Haar und die Knochenschale. Das Bild wird unscharf, fasert aus, der Junge weicht von seiner Hand, schwindet, die Tür des Taubenschlags weht auf, der Junge geht hinaus, er steht auf der Wiese, öffnet die Hand, die Taube fliegt aus seiner Hand auf, zieht einmal noch über das Haus, einmal noch über den Wald, dann erreicht sie das Meer, dort ist Mutter, sie trägt einen Kamelhaarmantel, winkt, sie sitzt in einer Dünenmulde, ihr Haar flattert im Wind, sie schaut in den Himmel, das Tier schraubt sich höher und höher, ist zuletzt nur noch ein Punkt, ein Pupillenpunkt, der dunkler und dunkler wird in der Nacht, der Wecker zeigt drei Uhr, und drei ist schlimmer als vier. Um halb sechs kehren die Schritte erst auf den Flur zurück. Vater kann sich nicht bewegen, er spürt die durchgelegene Stelle am Hintern, er spürt den Katheter im Penis. Er weiß, ich komme erst am Nachmittag. Kann er mir davon erzählen, hätte er die Worte? Er, der sich nicht einmal alleine umdrehen kann, der nicht alleine aus der Rückenlage in die Seitenlage wechseln kann, der dort liegt wie ein Brett und kein Brett ist, der fühlt, wie ein Mensch fühlt, aber nicht mehr die Zunge, die Lippen, die Muskeln hat, was macht er in den Nächten, in denen niemand dort ist?

Konntest du schlafen? Er griff meine Hand mit der einen, der linken Hand, die noch greifen konnte. Er hielt sie fest. Seine Augen waren aufgerissen, etwas flackerte in seinem Blick, aber ich fragte ihn nicht. Seine Stimme ein Hauchen, als wiche Dampf aus einer Thermoskanne.

Noeten wartete vor dem Haus. Ich schloss auf, schaltete den PC an, zeigte ihm das Video, das ich letzte Nacht im Netz entdeckt hatte. Er starrte auf den Bildschirm, in fünf Tagen, eine Performance – in einem Kellertheater, dessen Räumlichkeiten man für kleines Geld mieten konnte. *Thrill Art,* sagte Noeten leise und wischte sich mit den Händen übers Gesicht, so wie es Schwimmer tun, wenn sie aus dem Wasser steigen. *Animal death.*

Fand sich dafür ein Publikum? Wer schaute sich das an? Irgendwelche Kunstfreaks? Abgedrehte Tierschutzaktivisten? Ich blickte zum Fenster hinaus auf den Fluss. Loupp und Hakan. Waren sie es, die wir suchten? Regen hing in der Luft. Das Geräusch brechender Zweige, Schritte im Laub, eine Hummel, die die Fensterscheibe hinaufkroch. Ich ließ Noeten zurück, stiefelte zur Wiese, schaute zum Wald, entdeckte niemanden. Ich gelangte zur Brandstelle, erreichte bevor das Farn und ein Wall aus Brombeeren begannen, einen kleinen Sandplatz, auf dem kniehoch die Grasbüschel standen. Die Sitzschale, einst rot, war verblichen. Das Seil schimmerte grünlich, war von einem Pelz aus Algen überzogen. Niemand kam mehr hierher, seitdem der Junge fort war. Die Schaukel war ein toter Gegenstand geworden. Wenn Vater starb, würde ich das Haus verlassen. Wir hatten die Männer gefunden. Alles würde sich verändern. Unser ganzes Leben.

Als ich zurückkehrte, war Noeten fort. Auf dem Tisch lag ein Briefumschlag. Darin ein Foto von Karen und mir auf der Schubertiade, dazu eine Visitenkarte. *Schön, Sie kennen gelernt zu haben* – auf der Rückseite, eine geschwungene, federnde Handschrift. M i c h hatte er nicht erst auf dem Konzert kennen gelernt, sondern schon ein paar Tage zuvor auf den Feuchtwiesen. I c h war nicht gemeint.

In den nächsten Tagen fuhr ich oft zu Vater. Karen begleitete mich. Ich sagte ihr nichts von Grunewalds Post, nichts von dem Video. Wir saßen an Vaters Bett. Karen las Vater vor. Ein paar Seiten Joseph Roth. An einem Nachmittag verließen wir sein Zimmer, spazierten hinaus in den Park, setzten uns auf eine Bank, aßen ein Brot. Der Park war an diesem Tag gut besucht. Patienten, die man wohl bald entlassen konnte, denen man ein Gebrechen oder eine Erkrankung kaum mehr ansah. Patienten, die in einem Rollstuhl durch den Park geschoben wurden. Patienten, die regungslos auf einer Bank saßen. Schließlich Besucher wie wir, die eine Pause von den Kranken in ihren Zimmern brauchten. Der Mann tappte über den Parkweg, er trug eine Kniebundhose und rote Strümpfe bis zu den Waden hoch. Er hatte im Schlepptau einen Hund, einen Cocker Spaniel mit Schlappohren, ein Tier, das gerade erst seinen

Wurf verlassen haben konnte, das an jedem Stein, an jedem Blatt schnüffelte, die Welt war neu. Der Mann pfiff, wartete, ob das Tier sich rührte, zog an der Leine, jedes Mal riss es den Hund nach vorn, er blieb nicht auf den Beinen, flog ein Stück in die Höhe und schrappte über den Boden. Er jaulte, drückte sich winselnd an die Füße des Dicken, hörte die Belehrung, er solle sich anstrengen, solle auf den Pfiff aufpassen, solle ein guter Hund werden. Der Mann war nun fast auf unserer Höhe. Er sah unsere Blicke, konnte sie aber nicht lesen, er hätte sonst nie gesagt, was er sagte, so dahin, halb flapsig, an uns gewandt, die wir meinten, was für ein schöner kleiner Hund das sei, nie hätte er das gesagt, dass er zu Gulasch werden würde, falls er nix lerne, eigenhändig würde er ihn zu Gulasch machen, nie hätte er das gesagt, wenn er gewusst hätte, was ich tun würde, von der Bank aufstehen, ausholen, zuschlagen, so dass meine Ohrfeige ihn aus den Angeln hob. Er wurde feuerrot, stolperte, holte seinerseits aus, ich duckte mich, und die Faust sauste ins Leere, und erst dann stürzte er und mit ihm der kleine Hund, der nahe an seiner Wange im Gras landete und winselte und die Wange des Mannes leckte, eine durch und durch fleischige Wange, die man nicht mehr alle Tage sieht, eine Wange aus Zeiten des Wirtschaftswunders, eine Wange, die man sich anfraß in der zweiten Kanzlerschaft Adenauers und der kurzen Erhards, die leckte der Hund, bevor die Faust des Mannes ihn traf, irgendwo am Nacken, er zuckte, hing wie leblos an der Leine, da erst meine Tritte in den Arsch des Mannes, Tritte aus Ekel und Abscheu, weniger aus Wut, mein Blick auf Karen, die davonlief, die zuvor erschrocken an der Bank gestanden hatte, die hinüber zum Parkplatz rannte, und ich folgte ihr, ließ den Hund zurück, der sich immer noch nicht rührte, nur der Mann rappelte sich auf, aber da war ich schon am Parkplatz, sah Karen davonfahren und schrie ihr hinterher, sie solle bleiben, sich nicht aus dem Staub machen, und musste mir eingestehen, dass mein Einschreiten erst dieses Unglück über das Tier gebracht hatte.

Ich sah Karen ein paar Tage nicht. Sie war für mich nicht erreichbar. Am dritten Tag eine SMS von ihr: *In der Wut verliert der Mensch seine Intelligenz.* Ein Satz so simpel wie wahr. Ich wollte an jenem Nachmittag im Park des Krankenhauses nicht intelligent sein: Ich wollte dem Mann eine reinhauen. Es war kein Akt des Jähzorns, der mich übermannte. Es war ein Akt, dem eine Entscheidung vorausging: Der Mann sollte bekommen, was er verdiente. Wahrscheinlich hatte nie jemand zuvor eingegriffen. Mit Beschwichtigung und gut gemeintem Dialog kommt man solchen Leuten nicht bei. Ich sammelte Argumente überall: im Kleinen wie im Großen, im Lokalen wie in der Weltpolitik. So war es in Somalia, so war es in Srebrenica, so war es in den Anfängen von Hitler-Deutschland, das aufrüstete ohne Gegenwehr der europäischen Mächte, die allzu schnell mit einer Appeasement-Politik bei der Hand gewesen waren – einer Politik der Zugeständnisse, der Zurückhaltung und der Beschwichtigung. So legte ich es mir zurecht. Ich verbrachte die Tage mit stundenlangen Spaziergängen, im Dialog mit mir selbst. Ich argumentierte mit Karen, stellte mir ihre Gegenargumente vor, meine Wut wuchs. Sie kochte in mir. Ja, die Märsche, die stundenlangen Gedankenspiele, entfachten die Wut immer stärker. Ich erreichte Karen nicht. Ich ließ ihr Zeit. Ich ließ mir Zeit.

Die Abende verbrachte ich bei Vater. Niemand im Krankenhaus sprach mich auf den Vorfall im Park an. Wahrscheinlich hatte es keiner mitbekommen.

Noeten kam in der Morgendämmerung. Ich hatte ihm von dem Vorfall im Park erzählt. Wir machten uns zu den Wiesen auf. Ich solle mich überraschen lassen. Noeten hielt auf einen der Hochsitze zu. Manchmal kam van Haugoldt mit einem Jagdgast hierher. Ein Jagdgast wie Grunewald. Noeten trat an den Hochsitz heran, streifte den Rucksack ab, nahm eine Säge heraus, eine Bügelsäge, und dann eine zweite, die er mir reichte. Es war eine akkubetriebene Säge. Ich wollte es ihm ausreden, er brauchte nicht lange, es mir einzureden. Er beugte sich hinunter, und in Kniehöhe begann er eine der Senkrechtstreben zu zersägen. Danach nahm er sich eine Querstrebe vor.

Mach schon!, sagte er, ohne aufzuschauen.

Ich hielt die Elektrosäge in den Händen. Es hat etwas Kindisches, einen Hochsitz zu zerstören. Ich legte das Sägeblatt an eine der Streben, drückte den Schalter. Das Blatt fuhr ins Holz. Es dauerte keine Minute und die Strebe war zersägt. Der obere Teil baumelte in der Luft. Der untere Teil steckte wie ein Pfahl im Boden – zu nichts mehr nütze. Dann nahm ich mir die Querstrebe vor, die das Tragegerüst versteifte. Noeten zersägte noch zwei diagonale Streben. Wir rüttelten, der Hochsitz nahm Fahrt auf, schwankte nach rechts und links und krachte zu Boden. Für die beiden anderen brauchten wir noch zehn Minuten.

Ich hatte Karen für den Abend eingeladen. Sie küsste mich auf die Wange, nicht auf den Mund. Nach wenigen Metern, die wir hinaus zu den Wiesen wanderten, ließ sie meine Hand los und suchte sie von sich aus nicht wieder. Ich spürte, was ich angerichtet hatte. Es war der Ton in ihrer Stimme, es war ihr Blick. Wir erreichten die Wiesen. Hitze stieg mir ins Gesicht. Unsere Aktion hatte etwas Pennälerhaftes. Sie schien die Hochsitze nicht zu bemerken – jedenfalls verlor sie kein Wort darüber. Dann, offenbar hatte sie ihre Worte lange abgewägt, begann sie:

Ich will dich nicht belehren, aber … Gewalt ist Gewalt. Du hast dich verändert, bist … anders geworden.

Bin ich das?

Deine Wut zerstört dich, merkst du das nicht? Wut zerstört immer! Du begreifst, worauf ich hinauswill?

Kein Wort.

Der Hass zerfrisst dich, noch bevor du diesen Kerlen an den Kragen gehst.

Einer von ihnen könnte Grunewalds Sohn sein. Es wurde Zeit, dass ich es ihr sagte.

Ich sah, dass ihr Schritt stockte.

Verrenn dich nicht in irgendwas, sagte sie und lief voraus.

Wir kamen zu einem kleinen Teich, setzten uns auf den Steg.

Es mag seltsam klingen: Buddhisten sagen, hab Mitgefühl. Mitgefühl für ihre Dummheit, ihre …

... Brutalität, meinst du das? Entschuldige, so bescheuert kannst du nicht sein!

Sie stand auf. Machte einen Schritt, machte einen zweiten. Blieb stehen.

Sieh es als einen Trick an, nicht, um sie zu schonen, um dich zu wappnen. Mitgefühl entfernt dich vom Hass. Hass macht Selbstbeherrschung unmöglich, wie man ja eindrucksvoll erleben durfte.

Ein Satz von großer Schlichtheit, Karen.

Auch ich war aufgestanden. Rieb mit dem Schuh über die Bohlen. Zerklatschte in der Luft eine Mücke.

Es war ziemlich billig, den Mann im Park so anzugehen.

Und noch billiger, einfach davonzufahren.

Du kannst das Richtige nicht vom Falschen unterscheiden, fuhr sie fort.

Gut, dass du das kannst.

Wir verließen den Steg. Traten wieder hinaus auf die Wiesen. Die Hochsitze lagen wie gefällte Tiere im Gras. Auf dem Rücken liegende Geschöpfe, die die Beine von sich streckten.

Gratuliere. Sie zeigte auf die Hochsitze. Sag nicht, dass ihr das nicht gewesen seid. Halt dich von Noeten fern. Er tut dir nicht gut.

Karen mochte recht haben. Noeten war grenzenlos in seiner Wut. Wahrscheinlich noch mehr als ich. Es war mir egal. Ich brauchte Noeten. Auf mich allein gestellt, war ich ohne Chance gegen die Männer.

Erst der Mann im Park, dann das da. Was kommt als Nächstes?

Erst der Mann im Park, dann die Hochsitze, dann Grunewalds Sohn, wenn er ist, was wir glauben. Wir …

Ich setzte den Satz nicht fort. Karen schaute mich an.

Was ihr auch vorhabt, du und Noeten, passt auf, dass es euch nicht aus dem Ruder läuft. Sie wendete den Blick ab, schien ins Weite zu schauen. Was dich schädigt, wird auch uns schädigen. Ich glaube, das geht rein in deinen Kopf.

Jetzt sprach sie es aus.

15

Das Kellertheater. Abseits der Innenstadt. Asiatisches Fast Food, Gemüsehändler, Schuster und Friseure. Läden für Second-Hand-Handys und Second-Hand-Toaster, für gebrauchte Waschmaschinen und gebrauchte Herde. Der Rahmen der Eingangstür übersät mit Aufklebern. *Fleisch ist Mord.* Ein Schwein in einer Blutlache liegend. *We are no Schnitzels.* Schweine sich suhlend in einem Pfuhl. *Mein Ei gehört mir.* Ein glückliches Huhn bebrütet im Stroh ein Ei.

Die Scheibe durchzogen von Rissen, das Glas war mit Klebeband notdürftig zusammengehalten. Im Nachbarhaus ein Kiosk. Davor Männer in ärmellosen Shirts, hinter verspiegelten Sonnenbrillen, alles in Bewegung – die Zungen wie die Hände. Ein kehliges Pidgin. Die Hände malten die Worte, während sie aus den Mündern flogen.

Ich trug eine Mütze, tief in die Stirn gezogen, und eine ausrangierte Lederjacke. Die Männer, wenn sie es waren, und alles sprach dafür, dass sie es waren, die Vater so zugerichtet hatten, sollten mich nicht gleich wiedererkennen. Staubflusen puderten unsere Schritte hinunter ins Kellergeschoss: Ein Spiegel mit blinden Flecken, ein Kronleuchter, dem Glühbirnen fehlten, an den Wänden verblichene Plakate: Die *Hamletmaschine* von Heiner Müller, Fassbinders *Katzelmacher*, Steinbecks *Cannery Row*. Hinter dem Foyer lag der Theatersaal. Auch hier der Staub der Jahre, in der Luft und in der Nase. Vielleicht drei Dutzend Besucher. Die meisten deutlich unter 30. Einige saßen auf den Plätzen, die meisten standen noch im Gang. Schlägerkappen, Baseballkappen, manche trugen grüne Jägerhüte. Wir verzogen uns in die letzte Reihe. Ein Punkstück, schrill und heiser, sprang aus den Boxen. Der Zuschauerraum versank in Schwärze, die Bühne wurde hell. Es waren zwei, der eine blond, der andere dunkelhaarig. Sie waren kleiner, als ich sie in Erinnerung hatte, und ihr Haar war an den Seiten sehr kurz geschnitten. Der Dunkle trug ein Bärtchen, das an den Koteletten ansetzte, zum Kinn abstieg und den Mund umschloss, ihn hauchdünn markierte, als hätte ein Gesichtschirurg mit einem Stift sein Feld gezeichnet. Der Blonde verstieg sich zu einem Ziegenbart, ein ovales wolliges Knäuel, das direkt unterhalb seiner Unterlippe begann. Die Musik verebbte. Sie standen am Bühnenrand, verzogen keine Miene, hatten die Hosenbeine hochgekrempelt, streiften die blauen Retro-Trainingsjacken mit Hammer-und-Sichel-Emblem ab, trugen Pullover mit Ausschnitt, aus denen das Brusthaar hervorquoll. Die Feder aus Silberblech deutlich zu sehen, am Schaft gezackt, ich spürte, dass mein Puls raste: Das Amulett am Hals des Blonden, der in jener

Nacht so blond nicht gewesen war, einem Blond, dem man nachgeholfen haben musste. Ich musste mich zwingen, sitzen zu bleiben, presste meine Fäuste gegen die Sitzkante des Klappsitzes, bis die Fingerknöchel schmerzten.

Der tierische Tod, setzte der Blonde an. *Thrill Art*, sekundierte der Dunkle. Er war schlank, er war muskulös, er war niemand, den wir leicht aus den Schuhen holten.

Schaut rein, schaut weg, haltet es aus oder nicht, begann der Blonde wieder.

So ist der Tod, für ein Tier, nicht für mich, nicht für dich, nicht für Loupp, nahm der Dunkle seinen Part auf und zeigte auf den Blonden, auf Loupp. Miles Davis lief. *Time after Time.* Sie klopften mit ihren klobigen Schuhen den Takt. Auf der Leinwand ein Wald, es dämmert, das Licht ist matt, ein Sandweg, aus einem fahrenden Auto aufgenommen, Holunderbüsche, Erlen, eine Fichtenschonung, ein Birkenwald, ein Spalier aus weißen Stämmen. An einer Wiese endet die Fahrt, Türen schlagen, man sieht Grasbüschel, hört Schritte im Gras, im Hintergrund Buchen in frischem Grün, Davis' Trompete nun ausgeprägter, dahinter die Drums, immer präsent, das Keyboard legt zu, eine warme melancholische Musik. Rehe stehen am Waldrand, zwei, drei Kitze unter ihnen, sie äsen. Das Entsichern der Waffen, das Schnarren von Metall ist zu hören. Im Zoom das Tier, die Fahrt in sein Auge, eine lange Stille in diesem Auge, bevor zwei Schüsse fallen. Das Tier sinkt zu Boden, Zeitlupe, die Augen weiß und panisch, weiter *Time after Time*, die Trompete wird schriller, setzt zum Finale an, die Drums und der Bass folgen, während das Blut aus den Einschusslöchern am Hals und am Bauch spritzt. Die Herde stiebt auseinander, flieht, setzt über den Zaun, über den Bach, in den Wald.

Die beiden klopften den Takt, schauten in den Saal, verzogen keine Miene. Ein Kitz verharrt, schnuppert an der Flanke des Rehs, das Tier schwitzt, die Pupillen sind winzig klein, das dunkle Einschussloch, der aufgeworfene, zerfetzte Rand, kraterartig, von Blut umspült das Gekröse, das kurz aufscheint, ein Zittern läuft über die Flanke, das Tier schlägt mit den Beinen, will aufstehen, bricht in den Knien ein. Davis ist fertig, als der dritte Schuss fällt: in der Totalen das Zucken, das Auffliegen des Mauls, der Blick bricht. Kein Davis mehr. Im Zoom das Gras, die roten Tupfer auf den Halmen.

Das Publikum wurde unruhig, man rutschte auf den Klappsitzen hin und her, ein Tuscheln und Murmeln in den Reihen. Noeten stierte auf die Bühne. Die Leinwand erlosch, auch das Saallicht. Ich fühlte seine Hitze. Sie dampfte durch sein Jackett.

Ich sprang auf, wollte ihnen an die Gurgel. Noeten zog mich auf den Sitz zurück. Seine Stimme an meinem Ohr: Warte. Verdirb es nicht.

Wieder flackerte ein Video auf der Leinwand auf, wieder Davis. *Summertime*, die Kamera erfasst das Kitz, es drückt sich gegen die Flanke des Rehs, Schritte im Gras, die Kamera bleibt auf dem Kitz, ein Blatt, ein Spatenblatt blinkt auf, es steht in der Luft, am oberen Bildrand, die Leute flüsterten, murrten, wurden unruhig, scharrten mit den Füßen, *Summertime*, die Trompete startet zu einem Lauf, sie steigt, wird voller, aber nicht schrill, während das Auge des Kitzes im Zoom liegt, *Summertime*, als das Spatenblatt gegen den Kopf schlägt, er schießt zur Seite, knickt weg, das Auge bricht, reißt aus der Fassung, da der Spaten ein zweites Mal trifft, ein Jammern, fast wie von einem Kind, kurz, sehr kurz. Das Töten von Jansens Hund, das Einschlagen auf Vater hatte jetzt eine andere Bedeutung, hatte einen Kontext.

Ein Licht tanzt an der Decke. Loupp steht auf der Bühne, jetzt will Noeten … ich halte ihn zurück, wie auch ich mich zwinge, sitzen zu bleiben. Loupp leuchtet mit einer Taschenlampe ins Publikum, fischt sich ein Gesicht raus, hält da drauf, wieder *Summertime*, springt ein anderes Gesicht an, das Publikum wieder stumm. Noeten schnellt hoch, der Klappsitz federt zurück, auch der Lichtkegel schießt wieder zur Decke, dann zu Noeten, er liegt auf seinem Gesicht, tastet über die Stirn, die Nase, den Mund, Noetens Lippen sind gepresst, der Kegel will nicht von ihm lassen, bleibt da liegen, brennt auf seinem Gesicht, ich ziehe Noeten hinunter, zurück auf den Sitz, und das Licht erlischt. Füße scharren, das Rampenlicht scheint auf. Pfiffe, lautstark, auch Beifall. Sitze klappen zurück.

Dass ihr diesen Scheiß zeigt! Ist doch pervers! Bin ich zu blöd, ums zu kapieren? Was hat das mit Tierschutz zu tun?, schreit einer im Pullunder und stürzt hinaus. Drei weitere folgen, donnern die Stufen hinunter und verschwinden ins Foyer. Ihre Schritte schon auf der Treppe, die Tür schrappt auf. Die beiden auf der Bühne warten, bis alles zur Ruhe kommt, auch Noeten, auch ich, wir dürfen keinen Fehler machen, müssen uns hüten, die Leute haben recht, nichts an den Aufnahmen legt nahe, dass es Loupp und Hakan um Tierschutz geht. Geht es ihnen überhaupt um irgendwas? Oder sind sie nur hemmungslose und sadistische Idioten. Wut kocht in mir, der Kopf ist heiß und die Hände so kalt wie die Füße.

Der Tod ist grausam, sagt Loupp. Er ist willkürlich. Er kommt, wann er will. Haltet es aus oder nicht. Entscheidet euch jetzt! Geht oder bleibt!

Loupp sitzt sehr gerade. Die Füße stehen parallel nebeneinander, und die Unterschenkel sind in einem 90-Gradwinkel zu den Oberschenkeln ausgerichtet. Seine Hände ruhen auf den Schenkeln.

Der Tod kommt hunderttausendfach zu den Wildtieren, und niemand hält ihn auf. Er kommt millionenfach zu den Schlachttieren, und niemand hält ihn auf. Seine Stimme ist kalt, und sie gefällt sich in dem, was sie sagt. Er schaut starr geradeaus, wie auch der Dunkle. Er sitzt ebenso kerzengerade und sagt: *Animal death, Thrill Art.* Niemand zeigt *Thrill Art,* keine Galerie, kein Kino. Ist nur Randkunst. Habt ihr Fragen? Bitte doch. Traut euch. Keine Tabus, keine Tatatabus, skandiert er. Auf dem Bizeps ist ein Halbmond tätowiert, darüber ein grauer Wolf im roten Feld, der streckt sich und wächst, wenn der Dunkelhaarige den Arm streckt, wenn er gestikuliert und die Fragen hervorlockt, wenn er den Conférencier macht.

Woher … also, wie kommt ihr an die Tiere? Ein Junge mit schütterem Bärtchen und buntem T-Shirt und der Aufschrift *Funk the Punk.*

Jemand auf der Pirsch. Jäger. Vielleicht Jäger. Es ist ihr Handwerk, das wir zeigen, antwortet der Dunkelhaarige.

Sie haben Präzisionsgewehre. Treffen ein Astloch, treffen jedes Loch aus 500 Metern, wenn's drauf ankommt, und es kommt ihnen drauf an, das könnt ihr glauben, sagt Loupp und grinst.

Und das Reh, äh … das Kitz wurde …?

… wurde erschlagen. Man wollte das Wild im Wald durch einen weiteren Schuss nicht aufschrecken, wollte weiterjagen, immer nur jagen wollen die Jäger, so der Dunkelhaarige und kann ein Grinsen nicht mehr zurückhalten und steht auf und singt: *Juja, Juja, gar lustig ist die Jägerei / Allhier auf grüner Heid' / Allhier auf grüner Heid'*, und auch Loupp erhebt sich und stimmt ein: *Ein Jäger aus Kurpfalz, / der reitet durch den grünen Wald, / der schießt das Wild daher / gleich wie es ihm gefällt.* Musik setzt ein, Blasmusik, Musiker im Soldatenrock sind auf der Leinwand zu sehen, und Loupp im Karaoke-Stil schmettert: *Er traf ein Mägdlein an, / Und das war achtzehn Jahr. / Juja, Juja, / gar lustig ist die Jägerei / all hier auf grüner Heid', / all hier auf grüner Heid'*, und weiter die Blasmusik und Loupp: *Des Jägers seine Lust / Dem großen Herren bewusst, / Jawohl, jawohl dem großen Herrn bewusst, / wie man das Wildpret schuss / Wohl zwischen seine Bein, / Wohl zwischen seine Bein / das des Jägers seine Lust*, bis auch der letzte im Saal kapiert, was der Text besingt. Strophen, so nie gehört. Nicht im Musikunterricht in der Schule, wo nur die ersten beiden Strophen einstudiert wurden.

Sie hatten schöne Stimmen, die beiden. Viele im Saal

klatschten, auch wir, um nicht aufzufallen. Loupp stieg von der Bühne, machte ein, zwei Schritte auf das Publikum zu und fragte: Wollt ihr mehr? Er wartete die Antwort nicht ab. Machte kehrt, setzte sich wieder auf seinen Stuhl, schon flimmerte es auf der Leinwand, das Deckenlicht erlosch. Eine Bauchhöhle schien auf, ein Skalpell wurde geführt, Klammern gesetzt, das Pumpen einer Beatmungsmaschine, ein Monitor zeigte die flackernde, stetig sich schreibende Herzlinie, ein Intervallton, in den das Kreischen einer Säge fällt, sie hängt an einer Führung, das Sägeblatt senkt sich ins Fleisch, sägt durch den Rumpf, er wird an einen Fleischerhaken gehängt, rumpelt an einer Kette hoch zur Decke, da hängen schon viele, Körperhälften ohne Kopf, die Rippen blank im Fleisch, wie abgenagt. Ein Arm, in der Ellbogenbeuge steckt eine Kanüle, daran ein Schlauch, der führt zu einem Tropf, hängt am Tropfständer, es tropft von dort in den Schlauch. Ein Metallschaft, wie ein Fernrohr aussehend, nur schmaler, wird auf eine Stirn, eine behaarte Stirn aufgesetzt, dann erfolgt der Druckluftschuss, bolzt ein kreisrundes Loch. Jemand wischt eine helle Stirn, in die flinke Finger ein blaues Häubchen ziehen, damit der Schweiß nicht ins Gesicht und tiefer fließt, jetzt, da alle vier Gliedmaßen um sich schlagen, auf den Fliesenboden schlagen, ohne Takt, ganz ohne Takt, nur wirr und krampfend.

In der Regel kann nur eine Fachperson klar beurteilen, ob jemand durch den Bolzenschuss das Bewusstsein vollständig verliert, las Loupp von seinem Notebook ab. Die allgemeine Fehlbetäubungsrate beträgt hohe 6 Prozent, bei ungeübten Schützen sogar bis zu 20 Prozent. Als Nachweis der vollständigen Betäubung werden neben dem Zusammenbrechen auch ausbleibende Aufstehversuche, starre und reflexlose Augen sowie eine nahezu sistierte Atmung verlangt. Er las mit sonorer, doch sachlicher Stimme, keine Effekthascherei, kein plattes Raunen, eine professionelle Stimme. Das sofortige Niederstürzen allein ist noch keine Bestätigung für eine vollständige Empfindungs- und Wahrnehmungslosigkeit. Vielmehr muss bei einem schlecht platzierten Bolzenschuss davon ausgegangen werden, dass keine lebenswichtigen Hirnstrukturen zerstört wurden und das geschieht, was unbedingt vermieden werden muss: das partielle oder gänzliche Aufwachen. Die Schlachtung würde bei erhaltenem Bewusstsein durchgeführt. Besonders durch ungeübte, im Akkord arbeitende Hilfskräfte geschehen solche Fehler. Eine absolute Bewusstlosigkeit kann nur garantiert werden, wenn der Hirnstamm völlig zerstört wird, weshalb in der Praxis oftmals das sogenannte Rütteln zur Anwendung kommt, bei welchem die tiefer liegenden Hirnstrukturen mit Hilfe einer Stahlrute manuell zerstört werden. Die Leinwand erlosch, kein Bild mehr. Erst dann werden, fuhr Loupp fort, die Schlachtopfer an den Hauptschlagadern aufgeschnitten und verbluten. Der eigentliche Tod erfolgt durch eine zunehmende Blutleere. Damit die Ware möglichst vollständig ausblutet, muss das Herz noch schlagen, ehe der Tod eintritt. Dies ist entscheidend, da Genießbarkeit und Haltbarkeit der später als Fleisch verkauften Leichenteile vom Grad der Blutentleerung abhängen. Experten behaupten, dass die Zeit vor der Betäubung die schlimmste für die Wartenden sei. Oft müssten sie das Töten ihrer Artgenossen mit ansehen, bis sie endlich selbst an die Reihe kommen. Der Blutgeruch und die furchtbar aufgellenden Schreie während der Schlachtung würden Panik bei denjenigen erzeugen, die dessen noch harrten. Umso bemerkenswerter sei, dass am Ende der Produktionskette für den Verbraucher der grausige Akt vollends in Vergessenheit gerate. Ob als Frischfleisch für die Ladentheke oder für die Weiterverarbeitung in Fleischfabriken: Spätestens bei Begriffen wie Schnitzel oder Schinken löse sich das Bild vom Lebewesen vollends in Luft auf.

Wieder Füßescharren und Schweigen. Loupp und der Dunkelhaarige schauten in dieses Schweigen und sagten nichts, machten das Schweigen tiefer und beklemmender, bis einige von den Sitzen hochschossen, Frauen und Männer, sie jagten die Stufen hinunter, rannten durchs Foyer und stürmten hinaus.

So ist der Tod, so kann er sein, nahm der Dunkle seinen Part wieder auf.

Wollt ihr noch mehr sehen?, begann Loupp wieder, und erneut flohen zwei Besucher aus dem Saal zur Tür hinaus, und Hakan, Loupp nannte ihn jetzt beim Namen, Hakan solle ihnen bitte hinterher, und Hakan sprang von der Bühne, war ihnen auf den Fersen, sie jagten die Treppe hoch, die Tür flog auf, sie schienen zu entkommen, Hakan fluchte, dann hörte man, wie der Türriegel zuschnappte. Um uns herum flogen die Worte, wurden zu Geschrei. Sitz um Sitz klappte hoch, alle drängten zum Bühnenrand. Alle Coolness wich aus den Gesichtern. Loupp saß auf seinem Stuhl, kalt und ruhig schaute er in die Menge, die durcheinander lief und schrie. Sonst tat er nichts. Die Hände, die

Füße, die Beine so parallel und im rechten Winkel ausgerichtet, dass es anstrengend sein musste. Die Stimmen wurden schriller. Als die Ersten auf die Bühne stiegen, sich vor Loupp aufbauten, mit den Händen fuchtelten und schrien, das sei abartig, ob denn alles gehe? Das mit den Filmen und das mit der Tür, das ginge zu weit, und überhaupt wieso und warum, und wo der Veranstalter und wer der Betreiber sei, der müsse doch einschreiten, stand Loupp auf und rief laut: Nehmt Platz. Wir machen weiter im Programm. Keine Sorge. Natürlich öffnen wir die Tür sofort.

Der Türriegel schnappte auf. Hakan kehrte auf die Bühne zurück, und das Licht ging aus. Offenbar kontrollierte niemand das Programm. Alles war möglich in diesem Theater, hatte es den Anschein. Auf der Leinwand flinke Messer, die Gedärm aus Bauchhöhlen schneiden. Man wirft es auf eine Lore, die randvoll mit rosa funkelnden Därmen gefüllt ist, oft noch von foliendünnem Bauchfell überzogen. Die Bauchhöhle wird mit einem Hochdruckreiniger ausgespritzt, erst dann macht die Säge, eine komfortable Handsäge, weiter. Es ist Arbeit, Sägearbeit, notwendig, sagte Hakan, bis ein Kadaver kein Kadaver, sondern ein *Schlachtkörper* ist, der mit Messern und Hackebeil verarbeitet wird zu einem Stück Fleisch für die Theke. Die Ladung dampft, und ein stetiges Rinnsal Blut tropft aus der Lore. Wenn sie von einer Schlachtstation zur nächsten ruckelt, stieben graue Fleischfliegen von den Gedärmen auf, surren durch die Luft und lassen sich wieder nieder, so dass die Därme wie behaust wirken – bewandert von einem grauen Pelz, der sich auch über die Kutteln wirft. Aus den Kadavern schneidet man die

Augen heraus. Es sind feste, an Glaskugeln erinnernde Runde, manche wandern in die Hosentaschen der Metzger, andere werden auf ein Bord gestellt. Von dort schauen sie zu, wie ein Kopfschlächter mit einer Säge, die ein großes Blatt hat, an die Tiere herantritt und die Köpfe von den Rümpfen trennt. Auch die Köpfe werden in eine Lore geschmissen, wo schon Schädel auf Schädel liegt, Rind wie Schwein. Wie abstruse Marionettenköpfe ragen sie über den Rand der Lore hinaus. Die Mäuler stehen offen. Man hat die Zungen noch nicht geerntet. Die Blicke aus den leeren Aughöhlen ins Nichts und auf uns gerichtet. Eine Kamerafahrt ins offene, rosazüngige Maul und nah, viel zu nah fährt die Kamera an die großen Rinderaugen auf dem Bord heran, in denen die Melancholie, die sonst den Blicken der Rinder eigen ist, einer großen Angst gewichen ist, die man uns, dem Publikum, zeigte, einem ganz stummen Publikum, in dem sich niemand mehr rührte.

Das Tier, das anschließend auf der Leinwand erscheint, ist ein Reh, ein von Waidmännern im grünen Rock umstandener Bock. Einer führt das Messer. Das Tier hängt an einem Gerüst, einer Art Galgen, den man gezimmert hat, und der Mann soll es aufschneiden, sagt eine Stimme aus dem Off, er soll das Messer in den Bauch stoßen und einen vertikalen Schnitt von den Hoden bis zum Hals führen, damit man es entkernen, von den Innereien befreien kann. Die Innereien, raunte Loupp, schauen aus wie bei uns. Da ist ein Tier wie ein Mensch und ein Mensch wie ein Tier. Innen sind wir gleich, schnalzte er. Dem Mann am Galgen reicht man zur Stärkung einen Schnaps und gleich darauf noch einen zweiten, bevor der Prüfling, es muss einer sein, so blass schaut er aus, bevor er also, ein Mensch mit Schnurrbart und feinen Gesichtszügen, schneiden muss. Jetzt muss er, es wird Zeit, dass er ansetzt, meinte Loupp, und der Mann setzt an und schneidet, und es dampft sofort aus dem Schlund, der sich auftut. Es dampft, und es wird riechen, der Geruch wird in seine Nase steigen und die Hand zittert, schneidet entlang der Gedärme, der saftroten Milz, der braunroten Leber. Kram, den man später zu Hause an die Schweine verfüttern wird, sagte Loupp. Kram, der an der Bauchwand hängt, in den er hineingreifen muss – mit der einen Hand, während die andere die Bänder und Sehnen, die Aufhängungen der Organe an der Bauchwand, abschneiden muss, und da schneidet es plötzlich i h m die Luft und den festen Stand ab, und er kippt, in die Kameraden, die zur Seite weichen, er fällt, taumelt auf den Waldgrund, ist gefällt wie zuvor das Tier, und nun flackert das Bild auf der Leinwand und verwischt kurz, bevor man den Herrn wieder auf die Füße stellt, ihn an den Galgen lehnt, bis er wieder bei sich ist, bis er wieder denken und vor allem sprechen kann.

Und was sagt er, der Gute?, fragte Loupp.

Nun, ich habe ein Problem – mit Gedärmen, murmelt er ins Bild. Als Jäger muss man ein Tier ausnehmen, das ist so, und dabei sieht man dann die Gedärme. Und muss sie anfassen, ergänzte Loupp. Da ich momentan dabei bin, fährt der Mann fort, einen Jagdschein zu machen, wäre es schlecht, wenn ich dabei umfalle. Das ist mir die letzten Male nämlich schon passiert, als ich zugeguckt habe, wie die Tiere aufgebrochen wurden. Und deshalb möchte ich dagegen etwas tun. Mir soll nicht mehr schwarz vor Augen werden.

Ein Herr *Blattschuss* antwortet ihm im Chat, sagte Hakan. Ein wirklich guter Kumpel, las Hakan vom Notebook ab, ging jahrelang mit mir zum Angeln, war sogar im Verein, konnte aber weder einen Wurm auf den Haken ziehen, noch einen Fisch töten. Das machte immer ich. Dann nahm ich ihn einmal mit zur Frühpirsch, wo uns ein Knopfböckchen über den Weg lief. Als ich ihn aufbrach ... und zunächst war uns unklar, ob er das Böckchen oder den Jagdfreund meint, führte Hakan aus, als ich ihn aufbrach, machte sein Magen nicht mehr mit und gab das Frühstück unverdaut zurück. Er hätte sonst gerne den Jagdschein gemacht, aber er wollte danach nie wieder mit zur Jagd – sicher besser so. Sonst ein lieber Kerl.

Ja, ein ganz lieber Kerl, sagte Loupp. Hören wir noch, was *Silberrücken* dazu schreibt: Ich denke, er sollte schnellstens herausfinden, ob es nur Ekel ist oder eine Phobie, die ihn auf die Bretter haut. Normaler Ekel lässt sich sicherlich mit den üblichen Hausmitteln, die auch schon genannt wurden, beheben oder mindern. Allerdings bei pathologischer Angst oder einer phobischen Störung ist das mit »Bordmitteln« nicht mehr zu beheben. Da müssen Therapien her.

Das alles ist aus: *www.jagdforum24.eu*, sagte Loupp, stand auf, verbeugte sich vor dem Publikum, zeigte auf den Dunklen und sagte: Sie sahen Alkan Avci als Hakan ZZ.

Hakan wies auf den Blonden und antwortete: Sie sahen

Sven Grunewald als Loupp, worauf Grunewald hinter die Leinwand griff und eine Motorsäge hervorzog. Ein Ding, wie sie Fleischer in den Händen halten. Sie heulte in seinen Händen auf. Das Publikum erstarrte, schockstarr, dann flog sie auf, die Tür, die bislang die Panik draußen gehalten hatte: Als einer aufsprang, sprangen alle auf. Als einer hinauswollte, wollten alle. Jetzt brachen die Dämme. Nichts war mehr hip. Jeder hatte es kapiert und fragte sich, wie weit sie gehen würden – Grunewald und Alkan Avci –, fragte sich, ob sie noch ganz dicht waren, fragte sich, ob sie Psychopathen waren. Die Leute zwängten und quetschten sich aus den Sitzreihen, einer stieß den anderen voran. Von beiden Seiten kam dieser Quelldruck in den Mittelgang. Der Gang war eng, konnte die Leiber nicht fassen, und die Säge kreischte. Die Panischen hatten sich ineinander verkeilt. Jutetaschen waren an Rückenlehnen hängen geblieben, Mützen zu Boden gerauscht. Sie versuchten sie im Stolperschritt vom Boden zu klauben, kamen dem Vordermann ins Geläuf, er stürzte, riss andere mit. Mützen- und Kappenträger, auch die Jägerhüte, vor allem sie, sprangen über die Klappsitze, wollten hinunter, wollten nur noch raus. Grunewald stellte sich ihnen in den Weg, vor allem den Jägerhüten. Als sie ihren Hürdenlauf über die Sitze absolviert, als sie endlich die letzte Hürde genommen hatten, stand er dort im freien Raum zwischen Bühne und der ersten Sitzreihe, diesem Niemandsland, und ließ die Säge immer höher kreischen. Jeder war sich selbst der Nächste und niemand mehr des anderen Freund. Jeder stieß und schlug sich durch das Foyer über die Treppe zur Tür und hinaus ins Freie, auch ich schließlich. Nur Noeten war sitzengeblieben. Er war mir nicht gefolgt. Hatte vorhin nur gegrinst, als Grunewald sich die Jägerhüte vorgeknöpft hatte, vor ihren Augen mit der Säge herumfuchtelte, dass sie ihre Hüte von sich warfen, die er sogleich mit der Säge zerstückelte.

Draußen auf der Straße fielen sich die Entkommenen in die Arme, sie waren blass, warfen hastige Blicke zurück auf die Tür, eilten weiter, zerstreuten sich, man konnte nie wissen. Ich ging zum Kiosk, kaufte mir ein Bier, setzte mich ein paar Häuser weiter auf eine Bank und wartete auf Noeten.

16

Frost saß auf den Dächern, kroch in die Häuser, machte den Schnee hart und eisig. Die Straßen waren schmal geworden. An den Rändern wuchs der von den Schneepflügen aufgetürmte Schnee. In der Nacht hörte man das Knacken der Dachsparren. Der Junge, Vater und ich – jeder hatte zwei zusätzliche Decken im Bett. Der Ofen bullerte bis in die späten Nachtstunden. Wer als Letzter zu Bett ging, legte Holz nach, damit das Wohnzimmer und die Küche nicht auskühlten. Am Morgen waren die Fenster von Eisblumen überzogen. Der Junge fotografierte sie. Auch die Fährten der Rehe im Schnee. Die Rehe kamen bis dicht ans Haus heran. Manchmal zog der Junge in den Wald und fotografierte sie dort. Später verglich er die Trittbilder. Er konnte sie lesen. Konnte daraus schließen, ob die Tiere ruhig dahinzogen oder aber auf der Flucht waren. Beim gemächlichen Lauf fußen die Hinterläufe mehr oder weniger genau in die Tritte der Vorderläufe, so dass ein Trittbild aus zwei fast übereinanderliegenden Tritten entsteht, nämlich der Hinter- über dem Vorderlaufabdruck. Beim Flüchten, das einem Galopp gleichkommt, erfolgt die Fortbewegung sprungartig von den abstoßenden Hinter- auf die Vorderläufe, wobei die hinteren Läufe die vorderen überfliegen, und zwar umso weiter, je panischer und schneller die Flucht ist.

Ich führte Karen zum Zimmer des Jungen. Leise öffneten wir die Tür, der Junge stand am Fenster, wandte den Kopf, schaute uns an, für einen Moment geschah nichts, Karen zog mich aus der Tür fort, aber dann nickte der Junge, winkte uns heran, und wir traten zu ihm, schauten auf die Rehe. Sie standen an der Schuppenwand, fraßen das Heu und die Rübenschnitzel, die Vater und der Junge dort ausgelegt hatten. Karen hielt meine Hand. Ich nahm die Hand des Jungen. Danke, flüsterte sie, als wir gingen, und strich dem Jungen über den Rücken.

Schnee fiel. Aus der Ferne hörte ich Klaviermusik. Vielleicht hatte van Haugoldt wieder eingeladen. Der Fluss schimmerte schwarz. An einigen Stellen standen im Wasser Kappen aus Schnee, dort, wo größere Steine im Fluss lagen. Der Uferbereich war vereist – milchig trübe Schollen, unter denen das Wasser mit einem gurgelnden Geräusch hinwegfloss. Unter den Eisplatten hatten sich Zapfen gebildet, die wuchsen, bis sie dem Wasser im Weg standen und schließlich durch den Wasserdruck brachen. Kühle stieg vom Fluss auf und legte sich auf unsere Gesichter. Ich schaute zurück zum Haus. Über dem Eingang brannte ein Licht und verwischte im Schneetreiben. Karen küsste mich. Auf unsere Gesichter fiel Schnee. Er taute auf der Haut. Wasserschlieren rannen über unsere Wangen. Ich strich mit den Fingerspitzen den Bogen ihrer Brauen nach. Sie legte ihre Wange an meine. Sie wurde warm, während jene, die unverändert dem Schnee ausgesetzt war, umso kühler wurde, so dass mein Gesicht zweigeteilt war.

Als wir ins Haus zurückkehrten, war Vater zu Bett gegangen. Wir setzten uns ins Wohnzimmer. Machten kein Licht. Zündeten keine Kerzen an. Der Schnee warf Licht. Es lag auf den Dielen, den Wänden. In jenen Winterwochen saßen wir oft in diesem Kokon, als hielten wir auf diese Art das, was zwischen uns war, besser fest. Als bedurfte es der Stille und jenem Licht. Stand ich auf, um noch Brote oder eine Flasche Wein zu holen, und kehrte zurück, konnte ich Karen erkennen, dort im Sessel oder auf dem Sofa, ihr Gesicht reflektierte das Licht.

Ich liebe den Schnee, wie ich dich liebe, flüsterte ich. Vielleicht bist du wie der Schnee. Ich spürte den Kitsch in den Worten und die Euphorie in meiner Stimme.

Besser nicht, antwortete sie in die Dunkelheit. Ich sollte später erfahren, wie wahr mein Satz und wie berechtigt ihre Furcht war.

Am Morgen hörte ich den Jungen durch den Schnee stapfen. Das Dachfenster stand einen Spalt offen. Karen schlief noch. Durch die Zimmerdecke drang das Klappern von Tellern und Tassen herauf. Vater deckte den Frühstückstisch. Vater mochte Karen. Pass auf sie auf, hatte er vor ein paar Tagen gesagt. Sie ist ein Geschenk. Geschenke gibt man nicht aus der Hand.

Vater trug eine graue Cordhose und sein schwarzes Jackett für den Alltag. Vater kam nie unrasiert und ungekämmt an den Frühstückstisch. Man sollte sich das nicht antun, sagte er. Wenn man gerade aus dem Bett kommt, sehen doch die allermeisten ramponiert aus. Diesen Anblick sollte man nur sich selbst zumuten. Vater schenkte mir Kaffee ein, briet die Eier.

Ich fahre erst am Abend zur Bäckerei, sagte er. Ich habe es so mit Mohr besprochen. Der Junge will wieder aufs Eis.

Mohr akzeptierte Vaters Entscheidungen. Für Mohr war Vater noch der Chef, ein Senior-Chef, der kam und ging, wie er wollte.

Ich hatte dem Jungen zu Weihnachten Schlittschuhe gekauft. Jeden Tag drängte er darauf, aufs Eis zu gehen. Wir ließen ihn nie allein an den See, erst recht nicht auf Noetens Teiche, die wegen des Sauerstoffs, den Noeten ins Wasser pumpte, nicht richtig zufroren. Der Junge kannte das Eis nicht, wusste nicht, worauf er achten musste. Wir hatten ihm gezeigt, wo das Eis brüchig war, weil das Wasser sich zurückgezogen hatte. Der Wasserstand nahm dort ab, weil das Wasser sich in Eis verwandelt hatte. Besonders an den Ufern hing das Eis in der Luft, hatte keinerlei Verbindung mehr zum Wasser, und trug deshalb nicht. Auf dem See gab es Strömungen, die das Wasser verwirbelten, auch dort war das Eis dünner. Man erkannte es an der dunkleren Farbe. Wir hatten erwähnt, dass um Boote und jedweden anderen Gegenstand, der im Wasser lag, die Eisdecke dünner war. Auch im Schilf, ebenso an Brückenpfeilern, in der Nähe von allem, das die Eisdecke durchstieß.

Wir hörten den Schrei, als Vater mir für Karen eine Tasse Kaffee eingoss. Ich wollte sie mit dem Duft des Kaffees wecken. Der Kaffee schwappte aus der Tasse. Wir stürzten zur Tür, schlüpften in die Gummistiefel und rannten hinaus. Fußspuren führten hinaus zur Wiese und zum Kaninchenstall. Wir folgten ihnen. Fellfetzen hingen im Maschendraht der Stalltür. Der Maschendraht war aufgebissen und blutig. Das Blut glänzte feucht. Eine Fährte zog hinunter zum Fluss. Die Abdrücke der Pfoten im Schnee waren etwa daumengroß. Von den Kaninchen keine Spur. Ich brachte den Jungen ins Haus. Er stellte sich ans Fenster, wir sahen Vater die Uferböschung hinunter zum Fluss stapfen. Vater bückte sich, fingerte im Schnee herum. Die Böschung verbarg, was er gefunden hatte. Der Junge zuckte in den Beinen, als wollte er hinaus zu Vater laufen, blieb aber an seinem Platz. Ich legte meine Arme um ihn. Karen kam und machte ihm einen Kakao. Er rührte die Tasse nicht an, schaute unentwegt zu Vater, der zum Schuppen rannte, einen Spaten holte und sich wieder zum Fluss aufmachte.

Wenig später kam Vater zur Tür herein und sagte: Es war ein Marder. Er hat ihnen die Kehlen zerbissen. Marder wollen nur das Blut.

Der Junge nickte.

Fangen wir ihn?

Vater zögerte.

Vielleicht.

Der Junge machte sich aus meiner Umarmung frei und ging hinaus in den Schnee. Seine kleine Gestalt wankte bei jedem Schritt. Er stakste zum Kaninchenstall, einen Moment verharrte er, dann folgte er Vaters Spuren zum Fluss. Vielleicht war der Marder ein böses Omen. Niemand von uns sprach das aus. Aber ich sah, wie bedrückt Vater war. Wieder war etwas in unser Leben eingedrungen. Wieder hatte der Junge etwas verloren. In Karens Gesicht war eine Falte zu sehen. Ich bemerkte sie zum ersten Mal. Als habe ihre Wange an Straffheit verloren. Ich mag sie nicht, diese Augenblicke, die etwas vorwegnehmen, die ins Ferne künden, uns das *Noch-nicht* erkennen lassen. Ich habe Veränderungen nie gemocht. Zumindest jene nicht, die weit von uns entfernt und unentdeckt ihren Anfang finden. Am gefährlichsten ist die Welle, die man nicht sieht. Sie ist mitunter lange unterwegs. Das ist das Wesen eines Tsunamis. Seine zerstörerische Kraft baut sich erst wenige hundert Meter vor dem Strand auf. Noch blieben uns einige Tage.

Das Wetter wurde kaum milder. Am Tag drang ein milchiges Sonnenlicht durch den eisigen Hochnebel. Vater und der Junge gingen aufs Eis oder rodelten. Noeten brachte uns ein Kaninchen, ein Neujahrsgeschenk von van Haugoldt. Er hatte gehört, was mit den Kaninchen des Jungen geschehen war. Noeten und Vater besserten den Stall aus. Nahmen an Stelle des Maschendrahts ein Stück Streckmetall. In den ersten Tagen lief der Junge ständig zum Stall, als müsse er sich vergewissern, dass dem Tier nichts widerfuhr. Auch nachts. Ich hörte ihn aufstehen und das

Haus verlassen. Manchmal stellte ich ihn zur Rede. Nachts habe er im Haus zu sein. Er sei noch ein Kind.

Ich schlief seit Tagen schlecht. Ich fuhr aus Träumen auf, lag lange wach. Es war eine Kuh, hinter der ein Junge her kroch. Die Bilder führten ein Eigenleben. Führen es immer noch. Haben ihre eigene Regie. Manchmal lassen sie von mir ab, wie auch eine Krankheit mitunter eine Auszeit nimmt, ein Innehalten, als müsse sie sich ihrer selbst gewiss werden, ohne uns freilich zu verschonen. Sie kehrt wieder. Eines Tages kehren Krankheiten wieder. Die Kühe hatten seit Tagen an der Wasserstelle gelagert, hatten ihre Schnauzen in die ausgetrocknete Lache gestoßen, den Boden umgepflügt. Eine versprengte, ausgehungerte Herde. Der Besitzer unauffindbar. Der Junge war spindeldürr, ausgezehrt, eine Staubfahne war ihm vorausgezogen, ein gazefeiner gelber Staub. In den Träumen ist zuerst der Staub da. Er schwebt über eine leere weite Fläche, eine Steppe. Der Junge kam kaum voran, hielt sich nicht mehr auf den Beinen, kroch, als er uns erreichte. Seine Lippen waren rissig. Er sah uns nicht. Vielleicht weil wir unser Lager hinter dem Gebüsch aufgeschlagen hatten, vielleicht war sein Blick vom Staub getrübt. Er richtete sich auf, umklammerte die Schenkel der Kuh, sie pinkelte, er drückte seinen Mund auf die Vulva, trank den Urin. Ich hatte die Kamera nicht in der Hand. Fischte sie von der Rückbank des Jeeps. Da kauerte der Junge schon auf dem Boden, war das Foto schon verloren. Für einen Schluck Wasser, eine Banane, zog er sich an den Hinterläufen der Kuh hoch, stieß seinen Mund an das Tier, und ich schoss das Foto.

Er war nicht der Einzige, der kam. *Displaced persons* die meisten, versprengte Rebellen darunter. Die Brunnen in der Region waren vergiftet oder gesprengt. Die *Dschand-schawid*, arabische Reiternomaden, hatten im Auftrag der Regierung in Khartum ganze Arbeit geleistet. Es war ein Mädchen, es war auf dem Weg zu einer Wasserstelle an der Grenze zum Tschad, es war allein, krümmte sich im Dreck. Es verdurstet, sagte Agtel, der am Abend zu uns gestoßen war. Im Hintergrund ein Schakal. Agtel hatte 20 Minuten gewartet, bis der Schakal sich dem Kind bis auf wenige Schritte genähert hatte – der Moment für das Foto, dann erst verjagte er das Tier, gab dem Kind Wasser, brachte es in ein Lager, sagte er. Mehr konnte er nicht tun. Nur ein Foto spricht sofort. Es brachte die Wende, es brachte Waffen und schweres Gerät für die Blauhelme. Andere sagen, Agtel hätte das Foto nie schießen dürfen.

Immer wieder werden Kinder zu Opfern irgendwo auf der Welt, auch bei uns, sagte ich zu Karen, sagte ich zu dem Jungen. Sie verschwinden, viele sind es jedes Jahr, auch hier, und niemand findet sie, schrie ich, nachts habe er im Haus zu sein, dürfe sich nicht so lange draußen im Wald oder am Kaninchenstall herumtreiben, ich schüttelte ihn und das Glas mit der Milch schlug aus seiner Hand, klatschte auf die Küchendielen, zersprang, was mich nur noch wütender machte. Eine Ohrfeige. Der Junge rannte hinaus. Schlug die Tür hinter sich zu. Die Ohrfeige brannte mehr in meinem Gesicht, als sie im Gesicht des Jungen brannte, die Sonne stach unbarmherzig an jenem Tag, ein Camp, vor dem Krieg diente es als Schule, die Rasenfläche zwischen den Gebäuden schorfig, von der Sonne verbrannt, der Mann trug ein Kind auf dem Rücken, setzte es an der Betonstufe ab, das Kind kroch die Stufe hoch, der Junge schwankte auf den Beinen, schaffte die Stufe gerade noch aufrecht. 300 waren in dem Gebäude. Sie glaubten, ich brächte Brot. Die Fotos tauchten später in London auf, in Paris bei den Demos gegen die Nahrungsblockaden, den Genozid. Die Region hatte sich abgespalten. Sie hatten Öl gefunden und Hunger geerntet. Machte ich die Fotos nicht, machte sie ein anderer. Das Kind stand mitten in dem Raum, schaute mich an, als ich die Kinder fotografierte. Die Haut des Jungen war fahl, sein Bauch aufgedunsen. Das stumpfe Weiß eines Albinos. Er konnte sich auf den knöchernen Beinen nicht halten, sank langsam zu Boden, ich fuhr herum, es war still, bis auf das Surren der Fliegen, es mussten hunderte sein, sie bildeten einen Schweif, die Kinder nicht älter als zwei oder drei Jahre, jedes zog einen Schweif hinter sich her. Jemand berührte meine Hand. Das feuchte Maul eines Hundes, einer Katze. Sugar, Mister. Ich fischte in meiner Tasche. Man sollte es nicht tun, nicht vor aller Augen. Ich drückte dem Jungen den Schokoriegel in die Hand. Er schloss sie sofort, aber die Kinder hatten es gesehen, krochen auf ihn zu, krochen auf mich zu.

Da ist ein Mädchen, das du sehen musst, sagte jemand.

Wir alle, jeder, der dem Horror nahekommt, und wir müssen ihm nahekommen, um seine Fratze fotografieren und zeigen zu können, ist auf eine dauerhafte Art versehrt. Der Horror versengt uns, er brennt die ummantelnde Fettschicht von den Nerven weg, frisst das isolierende Myelin.

Sie liegen blank. So reimte ich es mir zusammen, wenn ich zu Hause gegenüber dem Jungen die Nerven verlor, selten, an schlechten Tagen. Medizinisch war es Unsinn. Wir konnten für die Menschen nichts tun, konnten nur Fotos machen. Ihr Name war Precious, und sie brachten sie in den Raum, mussten sie stützen. Sie war nackt. Ihr blieben vielleicht noch ein, zwei Tage. Sie sollte das Gesicht der Kampagne werden. Ich sagte der Krankenschwester, dass Precious sich auf die Tischkante setzen und mit den Händen ihre Scham bedecken solle. Wenn ich sie fotografierte, wenn ich sie zeigte, durfte sie nicht nackt sein.

Karen saß am Schreibtisch. Ich brachte ihr Tee und Kekse. Im Winter war das Zimmer unter dem Dach hell. Im Sommer, wenn die Bäume belaubt waren, verschattete es. Man saß schon früh am Abend in einem grünlichen Zwielicht. Karen hatte ihren Schulkram mit zu uns gebracht. Eigentlich hatte sie Ferien. Aber die Klassenarbeiten, die noch zu korrigieren waren, kannten keine Ferien, und noch weniger verschwanden die Zeugnisse, die sie am Ende der Woche schon ausgearbeitet haben musste, von der Bildfläche. Ich schenkte ihr Tee ein, öffnete das Fenster. Der Tee dampfte, und die Plätzchen schmeckten ihr. Vater war mit dem Jungen im Wald. Er rief nach dem Jungen. Wahrscheinlich hatte der Junge sich versteckt. Er machte sich einen Spaß daraus, vorauszulaufen, sich in die Büsche zu schlagen und uns suchen zu lassen. Karen stand auf, schloss das Fenster. Es hatte wieder zu schneien begonnen. Der Schnee fiel an den Giebelfenstern vorbei, er deckte das Dachfenster zu, ein weißes Licht färbte das Zimmer. Karen reichte mir einen

Stapel Zeugnisse. Ich sollte sie lesen. Fehler schleichen sich immer ein, sagte sie. Ich las mich ein, strich mit Bleistift Flüchtigkeiten in der Rechtschreibung an, machte Vorschläge, wenn eine Formulierung mir zu geschraubt klang. Von Zeit zu Zeit war Vaters Stimme zu hören. Immer noch rief er den Jungen. Ich konnte die Ungeduld in seiner Stimme hören. Blatt um Blatt korrigierte ich, machte neuen Tee, holte uns weitere Plätzchen. Karen arbeitete meine Notizen ein, wir kamen voran, arbeiteten vor uns hin, machten keine Pausen, wollten es hinter uns bringen. Ich öffnete das Fenster, ein kalter Luftzug schlug mir entgegen, erneut war Vaters Stimme zu hören. Diesmal klang die Stimme anders. Sie wurde hitzig. Der Junge antwortete nicht. Ich spürte Wut auf den Jungen, auf seine Mätzchen. Es bekam Vater nicht, dass der Junge mit seiner Angst spielte. Gestern noch hatten wir den Jungen schließlich am See aufgespürt, und ich hatte die Blässe in Vaters Gesicht gesehen. Ich hörte die Haustür auffliegen, Schritte unten im Flur, sie kamen die Treppe hinauf, ich stürzte zur Tür, riss sie auf, lief Vater in die Arme.

Der Junge, stieß er hervor. Ich finde ihn nicht.

Das Haar lag ihm nass am Kopf. Er dampfte am ganzen Körper. Ich zog meine Schuhe an, meine Hände zitterten, als ich die Schnürsenkel band. Diesmal war es anders. Diesmal war es kein blödes Spiel. Ich jagte zum Kaninchenstall, in den Schuppen, zurück ins Haus, ins Zimmer des Jungen, zum Fluss. Karen folgte mir, Vater konnte bei dem Tempo nicht mithalten. Meine Gedanken rasten, vielleicht war der Junge … der Waldsee … Ich rannte schneller. Der See, mehr ein Teich, war nicht sehr tief. Von Schilf bewachsen. Wir hatten gestern Eisschollen nah am Ufer geschlagen, sie mit Messern und Handsägen bearbeitet und modelliert. Kleine, temporäre Kunstwerke, die wir am Fuß einer Bank und an Bäumen aufgestellt hatten. Manche würden von Spaziergängern zerstört werden, andere würde das Tauwetter zum Verschwinden bringen. Ich hatte den Jungen gewarnt, er dürfe nicht alleine … dürfe nicht mehr auf den See, da es taute … Der Wind fuhr in die Bäume. Schneefahnen stiegen auf, ein Schneenebel, der zwischen den Stämmen stand. Manchmal fielen tellergroße Schneeballen von den Ästen ab. Der Stiefel, den der Junge gestern aus einer Eisscholle geschnitzt hatte, lehnte an einem Baumstamm, unberührt, seine Position war nicht verändert worden. Vielleicht war der Junge gar nicht hierher gekommen. Spuren gab es viele. Eine führte aufs Eis. Karen bückte sich, maß sie mit der Hand. Der Schreck fuhr ihr ins Gesicht, die Spur führte zu einem Eisbruch, Wasser pulste bei jedem Schritt, den wir machten, aus dem Loch, schwappte über den gezackten brüchigen Rand, das Eis knackte. Karen sank auf die Knie, robbte auf das Loch zu. Ich folgte ihrem Beispiel, ließ einen Abstand von einigen Metern zu Karen, erreichte das Loch, fasste ins Wasser, fasste ins Nichts, streifte die Schuhe, die Hose, streifte alles ab. Karen war schon auf dem Rückweg, zum Ufer, sie hob dort einen Ast auf, zwei, drei Meter lang, ich wartete, schrie seinen Namen, Karen kam zu mir, ich stieß den Stock ins Wasser, stocherte, aber da war kein Widerstand, nur der morastige Grund. Ich glitt ins Wasser, es reichte mir bis zur Brust, ich tauchte, riss die Augen auf,

Schwärze um mich herum und ein Schmerz auf der Haut, der mich sofort hochschnellen ließ. Ich schnappte nach Luft, tauchte wieder, diesmal unter die geborstenen Eisplatten, bis dort, wo das Eis noch unversehrt war. Ich sah nichts, nur die dunklen Flecken des Schnees über mir auf dem Eis. Ich tauchte auf, versuchte aus dem Loch zu klimmen, Scholle um Scholle brach unter meinem Gewicht. Ich brauchte Karen und die Hilfe des Stocks, wenn der Junge … ich zitterte am ganzen Leib, wenn der Junge … Karen rieb mich mit ihrer Wolljacke ab. Ich zog mich an, rief Noeten, rief Vater an, Besen, Schaufeln, Benzin und Holz sollten sie herbringen, rief die Feuerwehr, rief Jansen an und wischte das Eis mit meiner Jacke, mit den Füßen, mit dem Stock, und Karen tat das Gleiche. Meter um Meter räumten wir den Schnee, wir polierten das Eis, es wurde klar, aber darunter war nur Schwärze.

Noeten schoss mit seinem Wagen auf uns zu, Vater war bei ihm. Sie hatten Besen, Schaufeln dabei, rannten aufs Eis, fegten es, dann schnappte Noeten das Benzin, kippte es auf den See, zündete es an, es fraß den Schnee und das Eis, Jansen bog ein, sprang aus dem Wagen, riss die Kanister vom Pritschenwagen, warf Bretter, warf Balken auf das Eis, steckte sie an. Das Martinshorn war zu hören, es musste auf Höhe der Fischteiche sein, war bei van Haugoldt, war am Haus, auf dem Waldweg, jetzt am See. Einen Moment hielt ich inne, sah Mayer und seine Mannschaft aus dem Wagen springen, sie rollten einen Schlauch ab, zwei Männer hackten ein Loch in den See, direkt am Ufer, sie steckten die Tauchpumpe in das Loch, und die Pumpe fing an zu röhren, und das Wasser schoss aus dem Schlauch. Mayer schüttelte den Kopf, zeigte auf den brennenden See, das bringe doch nichts, wir bräuchten Taucher, seine Stimme bellte ins Telefon, sie brauchen eine halbe Stunde, sind auf dem Weg von einem anderen Einsatz, sie k o m m e n, das Wort flog in meine Ohren, fand den Weg in meinen Kopf, klopfte dort an und wurde hinausgeworfen. Was half es, wenn die Taucher kamen? Was half es, dass der See brannte? Was, das Wasser aus dem See zu pumpen? Der Junge war nicht zu retten. Ich sank aufs Eis, rief seinen Namen, als könnte er mich hören, durch das Eis hindurch. Jansen … Ich hörte seinen Wagen davonrasen. Vater war ans Ende des Sees gelaufen, dort, wo eine Böschung hinunter zum Fluss führte, wo das Wasser bei zu hohem Stand über den Uferdamm schwappte und in den Wald abfloss. Vater stieß mit einem Spaten in den Dammsaum, stieß und stieß, und auch Noeten rannte zu ihm, löste ihn ab, und dann waren es die Männer von der Feuerwehr mit ihren Spaten, die gruben, und dann war es Jansen, der mit seinem Traktor, mit heruntergelassener Schaufel, in den Weg einbog, sie während des Fahrens noch weiter absenkte, auf Noeten, Vater, die Böschung zuhielt, die Schaufel in den Boden rammte und die Rinne, die die Männer begonnen hatten zu graben, aufstieß, vertiefte, verbreiterte, bis das Wasser hindurchschoss, in den Wald strömte und der See auslief, auf dem das Eis noch brannte, das wir mit Äxten zerschlugen, Meter um Meter … Es brach ächzend, knirschend, ich hieb, als ginge es um mein Leben, und es ging um mein Leben. Ich hieb, und Noeten hieb und Jansen und Vater und Karen und Mayer und seine Männer, das Eis brach, wir sprangen in den Morast, hieben weiter, Meter um Meter, und dann, dann fanden wir ihn, in Nähe des jenseitigen Ufers, dort, wo das Eis die Verbindung mit dem Wasser verloren hatte und brüchig geworden war, seine rote Jacke leuchtete im Schlamm, und das Gesicht lag mit einer Seite im Modder. Ich sah aus den Augenwinkeln, dass Vater auf die Knie sank, in den Matsch hinein, ich sah, dass Karen kippte und Mayer sich bekreuzigte, als ich mich über den Jungen beugte, seine Schulter anhob, ihn auf die Füße stellte, ihn umarmte, er, der in sich zusammenfiel, ich nahm ihn in die Arme, trug ihn hinaus, an Vater und Karen vorbei, die im Dreck knieten, die nicht vermochten aufzustehen, deren Beine nicht gehorchten, Füße, die im Matsch ausrutschten, an Mayer vorbei, der auf dem Grund des Sees stand, zwischen den zerschlagenen Eisschollen, dann erst gelangte ich zu Noeten, der sein Gesicht abwandte.

Der Krankenwagen kam schnell. Er fuhr ihn in die Klinik. Dort taten sie, was zu tun war. Er starb nicht, aber wach wurde er auch nicht. Seine Mutter kam. War es schon vernichtend gewesen ihn damals so schwer gezeichnet mit der Alveolitis vorzufinden, so zerriss sein Anblick nun jedes Band zwischen uns. Sie sprach es nicht aus. Sie hatte nie etwas ausgesprochen. Sie musste auch jetzt nicht sprechen. Aus jeder der knappen, selbstbeherrschten Gesten an seinem Bett sprach Verachtung. Verachtung für mich, der ich wieder nicht auf ihn aufgepasst hatte. Der ich in einem Moment, da ich hätte anwesend sein müssen, abwesend war. Ich hatte Karen geholfen, während Vater draußen nach dem Jungen gerufen hatte. Auf eine idiotische Art konzentriert und abgelenkt zugleich war ich gewesen, während der Junge aufs Eis gegangen war und sein Leben einbrach. Immer ist es der Augenblick, der mich interessiert. Der Moment, da ich nahe genug herankomme und auf den Auslöser drücke. Der Moment, da die Pirsch auf das Foto ein Ende hat. Das Warten in einem Hotelzimmer, das Warten auf den Mittelsmann, der einen hinter die Linien bringt, das Warten auf das Okay, wenn man im Schlepptau einer Armee einen Trupp in ein Kampfgebiet begleitet.

Tagelang saßen wir an seinem Bett. Und einmal sprach sie. Ihre Augen waren feucht und ihr Blick entschlossen. Wenn er wach wird, nehme ich ihn mit nach Genf, pflege ihn dort gesund, und er bleibt dort, eine Zeit lang, mindestens das. Ich nickte. Weil ich in diesem Moment wirklich glaubte, dass das Leben hier draußen mit mir und Vater den Jungen beschädigte, ihn traumatisierte und letztlich zerstörte. Ich hätte alles getan, wenn es der Preis dafür gewesen wäre, ihn zurückzubekommen, ins Leben zurück.

War Ruth für ein paar Stunden fort, las ich irgendwas, ging auf dem Flur auf und ab, holte mir einen Kaffee, schaute aus dem Fenster, malte Strichmännchen auf die Buchseiten, auf das Fensterbrett, ein sinnloses Gekritzel.

Es war ein Außenposten, ich sollte filmen. Ein Graben, nicht sehr tief, im Rücken die Dorfgebäude. Wir duckten uns, als der Beschuss begann. Die Kamera lief mit, die Kamera am Helm und die Handkamera. Sie schossen von zwei Seiten auf uns. Waren im Bewuchs der Felder schwer auszumachen. Es gab einen Pfosten im Feld. Ein Mädchen war dort angebunden, wirbelte mit einem Tuch, als vertriebe es Vögel, die die Feldfrüchte fraßen. Ein menschlicher Schutzschild. Eine Bestrafung. Es sei gegen den Koran, sagten sie, wenn Mädchen eine Schule besuchten. Fünf Mal am Tag schwiegen die Waffen, fünf Mal erklang das Gebet des Muezzins aus den Lautsprechern im Dorf, warfen sie sich in Feldern in den Dreck und beteten zu ihrem obskuren Gott. *With god on their side,* sagte Dean. Er war einer von zwei Amerikanern, die die Aufklärung gemacht hatten und um Luftunterstützung baten. Eine Thunderbolt kam, zog ab. In dem Staub, der über die Felder trieb, war der Feind kaum auszumachen. Der Pilot fürchtete, die eigenen Leute zu treffen. Am Abend war das Mädchen verschwunden und am Morgen durch eine Frau ersetzt worden. Am zweiten Tag begann das Zittern in meiner Hand. Ich wollte aus dem Graben raus, sie drückten mich zurück in den Dreck. Der Sanitäter gab mir Valium. Sie verließen die Stellung, pirschten in einem Wassergraben näher an den Pfosten und die Frau heran. Ich blieb zurück, ritzte in den Feuerpausen mit meinem Messer Strichmännchen in den Dreck. Nach vier Stunden gaben sie auf, kehrten zurück. In der Nacht verließ erneut ein Kommando den Graben. Sie gelangten in die Nähe des Pfostens, eröffneten das Feuer auf die Stellung. Ein Steckschuss in der Schulter und im Rücken, anfangs war der Soldat noch stabil, Schmerzmittel, der Blutverlust kompensiert durch eine Konserve. Ein Hubschrauber kam und wieder die Thunderbolt: das Bombardement, damit der Hubschrauber landen konnte. Als er neben dem Graben aufsetzte und sie die Trage im Laufschritt den Sanitätern übergaben, war es ruhig, kein Feuern, von nirgendwo mehr. Einige Taliban sahen wir übers Feld abziehen. Die anderen hatte man von der Thunderbolt aus erledigt. Es war jetzt Sache der Scharfschützen. Bei jedem, der in den Dreck fiel, applaudierten wir. Auch einige Bewohner des Dorfes. Sie standen am Rand des Grabens, reichten uns Wasser. Das, was von der Frau übrig geblieben war, hing am Pfosten.

Als ich zurückkehrte nach Deutschland zu Ruth und dem Jungen, interessierte sich niemand für die Story. Es war Fußballweltmeisterschaft. Interessant für die Medien war, ob die Soldaten im Feldlager in Kunduz Spiele der deutschen Mannschaft sahen und ob sie die Begeisterung daheim mitbekämen, das Sommermärchen. Ich lag im Bett, der Junge schlief, Ruth kam in mein Zimmer, legte sich zu mir. Ich weiß nicht, was mich ritt. Vielleicht war es die Art, wie sie mich anfasste. Vielleicht waren meine Nerven durch die seit Wochen anhaltende Schlaflosigkeit überreizt. Ich stieß ihre Hand fort. Sie hatte in mein Haar gegriffen. Es hatte nichts Zärtliches darin gelegen. So fasste eine Frau einen Mann nicht an. Es war burschikos, eher kumpelhaft. Ob sie auch Jean so anfasste? Sie ließ nicht von mir ab, strich mit ihren kalten Fingern über meinen Nacken. Er schmerzte seit Tagen. Ich sprang aus dem Bett, schrie, sie solle gehen. Sie schaute mich ratlos an, lächelte, ein spöttisches Lächeln, und da griff ich ihr ins Haar, wickelte es um meine Faust und zog sie am Haar aus dem Bett. Sie schrie, zappelte, ich drückte sie auf die Dielen, sie schrie immer weiter, ich setzte mich auf sie, presste mit meinen Knien ihre Oberarme auf den Boden, hielt ihr den Mund zu, damit sie den Jungen nicht weckte, der plötzlich im Zimmer stand, ich wälzte mich von ihr, stampfte auf ihn zu, drückte ihn zur Tür hinaus, nicht heftig sollte es sein, aber er fiel, stürzte mit dem Gesicht auf den Rand eines Blumentopfs, eine Zimmerpalme, und schlug sich einen Schneidezahn aus.

Der Tod wartet 15 Minuten, sagte der Arzt. Danach träte der Knick, der tödliche Knick, nach allen Wahrscheinlichkeiten ein, einen Sauerstoffmangel zu überleben. Der Junge müsse noch einen Rest Sauerstoff gehabt haben. Eine Sauerstoffinsel unter dem Eis, man wisse von Lawinenopfern, die durch eine Atemhöhle, einen rettenden Luftraum, an die 90 Minuten im Schnee überlebt hätten. Am vierten Tag wachte der Junge auf.

Er erholte sich nur langsam. Und weniger gut, als wir es hatten hoffen dürfen. Aus seinem Blick sprach Angst. Etwas war fundamental in ihm zerstört worden. Die Idee, dass das Leben es gut mit ihm meinte, dass er ihm trauen durfte. Und der Ort der Schrecken waren das Haus und der Wald, waren als Personen, die an den Schrecken gekoppelt waren, Vater und ich, die ihn nicht hatten schützen können, das wusste der Junge, nachdem seine Mutter mit ihm gesprochen hatte, am Bett, in den Tagen im Krankenhaus, nicht bei uns im Haus, denn zu uns heraus kam er nicht mehr. Wolle er auch nicht, sagte Ruth. Ich solle ihn keinem Entscheidungsstress aussetzen, habe auch der Arzt gesagt. Sie würde ihn mitnehmen, Jean habe alles in Genf vorbereitet, Spezialisten konsultiert, die die Nachbehandlung übernähmen. In einem Reitstall in der Nähe könne er sich wieder an Tiere gewöhnen. Therapeutisches Reiten vielleicht, damit er ins Leben käme, später würde man ein eigenes Pferd anschaffen, es unterstellen im Reitstall, dann selbst eines, am besten zwei kaufen, um gemeinsam auszureiten, sie und der Junge, so vieles sei nachzuholen zwischen ihr und dem Jungen, das verstünde ich doch. Sie sprach für die Ewigkeit. Und ich widersprach ihr nicht. Kaum zuvor in ihrem Leben mit mir, die sieben Jahre, hatte sie so viel gesprochen.

Ich könne ihn in Genf besuchen, auch Vater sei jederzeit willkommen, sagte sie. Für den Jungen ist Genf weit, sehr weit, als zöge er ans Ende der Welt, sagte ich. Ja, sagte sie. Aber von Genf aus betrachtet ist das hier, sind der Wald und das Haus das Ende der Welt. Und für den Jungen war es schon zweimal beinahe das Ende seines Lebens. Es sei genug, meine auch Jean. Sie strich sich durchs Haar. Ihr schönes blondes Haar, das ich immer geliebt hatte, das sie sehr kurz trug, seitdem sie mit Jean zusammenlebte.

Wir brachten ihn und seine Mutter zum Flughafen. Nur Vater sprach. Der Junge nicht und ich nicht. Ich reichte ihm vom Beifahrersitz aus nach hinten in den Fond meine Hand. Erst am Flughafen ließ er sie los. Erst als Vater den Wagen parkte. Sie gaben das Gepäck auf, erhielten ihre Bordkarte. Wir tranken einen Kaffee, hatten eine letzte Stunde, in der die Minuten unaufhörlich von der Uhr schwanden. Eine Uhr, groß wie die Uhren an einem Bahnsteig, deren Zeiger sich drehten und drehten und mir ins Fleisch schnitten.

Zusammengesunken saß ich auf meinem Platz, und als der Junge auf der Toilette war, sagte sie, zeige es ihm nicht, mache es ihm leichter, es geht um ihn, nicht um dich. Sie hatte recht. Aber was ich ihr übel nahm, für immer übel nahm, war, dass sie kein Wort des Trostes hatte, weder für mich noch für Vater, so wie sie damals auch keines für den Jungen hatte, keines, das so tief und schmerzvoll gewesen war, dass es ein wenig versöhnt hätte, als sie ins Auto gestiegen und vom Hof gefahren war in ihr neues Leben mit Jean.

Am Ende haben wir nur Worte, und das letzte Wort, als der Junge zur Passkontrolle aufbrach, war: Bis bald, Papa, und er wandte sich ab, lief auf den Schalter zu mit gebeugtem Kopf und ganz kleinen, wankenden Schritten, und dies war der Moment, da ich ihn endgültig verlor. Nicht an die Krankheit, nicht an das Eis, sondern an die Zeit. Sie ist es, die uns löscht, die die Erinnerungen an Vater und mich allmählich abreiben würde, die ihn Monat um Monat, Jahr um Jahr in sein neues Leben eskortiert und dort vor uns schützen würde. Die Zeit, die alles frisst.

17

Die Einladung kam für den nächsten Sonntag. Er gäbe Mozart. Die Briefe. Die Klaviersonaten. Ich hatte Karen von der Performance im Kellertheater erzählt. Angewidert hatte sie mir eine Zeit lang zugehört, wiederholt, ich solle mich nicht verrennen, meine Wut zügeln, alles könne auch anders sein, man solle, müsse mit Grunewald, also dem

Senior, sprechen, ich lachte auf, ob sie es nicht wahrhaben wolle, ihn schonen wolle, ihren Salonlöwen und Galan, schließlich hatte sie genug, war hinausgegangen, und vor dem Haus war sie auf van Haugoldt gestoßen. Er war auf dem Weg zu uns gewesen, und er hatte ihr die Einladung überreicht, Grunewalds Einladung, diesmal in einem Kuvert an s i e adressiert.

Ein paar Tage später fuhren wir hinaus zu Grunewald, ich konnte es nicht verhindern. Wenigstens hatte ich ihr abgerungen gegenüber Grunewald zu schweigen und das, was wir über seinen Sohn und Hakan wussten, aus dem Spiel zu lassen. Grunewald bewohnte außerhalb der Stadt eine ehemalige Wassermühle. In den Fenstern standen Lampen aus buntem Glas. Jedes Fenster glomm in einem anderen Farbton. Die Haustür war geöffnet. Der Blausteinboden schimmerte matt. Wir traten in den Salon, stießen auf van Haugoldt, der vor einer weißen Flügeltür stand. Sein Haar, das sonst bis zu den Schultern fiel, war zu einem Pferdeschwanz für den Abend hergerichtet und spiegelte sich in den Glaseinsätzen der Tür. Sein Gesicht, kontrastierend zu dem dunklen Anzug, sah gerötet und poliert aus. Vielleicht war es die Politur der Aufregung, worüber auch immer. Van Haugoldt kam auf uns zu. Gab mir die Hand, setzte einen Kuss auf Karens Wange. Ich rang mir ein Lächeln ab. Stimmen perlten durch den Raum, gedämpfte, wohlerzogene Stimmen. Man stand bei einem Glas Wein, einem Prosecco, einem Whiskey beisammen. Menschen in Abendgarderobe, manche kannte ich flüchtig, den Kulturdezernenten, den Intendanten des Theaters. Vor Jahren hatte ich eine Ausstellung im Foyer des Theaters gemacht. Keine Kriegsbilder. Landschaften. Wir setzten uns mittig in eine der Reihen. Dort waren wir nur schwer erreichbar für den Dezernenten. Um zu mir vorzudringen, müsste er sich durch die Stuhlreihen drängen. Nein, er würde durch den Gang schreiten, mir zunicken, den Blick über Karen streifen lassen. Es war dieser Moment, den ich liebte. Ich war nicht frei von dieser Art Stolz. Dann: In der Culotte, der engen Kniebundhose, den weißen Seidenstrümpfen, im knielangen blauen Rock, dem Justaucorps, betrat er den Salon. Grunewald. Die Blicke flogen: Er feixte, er tänzelte, griff sich in das Perückenhaar, hüpfte von einem Bein aufs andere, warf sich in Pose, war Amadéo, war jene Figur aus Milos Formans Mozart-Film aus den 80ern. Er reichte Hände, küsste Wangen, flatterte von hier nach da. Immer hinein in einen Wirbel aus Stimmen. Der Salon füllte sich, verdichtete sich um Grunewald herum, ein Gewoge aus Körpern, erhitzten Köpfen, bis schließlich das Licht gedämpft wurde, die Stimmen zu einem Murmeln verebbten, und eine junge Frau ins Bild stieg, im schwarzen Kostüm und mit einem Lächeln. Sie schob die Flügeltür auseinander und deckte den Flügel auf. Neben dem Steinway stand kerzengerade ein Herr im Frack, nicht mehr jung, noch nicht alt, mit spiegelblanken dunkelroten Schuhen. Er verneigte sich, blickte ins Publikum und schwieg, bis auch das Publikum schwieg. Erst dann hob er an und rezitierte schwerblütig ein Gedicht von Puschkin. Von Zeit zu Zeit fuhr seine Hand ins Haar und strich die Stirnlocke zur Seite. Am Ende bleckte er die Zähne, verneigte sich tief in den

Applaus hinein, badete in ihm, wandte sich wieder seinem Instrument zu, spielte das Allegro aus der *Sonate für Klavier Nr. 9 in D-Dur* von Mozart, um, als er endete, auf seinem Stuhl kleben zu bleiben, die Hände vor der Brust zu falten und wieder ein Bad im Applaus zu nehmen mit schon glühenden Wangen. Dabei schaute er starr auf die Tasten, nur auf die Tasten, bevor er an den Bühnenrand trat und, warum auch immer, ein Gedicht des tschechischen Dichters Otokar Brezinas rezitierte, eine mythisch-ekstatische Hymne, woraufhin er sich wieder am Flügel einfand. So behielt er es bei: Erst ein Gedicht mit viel Verve, dann ein Klavierstück von Mozart. Nur am Ende spielte er zwei Stücke von Chopin, einmal für die Franzosen, einmal für die Polen, sagte er. Geboren in Polen, sei Chopin in Frankreich gestorben. Auch die Bestattung Chopins sei uneindeutig, so uneindeutig wie diejenige Mozarts, von dessen Leiche fehle bekanntlich jede Spur. In Paris, fuhr er fort, auf dem Père Lachaise ruhe der Körper Chopins, das Herz aber ward entnommen, nach Polen verschickt und vom Körper getrennt in Warschau zur Erde getragen. Applaus. Ganz viel Applaus.

Der Pianist war nur Vorspiel und Ouvertüre, war Platzhalter für Grunewald, der auf die Bühne zurückkehrte, ans Pult trat und las. Aus Briefen. Mal ernst, mal mit rührseliger Stimme. Mal überdreht und schrill kieksend. Briefe Mozarts an seinen Vater. Briefe an seine Schwester. Briefe an seine Frau. Grunewald war da genau. Ließ keinen Adressaten aus. Briefe, die von Geldnot, Liebesnot, die von intimen Wünschen und eiligen Bitten sprachen. Die Stimme den Wörtern voraus, wie ein eitler Mensch immer seinem Gegenüber voraus ist – in der Anstößigkeit der selbstverliebten Gesten, dem Auf- und Niederfahren der Hand, die die Worte lockte und dirigierte, sie eskortierte und unterstrich, sie nachklingen ließ und erst zur Ruhe kam und sich auf die Brust legte, als die Stimme endlich schwieg in den nur höflichen Applaus hinein, da die Briefe, sperrig und intim und eingesponnen in historische und zutiefst persönliche Bezüge, kaum jemand nachvollziehen konnte in ihren Verästelungen und Verweisen. Ich fragte mich, warum er das machte, dieser Aufzug, dieses Hüpfen und keckes Blickewerfen, bis endlich die Verbeugung kam, der Kratzfuß. Er tanzte von der Bühne, und der Rotbeschuhte kehrte für drei Stücke zurück an den Flügel. Ich wollte verschwinden, wollte verschont sein von dem schwerblütigen Vortrag. Ein paar Minuten wollte ich an der Bar alleine sein, einen Grappa trinken, von Grunewald und dem Rotbeschuhten befreit sein. Sah ich Grunewald, stieg mir die Galle hoch. Ich hätte nicht hierher kommen dürfen. Ich spürte, wie dünn das Eis war. Dies war Amadeus' Parkett. Ich war in die Falle getappt. Ich musste Haltung bewahren, mir keine Blöße geben. Keiner meiner Blicke durfte entgleisen, kein Wort zu harsch sein, wenn ich irgendwann am Abend auf ihn stieß. Ich musste mich hüten, mein Gesicht zu verlieren und ihn anzugehen. Nicht hier, in seinem Stall. Meine Zunge musste flink sein, Florett statt Axt. Ich gab Karen einen Kuss auf die Wange, zwängte mich hinaus in den Gang, steuerte die Bar an, bestellte einen Grappa, bestellte einen zweiten, spürte, wie der Alkohol mich dämpfte. Der

Herr am Flügel verstummte, verneigte sich, versprach allen und drohte mir, man würde sich nach der Pause wiedersehen, auch Mozart käme zu Gehör, ganz viel Amadéo, in natura, sozusagen leibhaftig. Man erhob sich von den Stühlen, und der Applaus schwoll an, man schob sich in den Gang, und ich floh auf die Toilette, um noch einige wenige Augenblicke allein zu sein, beim Pinkeln, aber es kam nicht dazu. Privat. Privat lockt immer. Die Tür stand ein Stück auf, und eine Stimme flötete, kiekste, hauchte. Ich konnte die Finger nicht von der Tür lassen, drückte die Tür ein Stück auf, statt zum Pissoir zu gehen. Ich wäre verschont geblieben. Hätte mir das Gesicht vor dem Spiegel richten können. Ein Gesicht für Karen, für Grunewald und sein glattes Parkett, eine taugliche Maske, eine Florettmaske, ein wenig Tauberbischofsheim in meinem Gesicht, aber ich fiel mit der Tür ins Haus, stand plötzlich im Raum, sprang ein Stück zurück. Er hatte mich nicht bemerkt. Vor einem goldgefassten Spiegel, in seinem Boudoir, dem rot tapezierten, sprach er zu sich, er habe es gut gemacht, habe es glänzend gemacht, er, Wolfgango, in der dritten Person zog er vor sich den Hut, senkte einen Kuss auf den Spiegel in sein Gesicht, das er beäugte, in dem er eine missfällige Stelle auf der Wange fand, eine, die er inspizierte, wie man einen Pickel inspiziert, holte die Puderdose aus seinem Rock, dem Justaucorps, und juste au corps, eng auf dem Leib, saß das Stück auch, das dralle, und puderte sich und deklamierte kieksend, raunend, sich wiederholend, *le je est le moi* und auch *je est un autre* und Kussmünder zum *moi* und einen Kratzfuß zum *je* und flüsternd: amadé, amadéo, amadeus

… Ich schloss die Tür leise, wandte mich zum Pissoir, zum Pissorium, zum Pissbecken.

Die Rückfahrt war schweigsam. Ich fuhr. Offenbar hatte sie gegenüber Grunewald kein Wort verloren über Loupp und Hakan. Wie lange noch? Karen schaute zum Fenster heraus, obwohl es Nacht war und sie nichts sehen konnte. Ich hing ihren Worten nach, vorhin zu Amadéo, nach dem Konzert, ihr Smalltalk, schwerelos, federnd. Amadéo hatte sich geaalt in ihrem Lachen, ihrem Schmunzeln, wenn er ein Bonmot platzierte. Er war gut darin. Die Wörter und die Worte gehorchten ihm. Er ließ sie aufblitzen und schweben, er zog doppelte Böden ein, nichts war platt, kein Vergleich schief, keine Metapher verbraucht. Er kam ihr nahe. Ich sah es, ich hörte es. Ihre Augen, ihre Wangen glänzten. Ihre Stimme wurde dunkler. Manchmal berührte er sie an der Schulter, gab ihr einen Klaps auf den Arm – scheinbar zufällige und harmlose Gesten, die vorwegnahmen und probierten, getarnt mit dem Charme des Situativen, weniger des Absichtlichen. Sein Gang federte, als er schließlich sie, pardon, uns, zum Wagen brachte.

Der Abend war schwül. Kein Vogel sang. Über dem Wald lag eine trügerische Ruhe. Die Bäume und der See nur eine Kulisse, die jemand gleich zur Seite schieben würde, und etwas käme zum Vorschein, etwas Unabänderliches, katastrophal und endgültig. Es musste nur noch Gestalt annehmen. Karen zog ihre Bahnen weit hinaus in den See. Ich stocherte mit einem Stock im Wasser. Sand trieb am Ufer auf, trübte das Wasser ein. Zwischen meinen Füßen bildete er Schlieren, ließ Zehen und Spann verschwinden, eine milchige Brühe. Von Zeit zu Zeit schaute ich aufs Handy, und irgendwann kam der Anruf. Karen hob den Kopf, einen Moment stockte ihr Beinschlag. Noeten sprach schnell. Ich hörte den Verkehr rauschen. Sie haben angebissen. Hab ihnen gesagt, ich könnte ihnen die Tiere besorgen – für ihren *tierischen Tod.* Fische, Reiher, einen Dachs. Sie bräuchten einen Vogel, einen großen Vogel, ein Reiher sei gut. In den nächsten Tagen sei die Übergabe, und dann löschte das Rauschen seine Stimme. Das, worauf wir hingearbeitet hatten, schien nun nahe zu sein.

Karen schwamm schnell, die Bewegungen der Arme und Beine waren wieder synchron. Selten trat eine Verzögerung ein, wenn ein Arm über dem Kopf zu verharren schien, der andere schon aus dem Wasser auftauchte und begann den Bogen zu beschreiben. Ahornblätter trieben im Wasser. Manchmal trudelte ein Blatt hinunter in die Schwärze, eine kreisende Bewegung. Die Bäume am Ufer flammten in der Abendsonne auf. Zwei Enten kamen in die Bucht. Karen schwamm lange, und als sie aus dem Wasser stieg, fragte sie nicht, wer angerufen hatte. Wir gingen zum Haus zurück, aßen noch einen Bissen, dann fuhr sie. Müsse arbeiten. Eine Aura der Auflösung umgab uns. Wir waren in jenes Zwischenreich eingetreten, in welchem noch nichts endgültig zerbrochen ist, aber auch nichts mehr so ist, wie es war.

Ich räumte den Tisch ab, wanderte im Haus umher. Ich betrat das Zimmer des Jungen, als könne es mir die Unruhe nehmen. Ich hatte es immer noch nicht leer geräumt. Ich wusste, ich würde es nie tun. Nicht solange ich in dem

Haus wohnte. Die Spiele, die Bücher, seine Kleidung, an den Wänden die gerahmten Fotografien der Tauben, der Schal seines Clubs auf dem Schreibtisch drapiert, im Regal ein Fußball mit Unterschriften der Spieler. Das ungemachte Bett, als würde der Junge zurückkommen und sich gleich in dieses Bett hineinlegen. Sie dokumentierten und speicherten sein Leben. Diese Furcht in mir, dass sie eines Tages nicht mehr zu mir sprächen, dass sie verstummten und damit der Junge verstummt sein würde, seine Stimme, die in mir sprach, die nur schwieg, wenn ich Karen nahe war.

Ich trat in Vaters Zimmer. Die Fensterbänke waren staubig, die Scheiben grünlich von Baumpollen. Im Zimmer hing noch sein Geruch. Der Duft des Mehls. Vater hatte für mich zeitlebens nach Mehl gerochen. Der Duft saß auf seiner Haut, vielleicht aber auch nur in meinem Gehirn, das ihn reproduzierte, so wie das Gehirn all das reproduziert, dessen Bedeutung in uns nicht schwinden darf.

In den letzten Wochen hatte ich Vater seltener gesehen. Vernichtende Besuche. Solche, von denen man ausruhen muss, die sich am nächsten Tag nicht wiederholen lassen. Er wurde immer dünner, ausgezehrter. Manchmal zu den Mahlzeiten wurde er noch in den Rollstuhl gesetzt, aß ein paar Bissen und verlangte ins Bett zurückgelegt zu werden. Dort dämmerte er vor sich hin, schlug, wenn ich das Zimmer betrat, die Augen auf. Ich umarmte ihn, strich über seinen Kopf, Laute verließen seinen Mund. Ich nickte, tat so, als verstünde ich ihn, setzte mich zu ihm ans Bett. Ich erzählte ihm irgendwas: Von Noeten, von Jansen, berichtete ihm Neuigkeiten aus dem Dorf, nie erwähnte ich den Jungen, nie die Tauben, ich grüßte ihn von Karen.

Ich trat an Vaters Schreibtisch. Ich hatte ihn über all die Monate so belassen, wie ich ihn nach Vaters Hirnblutung vorgefunden hatte: Stifte, Radiergummis, Bücher mit Backrezepten, *Geo*-Hefte, Fotografien meiner Mutter, des Jungen, Porträtaufnahmen allesamt, ein Zeitungsartikel über den Photo-Award.

Er würde sie tätowieren, sagte Noeten. Ins Gesicht. Seine Stimme klang heiser, und auch diesmal war wieder das Rauschen zu hören, als befände sich Noeten unter Wasser, er sprach leise. Eine Entstellung, eine, die fürs Leben bliebe, auf die Stirn, wo sie kein Bartwuchs verdecken könne. Ein Motiv, ob ich ein Motiv wisse, nichts Sexuelles, ihre Taten hätten keinen solchen Hintergrund, nehme er an, aber er sei kein Psychiater. Ein Motiv, das sie entlarve, sie vor der Welt entblöße, die ihnen ins wahre Gesicht schauen würde, ob ich einverstanden sei, ich müsse einverstanden sein, ansonsten lasse er von weiteren Schritten ab. Eine solche Aktion bedürfe der Vorbereitung, er müsse das üben, habe es seit seiner Jugend nicht mehr gemacht. Er habe die Utensilien zu besorgen, die Nadeln, die Farben. Eine Ratte vielleicht, sie seien doch wie Ratten. Ja, sagte ich, das seien sie, und dann war Noeten nicht mehr zu hören.

Ich war wieder im Zimmer des Jungen, als das Handy ein weiteres Mal klingelte. Ich blieb nie lange, setzte mich nie an seinen Schreibtisch, nie aufs Bett. Ich saugte nur Staub, wischte den Boden und das Mobiliar feucht ab. Von Zeit zu Zeit tat ich das, als sei es nötig und wichtig, weil der Junge gleich nach Hause käme und sein Zimmer sauber zu sein hätte.

Grunewald habe sie eingeladen. *Ein Gedankenaustausch.* So drückte sie sich aus. Sie nahm das Wort wirklich in den Mund. Karen, die so sprachsicher war. Karen, die den Missklang in den Worten, ihre doppelten Böden, die Klippen, den falschen Ton, das Zitat und das Plagiat erspürte. Karen, die aufmerkte, wenn jemand mit fremder Zunge sprach. Wer spricht in uns, wenn wir sprechen?, hatte sie einmal gesagt. Er wolle ein Musikprojekt an ihrer Schule unterstützen. So lange suche man schon nach einer Finanzierung. Ich wischte mit dem Ärmel über die Kante des Schreibtisches, wischte über das Fensterbrett. *Ein Instrument für jeden Schüler.* Mit diesem Slogan habe man bei verschiedenen Sponsoren angefragt. Mit mäßigem Erfolg. Ihre Stimme klang fremd, seltsam offiziell. Grunewald rate dazu, die Finanzierung über eine ihm verbundene Stiftung sicherzustellen. Er stelle die Kontakte zum Stiftungsrat her. Bewerbungspapiere müssten auf die Schnelle, am besten heute noch, eingereicht und ein Benefizkonzert vorbereitet werden. Ich wischte mit einem Taschentuch über den Bildschirm des PCs. Er trug eine dicke Staubschicht. Wir sähen uns in ein paar Tagen wieder, wenn sie alles mit Grunewald arrangiert hätte. Ob ich das verstehen würde? Ich verstünde das doch. Er sei privat so anders, keine Spur mehr aufgeblasen und geckenhaft. Er nutze für das Projekt seine Kontakte. Es liege ihm am Herzen. Er werfe sich wirklich ins Zeug. Habe das Sinfonieorchester bereits für das Benefizkonzert gewinnen können. Schulen müssten sich heutzutage so *aufstellen, ihr Profil schärfen.* So sprach sie. Mit solchen Worten. Bis bald, Franz.

Ich schloss die Tür, ging hinunter in die Küche. Ich holte den Grappa, setzte mich vors Haus. Wir mussten es bald tun, Noeten und ich. Irgendwann würde Karen gegenüber Grunewald nicht mehr schweigen. Der Abend war kühl, hatte etwas Herbstliches. Es war Anfang September. Das Licht war stumpf. Der Himmel seit Tagen grau. Er begann direkt über den Bäumen. Es gibt Abende, die muss man einfach nur überstehen. Womit und mit wem auch immer. Ich war beim dritten Glas, als Noeten kam. Er habe ihnen den Reiher übergeben. Auf einem Parkplatz. Ich holte ihm ein Glas. Er kippte den Grappa, füllte das Glas sogleich wieder. Er fuhr sich mit den Händen durchs Gesicht.

Ich musste es tun. Sie müssen Vertrauen fassen. Noeten schaute mich nicht an. Er schien mehr zu sich selbst zu sprechen. Nur so kommen wir nahe genug an sie ran. Wieder kippte er den Grappa. Ich schenkte ihm nach.

Sie wollen einen Fuchs. Ich werde sie dorthin führen.

Zum Bau?

Noeten nickte. Immer noch schaute er mich nicht an.

Und dann?, fragte ich und füllte auch mein Glas auf.

Noeten schwieg. Sein Blick schien sich in der Wiese zu verlieren.

Wir werden in der Nähe des Baus warten, sagte er schließlich, und der Fuchs wird nicht kommen, natürlich nicht, da ich ihn längst aus dem Bau vertrieben habe. Für jeden wird es einen Schnaps geben. Für mich, für sie. Der

Schnaps wird sie aus den Schuhen hauen. Ich tue nur so, als ob ich trinke. So was geht immer. Seine Stimme wurde warm. In der Flasche ist nicht nur Schnaps, du verstehst. Sein Blick kehrte aus der Wiese zurück. Er schaute mich an. Sie kippen aus den Latschen, anschließend tätowiere ich sie. Ich wusste, er hatte die Idee aus irgendeinem Thriller.

Und ich? Du willst mich da raushalten?

Dich kriegen sie nie zu Gesicht.

Warum willst du mich schützen?

Rate mal.

Wieder trank er das Glas in einem Zug leer. Ich goss uns beiden nach.

Alles würden sie daran setzen, sich zu rächen.

Ich wusste, Noeten dachte dabei an Vater. Wenn ich ausfiel, war er verloren.

Und du?, fragte ich. Was wird aus dir?

Ich sollte auch eine kleine Tätowierung davontragen, eine am Hals, eine unvollendete, weil jemand den Täter in die Flucht schlug. Du etwa, in Begleitung von Jansen, zufällig seid ihr in der Nähe. Schüsse fallen. Sie werden aufwachen, mich vorfinden, ich wäre noch benommen, unfähig, auf den Füßen zu stehen.

Soll ich etwa Jansen einweihen?

Nein, erzähl ihm irgendwas von Wilderern, wird ihn auf die Palme bringen, nach der Geschichte mit seinem Labrador wird er rotsehen, bringe ihn in die Nähe und sorg dafür, dass er schießt, oder schieße gleich selbst. Es soll so aussehen, dass die Schüsse denjenigen, der sie tätowiert hat, in die Flucht geschlagen haben. Ansonsten ist es wenig glaubwürdig, dass meine Stirn noch makellos geblieben ist. Noeten stand auf. Machte ein paar Schritte und setzte sich wieder.

Hör zu, sagte ich, du übersiehst da was. Das Ganze hat einen gravierenden Fehler. Du bist derjenige, der ihnen den Schnaps gibt.

Wieder stand Noeten auf.

Gut, ich werde ihnen, wenn ihnen die Lichter ausgehen, eins überbraten, irgendeine Kopfverletzung, die erklären würde, warum sie in dem Zustand sind, in dem sie sind. Werde von Jansen faseln. Werde sagen, er hätte sie für Wilderer gehalten.

Das ist verdammt dünn. Außerdem wird Karen davon erfahren. Sie wird wissen, wer die beiden so zugerichtet hat.

Vielleicht ist das der Preis, sagte Noeten. Du weißt es. Weißt es schon lange. Er stand auf und ging.

18

Ich hantierte in der Küche. Kochte für Karen und mich. Sie war für ein paar Tage mit einer Freundin an die Küste verreist und war gestern erst am späten Abend zurückgekehrt. Heute hatte sie ein Treffen mit Grunewald und den Sponsoren. Sie würde spät noch zu mir herauskommen. Ich schnitt rohe Kartoffeln in Streifen, legte sie auf ein Blech und backte sie im Ofen in einer Marinade aus Olivenöl, Knoblauch und Gewürzen. Dazu gab es Lachsstreifen und einen Salat. Sie kam nicht. Ich las noch einmal die Mails, die sie mir in den vergangenen Tagen geschickt hatte. Nichts in den Worten deutete darauf hin, dass sich etwas zwischen uns nachhaltig verändert hatte – es war nur eine Reise, es war nur ein Arbeitstreffen mit Grunewald –, und doch war diese Leere in ihren Worten.

Ich ging zum Fluss, stand auf der Brücke, rauchte. Wieder umgab mich dieses Gefühl der Auflösung. Trotz ihrer Mails. Oder gerade wegen ihrer Mails. Kein Wort zu uns, über uns. Diese Distanz hinter den Worten. Etwas, das nur schwer auszumachen war – so heiter und klug, so wohlgesetzt waren die Sätze. Ihre Stimmung schien sich wieder gebessert zu haben, trotz unseres Zerwürfnisses. Alles schien wieder in Ordnung zu sein. Wie bei einem Wagen, den man am Straßenrand parkt, man macht ein paar Schritte von dem Wagen weg, will etwas einkaufen, mehr nicht, man blickt zurück auf den Wagen, hat vielleicht etwas vergessen, den Einkaufskorb, das Portemonnaie, macht ein paar Schritte auf den Wagen zu, dessen Handbremse nicht richtig greift, der sich bewegt, zuerst sachte, man glaubt noch Zeit zu haben, und plötzlich wird der Abstand groß, der Wagen rollt die Straße hinunter, man jagt hinterher, hat keine Chance mehr ihn einzufangen.

Karen kam nicht. Ich aß ohne sie. Den Verlust, manchmal sieht man ihn kommen. In jedem Wort, das sie nicht schrieb, war er spürbar. Manchmal fühlt man seine Aura. Die Dinge werden andere. Sie werden stiller, blasser. Andere wiederum, solche, die Grunewald ihr hatte zukommen lassen, Gedichtbände, Mozarts Briefe, Reisebeschreibungen,

Armreifen, eine Arbeit aus Elfenbein, eine aus Lapislazuli, die plötzlich in ihrer Wohnung zu finden waren, schienen überlaut in ihrem Glanz zu sein.

Ich scheuerte das Backblech, wusch meinen Teller ab, zwang mich, das Telefon lange klingeln zu lassen. Ein wackliges, zögerlich klingendes Läuten in den Abend, in die Stille der Küche hinein. Sie müsse noch die Einladungen für das Benefizkonzert arrangieren. Die Flyer müssten morgen zur Post. Auch wolle man noch die Expertisen der Sommeliers sichten, die Auswahl der Weine für die After-Show-Party stehe noch nicht.

Ich helfe dir. Ich komme zu dir, falte die Flyer, stecke sie in die Kuverts, beschrifte sie und hinterher machen wir unsere eigene kleine After-Work-Party.

Danke, wir kommen zurecht.

W i r?

Sie sei nicht zu Hause, sei noch bei Grunewald. Alles unter großem Zeitdruck, die Sitzung mit den Sponsoren sei langatmig und zugleich voller Fallstricke gewesen. Ich möge ihre Absage für den Abend entschuldigen. Ich hörte die Nervosität in ihrer Stimme, das Timbre eines falschen Zungenschlags, die blumige Wortwahl – als spräche sie zu einem Fremden.

Noch konnte ich es herauszögern, einige wenige Minuten lang klammerte ich mich an ihre Worte, die geschriebenen Worte, ihre Mails, die harmlos klangen, die Worte einer Touristin, die mir zeigten, dass sie mich an ihrem Tag teilhaben lassen wollte, die mir bedeuteten, dass sie mit mir verbunden bleiben wollte, wenigstens mit Worten, harmlosen, netten Worten. Noch stieg ich nicht in den Wagen und fuhr zu Grunewald. Noch behielt ich die Kontrolle über mich. Handlungen, die die Eifersucht diktiert, machen uns zu Getriebenen. Sie treiben uns vor allem in die Lächerlichkeit. Sie haben etwas Kindliches und Kindisches in ihrem unbedingten Ernst. Sie entblößen uns in unserem Schmerz, unserer Ohnmacht und Wut. Die Eifersucht gestattet Blicke auf uns, die wir sonst nie gestatten würden. Sie zeigt unsere Abhängigkeit, den Verlust des freien Willens, des aufrechten Gangs.

Ich wusste das alles, aber immer wieder hetzten meine Gedanken zurück durch die letzten Tage. Wir waren in der Dämmerung hinaus zu den Feuchtwiesen gegangen. Manchmal noch ihre Hand, die ich genommen hatte. Manchmal noch meine, die sie nahm. Mehr nicht. Grunewald habe ihr einen Job angeboten, einen Job im Veranstaltungsmanagement. Ob sie sich das zutraue, hatte er sie gefragt. Konzertreihen, Symposien mitplanen, sie könne ihre Tätigkeit in der Schule reduzieren. Ob *ich* ihr das zutraue? Schon dieses Flüchtige um uns. Dieses Wetterleuchten des Abschieds. Er beginnt lange, bevor wir wissen, dass er begonnen hat. Er tarnt sich, scheint auf, verschwindet wieder. Der Abschied ist wie jene Krankheiten, die, lange bevor sie ausbrechen und manifest werden, ihre Boten schicken: flüchtige Irritationen, ein Schmerz, eine Schwäche, eine Müdigkeit in den Organen oder der Muskulatur. Etwas, das verwischt, aus dem Bewusstsein schwindet und zurückkehrt und irgendwann in der Allianz, die es mit der Zeit eingeht, sich ausbildet und durch sie erst Gestalt gewinnt und nicht mehr zu leugnen ist. Sie ging neben mir her. Unsere Blicke flohen in die Landschaft, verloren sich zwischen den Buchen, den endlosen Reihen der Fichten, den senkrechten Stämmen, ihren Fluchtlinien im Zwielicht. Um uns ein Schweigen. Es breitete sich aus, saß in den Bäumen, wucherte zwischen den Farnen und Gräsern, hockte auf unseren Lippen ... Ich rannte zum Wagen, startete den Motor, tat, was ich glaubte, tun zu müssen, raste durch die Nacht zu Grunewalds Mühle. Kein Wort, dass sie Grunewald schon zugesagt hatte, nichts davon, dass sie ihn in ihr Leben ließ, und doch würde es so sein, hatte es schon begonnen, war das Bild, das sie von mir hatte, schon abgenutzt, aufgeweicht, hatte sie es ersetzt durch ein Bild von ihm, der sie hofierte, feierte, in sein Leben einführte, wie ein besonders schönes und teures Tier – eine neue Stute an seinem Hof, der man nachschaute, wenn er sie ausführte, sein Einhorn, sein scheues Waldtier, das letzte seiner Art, das er in den Hotels zeigte, auf den Kongressen, den Symposien, den Konzerten, vielleicht gar im van Haugoldtschen Salon, sicher aber auf seiner Wassermühle bei einem Dinner für Freunde und Sponsoren, sein größter Fang, den er an die Longe nähme und parkettsicher machte.

Ich fuhr über die Brücke, wollte direkt in den Innenhof hineinpreschen, doch das Tor war verschlossen. Ich hätte umkehren können. Karen, Grunewald hätten nichts bemerkt. Ich hätte Karen an einem der nächsten Tage gesehen und wäre reserviert gewesen, hätte sie spüren lassen, dass es ein Leben ohne sie gab, dass sie Stück um Stück aus dem Zentrum meines Lebens verschwand. Menschen entwickeln sich mitunter auseinander, hätte ich gesagt, und lieben könne jeder, wen er wolle, auch sie, ja gerade sie, das müsse meine Maxime bleiben. In der Liebe sei man frei. Sie hätte dieses Zurückweichen gespürt, meinen Langmut, meine Coolness, und das wäre der Moment gewesen, da sie unsicher geworden wäre, der Moment, der sie die Angst hätte spüren lassen, mich zu verlieren. Ich schlug mit den Fäusten gegen das Tor, trat gegen die Bretter, rüttelte an den Beschlägen. Licht ging an im Haupthaus. Ich holte aus dem Wagen einen Schraubenschlüssel, ein Monstrum, um die Radmuttern zu lösen.

Ich schlug auf das Tor ein, das Holz splitterte nicht, trug nur Dellen davon. Ich rannte zum Wagen zurück und hupte. In immer mehr Zimmern brannte Licht. Ein Schlüssel drehte sich im Schloss. Es war jener Moment, da ich meine Hand von der Hupe nahm und mir eine Zigarette ansteckte. Das Tor öffnete sich: Karen und Grunewald. Nein, Grunewald und Karen, denn Karen blieb hinter Grunewald zurück, der drei, vier Schritte auf mich zukam. Ich holte Luft.

Kommst du?, fragte ich. Du hast dich verspätet.

Sie trat aus Grunewalds Schatten, schaute mich an, lange, ohne ein Wort zu sagen. Vielleicht machte mich gerade das noch wütender.

Kommst du, oder bleibst du bei dem Arschloch? Eine Suada folgte, unverzeihlich und dümmlich, immer wieder hupte ich zwischendurch, mal kurz, mal lang, Morsezeichen eines Untergehenden. In ihr Schweigen hinein, dieses kindische Hupen, wenn ich glaubte, dass eine Formulierung gelungen war, wenn sie mir in ihrer Boshaftigkeit pointiert und nuanciert erschien, wenn sie Florett statt Axt war, bevor ich auf sie zuging, Schritt um Schritt, bis ich noch einen Meter von ihr entfernt war, und sie sagte: Es war nur die Arbeit, du hättest nicht kommen dürfen. Diese Worte, nicht mehr, um sich dann abzuwenden, mir den Rücken zuzuwenden, der ich auf sie zustürzte und immer noch nicht die Segel aus dem Wind nahm, auch jetzt nicht, da der Sturm begann. Ich touchierte sie im Rücken, sie verlor das Gleichgewicht, taumelte, ein Rempler, nicht heftig, nicht beabsichtigt, ganz und gar nicht heftig, aber sie stürzte, und Grunewald war es, der sie auffing, geistesgegenwärtig, als habe er sie kommen sehen, diese hilflose Geste meiner leerlaufenden Wut. Er stellte Karen zurück auf die Beine, stützte sie, war hilfreich, verschärfte nichts, war besonnen, tat, was getan werden musste, führte sie zum Tor, konzentrierte sich auf Karen, nicht auf mich, stolperte plötzlich an einer Wegkante, verlor das Gleichgewicht, knickte in den Knien weg, während Karen schon, als er fiel und auf die Steine schlug, Natursteine, Basalt vielleicht, ich erinnere mich an dieses unsinnige Detail, zu ihm eilte und ihm aufhalf, ihn stützte, wie er sie zuvor gestützt hatte, und ich nun hilflos in meiner Wut vor ihnen stand, vor Karen und Grunewald, und verloren hatte und endlich Verstand genug besaß, in den Wagen zu steigen und davonzufahren.

Der Anruf kam, als ich die Tür aufschloss. Beim Umdrehen des Schlüssels, beim Aufstoßen des Türblatts klingelte das Telefon. Ich hatte den Anruf immer erwartet. Hatte erwartet, er käme auf mein Handy, irgendwo im Wald, am Fluss, vielleicht wäre Karen bei mir, wenn die Worte fielen. Ich trat in die Küche, nahm den Hörer ab. Es tut uns leid! Kommen Sie bitte. Nicht jetzt hätte der Anruf kommen dürfen, nicht in dieser Nacht.

Ich nahm die Straße durch den Wald, die Scheinwerfer fassten an die Bäume, ich passierte die Fischteiche, van Haugoldts Villa, erreichte schließlich die Landstraße. Ich starrte auf das Weiß der Mittellinie, das Weiß der Außenlinie. Der Wagen raste durch die Nacht.

Vater war grau im Gesicht. Und doch war da dieser Glanz auf der Haut, als würde er schwitzen. Die Lippen schon dürr. Die Nase stand überspitz im Gesicht, das ohne Qual zu sein schien, ohne die Qual der Erinnerung an den Jungen, an sein altes Leben, bevor ihn die Hiebe der beiden Männer in eine Larve aus Knochen und Haut verwandelt hatten, eine Larve, die, ohne sich rühren zu können, weiterlebte, verdaute, Blut zirkulieren ließ, Enzyme bildete und wieder abbaute und Nacht um Nacht wach lag und dachte, Minute um Minute, endlose Schleifen des gleichen Schmerzes und Verlustes, ohne Hoffnung auf Änderung. Änderung brachte allein der Tod. Ich hatte ihn immer gefürchtet, diesen Moment, da ich in sein Zimmer käme und an sein Bett treten würde, ein Zimmer, das still war. Nichts rührte sich. Kein Atem, kein Blick ging. Vater schaute einfach in die Weite, die Hände ineinander gelegt, still und duldsam wie ein kleiner tibetanischer Mönch in einem vergessenen Dorf. Ich hatte mich gefragt, ob ich ihn umarmen, ihn noch einmal würde riechen wollen. Hatte mich gefragt, was die letzten Handlungen und Gesten sein würden. Ihm einen Kuss auf die Wange, die Stirn geben. Sein Gesicht, die Wölbung der Brauen, den Zug der Lippen, die Falten der Ohrmuscheln mir einprägen. Konnte ich das in jenem Moment, der der letzte zwischen mir und ihm sein würde? Der Abschied. Die Tür, die ins Schloss fällt. Der Wagen, der auf der Straße allmählich kleiner wird, um die Ecke biegt. Der Zug, der aus dem Bahnhof fährt, die Hand, die noch winkt, bevor das Fenster geschlossen wird. Ich beugte mich über ihn, umarmte ihn, sah in sein Gesicht, das in meiner Erinnerung und der Zeit untergehen und von ihr ausradiert werden würde. Ich nahm einen Stuhl, setzte mich an sein Bett. Sein Blick war gebrochen. Keine Nacht zuvor hatte ich hier bei ihm ausgeharrt. Es würde die erste und einzige sein. Ein Finger zuckte, eine Ader am Unterarm pulsierte kurz, dann verebbte die Regung unter der Haut. Ein letztes flaches Atmen, nur ein Verpuffen der Restluft in der Lunge. Dann war die Stille endgültig, eine große unabänderliche Stille, in seinem Körper wie im Zimmer, ein Gebot, das nichts und niemand mehr abändern oder mildern konnte. Ich blieb an seinem Bett sitzen. Wo sollte ich auch hin?

Langsam verblasste Vater, wich der Glanz von seiner Haut. Der Tod ist auch ein Stumpf- und Mattwerden. Auch der strenge Geruch wurde schwächer. Ich strich über seinen Arm, diesen ausgezehrten Knochenarm, strich über seine Wange, sein Haar und trat ans Fenster. Ich musste an den Jungen denken. Der Junge war nicht in seinem Zimmer gewesen. Das Bett leer, die Kissen zerknautscht. Der

Abdruck seines Kopfes war zu sehen. Noch war der Geruch in den Laken, der süßlich herbe Geruch eines Kindes, ein Duft, der wehrlos macht, der sanft werden lässt. Ich schaute hinaus auf die Wiese. Das Rispengras am Wiesenrand blühte. Die frische Mahd leuchtete in einem hellen Grün. Über Nacht war sie kaum eingetrocknet. Die Kühle hatte sie konserviert. Der Junge war nicht zu sehen. Was machte er so früh am Morgen irgendwo dort draußen? Eine Angst befiel mich, eine kleine erste Furcht. Auch Vater schlief noch. Weit entfernt war das Fiepen eines Bussards zu hören. Der Schlagschatten einer Amsel kreuzte den Hof. Das Bild blieb stehen, fror ein. Für einen Moment schien alles innezuhalten. Der Wind, die Bewegung der Bäume, das Zittern des Grases. Kein Vogel flog mehr. Das Fiepen blieb als Dauerton in der Luft stehen. In mir diese Angst, etwas könne dem Jungen geschehen. Ich rührte mich nicht. Ein Bann, ein Angstbann, ein Schauen in die Zukunft, als hätte das, was im Winter geschehen würde, seinen Schein in den Sommer vorausgeworfen, als existierte die Linearität der Zeit nicht, als könne sie Ereignisse spüren lassen, die noch nicht eingetroffen sind, als sei das Künftige schon Gegenwart. Als könne etwas der Zeit vorausgehen, als übe es bereits einen Sog aus und lenke unsere Schritte in die eine, die sich selbst erfüllende Richtung. Vaters Tod hatte ich immer erwartet in den letzten Monaten. Er hatte sich an die Gesetze der Zeit gehalten. Nur Karen und der Wunsch, die Männer zu vernichten, hielten mich noch in der Zeit. Würde ich Karen verlieren und hätte ich Vater gerächt, würde ich aus der Zeit fallen.

Die Scheinwerfer erfassten das Haus. Für ein, zwei Minuten ließ ich das Licht auf den Fensterläden ruhen, schaute auf dieses stille Geviert, das gleich, wenn ich den Wagen abschloss und ins Haus ging, um nichts lebendiger würde. Vater, der Junge, sie würden nicht zurückkehren. Keiner von beiden würde vor dem Haus sitzen, keiner oben in den Schlafzimmern das Licht anmachen, das Fenster öffnen, rausschauen, wer spät am Abend oder in der Nacht vorfuhr. Wenn jemand uns verlässt, in ein neues Leben geht oder in den Tod, schweigt alles in einem Haus. Die Geräusche verklingen und mit ihnen die Menschen. Vater, der in der Küche hantiert, Musik hört, das Blättern der Buchseiten, der Stift, der übers Papier fährt. Alles verblasst. Ein Zwielicht im Zimmer, und in diesem Zwielicht trieben, wenn ich zur Ruhe käme, mich aufs Sofa setzte, ins Bett legte, ihre Stimmen, die mich nicht schlafen ließen, das wusste ich. Nur schlimmer der Tag, an dem ich ihre Stimmen nicht mehr im Haus hören würde. Die Stimme des Jungen zuallererst, ihr Klang, dann die Wortwendungen, die Bilder und Metaphern, die er verwendete, seine Art, die Welt zu sehen und zu beschreiben. Sie würden schwächer, würden dünner werden, wie ein Faden, an dem ein Gewicht hängt, sich streckt und streckt und dünner wird und reißt. Vor der Stimme gerät der Geruch eines Menschen in Vergessenheit. Wir können den Geruch nicht willkürlich in uns reproduzieren. Es gelingt so gut wie nie, einen Abwesenden zu riechen. Diese zutiefst intime Spur eines Menschen, sein Duft in der Welt, fehlt uns von einem Tag auf den nächsten. Und damit fehlt ein Stück unserer

Verbundenheit zu ihm. Nur sie allein hält die Verlorenen in der Welt, in unserer Welt. Nur sehr selten riechen wir diesen Duft an jemand anderem. Bilder kehren zurück, die wir längst glaubten verloren zu haben, von denen wir meinten, sie seien irgendwo in den Dendriten und Synapsen unseres Gehirns, in diesem System haarfeiner Verbindungen und Schaltstellen untergegangen, so wie Dateien auf einem Computer gelöscht werden können – aus Versehen oder durch die Zerstörungen, die die Zeit nicht nur in uns, sondern auch in den Speicherchips der Sticks und Festplatten anrichtet.

Immer noch wagte ich nicht, aus dem Wagen zu steigen. Ich wusste, was mich erwartete. Einen Moment dachte ich daran, Karen anzurufen oder ihr eine SMS zu schreiben. Die Minuten verstrichen. Wenn ich sie nicht informierte, würde ich sie endgültig verlieren. Über dem Wald glomm ein Streifen Licht auf. Ein schmales graues Band. *vater starb vor ein paar stunden …* Das *verzeih mir* löschte ich. Es hätte zutiefst taktisch geklungen in Verbindung mit Vaters Tod. Zeigte, wie sehr ich getroffen war. Wirkte devot. Machte mich so klein, wie ich war. Ließ den Zustand meiner Vernichtung deutlich werden. Sie war intelligent genug, es zu spüren. Ich betrat das Haus. Die Stille der Küche, des Wohnzimmers, all der Räume im Haus. Alles schwieg. Jede Tasse, jeder Teller, die Wände, die Flure, jedes Möbelstück. Ich schaute hinaus in den Wald, in den Laubdom. Kein Blatt, kein Zweig bewegte sich. Kein Vogel. Eine Stille, die etwas Physisches hatte, die eine Farbe hatte, auch einen Ton, ein Rauschen, ein großes Tuch, das sich langsam senkte, das einen bedeckte und unter dem man nicht wieder hinausfand. Eines, das wuchs, an den Enden und an den Seiten, mit jedem Atemzug. Ein Tuch, das den Wald und das Dorf, die Stadt und das Land unter sich begrub. In ihm diese Stille, die noch an den Rändern absolut war, nicht abnahm und im Zentrum wie gehärteter Stahl war. In diese Stille will niemand hineingehen. Sie begann mit Mutters Tod. Sie wurde groß, als der Junge uns verließ. Jetzt hatte sie das Ausmaß der Welt. Und der Vergleich war falsch, weil, wenn die Welt schweigt, schweigt alles, schweigt mehr als die Welt, denn das Universum ist still, nichts trägt den Schall, keine Luft, kein Wasser. Es ist eine stille Leere, und jetzt hörte ich sie.

Ich setzte der Stille nichts entgegen. Es gab nichts, das sie mildern konnte. Ich war allein. Zum ersten Mal fühlte und dachte ich diesen Gedanken. Er war fremd und neu, es war ein Gedanke von großer Kälte und Hitze, er machte mich frei von allem Skrupel. Ich dachte an die Männer, an Hakan und Loupp, ich dachte an Noetens Plan, und ich wusste, ich hatte einen besseren, einen, der mich aus dem Haus und aus meinem Leben jagen würde. Einen, der mich davontragen würde in ein Leben, das ich nicht kannte. Ich schrieb Noeten: *vater ist tot. bringen wir es hinter uns.*

Es musste schnell geschehen – bevor ich Karen begegnete, sie mir verzieh, sie vielleicht meine Trauer teilte und mir wieder näherkam. Karen würde ins Zentrum rücken, nicht meine Wut. Vaters Tod würde ins Zentrum rücken, mein Schmerz, meine Trauer, nicht die Wut. Sie würde nur noch glimmen. Ich war es Vater schuldig, ich war es dem

Mann in Somalia schuldig, den Männern und Jungen, die in Srebrenica in die Wälder geflohen waren. Ich war es all jenen Unermüdlichen schuldig, die sie aufspürten in ihren Massengräbern, die ihre Knochen zusammensuchten, bis sie ihre Gestalt wieder hatten, ihre Knochengestalt.

Es war diese Stunde, die Morgendämmerung, die mythische Stunde, in der in so vielen Kriegen die Angriffe erfolgen. Die Stunde, die oft die schwerste ist – für die Schlaflosen, für die Schmerzpatienten, da die Nacht vorbei ist und ihr Trost nicht kam, das milde Nichts des Schlafs. Ich hörte in die Stille einen Dieselmotor einfallen. Ein Wagen, der den Waldweg hinunterfuhr.

Noeten kam zur Tür herein. Ich sah in seinen Augen, was er dachte, dass es keinen Trost gab. Er setzte sich an den Tisch. Ich machte uns einen Kaffee. Wir hielten die Tassen in den Händen, schauten zum Fenster hinaus. Die Sonne fasste an die Wipfel der Buchen. Ich trank kleine Schlucke, meine Kehle war eng. Ich hörte das Summen des Kühlschranks, das leise Ticken der Küchenuhr. Eine Holzdiele knackte, manchmal schaute ich auf mein Handy. Es blieb stumm. Ich hatte Karen verloren. Vielleicht noch nicht faktisch, aber ihr Bild von mir war gelöscht, in dem Augenblick, da ich ihr diesen Stoß versetzt hatte und sie gestürzt war und Grunewald sie auffing. Wir lieben die Bilder vom anderen, nie die wirkliche Person. Wir lieben den, den wir zu sehen glauben. Das Bild, das Karen geliebt hatte, war abgelöst von einem anderen. In ihren Augen war ich ein eifersüchtiger Eiferer, der ihr im Gegensatz zu Grunewald bei aller Egomanie, die Grunewald eigen war, die Karen wohl sah, nicht guttat. Jemand, der auf einem Kreuzzug war, der nicht der ihrige war. Jemand, der sie zurückließ, wie ich immer jemanden zurückließ und aufbrach in den Horror der Krisengebiete wie in den Horror meines Herzens. Grunewald, seine Musik, seine Symposien, hatten für Karen eine Zukunft, ich nicht.

Warten kann eine Qual sein. Die Zeit, in der es nicht mal mehr ein Warten gibt, ist qualvoller.

Bringen wir es hinter uns, sagte ich schließlich und meinte nicht nur die Männer, ich meinte auch das Leben, wie ich es kannte.

Ruf sie an. Sag ihnen, du hättest den Fuchs.

Noeten stand auf, ging vor das Haus, wo der Empfang besser war. Er lief auf und ab, während er sprach. Ich folgte ihm, wie ein Ministrant einem Priester in der Kirche bei bestimmten Verrichtungen auf Schritt und Tritt folgt.

Die Übergabe? Noeten blieb stehen.

Am See, flüsterte ich.

Dort, wo der Fluss in den See mündet, sprach Noeten ins Telefon. Gegen 22 Uhr. Wir töten das Tier an Ort und Stelle.

Ich setzte mich aufs Sofa. Um mich herum schloss sich der Raum. Die Wände verblassten, die Buchrücken, die Dielen, der Putz. Auf allen Gegenständen lag ein Dämmern. Cohens Stimme war ein Flüstern, das Gebet eines alten Mannes in einer Kirchenbank. Cohens Abgesang auf sein Leben, auf mein Leben. Das Licht auf den Wänden schimmerte fahl, zitterte auf, wenn der Wind in die Buchen fuhr.

Es erlosch, wenn sich eine Wolke vor die Sonne schob. Vor dem Fenster spielten Vögel im Laub. Sie plusterten sich auf, warfen sich in die Laubnester, als badeten sie. Als sie aufflogen und auch der Wind schwieg, fror das Bild ein. Es gab nichts mehr zu tun. Ich hatte den Jungen geliebt. Ich hatte Vater geliebt und Karen, das war alles. Mein Leben war leergeräumt. Ein Haus, aus dem man jedes Möbel, jeden Gegenstand entfernt hatte. Mir wurde kalt, ich streckte mich auf dem Sofa aus, zog eine Decke über mich. Ich hörte die Uhr ticken, das Verfließen der Zeit. Ich konnte sie sehen, die Zeit, sie saß auf dem Fensterbrett, sie blickte mich an, ich sah ihren großen grauen Mund, ihre Zähne, sie schimmerten blass, die Augen starr und ohne Milde im Blick. Wenn mir nichts zustieß, kein Unfall, keine schwerwiegende Krankheit, würde ich noch an die 30 Jahre leben, und ich spürte die Zeit, die Jahre, die vor mir lagen wie eine Last. Gleise, die keinen Fluchtpunkt kannten, ins Nichts hinausliefen.

Am Nachmittag rief ich das Bestattungsinstitut an. Seltsam geschraubt klang die Bezeichnung. Wie viel ehrlicher nahm sich da *undertaker* im Englischen aus. Ich wählte einen Sarg und den Grabplatz. Vater sollte neben Mutter liegen. Ich war froh, dem Telefonat entfliehen zu können, die zuckrige Stimme des Bestatters nicht länger hören zu müssen. Ich suchte die Telefonnummer des Pfarrers heraus. Vater hatte ihn gemocht. Ein exzentrischer Mensch von beinahe alttestamentarischer Wucht. Er hatte eine donnernde Stimme, war untersetzt und liebte die Menschen, wie er den Alkohol liebte. Er war kein Trinker, aber er konnte trinken. Obstler und Rotwein. Er redete sich heiß, wenn er trank, kam in einen Furor der Worte. Jetzt hörte er mir zu, fragte nach, und ich spürte, wie sehr ihn Vaters Tod schmerzte. Mehr als einmal hatten sie zusammen ein paar Flaschen geleert. Er hatte Vater im Krankenhaus besucht, an seinem Bett gesessen.

Wenn Sie nichts tun, tun Sie alles. Verzichten Sie auf Rache. Nichts bleibt ungesühnt. Der Herr oder der Teufel werden sich ihrer annehmen.

Es ist bereits der Teufel.

Dann halten Sie sich fern.

Sie wissen, das kann ich nicht.

Hören Sie, tun Sie nichts, gehen Sie zur Polizei.

Er bot an, zu mir herauszukommen. Ich lehnte ab.

Ich ging hinunter zum Fluss, dann zu den Feuchtwiesen. Sie waren stumm. Ich kam zum See, ein kaltes, flaches Licht lag auf dem Wasser, das unbewegt wie ein Spiegel war. Die Birken schon gelb, am Himmel die Unruhe der Zugvögel, Stare, eine Formation Kraniche, ein Keil, der unter den Wolken dahinzog. Ich spürte, meine Zeit hier ging zu Ende. Manchmal verpassen wir es, rechtzeitig zu gehen.

Das Haus lag verwaist in der blassen Sonne. Blätter trieben über den Hof. Ich blickte auf die Fundamente des Taubenschlags, die vom Gras schon fast überwuchert waren. Ein Mauersegler jagte zwischen den Eichen hindurch, flog hinüber zur Scheune. Sein hohes helles *Srriehh*, das unbeantwortet blieb. Ich schloss die Haustür auf, bemerkte den Zettel. Er lag beschwert von einem Stein auf der Türschwelle. *Ich fand ein Haar von dir in meinem Bett. In meinem Schrank schläft ein Strumpf, der dir gehört. Deine Zahnbürste steht noch im Glas. Sie sagt, du bist fort.*

Mutters Grab war mit Kieselsteinen ausgelegt. Den Rand hatte ich mit Heide bepflanzt. Ich würde später, wenn alles hinter uns lag, eine Birke setzen und den Gärtner im Dorf beauftragen, sich um das Grab zu kümmern. Birken werfen ein schönes Licht, sie streuen es, wenn die Sonne scheint. Irgendwann würden die Wurzeln Vater und Mutter erreichen und an ihre Körper fassen. Über die Wurzeln wäre der Rest ihrer Existenz miteinander verbunden. Ich setzte mich auf eine Bank in den Schatten einer Zypresse. In der Ferne fuhr ein Traktor. Spatzen tschilpten. Ich hatte lange nicht mehr gebetet. Nachdem Vaters Zustand hoffnungslos geworden war, hatte ich es aufgegeben. Ich war ein Bittbeter, nicht mehr. Ohne eine drängende Bitte betete ich nicht. Ich hatte einen Kinderglauben. Bitte und dir wird gegeben werden. Zum ersten Mal im Leben hatte ich keine Bitte mehr, war frei von Wünschen. Ich hatte bis auf den Jungen niemanden mehr, für den ich etwas wünschen konnte. Und der Junge war fort. Nicht mal für mich hatte ich einen Wunsch. Vielleicht sieht so die Freiheit aus. Sie ist kalt, sie wärmt uns nicht. Und dann sprach ich sie doch, die Worte, sie kamen über mich, so wie ein Kälteschauer einen erfasst, sie waren alt, und ich sprach sie nicht zu Ende, denn *ihnen ihre Schuld vergeben* konnte ich nicht. Ich stand auf, ging die paar Schritte zum Grab, legte einen Stein, einen Kiesel, auf das Holzkreuz. Gleich würde er kommen, der Moment, an dem ich mich umdrehen und gehen musste. Zu Vaters Beerdigung würde ich ein einziges

Mal noch wiederkommen, aber ich wollte den Abschied von Mutter nicht mit dem von Vater teilen, und deshalb nahm ich jetzt Abschied, und vieles sprach dafür, dass es ein Abschied für immer war.

Wir nahmen den Pfad entlang des Flusses. Brombeergestrüpp wucherte über den Weg. Wir traten es nieder. Irgendwann hörte ich Karens Wagen. Das Zuschlagen der Wagentür auf dem Hof. Wir setzten unseren Weg fort. Entfernten uns vom Haus, entfernten uns von Karen.

Als wir den See erreichten, dämmerte es. Wir waren weit vor der verabredeten Zeit vor Ort. Wir hatten genügend Zeit, uns umzuschauen und alles vorzubereiten. Noeten streifte seinen Rucksack ab. Der See warf flache Wellen. Sie tanzten eine winzige Dünung. Wir setzten uns ins Gras. Ich nahm die Mütze ab. Später, wenn Loupp und Hakan kamen, würde ich sie wieder aufsetzen. Man konnte nie wissen. Ich strich über meinen Bart. Er juckte und fühlte sich fremd an in meinem Gesicht. Ein Schwan kreuzte auf dem See. Aus dem Schilf am gegenüberliegenden Ufer tauchte ein weiterer Schwan auf. Noeten stieß mich an. Zwischen den Bäumen flackerte ein Licht. Zweige brachen. Ein Schuss fiel. Wir sprangen auf, liefen ein paar Schritte in den Wald zurück. Vögel flogen auf. Ein Rauschen zog über uns hinweg. Der Schwan lag reglos im Wasser, der Hals geknickt, er trieb seitlich vom Körper wie ein Anker. Der Lichtpunkt stand unbewegt zwischen den Stämmen. Es mochten 500 Meter bis zu uns sein. Noeten setzte sich in Bewegung, ich folgte ihm. Den Rucksack ließen wir in der

Eile zurück. Entlang des Sees führte ein Pfad durch lichten Birkenwald. Immer noch verharrte der Lichtpunkt. Ein Jäger? Kein Jäger schoss einen Schwan. Wir pirschten vorsichtig vorwärts. Kaum ein Zweig brach unter unseren Füßen. Wir sahen die Silhouette des Mannes am Ufer. Das Gesicht war unter dem Lichtkreis der Stirnlampe nicht zu erkennen. Noeten blieb stehen, streckte sich dann im Gras aus. Ich tat es ihm nach. Ich wusste nicht, worauf er wartete. Wir verharrten einige Minuten. Nichts geschah. Noetens Atem ging schnell. Möglich, dass Noeten es vor mir hörte, dass er einfach besser hörte: Ich sah, dass er seine Oberarme, auch die Beine, dass er den ganzen Körper spannte, wie ein Tier, das zum Sprung ansetzt. Ein Trommeln, ein Rhythmus, dumpf und noch entfernt, setzte ein. Der Mann wandte sich um, machte ein paar Schritte vom Ufer weg, als könne er den Trommelschlag nun besser hören, der näherkam, ein monotones langsames Schlagen. Er löschte das Licht seiner Stirnlampe. Man erkannte seine Statur jetzt besser. Er war nicht sehr groß und untersetzt. Hektisch holte er seine Jagdflinte aus dem Futteral, steckte umständlich und zittrig die Patronen ins Magazin. Ein blasser Neumond stand am Himmel, auch der Nordstern. Der zweite Schwan hatte sich genähert und tauchte in unserem Blickfeld auf. Ihn mochten vielleicht noch zehn Meter von dem getöteten Tier trennen, als die Trommel verstummte. Der Wald war still, nichts rührte sich. Der Mann hatte das Gewehr nicht im Anschlag, als der Schuss fiel. Der Schwan flatterte, drehte sich ein paar Mal um die eigene Achse, ehe die Bewegung zur Ruhe kam, und das Tier leblos auf dem Wasser trieb, und die Trommel wieder einsetzte. Der Mann rannte in unsere Richtung, eine zweite Trommel stimmte ein. Die Schläge kamen aus der Richtung, wo wir den Rucksack zurückgelassen hatten. Die Trommelwirbel bewegten sich auf den Mann zu, der innehielt, der in der Falle saß, zurücktaumelte in Richtung der ersten Trommel. Wir krochen vom Ufer und vom Pfad weg tiefer in den Birkenwald. Der Boden war begrast, so dass wir kaum ein Geräusch machten auf unserem Rückzug. Wer auch die Trommel schlug, er mochte den Rucksack und darin den Tätowierkolben und den Schnaps, der nicht nur Schnaps war, entdeckt haben. Die Trommeln schlugen nicht synchron, sondern alternierend. Ihr dumpfer satter Klang schob sich auf uns zu. Ich roch den Waldboden, das Gras und meine Angst. Ich nahm vom Boden etwas Laub auf, rieb es in mein Gesicht und der Schweiß ließ es haften. Noeten tat das Gleiche. Der Mann hielt auf das Ufer und eine darin eingeschnittene Bucht zu, legte sich auf den Boden, Beine und Stiefel im Wasser. Der Gewehrlauf ragte eine Hand breit über dem Boden in die Luft. Die Trommeln schwiegen, wir hörten das Sirren der Mücken über unseren Köpfen, sonst war es still. Wir ahnten, wer die Trommeln schlug. Ihr Schweigen machte die Stille tiefer. Die Stille der beiden toten Schwäne, die aufeinander zutrieben, die Stille des Gewehrlaufs, dessen Mündung im diffusen Mondlicht aufschien. Ein Surren plötzlich. Das Splittern von Holz. Neben dem Mann schlug es in den Stamm einer Birke ein, auch in den Boden, dass die Erde aufspritzte. Der Mann sprang auf, streifte Stiefel und Hose ab, jagte in den See hinaus. Ein Pfeilhagel ließ das Wasser aufspritzen. Der Mann verfiel in hektische Bein- und Armschläge, die das Wasser pflügten, und hielt auf den ersten Schwan zu. Es waren drei, die aus dem Wald traten. Loupp führte sie an. Er hielt ein Jagdgewehr in den Händen. Um seinen Hals baumelte eine Trommel. Der Klöppel steckte im Gürtel. Hinter Loupp schritt Hakan. Hakan schlug die Trommel. Ihm folgte ein Mann mit einer Armbrust, ein voluminöses Ding. Er nahm eine Anzahl Pfeile aus dem Köcher, legte sie geduldig in das Magazin ein. Es musste eine Art Repetierarmbrust sein. Der Schütze wartete, bis der Schwimmer den Schwan erreicht hatte und sich hinter dem Tier im Wasser duckte. Pfeil um Pfeil wurde sekundenschnell aus dem Magazin gespuckt und surrte von der Sehne, jeder ließ die Luft sirren, stieß mit einem trockenen Plopp in den Korpus, perforierte ihn, spickte ihn, so dass die Federn flogen, weiße, im Nachthimmel flirrende Gewölke, die ins Wasser trudelten und es beschneiten, auch den Kopf des Mannes. Hakan legte die Trommel auf den Boden und zog aus dem Rucksack einen Camcorder hervor. Der Pfeilhagel endete. Der Mann löste sich von dem Schwan und schwamm in den See hinaus. Einige wenige Züge, bevor die Pfeile wieder von der Sehne surrten. Keines der Geschosse traf ihn, obwohl der Mann langsam war. Man sah, dass er kein guter Schwimmer war. Vielleicht wollten sie ihn auch nicht treffen. Sie würden sein Gesicht zoomen, die aufgerissenen Augen, die Anstrengung in den Gesichtszügen, den Mund des Mannes, durch den der Atem in die Luft stieß, rund wie ein Fischmund. Ein zufälliges Opfer wie Vater? Streiften sie durch die Gegend und knöpften sich irgendwen vor? Oder kannten Loupp und Hakan den Mann? Hatten sie es auf ihn abgesehen und ihn hierher bestellt? Ein Jäger? Nicht länger *Animal Death*? Jetzt *Death of a Hunter*? Der Mann verfiel ins Kraulen, aber er beherrschte die Technik nicht. Der See maß vielleicht in der Breite einen Kilometer. Zu weit für einen solchen Mann und eine solche Angst. Sie nahmen es in Kauf, wie sie es auch bei Vater in Kauf genommen hatten. Die Arm- und Beinzüge des Mannes wurden mühsamer. Der dritte Mann streifte Schuhe, Hose und das Hemd ab. Er war muskulös, das Licht brach sich auf seiner Stirn, Schläfen und Nacken rasiert, nur das Haupthaar war erhalten. Er legte sich den Gurt des Camcorders um die Schulter und stieg ins Wasser, schwamm in den See hinaus. Die Kamera behinderte ihn kaum. Hakan schlug wieder die Trommel. Ich schaute Noeten an, er schüttelte den Kopf. Der Geschorene hielt auf den Mann zu, schnell verringerte sich der Abstand. Er filmte. Der Mann trudelte, geriet unter Wasser, fing sich, schwamm, mickrige, erschöpfte Züge. Sein Verfolger legte sich ins Zeug, und die Trommel schlug schneller. Er begleitete ihn Meter um Meter, schwamm schließlich an ihm vorüber, um das Gesicht frontal zu filmen, das aus dem Wasser auftauchte und wieder im Wasser verschwand, das sich nie lange hielt, und das war der Moment, da wir aufstanden, Noeten und ich, auf Zweige traten, die knackten, aber im Trommelwirbel hörten sie es nicht, Hakan und Loupp, wir rannten auf sie zu, riefen, ob wir helfen könnten, ob schon Hilfe unterwegs sei, und da fuhren sie herum, und ich wählte auf meinem Handy den Notruf, gab den Standort durch. Hakan ließ den Klöppel sinken, in ihren Blicken Verwunderung, schnell schon sprang die Wut in ihre Augen. Noeten rief, ob er ins Wasser kommen, ob er mit anpacken solle. Der Rasierte ließ den Camcorder sinken, der Mann trudelte, verschwand im Wasser, der Geschorene packte ihn an den Haaren, zog den Mann am Schopf ein Stück aus dem Wasser, fasste mit der einen Hand unter das Kinn, bog den Kopf nach hinten, überstreckte dabei den Nacken, der Mann strampelte, der Rasierte legte sich auf den Rücken, nahm den Ertrinkenden zwischen seine Beine, zog ihn zu sich heran, umfasste den Mann mit beiden Armen, ein Klemmgriff, der Mann lag sehr flach im Wasser, wehrte sich nicht mehr, steckte fest. Beinzug um Beinzug schleppte der Geschorene sein Opfer ans Ufer.

Wir hätten den Fuchs, sagte Noeten.

Verpisst euch. Was macht ihr so früh schon hier? Ihre Kiefer mahlten. Einen Augenblick hing alles in der Schwebe, dann senkte Noeten den Blick.

Wir melden uns, ihr Schwachköpfe, für heute habt ihr alles versaut, bellten sie, wandten sich zum Ufer und zogen den Mann aus dem Wasser.

Wir fanden Noetens Rucksack unangetastet vor. Alles war noch da. Der Schnaps und die Schlingen und das ganze Besteck, um uns zu rächen.

Neben dem Rucksack lag ein braunes Arzneifläschchen, keines, das uns gehörte: Tilidin, ein Schmerzmittel, sagte das Etikett.

Ich fand einen weiteren Zettel. Karen hatte ihn mit einer Heftzwecke an der Haustür befestigt. *Wer von uns ist der Verlassene? Im Schlaf, in den Träumen, und nur dort, bist du noch bei mir.*

Glaubte sie, was sie schrieb? Hatte auch ich sie verlassen? Einen Moment war ich versucht, sie anzurufen. Aber es war besser allein zu bleiben. Schaffte ich es diese Nacht, schaffte ich es vielleicht die anderen Nächte, schaffte ich all die Tage, die vor mir lagen. Regen fiel. Man hörte ihn nicht. Die feuchte Waldluft füllte das Zimmer. Ich legte mich aufs Sofa. Schaute hinaus in den Wald, der das Zimmer schwärzte.

Gegen sechs Uhr erwachte ich. Ich stand auf, trat vor das Haus. Ein trüber und kühler Morgen. In keinem der Zimmer würde gleich jemand wach werden, niemand die Treppe herunterkommen. Niemand sich zu mir setzen. Es gab nichts zu tun. Ich musste niemanden wecken, niemandem einen Kaffee, einen Kakao machen. Ich ging in den Wald. Die Luft roch nach nassem Laub, nach zerfallenden Pilzen. Ich gelangte zu den Feuchtwiesen. Die gefällten Hochsitze lagen im Gras. Ich wandte mich zum Bach, zu jener Stelle, an der die Männer Vaters Leben beendet hatten. Die Rache war alles, was mir blieb. Wir mussten warten, bis Loupp und Hakan sich meldeten, und plötzlich war das, von dem ich geglaubt hatte, es ganz und gar nicht gebrauchen zu können, mir lieb: das Warten, das Intermezzo, bevor mein Leben sich von allem losreißen würde, vom Haus und vom Wald, von Karen und von Vater.

Als ich zurückkehrte, setzte ich eine Traueranzeige auf.

Rief ein paar von Vaters Freunden an, seine beiden Schwestern, zu denen er schon lange keinen engen Kontakt mehr gehabt hatte. Karen kam am Nachmittag. Sie stieg aus dem Wagen, umarmte mich, ohne dass ihre Umarmung etwas gefordert hätte. Ohne dass sie mehr als Trost angeboten hätte. Schließlich nahm sie meine Hand, führte mich ins Haus, sie stieg die Treppe voran, ging in mein Schlafzimmer, streifte die Schuhe ab, legte sich aufs Bett. Einen Moment zögerte ich, dann legte ich mich zu ihr. Sie strich über mein Haar, lange fühlte ich ihre Hand dort, spürte, wie die Wut sich verflüchtigte und der Trauer um Vater, der Trauer um Karen Platz machte.

Als ich aufwachte, war es Abend. Karen war fort. Ich ging hinunter in die Küche. Auf dem Herd stand Essen. Es war noch warm. Der Tisch war gedeckt. Ein einzelner Teller. Ein Glas. Eine Gabel. Ein Messer.

19

Noch einmal war es warm geworden. Ein später, falscher Sommer. Er ließ das Unkraut wachsen und überzog die Beete mit einem grünen Teppich, die niemand mehr jätete. Auf den Fensterbänken lagen tote Käfer und eingetrocknete Mücken. Über den Bäumen stand ein milchiges Licht. Ich zog den dunklen Anzug an, ein weißes Hemd. Vor ein paar Monaten hatte ich den Anzug zuletzt getragen. Jener Abend bei van Haugoldt. Wir erkennen den Moment nicht, in dem der Verlust beginnt. Erst in der Retrospektive hat er seine Maske verloren, die er bei der Schubertiade noch trug, die er einen Moment nur lüftete, als ich Karen auf der Brücke vorfand – mit Grunewald, nachdem Noeten den Wagen auf dem Parkplatz gefunden hatte. Damals auf der Brücke nur ein Standbild, das reine Gegenwart zu sein schien. Und doch etwas vorwegnahm.

Sie stand in der Tür, trug ein schwarzes Kleid. Ihr Gesicht leicht gebräunt. Der Lippenstift ein schwaches Rot. Ihr Schneewittchengesicht, nur ohne die Blässe. Sie gab mir einen Kuss auf den Mund, ein Freundschaftskuss ohne Begehren. Es war gut so. Es würde alles leichter machen. Den Abschied und die Rache.

Ein Backsteinbau, gotisch, die Wände verputzt, ein ornamentierter Boden, die Säulen wuchtig, das dunkle Braun der Sitzbänke. Nichts hatte sich verändert. Seit Mutters Tod war ich nicht mehr hier gewesen. Wir nahmen in der ersten Reihe Platz. So ist es Brauch. Karen und ich. Dahinter Vaters Schwestern, ältliche Frauen mit länglichen, dürren Gesichtern, ein paar Freunde aus dem Dorf, Menschen, die ihn seit Jahrzehnten kannten, manche ihr Leben lang. Alle waren sie erschüttert gewesen über das, was Vater widerfahren war. Alle hatten sie den Kopf geschüttelt, als ich ihnen gesagt hatte, auf eine Anzeige bei der Polizei verzichten zu wollen.

In einer der hinteren Kirchbänke saßen van Haugoldt und Noeten. Ich hatte ein Foto von Vater vergrößern lassen. Es stand auf dem Sarg. Der Junge hatte es vor ein paar Jahren gemacht. Vater lehnt am Brückengeländer, schaut in die Kamera. Vater wirkt heiter, zuversichtlich. Kein Verhängnis schwebt über ihm, nichts streckt die Hand nach ihm aus – kein Dämon, kein Loupp, kein Hakan. Und doch wird es sie gegeben haben, diese Bewegung auf Vater zu. Es musste damals seinen Lauf genommen, sein Schicksal schon begonnen haben. Die Fäden, die sich schließlich in einem Punkt trafen, waren gesponnen. In mir und in Loupp und Hakan.

Scheinbar unbedeutende Entscheidungen zunächst: Die beiden kannten sich vom Gymnasium. Grunewald junior verschwand nach England auf ein Eliteinternat. Nach dem Abitur trafen sie sich wieder. Gemeinsam die *grand tour* durch Nepal und Rajastan, durch Laos, Thailand und Vietnam, schließlich Ozeanien und Australien, am Ende Langeweile und Überdruss und der Drang, etwas Irres zu machen. Sie begleiteten den Alten vielleicht auf die Jagd, dort entstand womöglich die Idee zu *Thrill Art*, moderner und böser als die verstaubten Symposien und Konzertreihen des Vaters. Schlägereien auf Partys, brutal bis zur Körperverletzung. Nächtliche Autorennen, gewonnen hat, wer den Gegner außer Gefecht setzt und von der Straße rammt, in eine Grünanlage manövriert. Gewonnen hat, wer ans Ziel kommt. Und vorher trinken sie aus den braunen Fläschchen. Tilidin. Ist nicht nur ein Schmerzmittel. Enthemmt, macht frei von Angst, lässt die impulsmäßigende Wirkung des präfrontalen Cortex bei Auseinandersetzungen gegen null laufen. Ich hatte mich informiert.

Noetens Quelle hatte alles über die beiden gesammelt. Sie war an die 60, der Schuldienst ließ sie aussehen wie 70. Noeten kannte sie seit Kindertagen. Nannte sie seine liebe

Tante. Es gab Kaffee und Kuchen, und sie wusste alles: Vor ein paar Monaten brauchte es vier Polizisten, um Hakan festzunehmen, der einen Imbiss in der Innenstadt zerlegt hatte, weil er morgens um fünf keinen Döner mehr bekommen hatte. Loupp hatte ein Verfahren am Hals, weil er jemandem absichtlich über den Fuß gefahren war – nach einem Streit. Beide waren sie von Tierschützern belangt worden wegen *Thrill Art* und ihren obskuren und grausamen Tiertötungen. Der Prozess stünde noch bevor. Sie seien auf der Schule schon Kotzbrocken gewesen. Es hatte Attacken gegen Mitschüler im Netz gegeben, offline schlugen sie ihnen in die Fresse. Die Eltern wurden einbestellt, aber letztlich konnte und wollte die Schule Hakan nicht loswerden. Sein Vater sponserte damals die Big Band, die Skifreizeit, das Schullandheim in den Alpen. Besaß unzählige Kneipen und Restaurants. Hatte Beziehungen in die Politik. Da lief alles wie geschmiert. Auch die guten alten Kontakte zum Familienclan in der Türkei waren nie gekappt worden, sagte Noetens Tante. Auf was wollen Sie hinaus?, fragte ich und stand auf der Leitung.

Karen nahm meine Hand. Ein Chor sang, eine Predigt, Gebete, die Zeit raste. Gleich würde Vater hinaus auf den Friedhof gefahren werden. Gleich mussten wir aufstehen, um dem Sarg zu folgen. Es waren meine letzten Stunden mit Karen, die letzten Minuten mit Vater. Noch war er nicht unter der Erde, war ein Rest, ein schäbiger Rest, bei uns, lag dort in der Eichenkiste. Wäre ich in jener Nacht nicht hinaus in den Wald gegangen, hätte ich geschlafen und die Schüsse nicht gehört, wäre ich den Männern nicht begegnet und hätte nicht getan, was ich getan hatte, Vaters Leben wäre ein Leben geblieben, kein Siechtum, um in den Tod zu kommen.

Ich war der Erste, ich stand auf, als der Priester den Schlusssegen sprach und der Sarg in den Mittelgang geschoben wurde. Karen folgte mir. Einen Augenblick standen wir alleine hinter dem Sarg. Die Musik war verstummt. Die Leute erhoben sich in ihren Bänken. Der Priester und ein Messdiener mit einem Holzkreuz, das ihn um einiges überragte, nahmen vor dem Sarg Aufstellung. Sargträger in langen grauen Mänteln und Schirmmützen schoben Vater auf einem Wagen durch die Kirchenpforte hinaus. Eine Prozession begleitete Vater durch das Dorf zum Friedhof. Schritt um Schritt im Gemurmel der Gebete, im Singsang der Worte, im Takt der Füße, näherten wir uns dem Areal draußen vor dem Dorf, das auf eine eigentümliche Art ein schöner Ort war. Zypressen und Blutbuchen mit weitspannenden Kronen säumten die Alleen. Heide und Blumen schmückten viele Gräber. Das Licht eines Spätsommertags lag auf der Friedhofsmauer und auf den Wegen, zeichnete sie weich, ließ nur die Gesichter der Menschen aus, deren Züge die Trauer hart machte. Unser letzter Gang mit Vater endete an seinem Grab. Hier stockte der Zug, stellte der Messdiener den Stab des Kreuzes auf den Boden, wurde der Sarg über der Grube postiert. Hier lief Vaters Leben aus, kam jede Bewegung zur Ruhe, bis auf eine letzte: Das Herablassen des Sargs war die allerletzte Handlung, die an Vater vollzogen würde. Natürlich wusste der Priester das. Einen Moment tat er nichts, stand bewegungslos an der Grube, ließ uns das Ende fühlen, die Macht dieses Endes. Dann sprach er ein Gebet; eines, das noch im kollektiven Bewusstsein fast aller war; eines, das ganz leicht von den Lippen kam, seit Kinderzeiten. Er schwenkte das Weihrauchfass. Der Weihrauch stand über dem Grab, stieg auf, verflüchtigte sich. Gleich würden die Sargträger Vater hinunterlassen in dieses lehmige Loch. Jeder Muskel in mir war gespannt, der Hörnerv flirrte, wartete auf das Schlingern und Scheuern der Seilenden auf dem Sargdeckel. Ich wollte gewappnet sein, um den Schritt zu tun bis an den Grubenrand, um nach dem Priester und vor den anderen mit einer kleinen Schaufel einen Klumpen Erde auf den Sarg zu werfen und zur Seite zu treten, um dann viele Male noch das Aufschlagen der Erde zu hören, dieses Geräusch auf dem Sargdeckel, das verriet, dass unter dem Deckel ein Hohlraum war, in dem Vater sich befand, bis eines Tages nur noch ein Haufen Knochenmehl von ihm blieb. Meine Knie zitterten, und die Schaufel in meinen Händen zitterte, als ich die Erde auf den Sarg warf. Am Ende flirrte Staub über der Grube, da es lange nicht geregnet hatte und die Erde trocken war. Karen trat ans Grab. Auch sie warf Erde auf den Sarg. Dann stellten wir uns neben die Grube, Schaufel um Schaufel fiel Erde auf den Sargdeckel. Noeten, van Haugoldt, Vaters Schwestern, Vaters Freunde kondolierten uns. Noetens Hand war schweißnass, und sein Blick war verwischt von der Trauer um Vater. Als alle an uns vorübergezogen waren, blieben Karen und ich noch an Vaters Grab stehen, schauten auf den Sarg und die Erde, die ihn schon überhäufte. Es war an mir, den Schritt zu tun, den Schritt vom Grab weg. Ich tat ihn. Karen folgte mir.

Wir setzten uns auf eine Bank. Das milde Sonnenlicht des Septembers lag auf unseren Gesichtern. In einem September hatte er Mutter geheiratet. Wir rochen den Duft der Blumen von Vaters Grab. Mein Groll gegenüber Karen hatte sich aufgebraucht. Ich küsste sie auf die Wange, sie hielt meine Hand.

Ich schlief in der Nacht nicht. Es würde meine letzte mit Karen sein. Sie hatte sich in das Plumeau eingerollt. Äste flirrten über das Dachfenster. Ihr Haar lag auf dem Kissen. Ich nahm es in die Hand, versuchte mir einzuprägen, wie es sich anfühlte, wie es roch. Der Mond stand vor dem Fenster, warf Licht auf die Bilder, die Fotografien. Eine Flusslandschaft. Weiden, Birken, das Wasser voll Sonnensprenkel. Franz Marcs *Blaue Pferde*. Die Fotos der Tauben. Morgen würde sie stattfinden, die *Art Party, Ashes and Echoes*, zu der sie Noeten bestellt hatten. Wir würden es hinter uns bringen. Entweder dort oder irgendwo im Wald. Noeten hatte die Spritzen, er hatte die Schlingen, das Seil, er hatte das Messer. Die Nacht war still. Kein Tier war zu hören. Karens Atem und mein Herzschlag füllten meine Ohren. Gegen Morgen schlief ich ein.

20

Ein Altbau zwischen Industriehallen, dem Schlachthof, der Färberei, dem Turbinenwerk. In der Luft hing ein

Marzipangeruch. Er wehte von der nahen Fabrik herüber, die Süßwaren herstellte. Über dem leeren Ladenlokal im Erdgeschoss blinkte eine windschiefe AEG Leuchtreklame auf – der Elektrokonzern war längst aufgelöst, ein Stück deutscher Industriegeschichte. An den Türklingeln befanden sich keine Namensschilder. Noeten bemerkte mein Zögern.

Keine Sorge. Sie leben hier. Das Haus gehört dem Alten. Hat es dem Sohn überlassen, schrie Noeten in das Nageln und Dröhnen eines Motors, den jemand in einem der Hinterhöfe malträtierte.

Noeten stieß die Tür auf. Sie war nur angelehnt. Wir betraten einen muffigen Flur, zugestellt mit Mülltonnen und Fahrrädern. Die Briefkästen waren aus den Angeln gerissen, die Bodenfliesen zerstückelt, zu Bröseln zertreten oder verdreckt. Der Dreck der Jahre. Der Dreck der Straße. Unter der Decke baumelten Leitungen, uralte Kabel, die mit einem Stoffgewebe ummantelt waren. Wir stiegen die Treppe hinauf. Manchmal traten wir in Staubnester, die aufwirbelten und Flusenringe durch die Luft schweben ließen. Eine einzelne Glühbirne warf Licht auf die Wände, die keine eigentliche Farbe mehr hatten. Ein verblichenes Nikotingelb. Selbst die ehemals schwarzen Lichtschalter und die Stromzähler aus Bakelit waren verblasst. Ich konnte mich nicht erinnern, wann ich zuletzt Bakelitschalter in einem Gebäude gesehen hatte. Es war ein Kunststoff, dem der Muff eines Jahrhunderts, der Atem der Weltkriege, der Nazizeit anhaftete.

Wir hörten einen Hund bellen, und ein Rap schrappte

aus einer der oberen Etagen zu uns herunter. Je höher wir stiegen, umso mehr fuhr der Köter aus der Haut. Auch der Rapper.

Es wird Hakan sein, der da grölt, übertönte Noeten eine Salve von Fehlzündungen, dann ein Röhren, ein Motor, der nicht rundlief, der hohl klang. Macht einen auf Rapper. Der Alte sponsert ihn. Besitzt nicht nur Kneipen, sondern auch einen Getränkegroßhandel. *Trockene Kehlen sind unser Bier.* Du kennst den Spruch. Man sieht die Laster auf der Autobahn und in der Stadt.

Manchmal verzerrte Hakans Stimme, sie wurde scheel und flach, kehrte krächzend durch den Song, *Bitch, ich hab fame, bin der boss hier im game. Bitch, weil es viele Neider gibt, jeden Tag ich die Weiber fick.*

Eine der *bitches*, ein Mädchen, bleich und mit langen, dünnen, orangefarbenen Haaren, kam uns entgegen. Sie war tätowiert, hatte sich eine Krähe auf den Oberarm zaubern lassen. Ihr folgte ein Junge, dessen Ohrläppchen kreisrund ausgestanzt waren. Er trug einen Luftschmuck: fingerkuppengroße Löcher, durch die der Wind pfeifen konnte.

Der Hund war an der Türklinke festgebunden. Er zerrte, kläffte, die Lefzen trieften. Ein Dobermann, vielleicht war auch ein wenig von einem Setter in der Abstammung. Ein Junge im dunklen Anzug und weißen Turnschuhen trat in den Flur, warf dem Hund einen Kauknochen hin. Der Hund stürzte sich auf den Knochen. Er schien hungrig zu sein. Der Bursche drängte ihn mit dem Türblatt zur Seite. Hinter dem Türblatt kläffte der Hund weiter. Wir schlüpften in die Wohnung. Eine Diele, ein langgestreckter Flur. In der Küche saßen ein paar Männer um einen Tisch. Eine Pfeife ging von Mund zu Mund. Es war kein Gras, und es war kein Haschisch. Wir gingen an ihnen vorbei, keiner sagte etwas, wir traten in ein Zimmer, das als einziges Möbel eine Badewanne zierte. Sie stand auf einem Holzpodest am Fenster. Ein Paar saß in der Wanne, die Augen geschlossen, bewegungslos.

Loupp kam auf uns zu. Sein Oberkörper war bemalt mit schwarzen Hieroglyphen.

Aha, Noeten! Tauchst du endlich auf. Und in Begleitung.

Noeten nickte und zeigte auf mich: Er wird die Bilder machen. Professionelle Bilder. Oder wollt ihr noch mal solchen Mist wie das verwackelte Badefilmchen mit den toten Schwänen ins Netz stellen?

Loupp musterte mich. Ich erkannte den Blick, den Blick aus dem Graben, als er über Vater hockte und ihn schlug. Den Blick, als wir ihnen vor ein paar Tagen am See in die Quere gekommen waren.

Will mal glauben, dass er es draufhat, sonst fliegt er, wenn's recht ist.

Er lachte auf, reichte Noeten und mir die Hand.

Wollt ihr ein Bier?

Er schob uns hinaus auf die Dachterrasse. Typen in Ledermänteln und schwarzen Boots standen herum, bewegten sich spärlich zu dem Rap, in dem weiter *bitches* gefickt wurden. Die *bitches* vor Ort waren leichenblass geschminkt, das Haar toupiert, Ohren und Nasen gepierct, eine hatte einen Rosenkranz ans Ohr geschmiedet und führte ihn von dort zur Nase. An der Nase baumelte ein Kettenglied. In dieses war der Rosenkranz eingehängt und bildete auf der Wange eine Schaukel. Darauf saß ein Plastikäffchen. Ein paar Burschen kauerten am Boden, Hahnenkammfrisur, Patronengurt um die Hüfte. Brustwarzen, die wie Pickel durch das Netzhemd stachen, darin blasse Bäuche aufschimmerten, als seien es Fischleiber gefangen in einem Netz. An der Brüstung lehnten ein paar Milchbubis im Pullunder und im Karohemd.

Hakan kam zu uns. Seine Augen waren mit Kajal umrandet. Ein Brustdekor spannte sich vom Bizeps über die Schultern bis zu den Brustwarzen: Pflanzenranken, wallende, umherschweifende Arabesken. Er hielt uns seine Hand hin. An fast jedem Finger schwoll ein Ring, ausladende Silberblüten. In der Handfläche lagen ein paar Pillen.

Wollt ihr Pappnasen auch davon?

Machen aus Weicheiern Männer und aus Männern noch härtere Männer, sagen alle, schob Loupp sich dazwischen und grinste.

Bin zu alt für so was, sagte Noeten.

Und du, Bleichgesicht? Willst du zum Indianer werden?

Ich nickte. Hakan blickte mich irritiert an. Die fleischige Unterlippe schob sich über die Oberlippe, was ihn fischig wie einen Wels aussehen ließ.

Gib schon, sagte ich.

Hakan nahm eine der Pillen und reichte sie mir.

Wirst sehen, was du davon hast. Er grinste und wandte sich zu Noeten. Ich schluckte die Pille. Vielleicht würde sie alles einfacher machen.

Den Reiher haben wir im Kasten, sagte Loupp. Nettes Filmchen, wenn auch nicht jugendfrei.

Wie habt ihr ihn getötet?, fragte Noeten. Seine Stimme flirrte.

Keine Sorge, wir haben da unsere Mittel. War auch nötig.

Was war nötig?

Haben ihn gerupft und tätowiert. Tilidin, schon mal davon gehört? Ohne Tilidin läuft nichts, kriegt jedes der Viecher.

Noeten schwieg. Ich wusste, er würde die Frage nicht stellen, ob sie das Tier lebendig gerupft hatten.

Hakan schritt auf die Bierkästen zu, die an der Giebelwand gestapelt waren. Neben den Kästen stand ein Karton. Aus dem Karton drang ein Gurren zu uns herüber. Hakan fischte vier Flaschen aus einem Kasten, schwankte auf uns zu, wobei zwei der Flaschen ihm aus den Händen glitten und zu Boden schlugen und platzten.

Er ist schon breit, schon *on stage*, lachte Loupp und kickte die Scherben die Terrasse hinunter in einen der Hinterhöfe.

Ihr hättet ihn rappen hören sollen. Scheiße, was red ich? Seine Gangsta-CD läuft gerade. Wenn auch viel zu leise. Nicht so eine Scheiße von Reso Frogg, der mittlerweile ein islamistischer Fuzzi geworden ist.

Loupp ging ins Zimmer, ließ die Musik auffluten …

bin kein Figga und kein Nigga wie Adel Tawil
leb straight wie Easy-F, der seine Mom bewacht
kokst du in mein Block, zerfleische ich dich mit nem Kozuka
komm her, wenn du Streit suchst, bong ich deinen Schwanz

Loupp holte zwei neue Flaschen. Wir tranken einen Schluck, dann zog er uns hinüber zu dem Karton.

Sollten langsam mal anfangen. Komm ich zeig euch mal die Viecher.

bin kein Gnaden-Deutscher, den man einen Nigga nennt
bin kein Nigga wie Robert Blanco, der seinen Arsch hinhält
ich lieb Knarren und Koks, aber keine Schlampenhomos
bin kein Nigga Huba, der alln in den Arsch kriecht

Tauben. Dürre, halb verhungerte Straßentauben. Sie saßen in ihrem Kot, in grünlich wässrigen Flatschen, die erbärmlich stanken und den Boden des Kartons aufgeweicht hatten. Die Tiere hockten aneinander gedrängt mit offenem Schnabel da. Japsten. Ihre Augen waren trüb.

ich lieb meine Pritsche und lieb meine Brüda
bleib unbesiegt, weil ich keine Atzen abzieh
trotzdem wolln eure Leute draußen den Krieg
zick ab, zick aus, Nigga geh nach Haus

Die Viecher haben Durst, sagte ich.

Wieso Durst?

Wie lange sitzen sie schon in dem Karton?

Keine Ahnung. Zwei, drei Tage vielleicht.

Ohne Wasser, ohne Futter?

Mann, wie bist du denn drauf? Haben's eh gleich hinter sich. Einer von den Idioten hier beißt ihnen den Kopf ab.

Loupp musterte mich. Seine Augen waren kalt, ein schönes klares Blau.

Glaub's mir oder nicht, du Schwuchtel.

Einen Moment zuckte Noeten. Eine Bewegung, die von den Schultern zu den Armen lief. Noeten war drahtig, war stark, er hätte vielleicht gegen Loupp eine Chance gehabt. Gegen Hakan nicht. Hakan sah trainiert aus. Stemmte sicherlich Eisen in einem Studio.

Lass deinen schwulen Freund ja gut filmen, den ganzen Scheiß. Hörst du, Noeten?

Ja, sagte ich. Ich filme euren Scheiß!

Loupp fixierte mich. Er fuhr sich mit der Zunge über die Lippe.

Es muss peng machen, an den Bildschirmen peng machen, wenn man den Viechern den Kopf abbeißt. Kriegst du das hin?

Krieg ich, krieg ich hin – das Peng.

Hakan führte an einer Hundeleine einen mageren Burschen mit schütterem Bart und Segelohren auf die Terrasse. Man hatte dem Kerl, dessen Hose und Schuhe verschlissen waren, die Ohren knallrot angemalt. Er tappte bis zur Mitte der Terrasse. Die Leute formierten sich um ihn herum. Hakan riss an der Leine. Der Bursche kniete sich hin. Ging auf alle Viere. Wieder riss Hakan an der Leine. Das Halsband zog sich ein Stück enger um den Hals. Der Junge, er mochte um die 20 sein, hechelte nach Luft, atmete flacher, dann senkte er den Kopf.

Das ist Klaus, schnalzte Hakan. Der gute Klaus. Wir haben ihn von der Straße geholt. Klaus kommt aus Klausistan, da darf man nicht wählerisch sein, da muss ein Klaus nehmen, was kommt. Er macht alles. Wirklich alles. Ist ein Comedian, ein *Player*, ein *Wild Player*. Komm Klaus, zeig es uns.

Loupp trat hinzu. Er hielt in den Händen einen Napf mit

Hundefutter. Bis zu uns drang der Geruch der Fleischwürfel. Loupp stellte den Napf vor Klaus' Nase. Klaus streckte seine Zunge aus, beugte sich über den Napf. Aß ein paar Brocken des glibbrigen Fleisches. Niemand im Publikum rührte sich. Hakan riss an der Kette. Klaus stand auf. Die Musik rumpelte los, Hakans Rap-Verschnitt ätzte wieder über die Dachterrasse. Einer der Burschen im Pullunder stellte einen Holzblock vor Klaus auf. Hakan legte ein Beil auf den Holzblock. Zwei Freaks mit Nietenhalsbändern um den Hals, als hätten auch sie sich zum Hund gemacht, holten den Karton und postierten ihn neben dem Holzklotz. Loupp zückte eine Spraydose und begann sein Haar orange zu färben. Hakan legte den Zeigefinger auf seine fleischigen Lippen. Die Leute verstummten. Keine Stimmen waren zu hören, kein Rülpsen, keine Bierflasche wurde mehr in die Dachrinne gekickt. Allein das Rauschen des Verkehrs blieb, der süße Geruch des Marzipans, das Fiepen und Scharren der Tauben in dem Karton, das Tackern des Motors unten im Hof. Ich hielt mit der Videokamera auf den Holzblock. Hakan bückte sich, griff in den Karton, holte eine mausgraue Taube heraus, legte sie auf den Block, so dass Kopf und Hals über den Block hinausragten. Mehrmals korrigierte er die Position der Taube. Sie zappelte und zuckte, er presste sie härter auf den Block. Loupp blickte zu mir, blickte in die Kamera. Er nahm das Beil in die freie Hand. Hob es, hielt es einen halben Meter über dem Kopf der Taube. Sie war still, bewegte sich nicht mehr unter Hakans Schraubgriff. Wieder schaute Loupp in die Kamera, dann in die Menge, die so still wie die Taube war. Das Beil sauste nieder, der Kopf fiel, tropfte auf den Boden, aus dem Halsstumpf schoss Blut. Das Tier zuckte mit den Flügeln, kroch über den Holzblock, ein Rumpf ohne Kopf. Hakan nahm den Rumpf, warf ihn in die Luft, die Taube flatterte, machte drei, vier Flügelschläge, schlug zu Boden, landete neben dem Kopf. Der Kopf schaute uns an, der Blick war starr, fixierte das Publikum, in dem sich niemand rührte. Keiner ging zu Loupp und haute ihm in die Fresse. Die Blicke flackerten. Das war alles. Ich ahnte, dies war nur Geplänkel, war Vorspiel. Loupp zerrte Klaus aus der Menge, der in ihr verschwunden war, der schon aus den Köpfen war, der verwundert war, dass man ihn herausfischte, der sich neben den Holzklotz stellen ließ, dessen Blick unruhig wurde und von Gesicht zu Gesicht sprang, als käme von dort Hilfe. Das, was folgte, schien nicht mit ihm abgesprochen zu sein, war eine Kür, die er nicht trainiert hatte. Hakan drückte ihm eine Taube in die Hand. Klaus hielt die Taube mit beiden Händen über seinen Kopf. Loupp legte das Gewehr an, trat ein paar Meter zurück, zielte. Aus der Menge kam ein Raunen, einige murrten, andere klatschten, fielen in einen Rhythmus. Klaus zitterte und mit ihm die Taube. Sie schiss, ein grüngelblicher Strahl traf seine Hand. Klaus zuckte, ließ das Tier los, das aufflog. Zeitgleich fiel der Schuss. Ein Federregen ging nieder. Die Taube schlug zu Boden. Klaus griff nach dem Tier, hielt es wieder über seinen Kopf, als erwartete er einen zweiten Schuss. Die Taube blutete aus einer Wunde am Hals, das Taubenblut quoll über Klaus' Stirn, floss über seinen Hals, seine Brust. Klaus zitterte nicht mehr, er war starr wie das Tier.

Du musst es zoomen, hörst du.

Loupps Stimme an meinem Ohr. Ich antwortete nicht, hielt mit der Kamera auf sein Gesicht, das nicht mal gerötet war, das keinen Schweiß, keine Flecken zeigte. Ich sah aus den Augenwinkeln, dass Noeten sich bewegte, eine langsame Drehung des Rumpfes. Die Kamera fuhr zu seinem Gesicht. Es war blass, die Augen rot, wie entzündet, die Lippen zusammengepresst. Seine Hände lagen flach an der Hosennaht. Ich spürte dieses Brennen in mir, im Bauch, in den Eingeweiden. Wieder nahmen sie eine Taube aus dem Karton.

Klaus muss beißen. Klaus muss zeigen, wie wild er ist. Wie *animal wild* er ist, der Klaus.

Loupp hielt das Tier vor Klaus' Mund. Sein Gesicht zuckte, am stärksten die Lippen, an die Loupp den Schnabel der Taube legte. Schweißperlen standen auf Klaus' Stirn. Das Gewehr lag auf dem Holzblock. Noeten tat einen Schritt auf den Block zu. Klaus öffnete den Mund ein Stück. Loupp ließ die Schnabelspitze zwischen die Lippen fahren, dann drückte er den Kopf der Taube in Klaus' Mund. Das Tier zuckte und Klaus zuckte, als Noeten die Flinte schon in der Hand hielt, alle Augen aber auf Klaus gerichtet waren, dessen Mund gefüllt war von einem Federkopf, und über dem Federkopf glotzten Klaus' Augen – weit aufgerissen. Das Tier bäumte sich auf in Loupps Hand, der Gewehrkolben fuhr in Hakans Magen, Hakan schlug zu Boden, knickte zur Seite, Noeten stieß den Lauf der Flinte in Loupps Rücken, der herumschnellen wollte, eine Vierteldrehung gelang, aber ich hatte die Schlinge schon in der Hand, warf sie über Loupps Kopf, zurrte sie an seinem Hals fest, eine Metallschlinge. Ich zog die Schlinge noch ein Stück zu, kannte da keine Hemmungen, reichte die Enden Noeten. Wieder gelang Loupp eine Vierteldrehung. Er riss an dem Tier, aber der Mund blieb geschlossen. Vielleicht war Klaus starr vor Schreck, vielleicht der Kiefer überdehnt, ausgerenkt, eine Mundsperre. Loupp riss erneut, und da erst löste sich die Sperre, und Klaus spie die Taube aus, sie flatterte, trudelte zu Boden, neben Hakans Kopf, der sich einen Moment aufzurappeln schien, jedoch wieder in sich zusammensackte, und auch Loupp hielt inne, da die Schlinge an seinem Hals sich weiter zuzog. Die Taube flog auf, ich kniete auf Hakan, roch seinen süßlichen Geruch und schlug ihm mit der flachen Hand ins Gesicht, es klatschte, schlug auch mit der Faust, dass der Kopf zur Seite sprang, und wollte mehr, wollte vielleicht … als Einzelne aus der Menge aufschrien, hohle Schreie, manche wie erstickt, bevor Noeten eine zweite Schlinge aus der Tasche zog, sie mir reichte, eine, die ich Hakan um den Hals legte. Ich zog die Schlinge an, zog lange, quetschte die Haut am Hals, die der Draht zu Falten aufwarf. Wäre ich mit Hakan alleine … ohne Zuschauer … Ich zog noch einmal … Noetens Stimme an meinem Ohr und das Scharren der Füße, die Taube war in der Luft, Flügelschlagen, ein Spaten blinkte und das Auge des Kitzes, zwei Männer rauchten und einer warf den Stein, die Stirn platzte auf, eine Walnuss, das Gehäuse und darin die zwei gefurchten, gedellten Hälften, Noetens Stimme, nimm Klaus das Halsband ab, manchmal ein Finger, ein

Schulterblatt im Dreck, und Noeten zeigte auf Klaus, dem das schüttere Haar schweißnass auf dem Kopf lag – dürres, wollfadenartig versponnenes Haar, durch das die Kopfhaut schimmerte, nimm ihm das Halsband ab, und ich ließ ab von Hakan, ging zu Klaus, löste das Halsband und legte es Loupp um und reichte die Leine Noeten, der ihn an den Rand der Dachterrasse führte.

Bleibt cool, Freunde, sagte Noeten. Das Eigentliche kommt erst. *Human Art. Ashes and Echoes*, vor allem die *echoes*, die hören wir jetzt.

Die Leute drängten zurück. Ich nahm die Videokamera vom Boden auf. Filmte Loupp. Noeten band ihn am Geländer fest.

Wollen sehen, was noch geht, Freunde, sagte Noeten.

Er trat an Loupp heran, flüsterte ihm etwas zu, Loupp schüttelte den Kopf. Noeten senkte das Gewehr auf Loupps Bauch, senkte es noch ein Stück tiefer, und Loupp verstand, er fingerte an seinem Gürtel, öffnete ihn, auch den Knopf am Hosenbund, ließ die Hose zu Boden rutschen. Erbärmlich bunte Boxershorts mit Rosenmotiv schienen auf. Dann streifte er auch die Shorts ab. Ich filmte. Loupp würde begreifen, was wir mit den Aufnahmen machten, dass wir das, was jetzt kam, ins Netz stellen würden. Loupp stand reglos am Geländer, er schien ganz taub und versehrt zu sein, wie Opfer von Gewalt immer beschämt und gedemütigt sind.

Klaus, lieber Klaus, nehmen Sie sich eine Taube aus dem Karton und bringen Sie sie mir. Klaus blickte zu Noeten, stakste zum Karton und kehrte mit einer Taube wieder.

Bitte die Taube über dem Kopf zu halten wie Wilhelm Tell den Apfel, sagte Noeten.

Loupp schüttelte den Kopf, wieder zielte Noeten in dessen Schritt, und Loupp nahm die Taube von Klaus entgegen.

Die Taube bitte schön sehr ruhig und fest über dem Kopf halten, kein Verwackeln, bitte schön. Jedes Verwackeln sei eine Gefahr für Leib und Seele, wie sich verstünde, mehr noch für den Leib als für die Seele. Noeten drückte den Rücken durch, er stand ganz gerade da. Noeten stieß den Gewehrlauf gegen Loupps Wange, Loupp wurde aschfahl, sackte in den Schultern zusammen, dort, wo die Seele sich zeigt, in den Schultern, wo sie an die Oberfläche tritt und sichtbar wird, wie ein Behältnis, eine Flasche, die sich im Auftrieb plötzlich am Grund eines Sees hebt und steigt. Keine Angst, bitte schön, es klang wie bitta schön, *Animal Death, Art Thrill, Adult Thrill* und das Tier bitta schön über dem Kopf halten. Noetens Finger lag am Abzug, lange, sehr lange am Abzug, eins, zwei, ich filmte den Kniefall, das Stammeln, man könne doch miteinander reden ... bitte ... nicht ... Das Tier ruhig über dem Kopf halten, bitta schön, nicht zittern, keine Angst vor der eigenen Kunst, reden könne man später, jetzt sei nur Zeit für die Kunst, Loupp solle mannhaft sein, die Menge murrte, scharrte mit den Füßen. Schnitt. Die Szene bitta noch einmal, schrie Noeten an mich gewandt. Und bitta nicht auf den Knien. Der Hinweis galt Loupp, der in die Knie gegangen war wie ein Boxer, der einen Schlag ans Kinn nicht parieren konnte. Noch einmal im Stehen. Und bitta das Profil in den Zoom nehmen. Loupp kam auf die Füße. Lächelte gequält. Gut, sehr gut, das Lächeln, es spiegele die Qual, den *Thrill*, wirke authentisch, sei echt, sei hip, auch hop, sei *echoe*, Achtung eins, zwei, Loupp zitterte, bebte, ja, man dürfe beben, in den Eingeweiden, in den Knochen, Loupp hielt das Tier über dem Kopf, gut so, sehr gut, vielleicht eine Winzigkeit noch absenken das Tier zum Kopf hin, zum Haar, ja, das passe, eins, zwei, auch durchaus ein wenig ins Haar setzen, als säße die Taube in einem Nest, was vorkomme, dass ein Schuss sie dort ereile im Nest, drei, sagte Noeten, und der Schuss krachte, Loupp sank zu Boden, das Tier flatterte über seinem Kopf davon. Schnitt, schrie Noeten. Bitta nicht davonlaufen. Stehen bleiben. Die Menge brandete zur Terrassentür, aber dort stand Klaus. An Klaus führte kein Weg vorbei. Klaus schaute irre, seine Augen sprangen in den Höhlen umher, rollten von einer Seite zur anderen, milchhelle Murmeln, er fuchtelte mit den Händen, mit dem Beil, strich mit einem Finger über die Klinge, als wollte er es ihnen heimzahlen, die Angst und Demütigung, als sei er nicht länger der gute Klaus aus Klausistan und kein Comedian mehr, als habe er genug, endlich genug. Erschrocken schwang die Menge zurück. Noch einmal Haltung, bitta schön, die Szene müsse allmählich sitzen, ich nickte, auch die Menge, die von Klaus auf der Mitte der Terrasse zusammengetrieben wurde, als sei Klaus unser Hirtenhund, der sie alle, die Punks und die Lederigen in ihren Mänteln, die Nerds in den Pullundern und jeden anderen zum gefällten Hakan jagte, der sich rührte. Ich strich fast zärtlich über seinen Kopf, das sah jeder. Loupp stand wieder, bevor ich Hakan auf die Knie half und den Taubenkadaver auf Loupps Kopf legte. Hakan taumelte, und Noeten zählte eins, zwei, drei, und der Schuss krachte über Loupps Kopf, und endlich war es da, das Rinnsal an Loupps Schenkeln, *Thrill Art*, groß im Bild, im Zoom, und Hakan, der in sich zusammensank, da ein letzter, ein wirklich letzter Leberhaken ihn auf die Bretter schickte. Applaus. Nur Noeten klatschte. Kurz, sehr kurz. Noeten riss an der Leine, und Loupp hockte sich hin, kniete, senkte den Kopf. Noeten riss noch weiter, wollte offenbar die Horizontale, wollte das Finale, und Loupps Kopf senkte sich zu Noetens Schuhspitze.

Es ist genug, sagte ich. Es ist wirklich genug. Hör auf!

Ich sah, wie es in ihm arbeitete. Ich weiß nicht, wie er sich entschieden hätte. Ein Martinshorn und ein zweites aus der Gegenrichtung heulten auf.

Dann sollten wir es jetzt tun, es wird Zeit, schrie Noeten.

In Hakans Stirn ein großes V, sicherlich mehr zu schneiden als nur zu ritzen, damit er Vater nicht vergaß. Ob ich das übernehmen wollte? Den Plagiatsschnitt? Ja, ich. Er warf mir das Messer zu. Ich setzte die Messerspitze an und begann, ritzte das V in seine Stirn – eine Skizze, damit entlang der Linienführung ein sauberer Schnitt gelingen konnte. Hakan schrie auf. Eine Stirnwunde – sie blutet sofort, sie blutet heftig. Ein Schwall ergoss sich über die Klinge, ich zögerte, konnte nicht weiterritzen, vielleicht wegen des Bluts, das über sein Gesicht lief und über meine Hand. Vielleicht, weil er den Kopf hin und her schlug und Noeten sich hinter ihn hockte und den Kopf zwischen seine Oberschenkel presste wie in einen Schraubstock, dass der Kopf zur Ruhe kam, bevor er mir das Messer aus der Hand nahm und schnitt – das Vater-V, das symmetrische Schenkel-V, über die Stirn bis zum Haaransatz. Dann erst die Flucht in die Wohnung, die Treppe hinunter, vor uns der Pulk, die Polizisten schon auf der Straße, auch wir, hier, kommen Sie, rief Noeten und wies auf den Hauseingang. Die Täter müssen noch in der Wohnung sein. Sie flogen hinauf, die Polizisten, auf der Terrasse sind sie, rief Noeten ihnen hinterher. Bleiben Sie, halten Sie sich zur Verfügung, wurde der Befehl von der Treppe noch zu uns hinuntergebellt, die wir uns davonmachten, die Luft voll Marzipan und Angst.

Noch in der Nacht schnitten wir das Material, stellten es ins Netz. Der Morgen war kühl. Blätter trieben über die Wiese. Das Gras war bestäubt vom Regen.

Sie werden irgendwann kommen, sagte Noeten.

Ja, das werden sie.

Mehr war nicht drin, nicht wahr?

Mehr war nicht drin. Verschwinden wir.

Ich warf die Koffer und den Rucksack in den Wagen.

Du wirst mich finden, wenn du es versuchst, sagte ich.

Wenn ich dich finde, werden sie dich finden und die Polizei auch, antwortete Noeten.

Ich umarmte ihn. Ich hatte es nie zuvor getan. Er wandte sich um, ging zum Fluss, verschwand im Wald. Der Wagen, der sich dem Hof näherte, fuhr mit hohem Tempo. Der Diesel röhrte, bremste dann ab. Ich stieg in meinen Wagen, fuhr über die Brücke. Ich sah sie im Rückspiegel, als sie aus dem Auto stieg, über den Hof ging, in ihr Haar griff, bevor der Waldweg an den Feuchtwiesen eine Kurve machte und sie im Spiegel verschwand.

Teil 2

1

Der Wind fährt in die Tannen. Schüttelt sie. Zwei Häher fliegen auf. Ihr langgezogenes, hart gerolltes *Krrrrääh* ist zu hören. Die dunklen Flügel mit den weißen Keilstrichen glänzen in der aufgehenden Sonne. Die Vögel rudern in der Luft. Schwerfällig und eckig ist ihr Flug. Unten im Tal sind die Tannen blass, ist es noch Nacht, liegt der Schlagschatten der Berge über dem Tal. Ein Auto schiebt sich den Pass hinauf. Seine Scheinwerfer blitzen in den Kehren auf. Ein Murmeltier pfeift. Ich fülle Tee ins Sieb. Ein Darjeeling mit großem Blatt, dessen Vorrat langsam zu Ende geht. Ich stecke Holzscheite in den Ofen, lege Reisig dazu, zünde es an. Das Reisig flammt auf. Kurz darauf knackt das Holz. Ich setze Wasser auf. Die Bergwiesen flutet ein moosiges Grün, jetzt, wo die Sonne bis ins Tal scheint und ihr Licht die Schatten frisst. Heureiter mit frischer Mahd heben sich vor dem Hintergrund ab. Eine Armee aus Heureitern, die Arme voller Heu, die Beine grasgrün, scheint die Hänge hinaufzuziehen. Immer noch praktizieren die Bauern diese Methode. Manchmal hängen sie das Gras zum Trocknen auch auf Drähte, die sie zwischen Holzpfosten spannen. Dann stehen auf den gemähten Wiesen Mauern aus Heu. Aus den Tannen, die die Hütte an der Westseite und noch ein Stück an der Front umstehen und neugierige Blicke von Wanderern abwehren, ist ein Rascheln zu hören. Ein Eichhörnchen. Zwischen den Zweigen ist sein leuchtendes Fell zu sehen. Die Terrasse schwebt über dem Hang. Man könnte meinen, in einem Baumhaus zu wohnen.

Der Tee hat ein rauchiges Aroma, eine wohlige Bitterkeit liegt auf der Zunge. Ein Schwarm Bergdohlen trudelt über dem Bergkamm. Die Vögel drehen Pirouetten. Bisweilen stürzen sie hinter den Kamm und verschwinden aus meinem Blick, bis sie plötzlich wieder im Auftrieb segeln, in der Luft stehen und ein helles, rollendes *Zirrrrr*, das einen nahezu metallischen Oberton hat, zu hören ist. Eine Lichtzunge fällt durch die geöffnete Tür. Die Hütte duftet nach Lärchenholz. In der Talsohle ist der Fluss noch dunkel. In der Nacht, im Mondschein, war er eine helle Zunge. Es ist Zeit für meine Gymnastik. Ich mache sie jeden Morgen und am Abend. Nicht, dass ich sie mag, aber ohne die Übungen schmerzt meine Hüfte, schmerzt der Piriformis. Dieser Muskel ist tückisch. Er verkürzt sich mitunter und zieht das Kreuz-Darmbein-Gelenk ein Stück zur Lendenwirbelsäule hin, so dass das Becken sich verwringt und man sich nur noch hüftsteif wie ein alter Mann bewegen kann. Ich strecke mich auf dem Boden aus und schiebe meine Füße ein Stück nach vorne, linker Fuß, rechter Fuß, im Rhythmus. Anschließend stelle ich das rechte Bein auf. Das linke hebe ich an und ziehe es am Knie und an der Wade mit beiden Händen diagonal über die Brust ein Stück in Richtung der rechten Schulter. Mehrmals führe ich diese Prozedur durch, bis der Muskel sich dehnt. Später die Liegestütze. Im letzten Herbst war ich bei 40. Bei den Situps bei 50. Damals machte ich nur kleine Touren, die nicht länger als ein paar Stunden dauerten. Nie ging ich an meine Grenzen. Nie in die Schneeberge, nie auf die Gletscher. Keine brennenden Muskeln, kein Puls über 140.

Ich werde immer noch früh wach. Dann lausche ich in die Dämmerung. Manchmal kann ich seine Stimme hören. Ich weiß, der Junge wird nicht zu mir zurückkommen. Man weiß solche Dinge, wenn man nichts beschönigt. Es gehe ihm gut, hatte er im Spätsommer geschrieben. Eine Postkarte aus Genf. Von Zeit zu Zeit ein paar wortkarge Telefonate, die mich erschöpften. Nie sprach der Junge mehr als ein paar Worte, nie fragte er nach Vater. Zur Beerdigung hatte er nicht kommen können. Seine Mutter hatte ihn schonen wollen. Unten im Dorf schreibe ich ihm ab und zu eine Mail. Er lässt sich Tage Zeit mit der Antwort. Er schreibt knapp, schreibt wie jemand, der sich dazu durchringen muss, überhaupt etwas zu schreiben. Jemand, der in sich versinkt. Ein Versehrter. Er wird mir fremd, und diese Fremdheit ist der eigentliche Schmerz. Ich halte die Frage zurück, ob er mich in den Bergen besuchen käme, oder ob ich nach Genf kommen soll. Er fragt nicht, und ich frage nicht. Ich frage nicht, weil ich eine Absage nicht ertragen würde. Warum der Junge nicht fragt, ahne ich nur. Ich schicke ihm Fotos von den Bergen, von Steinböcken und Gämsen. Ein Foto seines Pferdes habe ich nicht. Keines von seinem Zimmer, keines von Jeans Landhaus, in dem der Junge ein Zimmer mit Blick auf den See bewohnen soll. Ihm fehle es an nichts. Über das, was ihm auf dem Eis zustieß, können wir nicht sprechen. Ich solle ihn nicht danach fragen, sagt seine Mutter. Ein abruptes Thematisieren der furchtbaren Geschehnisse würde ihn erneut traumatisieren. Er müsse von ganz alleine beginnen, davon zu reden, sagt sie. Man dürfe nichts überstürzen. Der

Junge schütze sich durch Schweigen. Nur er bestimme den Zeitpunkt, ab dem er sich erinnere. An mir sei es vielmehr, meine Rolle in dem Drama zu beleuchten. Warum sei der Junge aufs Eis gegangen? Trotz meines Verbots. Ich solle das Oppositionelle in seinem Verhalten einmal hinterfragen. Warum habe der Junge das nötig? Warum habe er sich gegen meine Verbote auflehnen müssen? Seien sie zu rigide, zu wenig transparent und ihm nicht einsichtig gewesen? Sei ich zu dominant? Ich sei es immer gewesen, auch zu ihr, aber das wolle sie nicht mehr aufwärmen, womöglich spüre der Junge, dass er sich von mir absetzen, dass er sich meiner Knute entziehen müsse, wollte er ein gesundes Leben haben und keines, das in Katastrophen aller Art mündete. Ich solle das einsehen, müsse es einsehen, auch wenn es einem Narzissten wie mir, der ich ja letztlich wohl wäre, sagten die Therapeuten, der des Jungen wie auch der ihre, nicht leicht fiele, einen Perspektivenwechsel zu vollziehen, die empathische Leistung, sie sei nie meine Stärke gewesen, das sollte ich wissen. Und was meine fotografischen Werke angehe, sie seien doch mehr und mehr durch die Sucht nach obskuren Flashs und deren medial versicherter Großartigkeit zustande gekommen. Ich sei ein Junkie, ein Getriebener, auch habe der Junge ihr und dem Therapeuten erzählt, dass ich schnell in Wut geraten sei – d a s habe man aus dem Jungen herausbekommen können: Einmal wegen eines Kaninchens, das der Junge vor Mardern habe schützen wollen, auch in der Nacht habe er nach dem Tier sehen wollen, warum nicht nachts? Gerade nachts sei das wichtig. Meine Ohrfeige sei aus heiterem Himmel über den Jungen gekommen, sei kaum nachvollziehbar und daher bösartig für den Jungen gewesen. Es sei denkbar, dass der Junge aus Angst vor Bestrafung, aus Furcht vor meinen Wutanfällen, dem Haus und mir und meiner Freundin fern geblieben sei und sich gar versteckt habe, was Vater eine Heidenangst eingejagt hätte. Mit Karen sei ich doch zusammen gewesen, als das Unglück auf dem Eis geschah, statt an Vaters Seite zu sein, um den Jungen zu suchen.

Gegen eine solche Beweisführung war ich machtlos. Sie schrieb die Wirklichkeit um. Irgendwann wird der Junge ihr glauben. Abstand, zeitlich und räumlich, zu mir und dem Haus, sagt Ruth, täte dem Jungen gut. Würde ihn vielleicht heilen, sagten die Therapeuten. Wo ich mich denn aufhalte? Noch auf dem Hof im Wald? Der Junge schweige sich da aus. Natürlich wusste der Junge, dass ich in den Bergen war. Er hatte seine Gründe, es ihr und ihnen nicht mitzuteilen.

Besonders in den ersten Wochen hier oben spürte ich seine Abwesenheit und meine Einsamkeit. Sie setzte sich zu mir ans Bett. Sie trug einen Mantel aus grobem, grauem Stoff, einen Mantel, den man auf einem Feldzug trägt. Und ich war auf einem Feldzug. Und vielleicht bin ich es immer noch. Sie würden kommen. Eines Tages würden Loupp und Hakan kommen. Ich bereitete mich darauf vor. Mein Herz war ruhig. Es ist wichtig, dass das Herz ruhig bleibt. Man muss es trainieren, nicht nur mit Höhenmetern, nicht nur mit Läufen ins Tal und wieder hinauf, auch mit Bildern, und reichen diese nicht, mit Musik. Die »3. Sinfonie« von Henryk Górecki, Pachelbels Kanon, »Bachs Brandenburgische Konzerte«. Dann fluteten die Bilder vom Jungen, aber auch von Vater, meinen Kopf. Ich hielt das aus und halte es heute aus. Ich will ihre Bilder behalten. Ich kann sie, weil ich mich an sie erinnern kann, noch ein Stück in meinem Leben lassen. Karen kann nicht weiterleben in mir, glaube ich. Ich weiß nicht, wo Karen sich aufhält. Vielleicht ist sie bei Grunewald. Ich weiß nicht, was sie fühlt, wenn sie an mich denkt. Welchen Wert habe ich für sie? Welchen Wert besitzt die Zeit mit mir, mit dem Jungen, mit Vater? Ich habe nie verstehen können, dass die Zeit eine Liebe frisst und sie abreibt, wie ein Fluss die Ufer schleift und bricht. Ich habe die Zeit auf meiner Seite gesehen. Jetzt, da sie ausradiert hat, was ich liebe, muss die Zeit versuchen mich zu heilen. Ich weiß, dass das unsinnig ist. Wer ein Bein verliert, hofft nicht darauf, dass die Zeit den Verlust tilgt. Sie macht ihn weniger fühlbar, und doch ist er unvermindert da, der Verlust. Es war und ist eine Nachspielzeit. Ich weiß, sie endet, und darum ist bis heute dieses Gefühl der Freiheit in mir, ich entscheide über ihre Dauer. Eines Tages findet jede Geschichte ihr Ende. Sie begann, als der Junge fortging. Sie begann, als der Hund starb. Sie begann, als Vater starb und Karen ging. Ich will ihr Ende kennen, darum bin ich noch hier.

2

Oft stieg ich in den ersten Monaten noch hinunter ins Dorf. Ich brauchte eine Beschäftigung, brauchte Menschen. Damals war das noch so. Ein paar Stunden am Tag arbeitete ich in einer Bäckerei. Ich wusste, was zu tun war. Von Vater hatte ich gelernt, wie man Sauerteig ansetzt, wie man Brotteig mengt und knetet. Nur für die Konditorei war ich nicht zu gebrauchen, entschied der Bäcker. Oft wurde ich für die Arbeit am Ofen eingeteilt. Nie duftet das Brot besser als in jenen Minuten, da es aus dem Ofen kommt und zum Abkühlen auf einem Ruhewagen gelagert wird, bevor es in den Verkauf geht. Der Geruch des Mehls, die trockene Hitze des Backofens, das Aroma der Plätzchen und Hefetorten, das alles gab mir ein Stück von meinem Vater zurück. Ein Duft, den meine Seele brauchte. Es galt, nicht nur den Körper zu trainieren. Ich wollte mich an Vater erinnern, an die Wochen und Monate, die er im Krankenhaus gelegen hatte, an den Schlauch, der ihn ernährt hatte, an die Beatmungsmaschine, die seine Lungen satt machen sollte. Ich wollte mich an den Geruch in seinem Zimmer erinnern, wenn ich den Teig knetete, ihn mit Mehl bestäubte – den beißenden Geruch des Urins in dem Beutel, der am Bettgestell hing. Ich musste den Geruch des Schweißes in mir wachrufen, der auf Vaters Stirn lag, den ich wegwischte, so roch Schweiß nicht, ihm war etwas Saures und Bitteres beigemischt. Ich musste mir damals über das Mehl Vater und über Vater diese Wochen im Krankenhaus ins Gedächtnis rufen, damit ich nie vergaß, warum ich trainierte und nicht nachlassen durfte. Damit ich wusste, warum ich s i e in die Berge führen wollte. Ich kannte den Weg dorthin. Den Pass, die Schneefelder, die schon unterhalb der Dreitausendermarke beginnen. Ich kannte den Gletscher, seinen Aufbau, seine Spalten. Viele Jahre zuvor hatte Vater mich dort hochgeführt. Zunächst stieg der Weg noch sanft an, wurde steil, schwang sich hoch zum Gipfel, wo der Grat wartete, nicht mehr als eine Schneeverwehung, eine Wechte, die vereist war, die man ohne Steigeisen nicht überstand, und zu beiden Seiten wartete eine Abfahrt von vielleicht 700 Metern, die niemand überlebt – auch sie nicht. Der Berg ist auch im Sommer weiß. Nachts ist er bisweilen silberfarben und glitzert. Ich habe Fotos gemacht. Für Kalender, Outdoor-Magazine, für einen Wettbewerb. Eines der Fotos gewann: Der Berg pyramidal, ein Archetypus, ganz im Licht, darüber ein stahlblauer Himmel. Der Gletscher darunter liegt im Schatten, eine waagerechte Trennung führt mitten durchs Bild. Ein Stillleben, wenn da nicht eine Schneefahne genau in der vertikalen Mitte des Bildes, am Kreuzpunkt der Drittellinie, aufwehen würde und somit eine singuläre, angedeutete Bewegung markierte. Ich mag die Berge. Vielleicht war es gut für das, was ich vorhatte, an einem Ort zu sein, den man mag. Vielleicht kann man solche Dinge nur an Orten tun, die man liebt. Nur dann hat man den Mut dazu.

Ein Sonntag. Damals waren mir die Wochentage präsent. Der Boden federte unter meinen Schritten. An den Wiesenbächen war er nass und moosig. Unter den Tannen ruhten Kühe. Mondrund und blauschwarz die Augen. Es war Anfang Oktober und noch warm. Wo man nicht gesenst hatte, blühten so spät im Jahr noch Blumen an den Wiesenrändern. Der rote Gletscherhahnenfuß, Purpur-Enzian und gelbblühende Arnika. Das Licht verlieh den Farben Tiefe und Sättigung. Es blendete die Konturen auf: vom Heuschober und der Viehtränke, es zeichnete die Schattenrisse der Baumwipfel und die Gratlinien der Berge vor den blauen Hintergrund des Himmels. Im Herbst hatte das Licht diese Schärfe. In der Ferne rauschte ein Bach. Je näher ich ihm kam, desto eindringlicher wurde das Strömen und löschte jedes andere Geräusch. Das Flussbett war gestuft, bildete eine Wassertreppe. Das Wasser schäumte und zerstäubte zu Aerosolen. Die Sonnenstrahlen brachen sich in ihnen, färbten sie in den Farben des Prismas. Ich wollte ein Foto machen. Ich wartete. Aber kein Fisch sprang.

Vor ein paar Tagen hatte ich einen Holzstamm über dem Bach platziert. Er war zwei Fuß breit. Auch der Grat am Berg ist fußbreit. Ich balancierte über den Stamm, vor und zurück, zuletzt mit geschlossenen Augen. Ich wusste, warum ich das trainierte. Ich wusste auch, dass es sinnvoll ist, von Zeit zu Zeit ohne Teleskopstöcke zu gehen. Der Mensch ist ein Zweibeiner. Wird er dank der Stöcke zum Vierbeiner, verringert sich das Gleichgewichtsgefühl. Vor allem aber wird die Tiefensensibilität in den Füßen und Waden abgebaut, jene traumwandlerische Sicherheit in unseren Schritten, die uns erlaubt im Dunkeln unbekannte, holperige Wege zu gehen. Die Füße können sehen, weil sie in Millisekunden den Boden abtasten, die Muskulatur und die Bänder einstellen, den Neigungswinkel der Fußsohle ausrichten, den Kraftaufwand dosieren. Sie antizipieren. Es gibt Momente und Situationen im Gebirge, da ist der richtige Tritt überlebenswichtig: auf schmalen Bändern im Fels, auf einem Grat, der die Knie und das Herz weich macht. Sind die Füße und das Gleichgewichtssystem untrainiert, haben wir der Angst, die unweigerlich einsetzt, nichts entgegenzusetzen. So kommt es zum Sturz. Auf Talwegen geht alles glimpflich aus. In den Bergen nicht.

Die Kirchglocken klangen zu mir herauf. Der Pfarrer musste gleich aus der Messe kommen. Ein Konzert wollte er geben. Eine Windmusik, gespielt von Tauben. Den Tieren würde er kleine Flöten in die Schwanzfedern binden. Der Wind würde über das Anblasloch der Flöten streichen und einen Ton erklingen lassen. Je nach Flughöhe und Geschwindigkeit der Tauben wäre der Ton ein anderer. Ich sollte es mir anhören. Auch Fotos von den Tauben machen. Über mir stieg ein Turmfalke auf. Die Murmeltiere bemerkten ihn sofort. Eines der Tiere stellte sich auf die Hinterbeine, prüfte die Lage und pfiff. Sogleich flitzten die Tiere zu ihren Bauten, verschwanden in den Erdlöchern. Der Falke drehte ab, zog über das Tal hinweg. Ich stieg durch lichten Kiefernwald. Blaubeersträucher standen zwischen den Stämmen, trugen einzelne späte Früchte. Der Wald duftete. Nach Wärme und den ätherischen Stoffen, die aus den Nadeln treten, nach Mulch und nach Pilzen. Der Boden war mit Lichtflecken geschmückt. Die Flecken tanzten, wenn der Wind in die Zweige fuhr und sie bewegte.

Das Dorf kam in Sicht. Die Steinschindeln der Dächer glitzerten in der Sonne. Die Tauben kreisten bereits in der Luft. Ich hörte Flötenklänge, sphärisch und irreal. Ein anschwellendes Sirren, einzelne Glöckchen tönten hell heraus. Wenn der Schwarm abdrehte, zur anderen Talseite wechselte, schienen die Töne zu verstummen, dann wieder wehte der Wind die Töne zu mir herüber: Ein Summen wie von einem Bienenschwarm, der übers Land zieht.

Ein paar Kinder radelten auf der Straße. Aus einem Fenster dudelte Musik. Der Biergarten war kaum besucht. Die Blätter der Kastanien schon braun. Das Pfarrhaus lag neben der Kirche. Ich trat durch die Gartenpforte. Obstbäume, ein großer Bergahorn, darunter standen die Tische. Ich sah den Kaffee in den Tassen duften. Der Geruch von frischem Brot, von Schinken, Rührei und Käse lag über der Wiese. Der Pfarrer winkte mich heran. Er trug einen dunklen Anzug und schwarze Halbschuhe. Er schüttelte mir die Hand.

Komm, iss noch einen Happen mit uns. Er lächelte. Ein goldener Eckzahn deckte sich auf. Seine Glatze glänzte. Nur ein schmaler struppiger Haarkranz war ihm geblieben. Ergrautes Brusthaar schaute hervor, am Halsansatz, wo der letzte Knopf nicht geknöpft war. Puderige Flecken maserten das Jackett. Der Federstaub der Tauben. Man rückte auf der Bank zusammen. Ich schüttelte Hände, dem Bäcker, dem Wirt von nebenan; ich kannte auch den Metzger. Als ich mich hinsetzte, dampfte der Kaffee schon in der Tasse.

Greifen Sie zu, lassen Sie es sich schmecken, sagte die Frau des Bäckers. Sie war schlank, hatte einen dunklen Teint und ein Muttermal über der Lippe, was ihr stand. Ihr Haar hatte sie zu einem Zopf gebunden. Sie trug ein graues Jackett über der blauen Bluse. Ich mochte sie. Oft steckte sie mir ein Brot in den Rucksack. Manchmal überließ ich ihr ein Foto. Keines, das für einen Wettbewerb taugte. Fotos von Kühen. Man muss auf den Moment warten, an dem die Kuh sich neugierig mit dem Maul dem Objektiv nähert. Es erschnuppert. Das feuchte Maul tropft, es ist gefurcht und gefleckt und von Härchen umwachsen und nimmt später ein Drittel des Bildes ein. Oder der Schlaf am Mittag an einem heißen Tag. Eine Kuh, die im Gras liegt, auf der Seite, die Beine von sich gestreckt wie ein Hund. Das Maul steht offen, und die Augen sind geschlossen. Eine Wolke aus Fliegen über dem pendelnden, wedelnden Schwanz: Eine Bewegung, die man auf einem Foto nicht sieht, aber sich denkt.

Am nächsten Wochenende brauchen wir Sie noch mal, sagte der Bäcker. Ist Kirchweih.

Ich freute mich auf die Arbeit, die Abwechslung, die sie bot, zu meinem Leben in der Hütte, fernab von allem. Hin und wieder machte ich Fotos. Auf einem Holzbrett liegt das Brot. Es ist mit gehackten Walnüssen und Flecken dunkler Schokolade überzogen. Davor ist das Messer postiert. Die Klinge verschmiert vom Ziegenkäse, der in einem Leinentuch verpackt ist und im Bildhintergrund seinen Platz hat. Der Käse hat das Tuch durchfeuchtet. Der Tisch, das ist wichtig, ist übersät von Mehlflecken, im Hintergrund die grauen Wandfliesen der Backstube. Kein Foto für eines der Fressmagazine oder Frauenzeitschriften, die alles stilisieren, das Essen wie den Sex, der mitunter auf roten Laken gezeigt wird. Sex darf man nicht auf roten Laken zeigen und Brot nicht auf einem gedeckten Tisch mit Blumen. Ich habe nie für solche Blätter gearbeitet. Sie fälschen die Wirklichkeit. Alles stäubt in einer Backstube. Eine Welt aus Mehl, die jeden Tag geputzt wird. Erst kommen die Staubsauger, dann die Wischlappen, dann die Schwämme. Die Bäcker tragen Gummistiefel. Unter ihren Schritten matschen Mehlklumpen oder Teigreste, die zu Boden gefallen sind. Das Putzwasser steht in flachen Pfützen. In ihnen schwimmen schon mal Kaugummi und Kippen. Musik dröhnt aus dem Radio. Die Männer trinken ein Bier – kurz vor Feierabend, wenn die eigentliche Arbeit schon gemacht ist und nur noch das Schrubben und Putzen, die *Weiberarbeit*, die niemand hier so benennen würde, auf sie wartet.

Ich biss ins Käsebrot, aß Rühreier mit Speck. Ich trank den Kaffee, später einen Schnaps. Machte ein Foto von allen, wie sie da am Tisch saßen und aßen. Irgendwann erhob sich der Pfarrer, schaute in die Runde.

Alle scheinen sich gestärkt zu haben. Dann sollten wir beginnen, sagte er und wies in den Himmel. Ich hole die Tauben runter, und wir hören die Musik, wenn's recht ist, die Windmusik.

Der Taubenschlag lag am Ende des Gartens. Kiefernholz, vier staubweiße Fenster, darüber ein Dach aus Holzschindeln. Er wies die Leute auf der Wiese in einen Halbkreis ein. Er wolle ein paar Boten zu den Musikanten schicken. Seine Dropper-Tauben. Käme aus dem Englischen, meine *to drop* eben, fallen lassen, sinken. Die Dropper seien keine so guten Flieger wie die Brieftauben. Hätten nur die Aufgabe, den Musikern das Zeichen zur Rückkehr zu geben. Was nütze es, wenn die Musik unhörbar oben in den

Lüften erklänge. Die Brieftauben wüssten, darauf seien sie trainiert, dass, wenn sich unter ihnen ein Dropper blicken ließ, es unten im Schlag Futter gäbe, eine einfache Konditionierung. Er könne auch schlicht eine Fahne hissen, um das Zeichen zum Sturzflug zu geben, aber die Geschichte mit den Droppern sei doch charmanter, oder?

Wir legten den Kopf in den Nacken, stierten in die Luft. Die Tauben waren nur winzige Punkte am Himmel.

Wie, Herr Pfarrer, schaffen es die Brieftauben dort oben, die Dropper zu bemerken?, fragte der Bäcker.

Brieftauben sehen weit und scharf, antwortete der Pfarrer. Wenn sich hier ein Dropper aufschwingt und zum Konzert beziehungsweise zu Tisch bittet, erspähen die Tauben das da oben.

Er betrat den Taubenschlag, öffnete eine Ausflugklappe und es dauerte nicht lange bis vier weiße Tauben mit einem Federsporn oberhalb der Nasenwarze auf dem Flugbrett auftauchten, sich kurz umschauten und aufflogen. Die weißen Flügel glitzerten in der Sonne. Die Tiere nahmen sich aus wie große Schneeflocken, die durch den Himmel trieben. Sie schraubten sich höher und höher. Die dunklen Punkte stürzten auf die weißen Flecken zu. Die Brieftauben umkreisten die Sendboten, drehten Runde um Runde, um schließlich gemeinsam mit ihnen tiefer zu schwärmen, ein Spiralflug. Wir hörten ein vielstimmiges Surren und Sirren, einzelne helle Glöckchen klangen deutlicher heraus, manche Töne schluckte der Flügelschlag, der durch den Wind schnitt, bis schließlich der Schwarm über der Wiese und über unseren Köpfen schwirrte und die Musik klar und harmonisch wurde und im Rhythmus blieb, da alle Tiere die gleiche Geschwindigkeit flogen, immer um den Stall herum. Zuletzt blies der Pfarrer einige Male kräftig in eine Pfeife, und die Tiere beendeten ihren Flug, landeten auf dem Schlag und stürzten vom Dach auf das Ausflugbrett und in den Stall, wo ein rhythmisches Picken begann, ähnlich einer Nähmaschine, die vor sich hin stanzt. Ich lugte durchs Fenster, die Tiere standen an einer Futterrinne. Auf und nieder stießen die Köpfe zu dem Mais, den Erbsen, dem Weizen. *Tack-Tack-Tack.*

Wir kehrten an den Tisch zurück, tranken noch ein Bier und einen Schnaps. Stießen mit dem Pfarrer an.

In China praktiziert man das schon seit 4000 Jahren. Ich dachte, es ist an der Zeit, das auch bei uns in Tirol einzuführen, sagte er und schaute zufrieden aus.

Nehmen Sie noch eine Klaviermusik dazu, meinte der Metzger. Was Leises muss es sein. Keine Bläser.

Werde darüber nachdenken. Und du, wandte er sich an mich, musst die Tiere fotografieren. Musst du mir versprechen.

3

Das Gras war taunass, glitzerte in der tief stehenden Sonne. Gleitschirmflieger standen über den Grasbergen im Norden. Im Süden ragten die Spitzen des Hauptkamms auf. Die Düsternis des Granits, weite graue Partien, die sich über den Wäldern auftürmten. Der Steig führte durch

Lärchenwald, schmal, ausgetreten, von einem Geflecht aus Baumwurzeln überzogen. Mitunter die Losung eines Fuchses, eingefärbt vom Genuss der Blaubeeren. Kehre um Kehre mäanderte der Pfad den Berg hoch, im Hintergrund ein Plätschern und Gurgeln, das Geräusch fallenden Wassers. Ein Bach stürzte ins Tal, fing sich in einem Kessel, den das Wasser aus dem Gestein gewaschen hatte. Wann immer Hakan und Loupp mich suchten, sie würden mich hier nicht finden. Nicht in diesem Dorf, nicht in diesen Bergen. Wenn sie mich fanden, war ich es, der sich finden lassen würde. Glaubte ich. Ich erreichte den Bergrücken. Im Gegenlicht die Hütte, das sonnengeschwärzte Holz, die roten Fensterblenden. Neben der Hütte hingen Bettlaken an den Wäscheleinen. Ein sehr weißes Weiß vor dem blauen Himmel. Dahinter ein Staketenzaun, der das Gelände zu den blühenden Almwiesen hin abschloss. Ein Bild für die Waschpulverwerbung. Auf der Terrasse und der angrenzenden Grasfläche standen verstreut ein paar Tische. Wanderer saßen dort, der Strom der Worte, ein Singsang aus Lauten, der nicht störte, der das Bild belebte, eine kaum modulierte Grundierung. Ich setzte mich abseits, aß ein Brot, später streckte ich mich im Gras aus, schob den Rucksack unter den Kopf. Der Wind fuhr in die Laken, bauschte sie wie Segel. Geräusche, die dem Ohr schmeichelten. Die Stille im Haus, wenn Vater sich am Abend hinaussetzte, um den Tauben zuzuschauen, ihren Rundflügen ums Haus, den plötzlichen Wendungen, wenn der Schwarm die Richtung änderte. Die Pausen im Kratzen und Schaben des Spachtels, mit dem der Junge die Nistzellen reinigte. Karen, die das Bett verließ, sich ans Fenster stellte, hinausschaute in die Wiese, eine Mittsommernacht, warm und kurz. Eine Nebelbank lag über dem Fluss. Das erste Licht, das Kuckuckslicht, war zwischen den Bäumen gesponnen. Lange stand sie dort, eine Aura, die ich an ihr nicht kannte, die etwas Schwermütiges, Verlorenes hatte. Die Schritte auf der Treppe, wenn der Junge hinauf in mein Schlafzimmer kam. Sechs Uhr Cambrai. Die Tauben sind aufgelassen. Kommst du? Die Stille, wenn wir in die Luft schauten, auf den Punkt am Himmel, der gleich stürzen würde, der Punkt, der den Jungen glücklich machen würde. Haflinger standen am Zaun. Lange schon hatte ich im Schlaf ein Zupfen und Reißen gehört. Das Mahlen ihrer Zähne. Gegen die Felsen hin, zwischen den Arven, grasten weitere Tiere. Eine Reihe fast senkrecht auffahrender Türme begrenzte die Kulisse. Ein Pfad führte dort hoch. Ich trank noch einen Schluck und machte mich auf.

Der Weg querte ein Bachbett, verlief durch Blockgestein. Je höher ich kam, desto mehr Schutt hatte ich unter den Füßen, von Frost und Regen gemörsertes Gestein; Steinbruch, der aus den Rinnen und Scharten gespült wurde und sich an den Flanken anlagerte. Die Serpentinen wurden enger, der Atem kürzer. Vereinzelt hielt sich noch krummes, strauchartiges Gehölz. Als ich die Scharte erreichte, eine Zahnlücke im Bergstock, steil und klamm, musste ich klettern. Man hatte Stahlstifte in den Felsen eingelassen, Tritthilfen, die ich mich hinaufhangelte, dann ein Felsband, das ich waagerecht querte. Der Blick in die Tiefe nur scheinbar gemildert durch ein Seil, das die Passage flankierte. Schließlich eine

Rinne. Die Steigung betrug vielleicht 60 Grad. Für Bergwanderer kaum zu schaffen, hätte man dort nicht einen Baumstamm eingelassen, der mit Stahlklammern am Fels befestigt war. In den Stamm waren Trittspuren gesägt. Am Schluss eine Gasse, die in wenigen Kehren zum Grat führte. Unter mir das Tal, steil abfallend. Grün schimmernde Seen, an den Hängen duckten sich Hütten, umstellt von Gipfeln, Kalkriffe einst im Meer, mit weiten Schattenwürfen auf die Almflächen. Ich setzte mich unterhalb des Grates ins Gras, trank einen Schluck, war hier oben nicht allein. Sie saßen vielleicht 20 Meter entfernt auf einer Felsplatte. Er schnitt auf einem Frühstücksbrett Möhren und Gurkenscheiben, legte sie auf ein Käsebrot und reichte es ihr. Sie war jung, brünett, die Haut tiefbraun. Zwischen ihnen keine Geste erotischer Nähe, kein Strich über die Wange, übers Haar, kein Kuss. Er schob ihr Tomaten und Apfelstücke zu. Sie nahm vom Brett, nichts wanderte von seiner Hand in ihren Mund. Über den Kalkriffen, den blassen Bergen, zogen ein paar Wolken auf. Dann sang sie. Er stimmte ein, folgte ihrer Melodieführung. Ungeniert sangen sie von Heimweh und Liebe, von Verrat und Versöhnung. Ihre Stimme war klar und hell. Darunter die dunklere Stimme des Mannes, sie begleitend. Er konnte ihr Vater sein. Ich versuchte, ihren Blick zu fangen, aber er flog über mich hinweg.

Die Nächte im Herbst waren nie ganz schwarz. Sie kannten Anthrazithtöne, Nachtfarben. Ich setzte mich vor die Hütte, trank Tee, bevor ich ins Dorf abstieg. Ich benutzte keine Stirnlampe, wollte lernen, in der Nacht zu sehen.

Finster war die Nacht nur bei Regen, wenn kein Licht, von nirgendwo, kein Sternenlicht, kein Licht aus dem Tal den Steig erreichte. Kurz vor der Dämmerung stand manchmal ein Zodiakallicht über dem Kamm. Eine Lichtbrücke, ein Widerschein, der der aufgehenden Sonne jenseits des Kamms vorausschien. Später wich sie einem lichten Blau. Aber da stand ich schon in der Backstube und sah durchs Fenster den Tag über den Bergrücken ins Tal steigen.

Nach der Arbeit besuchte ich den Pfarrer. Ich zeigte ihm meine Arbeiten. Waldbilder, Bilder vom Zodiakallicht, die er mit einem Lächeln quittierte und mir einen Kaffee aufbrühte und eine Brotzeit machte. Hin und wieder führte er mich zum Taubenschlag. Ich musste mich überwinden. Trauer stieg in mir hoch, sobald ich den Schlag betrat, die Tauben in ihren Nistzellen sah, vor allem die gelbflaumigen Küken mit den blinden Augen, den durchscheinenden Schnäbeln, an denen das Schnabelhorn noch nicht gehärtet war. Je häufiger ich den Pfarrer begleitete, ihm zuschaute, wie er die Tiere fütterte, die Flöten mit Kabelbindern an den Schwanzfedern befestigte und die Tiere ins Freie aufsteigen ließ und ihre Luftmusik erklang, umso gemäßigter wurde die Trauer. Dort und nur dort.

An Samstagen schauten wir Fußball, aßen Kuchen dabei und ab und zu gewann die richtige Mannschaft. Irgendwann fragte er, und ich zögerte mit der Antwort. Er fragte mich an jedem weiteren Samstag. Schließlich stimmte ich zu. Wir stiegen zur Hütte, gingen in den Schuppen, sortierten die umherliegenden Bretter, errechneten, wie viel Holz wir noch brauchten, tranken ein Bier, sägten ein Ausflugloch aus der Schuppenwand, zimmerten einen Boden, ein paar Sitzhocker, richteten die Schindeln auf dem Dach, tranken noch ein Bier, und in der Nacht träumte ich von dem Jungen und Vater. Das Holz kam zwei Tage später. Fichtenbretter. Dritte Wahl mit Astlöchern. Der Pfarrer schaffte die Bretter mit einem Land Rover ein Stück den Berg hinauf. Den Rest erledigte der Haflinger des Metzgers, den wir uns ausgeliehen hatten. Wir zimmerten Wände und eine Tür, zwei Nistzellen. Die Tiere brachte der Pfarrer am nächsten Tag. Zwei Paare. Er stellte den Weidenkorb in den Taubenschlag, griff hinein, fasste die Tiere und entließ sie in ihr neues Domizil. Ängstlich flatterten sie eine Zeit lang umher. Sie flogen die Nistzellen nicht an, duckten sich in einer Ecke auf dem Boden. Ich warf ihnen ein paar Maiskörner hin. Die Schnäbel stießen zu Boden. Das vertraute rhythmische Hacken.

Jeden Morgen und jeden Abend versorgte ich die Tiere mit frischem Wasser und fütterte sie. Allmählich gewöhnten sie sich ein, flogen das Ausflugbrett an, gelangten von dort ins Freie. Den Teil des Brettes, der nach draußen führte, hatte ich mit einem Drahtkorb versehen, so dass sie sich zwar die Umgebung anschauen, aber nicht davonfliegen und zu ihrem Heimatstall zurückkehren konnten. Brieftauben bevorzugen zu bleiben, wo sie aufgewachsen sind. Der Junge wusste von Tauben, die nach Jahren zu ihrem Heimatschlag zurückgefunden hatten, nachdem sie zuvor weit entfernt von ihrem Zuhause in Gefangenschaft gelebt hatten. Entkräftete und hungrige Tauben fliegen auf einem Wettflug bisweilen einen fremden Schlag an. Eine übersäuerte Muskulatur und Unterzuckerung lässt sie nach einer Unterkunft suchen: Essen und Schlaf für eine Nacht. Manche Züchter sperren die Tiere ein, paaren sie mit einer heimischen Taube und versprechen sich erfolgreiche, schnelle Nachwuchsflieger von den gefangenen Tauben. Auch ich solle die Tiere brüten lassen, ein paar Jungtiere aufziehen und anschließend erst freilassen, riet mir der Pfarrer. Oft würde dieses Familienprogramm die Tiere neu beheimaten. Läge eines dieser gelben Flaumlinge im Nest, würden die meisten Tiere nicht wegfliegen. Dem Fluchtwunsch käme der Aufzuchtinstinkt in die Quere. Also warf ich den Tauben Stroh und kleine Zweige hin, die sie alsbald zu Nestern verbauten. Irgendwann würden weiße pflaumengroße Eier in den Nestern liegen.

Mein Leben hatte einen Rahmen, einen Rahmen auf Zeit. Ich fotografierte und half in der Bäckerei aus. Ich traf den Pfarrer und ging in die Berge. Vor allem aber wartete ich. Einige Zeit noch würden Hakan und Loupp brauchen, um zu verstehen, was geschehen war. Sie würden nach Noeten suchen. Sie würden ihn nicht finden. Er hatte sich jenseits der Elbe niederlassen wollen. Dort stünden die alten Höfe leer. Ein Marschdorf. Die Heimat seines Vaters. Zwei Straßen: Am Felde, Am Deich, womit alles gesagt sei. Im November '89 brach der Eiserne Vorhang, der entlang der Elbe ein Drahtverhau war. Der Zaun, platziert auf dem Uferdamm, nahm den Blick. Frontal konnte man nicht hindurchblicken. Nur aus einem seitlichen Winkel waren die Elbe und das westdeutsche Ufer zu sehen, hatte Noeten gesagt. Teile des Zauns stünden noch, ein Mahnmal. Im Morgengrauen seien die LKW gekommen, hätte sein Vater erzählt. Die Aktion Ungeziefer. Die Sprache der Nazis hätte man nach dem Krieg beibehalten. Ihren Hang zur Deportation auch. Man sei mit gedrosseltem Motor ins Dorf gefahren. Niemand sollte wach werden, niemand sich wehren können. Volkspolizisten drangen in die Häuser ein. Nur das Nötigste konnten die Leute zusammenraffen. Jeder, der als verdächtig galt, wurde deportiert: Bauern, die sich der Kollektivierung widersetzt hatten, oder Personen, die als *politisch Unzuverlässige* galten, so der Jargon. Wechselnder Geschlechtsverkehr als Zeichen von Libertinage war Indiz für geringe Staatstreue. Es reichte, von einem Nachbarn denunziert zu werden, und man war auf der Liste. Da sei er rüber geschwommen, Noetens Vater, durch die Elbe, bevor man ihn in einen Zug gesetzt und durch die Republik kutschiert hätte, um ihn irgendwo in der Fremde wieder einzubürgern. Wöchentlich hatte man sich bei der Polizei zu melden und ein neues Leben zu beginnen, entwurzelt und verfemt. Noeten hatte mir ein Video gezeigt, das er vor ein paar Jahren aufgenommen hatte. Eine Landschaft, die stumm ist. Der Fluss breit. Die Marsch grün. Ein Säuseln in den Pappeln, ein Knistern in den Kronen der Eschen, da der Wind dort wohnt und zu sich selbst spricht, denn zu den Menschen kann er nicht sprechen, die beiden Straßen sind menschenleer. Reifenberge liegen vor den Höfen, ihre Dächer sind blank. Die Dachziegel irgendwohin verbracht. Eine Tür schlägt, aber niemand tritt durch diese Tür. In der Ferne über dem Ödland ziehen Gänse. Schwarzes Vieh steht auf den sandigen Weiden, im

Bild die Flanke eines Hundes, der entlang der Brennnesseln zu einem Weiher pirscht. In der Dämmerung stehen zwei Schimmel vor dem Deich. Das Klappern der Störche auf dem Kirchturm, der sein Kirchenschiff verloren hat. Ein Turm für Eulen und Krähen.

Noch mehr Zeit würde vergehen, bis Loupps Recherchen mich ins Spiel brachten, und er begriff, dass ich der Sohn eines Vaters war, den sie aus dem Leben schlugen und dass ich, der Sohn, darauf nur eine Antwort kannte, eine, die sie nur sich selbst zugetraut hätten. Das Video ließ sich aus dem Netz nehmen. Hakan half vielleicht eine kosmetische Operation. Nichts aber tilgte die Demütigung. Sie wog am schwersten, die Kränkung, die narzisstische Wunde: Zu heilen war sie nur durch Rache. Meine Bilder, die Wald- und die Brotbilder, standen im Netz. Ich hatte Wettbewerbe beschickt. Für den einen oder anderen Preis war ich in die Endauswahl gekommen. Einen hatte ich gewonnen. Für jeden, der lange genug recherchierte, war ich zu finden. Man musste die Landschaft entschlüsseln, ihren Ort finden.

Der Pfad schlängelte sich entlang einer Bruchkante. Die Humusschicht war vom Regen aufgeweicht und trug Schaumkronen. Der Boden schmatzte unter den Füßen. Unter mir das Rauschen eines Flusses. Er schien zwischen den Bäumen auf, schoss dahin, ockerfarben wie ein Fluss in den Tropen. Regen bricht das Licht. Die Farben verstummen. Das Bild wird monochrom und still. Dunst erzeugt ein Licht, das die Illusion einer immensen Raumtiefe erweckt, wenn man die

Konturen der Berge und der Vegetation, vor allem die Farbtiefen und die Sättigung, reduziert. Man öffnet die Bilder damit. Alles ist Komposition. Die authentische Landschaft existiert nicht. Ich hielt mich talwärts, stieß auf Weißtannen. Das Auge verlor sich zwischen den Stämmen. Baum an Baum, in großem Abstand. Zwischen den Bäumen wuchs kein Farn, kein Gras. Leerer Raum. Er markierte das Bild, gab ihm seine Wirkung. Ich fotografierte Leere.

Der Regen war warm und dampfte. Die Nebelschleier am Boden tilgten Füße und Knöchel. Manchmal waberte der Nebel bis zu den Knien. Aus der Ferne würde ich aussehen wie jemand, der über dem Boden schwebt, oder wie ein Amputierter. An den Felsen entließen die regengetränkten Gräser duschfeine Prisen, ein Rieseln und Gluckern überall. Die Bäume trugen einen Pelz aus Moos, die Stämme leuchteten orangefarben, an den Felsflanken war das Moos kohlgrün und eibengrün, ich sah schwarzes Tannengrün, ein Efeugrün, kaum heller, aber dunkler noch als das Olivgrün. Ich stieß auf ein Froschgrün, das Grün eines Apfels, das undeutbare Flaschengrün, dann ein Grün wie Malachit, wie reife Avocados. Das war nicht alles. Schmetterlinge bevölkerten das Moos: Ich fotografierte einen Alpenapollo, die Flügel gefleckt wie die Flanken eines Apfelschimmels. Ich entdeckte einen Admiral. Rot und weiß schimmerten die Flügelränder. Ein paar Alpenweißlinge flatterten über den Kolonien der Aurorafalter und Hochmoorgelblinge. Am Ende zwei seltene Waldportiers mit je einem blauen Auge auf den Flügeln und die unscheinbaren Mauerfüchse. Ich streckte mich auf einer Felsnase aus, wollte nicht weiter und konnte nicht weiter. Das Moos duftete. Der Regen wusch mein Gesicht.

Als ich heimkehrte, brannte in der Nachbarhütte Licht. Eine Berghütte wie meine. Die ganze Zeit war sie unbewohnt gewesen. Das Gras vor der Hütte war ungemäht geblieben, und all die Wochen waren keine Trittspuren zu sehen gewesen. Ich nahm das Fernglas. Eine Frau, brünett, die Haut tiefbraun, tauchte im Fensterausschnitt auf. Sie hielt ein Glas Wein und einen Kanten Brot in den Händen, trat auf die Terrasse. Ich spürte keine Beunruhigung. Spürte nur, dass sich etwas verändert hatte.

4

Die Lärchen färbten sich gelb, der Ahorn rot. Die Kühe hatte man längst hinunter ins Tal getrieben. In den Wäldern die Ruhelosigkeit der Hirsche, die Tänze der Birkhühner, gurgelnd und kehlig. In den Felsen erklang das Fechten der Steinböcke, Geräusche wie von Bambusschwertern, der Kampf der Samurai. Der Pfarrer und ich stiegen zum Saum des Gletschers. Er brachte mich zu einer Felskante über dem Gletscher, wo wir die Steigeisen anlegten. Wir zogen die Gurte an, fixierten das Seil am Gurt und betraten den Gletscher. Wir marschierten los und ließen zwischen uns eine Seillänge von knapp 15 Metern. Man muss zu zweit sein, um einen Gletscher halbwegs sicher zu überqueren. Stürzt einer in eine Spalte, kann der andere den Fall mit dem Seil bremsen, sich in den Schnee stemmen und den

Gestürzten aus der Spalte ziehen. Zur Sicherheit hatten wir zusätzlich in das Seil ein paar Bremsknoten geknüpft. Feste Seilknollen, die sich beim Spaltensturz in den Schnee und das Eis einschneiden und den Sturz abmildern oder, wenn man Glück hat, gar blockieren.

Manche Spalten sind einsehbar. Man überspringt oder umgeht sie. Bei Neuschnee sind die Spalten verborgen. Ist jemand alleine unterwegs, hält nichts den Sturz in die Tiefe auf. Man fällt aus der Welt. Stürzt in die Gedärme eines Organismus aus Eis, ein Reich aus Kanälen und kriechhohen Gängen. Niemand, der den Sturz überlebt, darf hoffen, dass sein Handy funktioniert in diesem Eispanzer. Viele verschwinden für immer. Werden Teil dieser mahlenden, rutschenden, sich selbst sprengenden Eisdärme. Dort unten ist nichts stabil. Ein Gletscher steht nicht still. Er rutscht auf seinem eigenen Schmelzwasser langsam zu Tal. Wände und Türme, Gänge und Spalten, Gewölbe und Buchten brechen ein, werden ineinander geschoben, bilden neue Gänge, neue Hallen. Es gibt keinen fixen Standort in einem Gletscher. Es ist ein gigantischer Eisstrom. Nur wer den Gletscher lesen kann, wer ahnt und weiß, wo die Spalten unter dem Schnee verborgen sind, kann ihn queren oder hinaufsteigen. Der Pfarrer kannte sich aus. Er lebte seit 20 Jahren im Tal. Ich machte Fotos von den Spalten und unseren Aufstiegswegen. Fotos, die mir später den Weg zeigen würden, wenn ich ohne den Pfarrer unterwegs wäre. Wenn Hakan und Loupp mich ausfindig gemacht haben würden, kannte ich den Gletscher.

Der Pfarrer brachte mich zu den Gipfeln, er brachte mich zu den Eiskappen der 3000er, zeigte mir die Wechten entlang der Kammlinien, überhängende Schneeverwehungen, die noch festes Terrain zu sein scheinen, aber gerade im Sommer und im Herbst einstürzen, wenn eine Last ihre Tragkraft überschreitet. Vieles in den Bergen ist eine Abmachung mit der Zeit. Eine Gletschertour muss im Sommer am Mittag enden. Die Mittagssonne lässt Schneebrücken aufweichen und mitunter brechen. Nur der Frost zementiert sie.

Ich stieg über Karstfelder, der Klang meiner Schritte im Geröll. Der Wind, der sich an den Felsen brach. Hier oben war niemand. Ein Plateau. Von Stürmen und vom Frost zerfressen. Kalkkegel gerundet wie Vulkane. Graue, bisweilen silberfarben aufscheinende Bergrücken, zwischen denen sich Canyons eingekerbt hatten. Die Hütte war geschlossen. Die Saison vorbei. Die Bänke und Tische draußen in der Sonne waren noch warm. Mein Rücken vom Aufstieg schweißnass. Ich streifte den Rucksack ab, auch das Hemd, legte mich auf einen Tisch, wärmte meine Haut. Ich schloss die Augen, die Flugschatten der Dohlen auf meinem Gesicht.

Ich hörte das *Tack-Tack* der Wanderstöcke schon lange, rührte mich nicht, ließ die Morsezeichen lauter werden. Erst als sie verstummten, richtete ich mich auf. Es war niemand zu sehen. Der Höhenweg verlief durch eine Senke. Wer immer mir bis hier hoch gefolgt war, schien in der Senke zu verharren. Der Wind strich über meinen

Bauch, ließ ihn kühl werden. Wieder setzte das *Tack-Tack* ein. *Tack-Tack* bewegten sich die Schritte auf mich zu. Ich streifte Hemd und Jacke über. Es gab keinen Weg, der aus der Senke direkt hinunter ins Tal führte. Wer hier unterwegs war, musste den Pfad nehmen, der an der Hütte entlangführte. Niemand kam. Das Geräusch war verstummt. Eine Böe riss am Hüttendach, die Schindeln klapperten im Wind. Ich wartete. Geröll löste sich oben in den Schuttfeldern und kullerte einen Hang hinunter, vielleicht losgetreten von einer Gams, einem Steinbock. Nichts geschah. Die Sonne stand noch über dem Plateau, aber die Bergspitzen warfen bereits lange Schatten. Es wurde Zeit, ins Tal abzusteigen.

Der Weg zog über den Karst, dann durch Wiesenmulden, erreichte schließlich die Baumgrenze. Niemand folgte mir. Ich postierte mich hinter einem Felsen. Von dort ließ sich das Gelände einsehen, ohne dass ich gesehen wurde. Nur einzelne Zirben standen im Hang, es war offenes Gelände. Ganz entfernt meinte ich das *Tack-Tack* zu hören. Aber es verlor sich und kehrte nicht wieder. Ich setzte mich ins Gras. Die gegenüberliegende Talseite wurde von der Sonne nicht mehr erreicht. Die Felswände lagen im Schatten. Wo sich eine Gelegenheit bot, auf einer Felsnase, einem Band und entlang der Couloirs, den Schuttrinnen, hatten sich Krüppelkiefern niedergelassen. Dort suchten sie Halt, krallten ihre Wurzeln in Felsspalten oder in Erdkrümel. Bildeten grüne Inseln im Fels.

Ich war kurz eingenickt. Der spitze Schrei eines Falken weckte mich. Eine Frau kam den Pfad hinunter. Ihr Gang federte. Ich folgte ihr. Ließ einen Abstand, achtete auf das Rot ihrer Kappe im Bergwald. Als wir den Talgrund erreichten, hatte die Dämmerung alle Konturen gelöscht. Ihre Stimme wies den Weg. Sie sang sentimentale Lieder, sie sang von Liebe und Abschied, und die Dunkelheit machte ihre Stimme nur schöner.

In der Hütte brannte kein Licht. Ich wartete. Niemand kam. Es wurde kühl. Ich spazierte zu meiner Hütte, zog mir etwas Warmes an. Ich musste mich geirrt haben. Ich machte Tee und setzte mich auf die Terrasse, schaute in die Nacht. Erst spät sah ich Licht in ihrer Hütte. Irgendwann kam sie heraus, machte Feuer in einem Brennkorb. Setzte sich in den Liegestuhl. Auch sie schaute in die Nacht.

Die Tage wurden noch einmal warm. Der Duft frisch geschlagenen Holzes stand in den Wäldern. Im Tal die Rauchsäulen der Herbstfeuer. In der Ferne das Flimmern der Hitze über den Bergen. Eine Hitze, die den Gletschern so spät im Jahr zusetzte. Sie würde sie melken. Sie verstärkte den Gleitfluss des Wassers, auf dem jeder Gletscher langsam zu Tal fährt. Am Abend waren die Bergkämme scharf konturiert. Mit bloßem Auge konnte man einzelne Felsbrocken auf den Graten ausmachen. Die Berge schienen näherzukommen, sie wuchsen auf mich zu. Die Mittage waren still. Das Fallen der Kastanien ins Laub. Die Tanne vor der Hütte knackte. Die Spannung im Holz wuchs mit der Wärme. Die Bäume flirrten in einem honigfarbenen Licht. Der Wind wehte Blätter durch die offene Tür herein. Legte ich mich aufs Bett, kam der Schlaf sofort – so wie vieles, das nicht herbeigezwungen wird, sich einstellt und seinen Dienst anbietet.

Hin und wieder sah ich sie im Dorf, wenn sie einkaufte, im Biergarten einen Kaffee trank. Ich begegnete ihr im Wald oder in den Bergen. Wir blieben ein paar Minuten beieinander stehen, hielten einen Plausch. Sie sei Textilkünstlerin, arbeite derzeit an Mänteln. Das Textile als kulturelle Haut, die Spannung zwischen Tabubruch und dem Mantel von der Stange. Sie verarbeite Seiten aus dem Koran, der Bibel, auch Straßenkarten.

Bis weit in den Herbst hinein arbeitete sie draußen. Auf einem Tisch hatte sie Landkarten ausgelegt. Neben dem Tisch stand eine Figur, mannshoch, Kopf und Korpus aus Holz. Der Rumpf endete auf einer Stange. Sie war in den Boden gerammt. Die Figur trug einen Mantel, zusammengenäht aus Landkarten. Ich schaute zu, wie sie die Kanten der Landkarten auf dem Rücken oder dem Bauch der Figur miteinander vernähte. Ein blasser, kaum sichtbarer Faden. Eine Deutschlandkarte. Der Hals trug den Norden, Hamburg und den Weg hoch bis Flensburg. Der linke Kragenaufschlag zeigte die nordfriesischen Inseln, der rechte Hiddensee und Rügen, Usedom und ein wenig noch vom kurischen Haff. Über die Terrasse trippelten Tannenhäher. Die weißen Keilstriche leuchteten auf dem dunklen Gefieder. Wahrscheinlich rochen die Vögel das Wasser in der Blechdose, die sie aufgeschnitten und dessen Rand sie gefaltet hatte, so dass ein Steg geblieben war. Die Blechdose stand auf der Terrassenbrüstung, im Schatten eines Asts. Das Wasser bleibe so länger frisch, sagte sie.

Badeten Vögel in der Dose, schütte sie das Wasser aus und fülle frisches nach. Ihr Haar war von der Sonne gebleicht, ihre Haut immer noch gebräunt. Sie war der Typ dazu. Ich mochte ihre Stimme, ihre Hände, das Langgliedrige, ohne dürr zu sein. Von mir erzählte ich wenig. Auch fragte sie kaum. Ich zeigte ihr ein paar Fotos. Ob sie Abzüge haben dürfe. Sie würde gern ein paar Fotos vergrößern und aufhängen. Ich überließ sie ihr. Sie heiße Meral Huber, sei eine bayrische Türkin oder eine türkische Bayerin, stamme aus Ingolstadt, habe in München studiert. Meral bedeute Reh, womit ihre Mutter nicht falsch gelegen hatte, fand ich. Dem Vater gehöre die Hütte. Käme die Kälte, käme der Regen, würde sie die Berge verlassen. Beim Pfarrer sah ich ihre Homepage ein, googelte ihren Namen. Ich fand keine Spur, die zu Loupp, die zu Hakan führte.

Ich stieg 1 600 Höhenmeter in vier Stunden, was nicht schlecht, aber auch nicht überragend war. Mäßig Trainierten konnte ich voraussteigen, ohne dass sie mich einholen würden. Hin und wieder ließ ich die Tauben ein paar Runden fliegen. Falken pirschten über den Kämmen. Wenn die Tauben auf dem Schuppen landeten, holte ich sie sofort herein. Am Morgen zog manchmal der Duft frisch gebackenen Brotes zu mir herüber. Kehrte ich aus der Bäckerei heim, legte ich für Meral ein Stück Kuchen auf die Fensterbank. Als ich mit dem Fernglas zu Meral hinüberschaute, sah ich sie mit einem Fernglas zu mir herüberblicken. An einem Abend, ich war in den Bergen unterwegs gewesen, fand ich auf meiner Terrasse ein Buch. *Train Dreams.* Von Denis Johnson. Das Trinkgefäß im Taubenschlag hatte jemand mit frischem Wasser aufgefüllt. In der Futterrinne lagen Maiskörner. Ich schloss den Schuppen und den Stall nie ab. Der Mantel trug Ende Oktober einen roten Faden. Er war aufgestickt, begann im Norden, streifte Bremen und Osnabrück, Münster und den Niederrhein, verlief unweit des Flusses und unseres Hauses und suchte den Weg in den Süden, querte bei Ingolstadt die Donau und hing dort in der Luft. An Sonntagen käme Meral schon mal hinunter ins Dorf und besuche seine Messe, sagte der Pfarrer. An Allerheiligen war sie immer noch da. Ich zündete in der Kirche für Vater eine Kerze an. Als ich auf den Kirchhof trat, saß sie auf einer Bank. Sie sprach mich nicht an. Vielleicht war es mein Blick. Die Trauer. Im Biergarten unter den kahlen Kastanien setzte sie sich dann zu mir. Wir tranken Wein. Der Pfarrer winkte uns von der Straße zu, ging vorüber, ohne sich zu uns zu setzen. Wir aßen Suppe und Brot. Als ich von dem Jungen und Vater erzählte, strich sie über meine Hand. Auf dem Heimweg war der Regen noch warm. Den Steig hinauf suchten sich unsere Blicke. Als wir ihre Hütte erreichten, wussten wir uns nicht zu verabschieden und taten es dennoch.

Am Morgen fand ich einen Briefumschlag. Darin ihre Handynummer und ihre Mailadresse, und dass ich ihr schreiben möge, und sie mir schriebe, und sie spätestens im Frühjahr zurückkehre und ihre Mäntel hier oben fertigstelle, vielleicht früher. Ich legte Holzscheite in den Ofen. Ich setzte mich hinaus auf die Terrasse, hüllte mich in eine Decke ein, wartete auf den Schnee. Die Luft war schneidend kalt. Die Wolken hatten die Farbe von dunklem

Schiefer. Ich legte Musik auf. Pachelbels Kanon. Ich drehte die Lautstärke so weit auf, dass die Musik bis weit ins Tal schallen musste. In Merals Hütte brannte kein Licht. Die Läden waren geschlossen. Kein Rauch stieg auf. Ich dachte an Brechts Gedicht. *Vom Dach steigt Rauch. Fehlte er, wie trostlos dann wären Haus, Bäume und See.* Ich wanderte hinunter ins Tal. Der Pfarrer war nicht da. Als ich zurückkehrte, war die Terrasse bestäubt von einer dünnen Schicht Schnee, als hätte es nur dort und nicht auf die Wiesen geschneit. Ich goss Tee auf, streifte die Mütze über, setzte mich hinaus. Die Bäume rauschten, und in der Luft lag der Klang des Frosts. Der Wind pfiff über die Felsen, über die Kämme, jagte durch die Kare, fand tief in den Wald hinein, fand jedes Versteck, jeden Unterschlupf, und niemand, der ihn nicht erkannt hätte: kein Fuchs und kein Reh, keine Gams und der Steinbock nicht. Er glitt über die Stämme der Tannen und ließ sie kalt werden. Ich hörte dem Wind zu, bis es schmerzte auf der Haut, an den Händen, an der Wange, an Nase und Stirn, bis Vater kam und der Junge, und auch Karens Stimme hörte ich in der Luft, die die Farbe eines dunklen Taubenblaus hatte. Dann schneite es. In den Bach, in sein springendes Wasser, auf die Pfade und Steige, auf das Dach der Hütte und das Dach des Schuppens, auf meine Decke. Ich rührte mich nicht. Würde es Winter, würde ich hier oben ausharren müssen. Für Monate. Und es gab nichts, für das die Zeit verstrich, für das es sich lohnte zu warten, es sei denn, ich wartete auf Hakan und Loupp. Meral schlug ich mir aus dem Kopf. Mein Leben war hier gestrandet, in dieser Hütte, an diesem Berg. Vor ein paar Monaten noch gab es für mich Vater und Karen, und gemeinsam hatten wir dem Verlust des Jungen getrotzt, und jetzt hatten wir alle nicht diesen, sondern einen ganz anderen Kampf verloren. Karen, Vater und ich. Das war alles. Für Meral war kein Platz.

Der Schnee schmolz. Der Winter hatte nur kurz gegrüßt. Ich intensivierte mein Training, nutzte die Zeit. Jeden Tag stieg ich 500 Höhenmeter, danach ging ich zu Fred. Er betrieb im Dorf ein Fitnessstudio. Er besaß Maschinen, um den Rücken zu festigen, Hals und Bauchmuskulatur stabil zu machen. Fred ließ den Quadriceps und die Wadenmuskeln sichtbar werden, Ab- und Adduktoren entließ er aus dem Schlaf. Fred betreute Männer, die rund geworden waren. Männer, aus denen das Testosteron floh und den Bauchumfang proportional dazu wachsen ließ. Apfel- oder birnenförmige Bäuche, die unter den Trikots spannten und bis unter die Brust wuchsen. Bäuche, die dafür sorgten, dass das Blut zu dickflüssig wurde. Bäuche, die wie ein monströses neues Organ wirkten, eine Giftküche, deren Fettzellen entzündungsfördernde Botenstoffe produzierten und schädliche Hormone mit dem Ziel, Verfall und Auslöschung voranzutreiben. Schlaganfall und Herzinfarkt hießen die Gäste, die sie ins Haus holten. Und alle hatten sie eine Axt dabei, die uns entzweischlug. Der Pfarrer begleitete mich. Hatte eine Verordnung vom Arzt. Das legitimierte ihn. Ließ ihn trainieren zwischen den jungen Burschen mit den Muskeln und den älteren, die es an der Hüfte und am Rücken hatten. Ließ ihn zwischen den reifen Damen Metall stemmen und zwischen den jungen Frauen auf einer Matte seine Gymnastik betreiben. Frauen, von denen unser Blick nicht fort wollte, wenn sie auf dem Laufband steppten und ihre Brüste federten. Fred spannte uns auf zehn verschiedene Maschinen. Am Ende des Trainings musste der Pfarrer auf dem Laufband noch 30 Minuten rennen. Am Ende musste ich 40 Kilometer auf dem Rad fahren. Bergfahrten mit Höhenprofilen und entsprechenden Wattzahlen. Nach ein paar Wochen brauchte ich für die 500 Höhenmeter weniger als eine Stunde. Ich wollte mich Hakan und Loupp nicht zum Fraß vorwerfen. Ich wollte sie vernichten. Das war alles. Nichts anderes hatte ich zu tun.

Manchmal massierte Fred mich oder renkte einen Wirbel zurecht, bearbeitete den Piriformis. Der Körper vergisst nicht, sagte Fred. Das, was uns widerfährt, speichert er in den Muskeln. Er weiß mehr als wir und spricht mit einem Hexenschuss, einem steifen Nacken, sagte Fred. Meist aber sagte Fred nichts und schwieg, und auch ich schwieg unter seinen Händen. Ein Physiotherapeut, der schweigt, ist ein guter Therapeut. Zu schweigen hieß, dass er die Verhärtungen, die Knoten spürte, dass seine Finger begriffen, wer auf der Pritsche lag. Nur wenn Fred verstand, konnte er helfen. Darüber hinaus war alles eine Frage des Geruchs. Die Kabinen waren eng, nicht größer als fünf Quadratmeter. Auch der Schweiß spricht. Die Säuernis, die aus einem Körper dringt. Ich fragte Fred nie, wie ich roch, und wer ich war.

5

In der Nacht wachte ich auf, lauschte dem Knacken des Gebälks, dem Scharren der Füchse an der Schuppenwand, den Rufen der Eulen, dem Verrinnen der Zeit, ihrem stummen Klang, ihrem Fliehgesang in meinen Ohren. Es war früher Morgen, als der Winter kam. Wolkenbänke trieben über den Hauptkamm. Sie waren tiefschwarz, ihr Zentrum hatte die Farbe von Auberginen. Der letzte Glanz wich von den Arven, verschwand aus den Wiesen und mit ihm die Stimmen der Vögel. Dann schneite es. Es schneite auch am Abend und in der Nacht. Es schneite am Morgen des nächsten Tages und bis weit in den Tag hinein. Der Abstieg ins Dorf würde eine Plackerei durch kniehohen Schnee sein. Der Pfarrer würde nicht mehr zu mir hinaufkommen können. Jede Entfernung wuchs. Jetzt galt es: Ich musste das Schweigen und das Alleinsein aushalten. Schwerer als das würde das Nichtstun sein. Es gab keine Arbeit bis auf das Holzhacken und das Füttern der Tauben und der paar Hühner, die der Pfarrer mir, klug wie er war, noch vor ein paar Tagen gebracht hatte. Ich besaß ein paar Bücher, die ich sorgsam und sehr langsam lesen würde. Ich hatte Musik, so lange die Fotovoltaik-Anlage Strom produzierte. Dafür benötigte sie Sonnenlicht. Ich wusste, was mich erwartete.

Nach dem Schnee kam der Nebel. Als er sich nach ein paar Tagen lichtete, ließ er Wolken zurück, die immer tiefer hinunterstiegen, sich auf die Hütte und den Wald legten. Dem Blick blieb nichts als der Tisch, das Bett, die Sitzbank, die beiden Stühle, die Spüle, das schmale Küchenregal, das

Kruzifix im Herrgottswinkel gegenüber dem Ofen. Wenn ich aus der Hütte flüchtete, weil mir plötzlich das Herz bis zum Hals schlug, war da nur Schnee und im Schnee die kurzstämmig gewordenen Arven und Tannen, die einen weißen Mantel trugen. Von Zeit zu Zeit schnallte ich die Schneeschuhe an und stieg ins Dorf, um Lebensmittel zu holen. In den Tagen vor Weihnachten half ich dem Bäcker und schlief im Pfarrhaus, so dass ich um vier Uhr in der Backstube sein konnte. Vor dem Fest floh ich zurück in die Hütte. Weihnachten war nur im Tal. Hier oben war es ein Tag wie jeder andere. Ein Tag, an dem ich bis auf ein paar Verrichtungen nichts zu tun hatte. Nichts füllte meine Tage. Die Nächte waren so durchlässig wie Pergament. Wenn ich wach lag, von einem Traum aus dem Schlaf vertrieben, war die Stille um mich herum materiell. Ich konnte sie sehen, ihre Textur. Ich fühlte ihr Gewicht. In der Stille waren Stimmen. Der Wind sprach in Zungen. Er sprach von Vater, er sprach von dem Jungen. Nichts ist je vorbei. Es ruht nur. Der Schmerz wandelt sich, maskiert sich, wird mitunter unsichtbar. Ich trat an das Bett des Jungen, berührte ihn an der Schulter. Der Junge riss die Augen auf, starrte ins Leere. Ich trat an den Herd, machte die Milch warm, rührte den Kakao ein. Für einen Moment stand das Aroma des Kakaos in der Hütte. Der Junge richtete sich auf, nahm den warmen Becher in die Hand und trank. Die Mondsichel stand über den Bergen. Schmal und ohne Licht zu werfen. Der Junge schlüpfte in die Kleidung, trat vor die Tür. An der Dachrinne glitzerten die Eiszapfen im Licht auf, das aus den Fenstern nach draußen fiel. Wenige Meter von der Hütte entfernt im Lichtschatten blieb nichts zurück als das schwache Strahlen des Schnees. Alles andere war eingeblasst. Das Holz knackte im Frost. Ich sah den Jungen den Pfeil einlegen und die Sehne spannen. Eine Armbrust für Kinder. Er kaute auf seiner Unterlippe, das Reh am Bach witterte uns nicht, nagte an einem Ast. Der Junge hielt die Sehne lange gespannt und zielte. Dann senkte er die Armbrust, ließ den Pfeil davonsurren, die Pfeilspitze riss den Schnee ein paar Meter vor unseren Füßen auf. Der Pfeil schwang noch eine Weile nach.

Wollte nur fühlen, wie das ist, wenn man zielt, und das Tier nicht weiß, dass ich ihm wehtun kann, sagte er.

Und?, fragte ich. Was fühlst du?

Ich fühle seine Angst, sagte der Junge.

Das, von dem wir nichts wissen, kann uns nicht ängstigen, sagte ich.

Der Junge schwieg, und er schwieg, weil ich falsch lag.

Nicht alle Tiere überstanden den Winter. Besonders die Vögel litten. Eines Morgens fand ich einen Mauersegler vor dem Schuppentor, ein Tier, das den Rückflug nach Afrika nicht angetreten hatte. Eines, das sich oder die Verhältnisse in den Bergen verkannt hatte. Was hatte das Tier gehindert sich seinen Zuggenossen anzuschließen? War es krank gewesen? Hatte es die Abreise verpasst und nicht gewagt, den Flug alleine anzutreten? Verlieren Tiere zuweilen ihren Instinkt? Seine Füße waren gekrümmt, als hätten sie sich unter einem Schmerz zusammengekrallt. Ich hob das Tier auf. Es hatte grafitfarbene Flügel, darin verwebt waren bläuliche Schattenmuster. Die linke Augenhöhle war leer.

Ein kleines, ausgeräumtes Augennest. Ich grub ein Loch in den Schnee und legte das Tier hinein. Ich verschloss das Grab mit Schnee und beschwerte es mit einem Holzklotz. So würde der Vogel eine Zeit lang ruhen können, ehe der Schnee taute und ein Tier das Aas fraß.

Mitte Februar wurde es wärmer. Ein falscher Frühling lag in der Luft. Auf dem Hüttendach glitzerte der Schnee nass in der Sonne. Die Eiszapfen an der Dachrinne begannen zu tropfen. Sie waren dick wie ein Unterarm. Einzelne lösten sich, sausten zu Boden, bildeten Staketen in den Schneehaufen, die ich entlang der Hütte aufgeworfen hatte. Tür und Fenster hatte ich vom Schnee frei gehalten, auch den Weg zum Schuppen. Wer sich dem Schnee ergibt, schneit ein und verliert.

Nichts hielt mich mehr in der Hütte nach all den Wochen der Dunkelheit. Der Himmel hatte jenes tiefe und klare Blau, das nur in den Bergen zu finden ist. Die Hänge waren leuchtend weiß. Ich streifte durch das Tal, wechselte hinüber in die Seitentäler. Dort lag der Schnee noch hüfthoch. Nur die Köpfe der Weidenpfähle schauten hervor und ließen einen Weg unter den Füßen erahnen. Der Schnee war sulzig. Er taute, wo die Sonne ihn zu fassen bekam. Flächen, die nicht im Schatten lagen, weichten auf, wurden instabil. Manchmal versank ich bis zu den Knien im Schnee. Gift für meine Kreuzdarmbeingelenke. Getreu dem Motto: Was wir fürchten, wird uns widerfahren, spürte ich einen stechenden Schmerz in der Gesäßmuskulatur. Der Gang wurde unrund und eckig. Eines der beiden Kreuzdarmbeingelenke, die das

Becken oberhalb der Beckenschaufel mit der Wirbelsäule verbinden, musste wegen der abrupten Überdehnung blockiert sein. Windige, weil störungsanfällige Regionen, solche Nahtstellen. Ich hätte umkehren sollen, aber daheim in der Hütte würde der Schmerz ungleich intensiver sein, da ich mich nicht bewegen, nur dort herumsitzen würde. Der Schnee glitzerte. Die vereisten Zweige der Tannen flimmerten wie Lametta. Standen die Bäume windgeschützt in der Sonne, streifte ein harziger Duft mich. Um sie herum hatten sich kreisrunde Schmelztobel gebildet. Tauwasser war die Stämme hinuntergeflossen. Ich kreuzte einen Bachlauf. Eine Fährte aus spitz zulaufenden Trittsiegeln führte hinunter zum Wasser. Nur der Saum, ein schmales Grasband am Ufer, war schneefrei. Ich sah zuerst den Kiefer. Die Vorderzähne saßen noch in den Wurzellöchern, die Backenzähne fehlten, die Gaumenplatte war vom Wind poliert und glänzte rosig. Die Nase, stumpf und braun, hockte wie angeklebt auf der Kieferspitze. Der Rumpf befand sich ein paar Meter entfernt. Ein ovaler Brustkorb, jede Rippe säuberlich von innen abgenagt, makellos wie die Spanten in einem frisch verleimten Schiffsrumpf.

Ich schnallte die Schneeschuhe an. Durch die Schneeschuhe verteilt sich das Körpergewicht auf eine Auftrittsfläche, die das Vielfache einer Schuhsohle besitzt. Weniger Gewicht pro Flächenstück. Der Schnee trägt dadurch. Schon Eskimos und Indianer kannten Schneeschuhe aus Leder und Sehnen. Fußteller von der Form eines Tennisschlägers. Wie jagen, wenn sie ohne Schneeschuhe bis zu den Hüften im Schnee versanken?

Ich erreichte die Almhütte spät. Nur das Dach schaute aus dem Schnee hervor. Ich trat an die Dachrinne heran, löste die Schneeschuhe, hievte mich aufs Dach. Die Steinschindeln knackten unter meinem Gewicht. Unterhalb des Firsts waren ein paar Schindeln schneefrei und von der Sonne aufgetrocknet. Ich streifte den Rucksack ab, streckte mich aus und schob den Rucksack unter meinen Kopf. Die Schindeln waren sonnenwarm.

Zuerst das Zittern der Schindeln, dann ein Grollen. Ich sprang auf, mein Blick flog zum Taleingang. Bäume brachen. Sie knickten, rissen, barsten, wurden in die Luft geschleudert, als wären tausend Äxte am Werk. Eine Lawine und mit ihr eine Geröllzunge stürzten ins Tal. Eisquader, Felsbrocken, eine Wand aus gepresstem Schnee riegelten das Tal ab. Und an den Gratkanten der Berge hingen weitere Schneelasten, überhängende Schneebalkone, die der Wind Zentimeter um Zentimeter den Winter über angeweht hatte. Werke auf Zeit. In der zunehmenden Strahlungswärme der Sonne schmolzen die Wechten ab, verloren an Konsistenz und erlagen schließlich der Schwerkraft, donnerten entlang der Falllinien ins Tal. Ich war gefangen, der Weg zurück war blockiert. Ich konnte in der Hütte übernachten, bis jemand den Weg mit Bulldozern freiräumen würde. Es würde Tage dauern, ehe man durch die Lawine eine Trasse geschnitten hatte. Niemand wusste, dass ich hier in der Hütte ausharren würde. Nur ein Steig führte noch heraus ins Nachbartal, zog den Talschluss hoch, war jetzt im Winter zugeschneit. Eine andere Möglichkeit hinauszukommen existierte nicht. Am Nachmittag stieg die

Lawinengefahr noch weiter an. Die Hänge waren durchgetaut. Ich musste los. Kämpfte mich durch den Schnee bis zum Ende des Tals. Dort querte eine Spur. Sie führte aus dem Wald hinaus in eine Steilflanke auf den Grat zu. Ein einzelner Berggeher hatte passiert. Die Spur würde den Aufstieg um einiges verkürzen. Ich setzte meinen Fuß in die Tritte. Jeder Schritt wurde leichter. Ich lehnte den Oberkörper nicht zum Hang. Neigt man sich, wenn die Angst vor dem Abgrund übergroß wird, zum Hang, bildet der Körper eine Schräge zum Tal hin. Der instabilste Punkt in der Schräge sind dann die Füße, die womöglich ihren Halt verlieren. Ich erreichte den Grat, ohne mich zu verausgaben. Er führte auf einen Felsrücken zu, zog von dort steil zum Gipfel. Ich musste nicht überlegen. Es war eindeutig. Die Felspassagen waren für mich unüberwindbar. Ich war kein Kletterer, hätte der Fährte nicht folgen dürfen. Ich setzte den Fuß aus der Spur, trat einen faustgroßen Schneeklumpen los. Er schoss den Hang hinab, fiel über eine Bruchkante talwärts. Der Schnee war verharscht, war in der Mittagssonne aufgetaut und nun wieder gefroren. Eine dünne Eisschicht bedeckte den Hang. Ich hatte das übersehen, hatte den Blick nur auf die Fußstapfen gerichtet. Die Spur war nicht tief, konnte bei jedem Schritt wegbrechen. Ich rammte die Stöcke in den Schnee, wendete, blickte auf die Bruchkante und das Tal. Es wäre ein Ritt ohne Wiederkehr. Ich müsste den Fuß nur ein wenig aus der Spur nehmen, den Körper hangabwärts neigen, das Werk eines Augenblicks, eine absolute Entscheidung. Unumkehrbar. Wenn ich je aufgab, hier war der Ort dazu.

Über mir schnitt ein Trupp Bergdohlen durch die Luft. Die Tiere schraubten sich zum Gipfel hoch. Senkten sie einen Flügel ab und stürzten zu Tal, entstand ein Geräusch wie von einem Rotorblatt, wenn der Wind sich daran bricht. Ich stieg in meiner eigenen Spur abwärts, querte den Hang bis zu der Stelle, an der ich den Steig verlassen hatte, kämpfte mich dann hoch zu einer kesselartigen Vertiefung unterhalb eines Kamms. Sollte ich den Kamm erreichen, ließe sich von dort der Abstieg ins Nachbartal finden. Nirgendwo war eine Trittspur zu sehen, die von der Schneerippe zum Kamm hinaufzog. Kein Tourengeher war hier unterwegs gewesen. Ein warmer Wind strich von den Hängen herunter, die Konturen der Bergspitzen traten scharf hervor. Es würde Föhn geben: ein Fallwind, der die Lawinengefahr noch erhöhte. Ein Wind, der matt macht und mit enormer Geschwindigkeit ins Tal bricht. Schnell wurde der Wind böig. Schneekissen stäubten von den Zweigen, fielen auf darunter hängendes Geäst, versetzten es in Schwingung, ließen Schneeschleier in der Luft tanzen. 400 Höhenmeter lagen noch vor mir, schätzte ich. Der Schnee wurde immer harschiger. Brach der Schuh durch die Eiskruste, war der Schnee darunter jedoch pulvrig und trocken, und die Eiskrallen unter den Schneeschuhen fanden kaum Halt. Meine Hüfte schmerzte. Je steiler das Gelände wurde, desto stärker wurde der Druck auf die Gelenkkapsel. Über dem Kamm tauchten schmale fischförmige Wolken auf. Ich musste mich beeilen. Immer mehr Föhnfische zogen über den Himmel. Ihre Schatten flirrten über den Hang. Jenseits des Kamms würde es bald schneien. Ich war ein Sommerberggänger, war nicht viel mehr als ein ambitionierter Tourist, würde mich bei schlechter Sicht nicht zurechtfinden. Umzukehren hieß, in die zugeschneite Hütte einzusteigen, die Nacht in Dunkelheit und Kälte zuzubringen. In der Hütte wartete ein dünner Schlaf, eskortiert von den Laufgeräuschen der Mäuse in den Holzdecken. In der Hütte wartete Vater, sein glänzendes, wie poliert wirkendes Gesicht, die Haut, die sich über dem Jochbein und dem Kinn spannte, der Blick, der sich immer mehr nach innen und ins Nichts wandte. Die blau, an manchen Stellen orangefarben marmorierten Hände, wo die Einstiche der Kanülen kleine Flächen in Brand gesetzt hatten. Vater hatte, als er auf Loupp und Hakan gestoßen war, eine Reise angetreten, die ohne Rückkehr war. Ich hatte an seinem Bett gesessen und versucht mir sein Gesicht einzuprägen. Das Gesicht des Jungen verschwand bereits in mir. Ebenso war der Geruch des Jungen fast gelöscht. Manchmal hatte ich im Haus unter dem Sofa oder einem Schrank einen Socken, ein T-Shirt von ihm gefunden. Bilder standen vor mir, seine Versuche auf dem Fahrrad, sein ernstes konzentriertes Radeln, Schneidezähne, die auf die Unterlippe bissen, während er den Waldweg hinunter zum Fluss und zu den Feuchtwiesen in Angriff nahm. Der Moment, als ich den Jungen aus dem Eis barg. Seine verwaschenen, zerfrorenen Augen, das Entsetzen in seinem Gesicht, auf seinen Lippen, die geöffnet waren, die das Schreien noch formten, das ich nicht hatte hören können in meinem Zimmer neben Karen; Schreie, die das Eiswasser schluckte, Sekunde um Sekunde, bis die Lungen sich gefüllt hatten, zum Glück nicht ganz, seine Alveolitislunge, die so mühsam geheilt war und Narben im Lungengewebe und in seinem Kinderleben hinterlassen hatte. Zuvor bereits der Verlust der Tauben, ohne dass wir damals hätten wissen können, Vater und ich, dass wir es waren, die durch den Weggang des Jungen noch einen ganz anderen Verlust erleiden mussten, einen, der unser Leben in die Knie zwang.

Musste ich die Nacht in der eingeschneiten Hütte verbringen, würde ich an den See zurückkehren, würde ich Noeten sehen, würde ich übers Eis laufen, würde ich das Eis brennen sehen – ohne Karen, die mich damals in den Nächten im Arm hielt, als ich die Stimme des Jungen in den Bäumen und im Wind hörte. Karen, die meine Ohren zuhielt, Nacht für Nacht, bis ich den Jungen nicht mehr hörte, zumindest so tat, als hörte ich ihn nicht mehr, sein Rufen, sein Rufen nach mir unter dem Eis … und schließlich ein paar Stunden schlafen konnte. Ich wollte ihnen allen nicht begegnen – nicht Vater, nicht dem Jungen, nicht Karen: nicht in einer kalten Hütte ohne Licht, ohne Grappa, ohne die Möglichkeit hinaus ins Freie zu treten und davonzulaufen. Ich stieg weiter. Niemand außer mir bewegte sich hier, kein Mensch, kein Tier. Ich winkelte die Schneeschuhe zu einem V an, verfiel dabei in eine Art Entenschritt. An der Kammlinie stiegen gazedünne Schneeschleier auf, wenige zunächst, dann immer mehr, bis sich ein Schneenebel bildete, durch den eine dürre Sonne schien und den Nebel hinterleuchtete. Ich blieb stehen, stützte mich auf die Stöcke, verharrte eine Zeit lang, atmete durch. Quellwolken klommen über den Kamm, wattige, weiße, blumenkohlartige Bündel, als hätte im Nachbartal ein Schlot seine Arbeit begonnen. Wolke um Wolke pumpte er über den Grat. Wolken, die schnell an Höhe verloren und die Bergflanke hinuntertrieben. Der Schnee verblasste, wurde stumpf. Ich stapfte weiter. Eine kurze Zeit noch. Dann trieben Schneefahnen, große Laken Schnees, den Hang hinunter. Zugleich wirbelte der Föhn den Schnee vom Hang auf, fegte ihn in die Luft. Es schneite vom Boden in die Luft. Ein wattiges, graues Nichts umgab mich. Alles war weiß. Alle Räume füllte der Schnee. Er war überall und ich in ihm. Über mir und unter mir und neben mir war Schnee, war Schneeglast, Schneestaub, Schneenebel. Eine weiße Finsternis ließ mich vergessen, wo oben und unten, wo der Himmel und wo der Horizont begann. Ich machte keinen Schritt mehr – die Welt war Schnee. Ich erkannte keinen Baum, keinen Kamm, keinen Grat. Da war nur das lautlose Fallen des Schnees, das kein Fallen im eigentlichen Sinne bedeutete, denn ich hätte eine Vertikale erkennen müssen, aber die sah ich nicht. Es gab sie nicht, so wie es auch keine Horizontale mehr gab. Es existierte alleine dieser schräge Hangboden unter mir, auf dem ich stand. Ein Raum von vielleicht zwei, drei Quadratmetern. Der Schnee legte sich auf meine Augen, meine Stirn, in die Nase und in die Ohren, so sehr ich mein Gesicht auch aus dem Wind nahm. Ich legte mich hin, barg das Gesicht in meinen Handflächen und stemmte die Fußspitzen in den Hang, um nicht abzurutschen. Ich kniff die Augen zu. Wegen des Schnees, wegen der Müdigkeit. Ich dachte an Vater, ich dachte an den Jungen. Beide Verluste waren so entsetzlich wie absurd. Vaters Siechtum war ausgelöst worden durch zwei Menschen, die zufällig in sein Leben geraten waren. Der Junge war ins Eis eingebrochen. Stäube hatten seine Lunge sich entzünden lassen. Das Eis und der Staub hatten keine Absicht, so wie auch der Schnee es nicht auf mich abgesehen hatte. Werke des Zufalls: An jenem Tag, als der Junge einbrach, trug das Eis an einer bestimmten Stelle nicht, es hätte am Tag zuvor und am Tag danach getragen, wahrscheinlich. Die Natur ist Natur, sie kennt uns nicht, so wie ein Virus und ein Bakterium uns nicht kennen. Sie agieren ohne Willen, ohne Absicht. Gleichwohl töten sie uns, wenn sie können. Der Berg, der Schnee, der Föhn, das Eis wissen nichts von uns. Sie sind ohne uns. Wir treten in keinen Dialog mit der Natur. Wir sprechen zur Natur, sie aber nicht mit uns. Nicht der Berg, nicht der Sturm, nicht die Wiesen haben ein Interesse an uns, so sehr wir auch eines an ihnen haben. Nicht einmal die Blutung in Vaters Hirn hatte ein Interesse an Vater. Wir verbinden uns mit der Natur. Die Natur schweigt. Wenn sie vermeintlich spricht, führen wir ein Selbstgespräch.

Irgendwann setzte ich mich auf. Es hatte aufgehört zu schneien. Ein diffuses Sonnenlicht waberte über den Hang. Die Sonne befand sich hinter den Wolken. Ich sah nur ihren Widerschein, aber er brachte nicht die Welt zum Vorschein, er machte die Umgebung nur heller, ließ die Konturen aber gelöscht. Alles ging nahtlos ineinander über. Mein Körper warf keinen Schatten. Alles schien gleich weiß zu sein, nirgendwo fasste das Auge einen Unterschied. Ich war in einem leeren Raum. Allein die Schwerkraft hielt mich in der Welt. Unter meinen Schuhen Schnee und um mich herum war das Nichts. An das Nichts kann sich unsere Wahrnehmung, die visuelle im Besonderen, nicht binden. Man kann nicht das Nichts sehen. Und sieht man es dennoch, das Nichts, so kommt alsbald Schwindel, und wir beginnen zu schwanken – eine Warnung unseres Körpers, dass jeder Schritt unsicher und ein Wagnis ist, weil nichts mehr verlässlich ist, da die Koordinaten links und rechts, oben und unten, nicht mehr zuverlässig zu bestimmen sind, wir taumeln, geraten ins Rutschen, schlittern in diese weiße Leere, die uns umgibt. Aber auch das ist nicht sicher. Dass uns etwas umgibt, bedeutet, dass Subjekt und Objekt existieren, dass eines markiert und unterschieden vom anderen ist, dass das Nichts umgeben ist von einem Es, von einer Welt, so wie Luft in einem Topf eben von einem Topf, seinem Boden und Deckel, seinen Wänden eingefasst ist und diese den Topf ausmachen und darin von der Luft unterscheiden. Was aber, wenn der Topf solche Begrenzungen und Markierungen nicht mehr kennt, wenn alles Topf und alles Luft ist, und nichts sich mehr vom Nichts unterscheidet. Allein dieses Stück Schräge, nass und kalt unter meinem Hintern, war Objekt. Mein Hintern, mein Steiß, die in den Hang gestemmten Füße, die Muskeln an Waden und Oberschenkeln waren das Subjekt. Vor meinen Augen war ein Weiß ohne jede Tiefe. Und in diesem Weiß, sagten meine Sinne, existierte keine Welt, kein Bergkamm, kein Gipfel, kein Tal und vor allem keine Hütte, zu der ich hätte zurückkehren können. Ich hatte keine Angst vor dem Tod.

Nicht seitdem der Junge uns verlassen hatte und seit Vaters Tod nicht mehr. Auch Karen hatte an Geltung verloren, selbst wenn sie in mir sprach, sich immer noch erklärte, nur die Musik habe sie mit Grunewald verbunden, nur die Musik, seine Begeisterung. Irgendwann büßen Worte ihre Bedeutung ein. Es ist der Moment, in dem die Person, die sie spricht, für uns abgetan ist, weil wir sie aufgegeben haben. Die Liebe verliert sich zuerst in den ideellen Zuschreibungen, in der Idee vom anderen. Ist die Fiktion zerstört, ist die Liebe zerstört.

An einen weiteren Aufstieg war nicht mehr zu denken. Ich war geschlagen. Es ist gut zu wissen, wann die Niederlage da ist, wann sie unleugbar geworden ist. So war es mit Karen. So war es hier. Am Ende wäre es nicht Eifersucht gewesen, die ich gespürt hätte, wenn Grunewald sie küsst. Überdruss wäre es gewesen. Er steht im Entree des Theaters, begrüßt die Gäste. Er ist Mozart, er ist wieder Mozart, und sie müsse vor Ort sein, ihm zur Seite stehen, hatte sie gesagt. Mozart: Charisma und Begnadung. Lesung und Vortrag. Sie hätten mich nicht gesehen. Ich hätte hinter einer Säule gestanden. So wäre es gewesen, wenn auch ich ins Theater gegangen wäre. Er trägt eine gepuderte Perücke mit Zopf, eine Kniebundhose, dazu weiße Strümpfe, einen Rock bis zu den Knien, Rüschenärmel, eine Halsbinde. Seine Verbeugung, sein Kratzfuß vor ihr, das Flackern in seinem Blick. Die Karen, die ich mir erdacht hatte, die ich mir konstruiert hatte, diese Karen würde nie Grunewalds Kuss geschehen lassen, diese hätte den Kopf zur Seite gebogen, ihre Wange hätte er nur gestreift, und darum musste dies eine andere Karen sein, eine, die ich lange nicht bemerkt hatte, die mehr und mehr zum Vorschein gekommen war, vielleicht, weil es sie immer schon gegeben hatte, vielleicht weil sie in ihr gewachsen war, diese andere in ihr, für die ich blind gewesen war. Liebe lässt uns sehen, was wir zu sehen wünschen, sie retuschiert. Man darf sich selbst nicht trauen: Wir entwerfen den, den wir lieben.

Die Dämmerung setzte ein, der Schnee verblasste, übrig blieb ein diffuses Schimmern, aus dem hier und da eine Felsnase oder ein Kar aufschien und sogleich wieder verschwand. Auch wurde der Hang von Zeit zu Zeit unter mir sichtbar, hob sich aus dem Grau heraus, ließ ahnen, wie weit und steil der Rückweg war. Das Nichts lichtete sich. Ich stand auf. Klopfte mir den Schnee von der Hose und stieg ab. Der frische Schnee lag knöchelhoch, an manchen Stellen reichte er bis zu den Knien. Ich stieg Meter um Meter hinunter, immer darauf bedacht, mir nicht auf den Sporn am Ende des Schneeschuhs zu treten und zu stürzen. Ich war müde, müder als man für einen solchen Abstieg sein darf. Konzentrationsvermögen ist nicht endlos. Irgendwann verlor sich für einen Moment der Rhythmus der Schritte. Ich verkantete, führte den einen Schneeschuh nicht sauber am anderen vorbei, streifte mit der Frontspitze des einen Schuhs die Wade des anderen Beins, der Schneeschuh blieb hängen, ich stürzte, das Standbein rutschte ein Stück den Hang hinunter, das andere Bein aber kam nicht nach. Die Schere ging auf, riss an den Muskeln, an den Adduktoren, am Oberschenkel. Irgendwie schaffte ich es, mich zur Seite kippen zu lassen und unverletzt zu bleiben.

Jacke und Hose waren eingeweißt, und zwischen Kragen und Kapuze war Schnee eingedrungen, und die Schmelze rann vom Nacken hinunter zur Schulter und über den Rücken.

Es dauerte, ehe ich hinunterfand. Entkräftet hielt ich auf die Hütte zu. Der Himmel riss auf. Sonnenstrahlen fassten an die Hänge, strichen über das Dach der Hütte, das nur noch als Rampe aus dem Schnee hervorschaute. Die Hütte war im Schnee untergegangen. Selbst die Dachrinnen waren im Schnee verschwunden. Ich trat näher, stieg die Rampe hinauf, stocherte mit den Stöcken im Schnee. Ich grub die Holzschindeln mit den Händen frei. Ich riss sie von der Lattung ab, stieß auf Strohdocken, riss auch sie herunter, trat die Latten und die Holzverkleidung von den Sparren. Ein paar Tritte genügten. Eine Bresche tat sich auf – breit genug, um den Rucksack hindurch zu werfen. Er schlug mit einem dumpfen Geräusch auf. Die Fallhöhe schien nicht allzu hoch zu sein. Jetzt galt es. Hatte ich Glück, befand sich unterhalb von mir eine Mansarde, und ich konnte mich nach unten hangeln, ohne dass ich mir bei einem Sturz die Knochen brach. Viele Hütten hatten ein Dachgeschoss mit niedrigen Zimmerdecken. Ich lugte durch die Öffnung, sah nichts, ein holztrockener Geruch stieg aus dem Raum auf. Ich stieg durch den Durchlass, hielt mich an einem Sparren fest, meine Beine baumelten in der Luft. Der Moment, der alles entschied. Brach ich mir ein Bein, würde ich umkommen, unweigerlich. Es war unwahrscheinlich, dass jemand in den nächsten Tagen herauskam und mich fand. Die Lawine hatte den Talausgang versperrt. Ich wäre einer der kuriosen Fälle in der Unfallstatistik, ein Dachbrüchiger. Am Ende entschied der Schmerz in Armen und Schulter, ich konnte mich nicht länger halten, hatte keine Kraft mehr, ich ließ los und fiel. Ich kam mit den Füßen auf, der Fall war nicht allzu tief, ich war unverletzt. Um mich herum Stockbetten, die Matratzen unbezogen, ein Tisch, ein Stuhl. Ich öffnete die Tür, trat hinaus auf den Flur, stolperte über die Treppe hinunter zur Stube. In einem Wandschrank fand ich eine Taschenlampe. Sie warf ein kaltes Spotlicht. Stühle standen auf den Tischen, zwischen den Stuhlbeinen lagen Speisekarten. Die Küche war blank und leer, nicht mal eine Maus flitzte auf. Ich öffnete alle Schränke, Spinde, fand eine Kerze, ein Feuerzeug. Zu essen gab es nichts. Eine Flasche Limonade stand auf einer Fensterbank. Die Fensterläden waren zugezogen. Würde ich sie öffnen, stieß ich auf eine Wand, einen Panzer aus druckgepresstem Schnee. Es würde bis weit in den Mai dauern, ehe er zur Sommersaison geschmolzen war. Ich ging zurück in die Stube, entdeckte etwas Holz neben dem Kachelofen. Wenn der Kamin schneefrei war, würde ich den Ofen eine Stunde oder zwei brennen lassen können. Dafür würde das Holz reichen. Ich könnte meine Unterwäsche, das verschwitzte und schneenasse Zeug trocknen. Ich legte die Holzscheite in den Ofen. Anzünder oder Papier hatte ich nicht. Ich suchte die Küche ab, in einer Schublade lag ein Quittungsbogen. Ich zerriss ihn, schob das Papier unter die Scheite, nahm eine Speisekarte, holte die bedruckten Seiten aus den Folientaschen, zerknüllte sie und steckte auch sie unter die Scheite. Das Papier flammte auf, brannte mit einem hellen Rauch ab. Der Rauch stieg auf, die Sichtscheibe blieb klar und unverrußt, offenbar zog der Kamin. Blasse Flammen tanzten auf dem Holz, schlängelten sich die Kante hinunter, wo weitere Flammen züngelten, die aber zunehmend an Kraft verloren und sich blau färbten. Ich öffnete die Klappe für den Aschespeicher. Er befand sich unterhalb des Brennrosts. Luft schoss ein, die blauen Flammen wuchsen, wurden wieder orangefarben, fraßen sich an der Kante fest. Das Holz knackte, das Feuer drang ins Holz. Ich zog mich aus, hängte Jacke und Fleece und das Unterzeug über einen Stuhl und stellte ihn an den Ofen. Ich holte einen weiteren Stuhl für mich, setzte mich mit dem Rücken zum Ofen, dann mit dem Gesicht. Dennoch bibberte ich vor Kälte, lief zurück in die Küche, fand ein Handtuch, rieb mich damit ab, hockte mich wieder an den Ofen, rieb mich erneut ab. Ich hielt mich auf Trab, stieg die Treppe hinauf, raffte die Holzvertäfelung auf, die ich von den Sparren getreten hatte, und verfeuerte auch sie. Als auch dieser Vorrat erschöpft war, allmählich trocknete die Kleidung, schlug ich Stuhl um Stuhl entzwei und warf die Trümmer in den Ofen. Die Stube erwärmte sich. Ich zog mein Zeug an, legte mich auf einen Tisch und schlief ein, schlief vielleicht eine Stunde, dann setzte ich mich zurück an den Ofen, verfiel in ein Dämmern. Die Äste vor dem Fenster ließen Schattenmuster auf den Wänden entstehen, flüchtige Gebilde, die der Wind formte, wenn er in die Bäume fuhr. Unten hörte ich Vater in der Küche hantieren. Töpfe klapperten. Ich zog mich für den Abend an. Es war der erste, den Karen und ich außer Haus verbringen würden. Der erste, seit der Junge uns verlassen hatte. Ein Theaterbesuch. Ich hatte Vater gefragt, ob er uns begleiten würde. Vater hatte abgewunken. Er war schweigsam geworden. Auch während der Mahlzeiten sprachen wir nicht. Es war unerträglich für ihn wie für mich, an diesem Tisch zu sitzen, an dem der Platz des Jungen leer blieb. Meist aßen wir im Wohnzimmer vor dem Fernseher. Hatten wir gegessen, war das Schweigen noch schlimmer. Wir standen auf, stellten die Teller auf die Spüle. Kam Karen, erlöste sie Vater und mich aus dem Schweigen. Karen erzählte aus der Schule. Karen erzählte vom Leben. Wir hörten ihr zu. Hinter ihren Worten waren andere Worte, waren die Worte des Jungen. Gesprächsfetzen aus einer verlorenen Zeit. Worte, die ich die ganze Zeit hörte. Sätze, Bemerkungen, die der Junge irgendwann einmal gesagt hatte, das Echo seiner Stimme, ein Kanon, der nicht abreißen wollte, ein Strom aus Worten. Vater saß am Küchentisch, schaute zum Fenster hinaus. Schneereste lagen zwischen den Buchen, darüber ein diffuses Streulicht. Auf dem Herd kochten Kartoffeln. Ich hatte Karen. Vater hatte nur mich. Vielleicht hatte es Vater noch härter getroffen, dass der Junge uns verlassen hatte. Am Ende eines Lebens war ein solcher Schmerz nicht mehr kompensierbar. Womit denn auch? Einer neuen Liebschaft? Lächerlich. Wen sollte Vater wo finden? Reisen? Wohin sollte er denn reisen? Und warum? Niemand reist, dem das Herz gebrochen ist. In der Fremde zerreißt es einen völlig. Sein Leben waren wir, war das Haus, war der Junge, waren die Tauben. Er hatte den Jungen und die Tauben verloren. Ich setzte mich zu ihm. Er schaute auf, richtete aber nicht das Wort an mich. Ehen zerbrechen oft an dem Tod eines Kindes. Einer erträgt den Schmerz des anderen nicht mehr. Jeder erträgt den eigenen nicht. Einem gelingt die Flucht aus der immer gleichen Ödnis eines Zuhauses, das der Tod verwandelt hat in einen Ort dauerhaften Erinnerns und Fühlens. Einem gelingt der Sprung in ein Leben an der Seite eines anderen Mannes, einer anderen Frau. Einem der Zauber einer Verabredung, einer ersten Nacht, der Zauber des Vergessens für ein paar Stunden: Zunder, der das alte Leben, seine Trauer, seinen Schmerz in Brand setzt, nicht heftig, ein Schwelbrand, der sich in dieses Leben frisst und es verzehrt. Nichts davon durfte Vater erhoffen. Es gab keine Liebe zu finden, und es gab kein Buch zu schreiben, kein Bild zu malen, keine Musik zu komponieren. Es gab nichts als den Verlust und nichts, das ihn mildern würde als allein die Zeit. Aber diese Zeit blieb Vater nicht. Diese Art Zeit hatte er nicht. Ein Scheinwerferlicht huschte über die Buchenstämme und erlosch. Eine Wagentür fiel ins Schloss, und ich fühlte die Erleichterung, dass das Schweigen für einige Momente aus der Küche und dem Haus vertrieben sein würde. Ich hatte mir nie Gedanken gemacht, Karen einmal zu verlieren. Jeder, der liebt und geliebt wird, verspürt die Gunst der Stunde. Dennoch schließen sich Verliebtheit und Verlustangst in einer Liebe nicht aus. Wo das eine ist, kann das andere auch sein. Als Karen in der Tür stand, ich erinnere mich, überkam mich plötzlich die Furcht, auch sie verlieren zu können. Wie ein fernes Wetterleuchten war da dieser Gedanke. Grundlos. Ich umarmte sie, vielleicht heftiger und inniger, als ich es zuletzt getan hatte. Sie löste sich von mir, wandte sich Vater zu. Umarmte auch ihn, und einen Moment schien es so, als lasse er sich ihre Umarmung gefallen, als suche er Schutz bei ihr, sein Kopf ruhte an ihrer Schulter. Sie strich über seinen Rücken. Es war der Moment, da er zurück an den Herd floh. Er schüttete die Kartoffeln ab, holte den Lachs aus dem Backofen, stellte den Spinat auf den Tisch.

Ihr esst doch mit?

Ich schaute Karen an. Sie nickte. Vater öffnete den Wein.

Mögt ihr?

Wieder nickte sie, setzte sich an den Tisch. Ich sah, dass ihr Blick sich zur Küchenuhr stahl. Viel Zeit blieb nicht, bis wir aufbrechen mussten. Leise tickte die Uhr. Wir aßen. Wir fanden ein paar Worte. Schließlich standen wir auf, machten uns auf den Weg zum Auto. Karen hakte sich bei mir ein. Der Wind strich durch die Bäume und durchs Laub. Das Frühjahr würde bald kommen. Das Licht von van Haugoldts Villa streute in die noch kahlen Baumkronen.

Das Feuer war ausgebrannt. Ein Rest Holzkohle glomm in der Brennkammer. Ich zerschlug einen weiteren Stuhl. So konnte es gehen. Ich stieg in das Dachzimmer. Der Himmel war klar. Sterne standen in der Dachöffnung. Ab und zu stäubte der Wind Schnee durch die Öffnung. Er glitzerte im Licht der Taschenlampe und rieselte zu Boden.

6

Ich kratzte ein Loch in die Eisblumen am Fenster und hauchte meinen Atem auf die Scheibe, damit der Frost sie nicht wieder erblinden ließ. Krähen jagten in den Tannen neben meiner Hütte auf, flatterige Bündel, die ein Stück ins Tal und in Richtung des Dorfs flogen, kehrtmachten und sich wieder auf den Bäumen einfanden, als hätten sie sich in der Kälte bewegen müssen. Ich legte mich zurück unter die Decke, im Zimmer das Graulicht des Schnees. Der Himmel wie erfroren. In der Farbe alten Zinns. In den Ohren hörte ich mein Herz schlagen. Die Stille legte sich mir auf die Brust und wollte nicht weichen, schwand erst, als ich begann mit mir selbst zu reden, als bräuchten die Gedanken einen Ausweg, einen Fluchtweg, auf dem sie vor sich selbst flohen, indem sie aus dem Kopf auf die Zunge und die Lippen wichen und erst zur Ruhe kamen, wenn sie Klang, wenn sie zu Lauten und Wörtern wurden, als wiche dann ein Druck aus ihnen. Mein Blick fuhr über die holzgetäfelten Wände, die ins Dunkle gewitterten Deckenbalken, den fadenscheinigen blauroten Teppich entlang des Betts, ich versuchte den Staub zu riechen, der zwischen den Dielen lag, den Puder der Jahre: Brotkrümel, Wollflusen, Tee, Sand, Grasreste, die an den Schuhen klebten und in die Stube getragen worden waren. Seit ein paar Tagen, nach meiner Rückkehr aus den Bergen, roch ich nichts mehr. Mein Geruchssinn war verschwunden. Ich hatte es nicht sofort bemerkt. Erst als das Holz im Ofen vollkommen geruchlos abbrannte, und das Brot so fad schmeckte, ahnte ich, dass etwas nicht stimmte. Ich roch und schmeckte nur noch grobe Noten. Keine Nuancen. Die Rezeptoren waren unempfindlich geworden für süß und sauer, für salzig und bitter. Wer nicht riechen kann, kann auch nicht schmecken. Mir schien, als wüchse seitdem die Stille um mich herum, als verstärkte das Fehlen des einen Körpersinns die Dominanz eines anderen. Das Sehen blieb maßvoll, verzerrte sich nicht. Wer sich nicht auskannte, musste die Bilder in der Hütte für irgendwelche Ölschinken halten. Vater hatte sie vor Jahren gekauft. Jetzt waren sie wertvoll geworden, da der Maler sich am Markt durchgesetzt hatte. Gebirgslandschaften, düster und schroff. Ohne die Wolken, die uns die Illusion einer Veränderung, eines Pulses geben, wäre ein Gebirge für unsere Augen so tot, wie es ist. Vater hatte ein einziges Bild aufgehängt, auf dem das Meer zu sehen war, die Konturen des Strands, die Sonnenflecken auf den Wellen, die aufscheinenden Untiefen. Auf dem Wasser schon Dämmerung und zugleich das Licht eines Nachmittags, die Gleichzeitigkeit der Zeit, der Tageszeiten.

Der Schnee lag knöchelhoch auf der Terrasse. Ich stapfte zum Schuppen. Die Spuren zogen von dort hinaus in den Gemüsegarten, dann zum Bach. Die Fußspuren zweier Männer. Ich spürte ein Flimmern im Bauch. Jemand mochte sich verirrt haben. Ich wusste, dass es nicht stimmte. Die Spuren waren noch frisch. Irgendwann am frühen Morgen mussten sie hier gewesen sein. Mein Atem ging schneller. Ich entriegelte die Schuppentür, trat an den Verschlag, sperrte ihn auf und warf den Tauben etwas Futter hin. Die Tränke brachte ich ins Haus und ließ heißes Wasser über den Wasserspender laufen, bis das Eis im Inneren des glockenförmigen Behälters knackte. Ich zog den Wasserspender vom Trinkgefäß, schlug mit der Hand darauf, und das Eis fiel aus der Öffnung. Ich reinigte die Tränke, füllte sie mit lauwarmem Wasser und brachte sie zurück in den Stall. Ein Glucksen war zu hören, als das Wasser in das Trinkgefäß nachströmte. Die Tauben dösten in ihren Zellen. Hielt ich einem Tier meine Hand hin, pickte die Taube auf meinen Handrücken ein, was nicht schmerzte. Nach einigen Hieben zog ich meine Hand zurück und schob sie sogleich wieder vor. Die Tiere kannten das Spiel. Aber Tauben sind keine Hunde, keine Katzen. Sie begleiten den Menschen nicht – kein Vogel geht eine Beziehung zu uns ein. Die Beziehungsrichtung ist einseitig. Sie bleiben immun gegen unsere Freundschaft. Wir können die Tiere abrichten. Sie hören auf unsere Pfiffe, stürzen aus der Luft in den Taubenschlag, um an das ausgestreute Futter zu kommen. Sie werden uns nicht vermissen, wenn wir es nicht sind, die in den Schlag kommen und sie füttern. Der Junge hätte anders gesprochen. Ich ging zu einer weiteren Nistzelle, es war eine Taube, die an den Franzosen erinnerte: der mehlweiße Kopf, die weißen Spitzen der Schwungfedern. Rötlich die Brustfedern, durchsetzt vom Glanz eines changierenden Grüns. Ich blieb, bis sich das Flimmern in meinem Bauch verzogen hatte, und der Atem ruhig wurde.

Die Spuren liefen entlang des Bachs. Der Pfad war schmal. Ich folgte der Fährte eine Stunde. Der Schnee lag kniehoch. Offenbar hatte der hintere Mann Mühe, dem Vordermann zu folgen. Ihre Fußstapfen klafften auseinander. Wind fiel von den Bergen, blies den Schnee auf, verwirbelte ihn in der Luft. Es gab eine Hütte nicht weit von einem Parkplatz, an dem Wanderer ihre Autos abstellten. Die Hütte mochte noch eine Viertelstunde entfernt sein. Man konnte sie mieten. Irgendwann müsste die Fährte vom Bach abbiegen. Ich hielt die Nase in den Wind. Wenn sie die Hütte bewohnten, mussten sie heizen, hätte ich den Holzbrand riechen müssen. Ich roch nichts. Immer noch war der Geruchssinn nicht wiederhergestellt. Die Fußstapfen führten in einen Fichtenwald. Er war nicht sehr tief. Dahinter öffnete sich eine Hangfläche mit Blick ins Tal. Die Säulen des Holzbrands standen über den Schornsteinen, in den Fenstern lag Licht. Von den Bergen trieb die Dunkelheit herunter. Die Spur hielt auf die Hütte zu. Ich blieb im Schutz des Walds stehen. Ich wartete eine Stunde. Nichts rührte sich. Dann glomm ein Licht in der Hütte auf. Jemand trat nach draußen, pinkelte in den Schnee. Er war groß und glatzköpfig. Damals waren nur die Schläfen und der Nacken kahl rasiert gewesen. Es konnte der Mann sein, der Hakan und Loupp an den See begleitet und den Ertrinkenden gefilmt hatte. Ein weiterer Mann kam aus der Hütte. Er hatte die Mütze in die Stirn gezogen, sah Hakan ähnlich. Er trug einen schmalen Mund und Kinnbart. Auch Größe und Figur stimmten. Er hielt eine Flinte in den Händen. Der Lauf war kurz. Wahrscheinlich war er abgesägt. Die Waffe ließ sich so leichter unter einem Mantel, einer Jacke verstecken, passte in einen Rucksack. Wegen des verkürzten Laufs war die Streuung der Schrotkugeln größer. Jeder Idiot traf so sein Ziel. Wie hatten sie mich in der Hütte aufspüren können? Nichts deutete auf mich hin. Nie ließ ich irgendwas draußen liegen, wenn ich mich von der Hütte entfernte. Kein Buch, keine Zeitung, keine Schuhe. Jetzt hatte ich Wäsche über Nacht auf der Leine hängen lassen. Die Wäsche eines Mannes. Auf der Terrasse waren keine Spuren zu sehen gewesen. Nur von dort war die Hütte einsehbar. Warum hatten sie die Terrasse nicht betreten? War es ein erster Erkundungsgang gewesen? Vaters Freunde wussten von der Hütte, vielleicht auch van Haugoldt. Hatten meine Fotos im Netz sie auf meine Fährte gesetzt? Hatten sie rekonstruieren können, in welcher Region der Alpen ich die Bilder gemacht hatte? Der Mann hielt die Schrotflinte in die Luft, senkte den Lauf, zielte lange, dann der Schuss und das stakkatoartige Splittern des Holzzauns auf einer Länge von mehreren Metern. Ich machte kehrt, schob mich in den Wald zurück.

Sie stapften durch den Schnee, hielten auf mich zu. Sie trugen Rucksäcke, der Glatzkopf hielt das Gewehr. Ich sank lautlos in den Schnee, verblieb hinter einem Baum in Hockstellung. Noch hatten sie meine Fußstapfen nicht bemerkt. Ich blickte in ihre Gesichter. Ich war mir nicht sicher, es konnte Hakan sein. Vielleicht waren es Hakan und der Glatzkopf. Kurz bevor sie den Wald erreichten, bogen sie ab, passierten den Waldrand, stiegen einen Hang hinauf, verschwanden jenseits der Kammlinie.

Als ich heimkehrte, war die Wäsche steinhart gefroren. Stück um Stück nahm ich vorsichtig von der Leine ab. Hosen und Hemden hatten die Konsistenz einer Glasplatte. Sie würden zerbrechen, wenn sie zu Boden fielen. Ich trug sie einzeln in die Hütte. Die Socken stellte ich an einem Baumstamm ab. Ich roch an der Kleidung. Ich roch nichts. Jede Beschädigung, die unser Körper erfährt, deprimiert uns. Sie nimmt vorweg, was eines Tages Dauerzustand sein wird. Jene Tage, die nicht mehr auf eine Genesung, die auf Erhalt eines Status quo aus sind, der davon lebt, dass es ein Noch-Schlimmeres gibt.

Krähen trieben in die Schneeluft. Ihr Rufen klang dumpf und gebrochen. Ich spaltete Brennholz. Die Schläge der Spaltaxt hallten über die Almwiese. Zwischen den Schlägen eine Stille, die nichts Wohltuendes hatte, die mehr ein Schweigen war. Ich hatte vor ein paar Wochen armdicke Äste im Wald geschnitten, Bruchholz, das keinen Wert hatte. Die Parzelle gehörte dem Bäcker. Die Tannen waren im letzten Winter bei einem Sturm umgeknickt. Ich sollte mich bedienen. Bräuchte ihm nichts zu zahlen, nur die Stämme schön entasten. Die würde er im Frühjahr aus dem Wald ziehen und ins Dorf zur Säge bringen. Ich trug das Holz in die Hütte, stapelte es in der Nähe des Ofens. So konnte es seine Restfeuchte verlieren. Ein Schuss. Sein Echo brach sich am Waldrand und damit die Stille. Ein zweiter, dritter, vierter folgte, die Schüsse kamen von oberhalb der Hütte. Einen Moment zögerte ich, dann zog ich Jacke und Mütze an.

Der Waldsaum würde mich decken. Von Zeit zu Zeit blieb ich auf dem Steig stehen, horchte, vernahm aber keine Stimmen. Manchmal riss der Himmel auf. Der Schnee glitzerte bläulich unter den Bäumen, dort, wo kein Licht hin streute. Die Tannen zogen gestaffelt den Hang hinauf.

Auf der schorfigen Rinde glänzte angewehte Schneeplaque. Der Wind hatte die Plaque zu Eisflächen poliert. An einem Ahorn fand ich einen Käfer in die Eisschicht eingeschlossen wie ein Insekt im Bernstein: Gliedmaßen, Fühler, die netzartige Textur des Panzers, der abgeflachte trapezförmige Kopf mit einem Halsschild. Ich stieg lange, mäanderte zwischen den Stämmen. Es würde schwer sein, mich auszumachen. Für jemanden, der mich von weiter oberhalb beobachtete, würde meine Gestalt zwischen den Bäumen verwischen. Ich stieß auf ein Vogelnest. Es lag im Schnee. Die moosige Polsterung ausgeräumt und verstreut wie von einem Dieb. Im Schnee einzelne Beeren, glaciert und blassrot. Nirgendwo eine Trittspur. Die Dämmerung kam. Der Himmel glänzte wie feuchter Schiefer. Die Wolkenränder gefärbt von einem Schwefelgelb. Ich sah die Fackel von Weitem. Ihr Licht tanzte auf den Schneeflächen. Die beiden Männer stiegen durch den Wald zu mir hinunter. Sie gingen sicher, spurten Serpentinen, den Oberkörper zum Hang gebeugt. Ich sah oberhalb an einer Felsnase einen dritten Mann im Jagdrock. Er hielt ein Gewehr in den Händen. Die Männer erreichten eine Steilstufe, blieben dort stehen. Ich näherte mich ihnen. Der Hirsch blutete am Rücken. Er lag quer zum Hang. Das Blut tropfte in den Schnee. Seine Augen waren aufgerissen. Spiegelnde, panisch weiße Kugeln. Er versuchte sich aufzurichten. Die Hinterbeine sackten weg. Er war schweißnass. Einer der Männer nahm sein Gewehr auf, der andere fasste ihn an der Schulter.

Warte, der Kunde hat dafür gezahlt. Der letzte Schuss ist seiner.

Er trifft nix. Er hat's versaut.

Er richtete das Gewehr wieder auf das Tier und schoss. Der Schuss echote durch die Berge. Die Kugel riss ein Loch in die Brust des Tiers. Es streckte die Hinterläufe, der Kopf sackte zur Seite, der Blick brach. Aus dem Loch dampfte eine Fontäne Blut, die schnell erlosch. Die Zunge hing aus dem Maul, ein Film aus Speichel und Blut floss von der Zunge in den Schnee. Dann rutschte der Hirsch mit dem Hinterteil voraus den Hang hinunter. Die Männer sahen zu, wie die Bewegung Fahrt aufnahm und in einer Bodensenke auslief. Von oben orgelte die Stimme des Grünberockten. Die Männer zuckten mit den Schultern, ließen ihn rufen, schleiften das Tier am Geweih bis zu einer Lichtung. Der Schütze nahm sein Handy, gab den Standort durch. Oben am Felspfad war wieder die Stimme des Mannes zu hören, ob er zu ihnen hinunterkommen solle. Nein, warten solle er. Nach ein paar Minuten tauchten Männer mit einem Schlitten bei ihm auf. Eine Fackel leuchtete am Frontpfosten des Schlittens. Als sie den Mann passierten, zog er aus seiner Jacke hastig einen Flachmann heraus. Die Männer stoppten den Schlitten. Der Mann schraubte den Flachmann auf und reichte ihn herum. Die Männer tranken einen Schluck und gaben die Flasche wortlos zurück. Sie fuhren mit dem Schlitten hinab zur Lichtung. Zwei von ihnen saßen am Rand des Schlittens und bremsten ihn mit den Füßen ab, so dass der Schlitten vor dem Tier zum Stehen kam.

Hat er ihn nun, seinen Hirschen, und gibt endlich Ruh, sagte einer und klopfte sich den Schnee von der Hose.

Hat *er* getroffen?, fragte ein anderer und schaute die Männer an, die begonnen hatten, dem Tier einen Seilzug umzulegen.

Geballert hat er.

Sie hievten das Tier auf den Schlitten, banden es mit dem Seilzug an den Sparren fest.

Und der dort oben?

Fährt mit der Seilbahn runter. Sonderfahrt.

Sie schoben den Schlitten auf mich zu. Wollten offenbar abwärts zur Almwiese und von dort hinunter ins Dorf. Einen anderen Weg gab es für den Schlitten nicht. Als sie mich sahen, blieben sie stehen.

Ein schönes Tier, sagte ich.

Sie nickten und schoben den Schlitten an mir vorbei. Es schneite wieder. Die Mützen der Männer waren weiß, auch der Hirsch weißte ein. Nur die Einschusslöcher, in der Brust und am Rücken, schienen blutnass auf.

Als ich zurückkehrte, war die Hütte ausgekühlt. Die Eisblumen an den Fenstern waren gewachsen. Die Kälte hatte sie gedüngt. Dort, wo ich ein Loch in die Eisblumen gekratzt hatte, waren sie besonders dicht nachgewachsen. Als der Junge noch bei uns gelebt hatte, hatte er sie fotografiert, manchmal abgemalt. Einmal hatte er seinen Stoffbären ans Fenster gesetzt. Er hatte an der Scheibe gelehnt. Als wir am Morgen in die Küche kamen, und der Junge den Bären in die Hand nahm, war der Umriss des Bären ins Eis gezeichnet. Ein Eisbär.

7

Aus Merals Hütte stieg Rauch auf. Ich stapfte zu ihr hinüber. Die Tür war verschlossen. Ich lugte durchs Fenster. Von Meral keine Spur. Der Mantel war fertig. Mannshoch der Ständer, der hölzerne Kopf in einem Bronzeton lackiert. Der rote Faden fortgestickt. Er begann im Norden, streifte Bremen und Osnabrück, Münster und den Niederrhein, verlief unweit des Flusses und des Hauses und suchte den Weg in den Süden, querte bei Ingolstadt die Donau, erreichte Landshut und Rosenheim, führte bei Kufstein über die Grenze und zog auf den Alpenhauptkamm zu und endete, wo er enden musste.

In einer Ecke des Schuppens stellte ich Bretter auf, so dass sich dahinter ein Schlupfwinkel ergab, der schlecht einsehbar war. Ich schnitt Strohballen auf und verteilte das Stroh auf dem Boden. Auf dem Stroh legte ich Decken aus. Ich packte den Rucksack. Stirnlampe, Steigeisen, den Klettergurt, Handschuhe, Müsliriegel, Wasser, ein wärmendes Fleece. Ich hatte alles durchgespielt. Sie würden in der Nacht kommen, mich im Schlaf überraschen wollen. So würde ich es an ihrer Stelle machen. Ich würde sie vom Schuppen aus beobachten, dann würde es beginnen. Diese Nacht verbrachte ich noch in der Hütte. Als ich am Morgen aufwachte, waren die Berge und die Hütte eingehüllt im Nebel. Ich wusch und rasierte mich. Ich frühstückte und trug den Rucksack in den Schuppen. Ich stellte den Eispickel dazu und steigeisenfeste Bergschuhe. Gegen Mittag lichtete sich der Nebel.

Nichts geschah. Ich pirschte am Tag in den Bergen, schlief nachts im Schuppen. Ich entdeckte keine Spuren im Schnee außer meine eigenen. Ein paar Wochen verbrachte ich auf diese Art, näherte mich manchmal der Hütte der Männer. Licht brannte dort, und mitunter hörte ich Stimmen. Manchmal glaubte ich am Morgen zwei Männer am Waldrand stehen zu sehen. Holte ich das Fernglas hervor, war dort niemand. Ich hörte in der Nacht Stimmen. Schlich ich mich heran, entdeckte ich nie jemanden. Als der Schnee vollends getaut war, es war ein ungewöhnlich warmes Frühjahr, schon Mitte April waren die Südhänge der Berge schneefrei, stieg die Unsicherheit in mir Tag um Tag.

Anfang Mai machte ich mich auf. Ich wollte, dass es begann. In der Hütte brannte kein Licht. Nichts regte sich. Ich wartete, bis es Nacht wurde, kein Sternenlicht schien. Ich stieg über den Zaun, lugte durch ein Fenster, knipste die Taschenlampe an. Die Hütte schien unbewohnt zu sein. Nichts deutete darauf hin, dass die Männer hier noch wohnten. Sie mussten den Standort aufgegeben haben.

Bei meiner Rückkehr sah ich es sofort, trotz der Dunkelheit. Bei jedem Schritt durch den Schuppen stäubten Federn auf. Die Tür zum Taubenschlag stand offen. Ich griff in die Nistzellen, spähte den Fußboden ab. Nichts regte sich. Ich lugte in den First, entdeckte keines der Tiere. Ich schlich zu meinem Schlafplatz. Der Rucksack sah unberührt aus, keines der Bretter schien verschoben zu sein. Ich schwitzte. Angst ist selten grundlos. Ich streifte den Rucksack über. Vielleicht warteten sie in der Hütte auf mich. Ich schob mich zur Schuppentür. Ein diffuses Mondlicht schien. An der Schuppenwand hingen die Köpfe, die Schnäbel standen offen, die Augen waren stumpf, ohne Blick. Durch die Schnäbel hatten sie Nägel getrieben. Von den Rümpfen keine Spur. Man muss uns nehmen, was wir lieben. Nichts schält uns schneller die Haut vom Körper, nichts lässt die Wut heftiger lodern. Wut ist das Pervitin in unseren Adern, es löscht die Angst. Wir stürmen drauflos. Sie wussten, wie man jemanden kopflos macht. Ich stahl mich in einem Bogen vom Schuppen weg, trat hinter eine Tanne, von dort sah ich sie brennen, an der hinteren Schuppenwand, die Taubenrümpfe.

Ich rannte zu Merals Hütte. Dort brannte Licht. Hatten sie Nachtsichtgeräte, konnten sie mich auf der Wiese erledigen. Manchmal war der Gedanke aufgekommen, dass Meral nicht nur Meral war. Sie stand in der Tür. Der Schuss schlug irgendwo im Wald unterhalb ihrer Hütte ein. Merals Schultern sackten zusammen. Ein zweiter Schuss krachte in eine Tanne, noch weiter entfernt. Meral schlug gegen den Türrahmen. Ich stieß sie in die Hütte und kickte mit dem Fuß die Tür zu, löschte das Licht. Wer immer geschossen hatte, er hatte genauso getroffen, wie er treffen wollte. Es hatte begonnen. Meral war unverletzt. So hatte es sein sollen. Da war ich mir sicher. Sie zitterte, kein Schuss fiel mehr. Nichts regte sich. Ich öffnete ein Fenster an der Rückseite der Hütte, sie hielt mich zurück, einen Moment lag ihre Hand auf meiner Schulter, strich ihre Hand über meine Wange.

Warte! Vielleicht sind es nur Jäger.

Ich schwang mich aus dem Fenster, rannte in den Wald. Erst da setzte ich die Stirnlampe auf, damit sie mich sahen. Ich wartete. Schließlich hörte ich Schritte. Sie folgten mir. Sie waren zu dritt. Ich sah ihre Stirnlampen. Ich stieg zügig, aber ließ den Abstand nicht zu groß werden. Dann zog ich mein Tempo an, wollte sie außer Atem bringen.

Auf der Alm war es kühl. Das Gras taunass. Ich hielt auf einen Felsen, einen Solitär zu. Ich stellte mich hinter den Felsen, so dass sie mich nicht sehen würden. Ich trank, biss ins Brot. Es dauerte, bis sie die Alm erreichten. Ihre Stirnlampen brannten, obwohl es bereits zu dämmern begonnen hatte. Ich stieg weiter, ließ ihnen keine Pause. Jenseits der Alm zog der Steig Kehre um Kehre durch einen Arvenwald hinauf zu einer düsteren Granitwand. Vor uns lagen noch einmal 1 400 Meter Aufstieg. Ein Tagespensum. Egal, wie trainiert jemand war, er würde es spüren. In den Muskeln und im Kopf. Im Kopf zuallererst – wegen der Wand. Wollte der Blick in den Himmel fliehen, musste man den Kopf in den Nacken legen. Beinahe senkrecht war die Wand. Schaute man lange genug in die Höhe, schien die Wand zu kippen, neigte sie sich in den Kessel hinein. Die Wand, die die gegenüberliegende Seite markierte, war ebenso düster, ebenso abweisend, durchsetzt von Schneefeldern, die sich in schattensicheren Hangflächen hielten. Der Anblick mochte einen zermürben. Er variierte nicht. Begleitete uns ein, zwei Stunden. Die Steilheit des Geländes tat das ihrige. Darum hatte ich diesen Weg gewählt. Es war wichtig, dass so früh schon die Erschöpfung einsetzte. Wer erschöpft ist, wird empfänglich für schwarze Gedanken. Wer schwarze Gedanken hat, macht Fehler. Am Ende würde entscheidend sein, wer den schwersten, den ultimativen Fehler machte. In den Bergen haben Fehler Folgen.

Wir stiegen den ganzen Morgen. Von Zeit zu Zeit blieb ich stehen, wartete auf ihre Schritte, das Aufkanten der Stöcke auf dem Stein. *Klack-Klack*, der Takt ihrer Hatz, denn das würden sie glauben, dass sie mich hetzten, und nicht, dass ich sie führte. Auch das ist von Belang, sich und die Umstände zu verkennen. *Erkenne dich selbst.* Der Spruch am Eingang des Tempels in Delphi. Die nächsten Stunden würden zeigen, wer sich verkannte. Sie oder ich. *Nichts im Übermaß* – die Zwillingsschrift am Portal. Alles, was uns bevorstand, würde das Maß sprengen, ihres und meines. Man musste sie zusammen lesen. *Wer sich verkannte, verkannte das Maß.* Kannte ich mich? Kannte ich das Maß meiner Rache? Gegen Mittag wurden die Schritte schwer. Man bewegt sich in den Bergen nicht einfach so. Kein Weg ist ein Weg, wie man ihn aus dem Flachland, aus den Mittelgebirgen kennt. In der Höhe ist nichts eben. Wurzeln, Steine, Geröll wechseln sich in der Trittspur als Hindernisse ab. Jeder Schritt ist ein anderer. Wo muss der Fuß aufsetzen, damit man nicht stolpert? Tritt man mit der vollen Sohle oder nur mit der Spitze auf? Wann ist der Schuh aufzukanten? Wann hilft nur noch ein Sprung? Und von welchem Punkt aus springe ich? Irgendwann ermüdet das Kalkulieren und Austarieren, der ganze Aufwand. An einem Bach machte ich eine Pause, trank erneut, aß einen Happen. Das Wasser schäumte an den Felsen auf, brach sich, trug weißliche Kronen aus Gischt, nahm die Farbe des Himmels an. Später ein tiefes Rosa, der Almrausch. Die Pflanzen wuchsen auf dem Steinschutt zwischen den Krummholzgebüschen, den am Boden kauernden Latschengewirren und Erlenstümpfen. Vereinzelt hielten sich noch Arven und Weißtannenkolonien. Der Duft der Nachmittagshitze stand in den Wäldchen, das Aroma der Nadeln. Sie bedeckten den Boden, dämpften den Schritt. Mein Geruchssinn war zurückgekehrt. Warum auch immer.

Ich erreichte den Schotter, das Blockgestein. Kein Gras, kein Baum. Die Nordflanken der Berge waren noch schneebedeckt. Der Weg wurde steiler. Der Abgrund tiefer. Noch schreckte mich der Blick nicht. Der Steig endete auf einem Felssporn. Von dort führte eine steile, treppenartige Konstruktion aus Querhölzern und Drahtseilen hinunter ins nächste Tal. Unten endete die Treppe in einem Geröllfeld. Nur schwach waren die rotweißen Markierungen zu erkennen. Die Gneisplatten wippten unter den Füßen. Der Klang aneinanderschlagenden Steins: sonor und tönern. Ein Pfad durch ein Steinmeer, durch ein Wirrwarr aus Felsblöcken. Frost und Hitze hatten den Gneis an den Gipfeln zermürbt und gesprengt. Platte um Platte, Fels um Fels war die Flanken hinuntergeschlagen, ein Friedhof der Steine. Ich horchte auf das Staken der Stöcke. Die Männer hatten aufgeholt, das *Klack-Klack* war zügig. Sie hatten die Passagen mit den Drahtseilsicherungen und die Treppe passiert. Noch sah ich sie nicht.

Von Zeit zu Zeit verlor sich der Weg, waren die Zeichen fortgewaschen vom Regen, überwachsen von Flechten. Ich kannte mich aus, sie nicht. Sie mussten Felsen von der

Größe eines Schuppens umgehen, gerieten in ein Labyrinth haushoher Brocken, zwischen denen sich der Pfad immer mehr verengte, bis er in einer Sackgasse endete und sie umkehren mussten, um an anderer Stelle zu glauben, den Weg wieder zu entdecken. Waren sie lange genug auf der falschen Fährte, zeigte ich mich ihnen, schwang ich mich auf einen Felsen, schrie *Thrill Art, Animal Death, Der tierische Tod,* und meine Stimme hallte in den Bergen wider. Sie durften nicht nachlassen, mussten mir folgen. Loupp, Hakan und der Glatzkopf. Noch waren wir nicht am Ziel.

Als ich das Blockgestein passiert hatte, gewann der Weg schnell an Höhe, führte zurück in offenes Gelände. Die Kehren waren ausgespült, die Stabilisierungsbalken verfault. Kein Wind ging. Die Sonne brannte. Meine Zunge klebte am Gaumen. Meine Wasserflasche war leer. Ich streifte den Rucksack ab, durchwühlte alle Fächer. Ich fand keine zweite Flasche. Hatte ich vergessen sie einzupacken? Ein Fehler, der jetzt nicht zu korrigieren war. Ich musste warten, bis ich die Hütte erreichen würde. Sie hatte Wasser. Wahrscheinlich hatte sie Wasser. Falls nicht, würde ich Schnee aufkochen müssen. Das wäre der zweite Fehler. Sie würden das Kaminfeuer sehen in der Nacht, den Lichtschein, der aus der Hütte auf die Alm fallen würde. Die Hütte lag in einer Mulde, verdeckt von Arven, mehr ein Unterstand als eine richtige Hütte. Machte ich kein Feuer, würden sie die Hütte in der Dunkelheit nicht ausmachen können. Ich stieg weiter. Ich war in eine Karstregion gelangt. Das Oberflächenwasser sickerte durch den Kalkstein und lief unterirdisch ab. Es bildeten sich keine Bäche. Der

Pfad wurde steiler, die Kehren enger. Die Beine schmerzten. Ich musste trinken. Wie hatte ich die Flasche nur vergessen können? Hatte ich sie aus dem Rucksack genommen? Ich konnte mich nicht erinnern. Irgendwann, es dämmerte bereits, sah ich die Männer am Fuß des Steigs stehen. Ich hatte einen Vorsprung von vielleicht 300 Höhenmetern. Mein Kopf schmerzte. Noch war es eine Stunde bis zur Hütte. Schäfer und Kuhhirten benutzten sie bei Gewitter, bei heftigem Regen, bei plötzlich einsetzendem Schneefall. Winter kann es im Gebirge immer werden. Auch im Juli, auch im August. Er springt in den kurzen Almsommer, hält sich einen Tag und verschwindet.

Ich erreichte die Hütte kurz vor Mitternacht. Die Männer würden im Freien übernachten müssen. Die Kälte würde sie weiter zermürben. Ich fand eine Flasche Holundersirup, öffnete den Wasserhahn, trank ein paar Gläser Wasser, mischte den Sirup dazu. Es schmeckte köstlich. Das Wasser war kalt, der Sirup süß. Eine Wasserleitung, ein Schlauch, musste von einem der Seen weiter oberhalb bis zur Hütte führen. Ich aß ein paar Bissen, setzte mich nach draußen. Die Kammlinien der Berge und die hellen Schuttrinnen entlang der Bergflanken, das Geflecht der Couloirs, hoben sich aus der Dunkelheit ab. Kein Stern am Himmel. Ich würde ein paar Stunden schlafen können. Sie würden mich nicht aufspüren. Die Hütte lag weit abseits des Steigs. Der Zuweg war kaum sichtbar, zugewachsen von Gras und Erlengestrüpp, er schien ins Nichts zu führen. Wer sich nicht auskannte, fand die Hütte nicht. Über mir am Giebel prangte ein Widderschädel: die schwarzen Augenhöhlen, die fahl gewordene Stirnplatte, das ausgefranste Nasenbein, die gewundenen Hörner. Ich dachte an Karen. Wären wir ein Paar geblieben, säße die Rache nicht Nacht für Nacht an meinem Bett, wohnte sie nicht in meinem Kopf, in ihrem Nest aus Wut. Karen wartete nicht auf mich. Und Meral, das Reh? Wartete sie? Ich hatte sie unten in ihrer Hütte zurückgelassen, wie ich immer alles zurückgelassen hatte: den Jungen wegen meiner Arbeit, wegen der Fotos, die ich zu machen hatte. Auch Vater hatte ich in seinem Bett allein gelassen: Nacht um Nacht, wegen der Wut und wegen Karen. Ich wusste nicht, wann man blieb und wann man ging. Ich wusste nicht, wann man eine Hand hielt, wann man sie losließ. Ich hätte in jener Nacht bei Vater sein müssen, als er starb. Ich kam zu spät, einige wenige Minuten, die zählten, die ihn aus dem Leben entließen, alleine, ohne meinen Beistand. Ich hätte bei dem Jungen sein müssen, bevor das Eis ihn fraß. Ich hätte bei Karen sein müssen, als Grunewald nach ihr griff. Ich hätte sie vor ihm und der Zeit verstecken müssen. Die Zeit, die nach allem greift, letztlich ist sie es, die dafür sorgt, dass nichts bleibt, dass alles sich wandelt. Ich hätte die richtigen Worte finden müssen. Karen kannte sich aus mit den Worten, kannte ihre Unterseiten, die dunklen Partien der Worte, ihr Gift, ihre Warnung, ihre Prophetie. Was gesagt, war gesagt, war in der Welt, konnte nicht zurückgeholt werden ins Schweigen. Jenes Schweigen zwischen den Worten, das kommentierte und Bilder entstehen ließ, die mit den Worten in uns einsickerten, uns einfingen und färbten, dass wir nicht mehr herausfanden aus den Worten, so wie man aus manchen Träumen nicht mehr herausfindet, auch am Ende der Nacht und auch am Tag nicht.

Ich legte mich auf die stockfleckige Matratze, hüllte mich in eine Decke. Sie roch nach Schaf und Hund und Rind, nach dem Staub auf der Fensterbank, dem Dreck auf dem Boden. Sie roch nach Käserinden und Salamipellen, nach feuchtem Kaminholz und Einsamkeit. Das Kopfkissen war unbenutzbar. Es barg den Schweiß und die Rotze. Durch das Fenster sickerten Dunkelheit und Kälte, der Geruch taunassen Grases. Der Weg würde morgen zum Gletschersee, von dort über einen Klettersteig, ein Ensemble aus Leitern und Seilen, auf ein Hochplateau führen. Dann der Anstieg zur Nordostflanke. Dort würden wir den Gletscher betreten, zum Südsattel aufsteigen, dann die sehr steile Wendung gen Westen und zu den beiden Gipfeln, dazwischen der Grat. Dort käme alles zur Ruhe. Der finale Punkt. Vielleicht auch früher. Womöglich überstanden sie den Klettersteig nicht mal. Er war anspruchsvoll, erzwang Tiefenblicke, die das Herz zermürbten, wenn man nicht schwindelfrei war.

Schindeln klapperten im Wind. Manchmal war ein Tröpfeln zu hören, sonst nur die Stille. Sie legte sich auf mein Gesicht wie ein nasses Tuch. Eines, durch das man schlecht Atem findet, und das man nicht abstreifen kann. Der Schlaf kam nicht. Wegen der Schwärze in der Hütte und der Stille. Eine Sargschwärze. Nirgendwo ein Licht. Keines, das ich anmachen durfte. Nicht die Stirnlampe, nicht die Kerze auf dem Tisch. Gegen Morgen träumte ich von Vater und dem Jungen, auch von Karen. Sie saßen an meinem Bett. Ich fühlte Karens Hand, die warm war. Du warst lange fort, sagte sie. Sie reichte mir Zwieback und einen Teller Suppe. Sie schmeckte salzig. Du musst zu Kräften kommen, sagte Vater. Du bist lange krank gewesen, sagte der Junge. Ich ließ mich zurück in das Kissen fallen, schloss die Augen. Ich hörte sie leise an meinem Bett sprechen, ihre vertrauten Stimmen. Nichts kommt ungerufen zu uns, sagte Vater. Es wäre besser gewesen, er hätte in jener Nacht geschlafen, hätte den Dingen ihren Lauf gelassen. Alles wäre geblieben, wie es war, sagte Karen. Nichts wäre dir passiert, sagte der Junge zu Vater. Du hättest Karen nicht gehen lassen dürfen, flüsterte der Junge mir zu. Nicht zu Grunewald. Er ist ein Geck, sagte Karen. Sie strich mir durchs Haar, und ich schlief ein. Als ich aufwachte, glomm ein Streifen Licht am Himmel. Ich setzte mich vor die Hütte und spürte ihre Abwesenheit wie einen Tritt in den Magen. Einen Moment krümmte ich mich wie unter einem Brechreiz. Ich zwang mich zu trinken, aß einen Bissen Brot. Füllte die Flasche auf. Zog ein wärmeres Hemd an und das Fleece, stopfte die Handschuhe griffbereit in eine der Seitentaschen und machte mich auf. Nichts rührte sich. Ich passierte Schneefelder, fand zum Gletscherbach, der noch wenig Wasser führte. Das würde sich ändern, wenn es dort oben taute und der Frost am Mittag aus den Bergen und vom Gletscher verschwand. Die Sonne stand bereits über den Bergen. Ich fischte im Rucksack nach meiner Sonnenbrille. Ich fand sie nicht. In keinem Fach, ein Moment der Panik überkam mich. Ohne Sonnenbrille würde ich auf dem Gletscher verloren sein.

Schnee und Eis reflektieren das Licht, wodurch sich die Blendwirkung der Sonne und die ultraviolette Strahlung vervielfachen. Ein Sonnenbrand der Augen. Niemand passiert in einem solchen Zustand einen Gletscher. Ich konnte die Brille nur in der Hütte vergessen haben. Die Hütte war finster, leicht ließ sich ein Gegenstand übersehen. Ich rannte zurück. Wie groß war mein Vorsprung? Würde ich Loupp und den Männern in die Arme laufen?

Nach einer halben Stunde kam die Hütte in Sicht. Von den Männern keine Spur. Und doch mussten sie in der Nähe sein. Spätestens an der Hütte musste sich mein Vorsprung aufgebraucht haben. Als ich die Hütte erreichte, hörte ich ihre Stimmen. Die Männer kamen den Steig hoch, ich stieß die Tür auf, die Brille lag auf dem Stuhl, dem einzigen. Ich steckte sie in die Jackentasche, jagte wieder los. Ich war nun hinter den Männern. Musste mich querfeldein durch eine Mulde an ihnen vorbeipirschen, in einer Diagonalen zum Steig gelangen und rechtzeitig vor ihnen bei meinem Rucksack sein, den ich zurückgelassen hatte, was immer ein Fehler ist, der Fehler eines Greenhorns. Ich erreichte den Rucksack, hetzte hinauf über die Schuttfelder, die Moräne, über blanken Fels. Planken führten über den Bach, der reißend und donnernd wurde. An Stahlstiften stieg ich eine Steilstufe hinauf. Der Gletscherkessel wurde sichtbar. Schmutzgraues Eis, von Steinen übersät. Der Firn war weggetaut. Vor Jahrzehnten war der Gletscher schon von den Bergflanken gewichen. Geröll, das er oben an den Graten losgeeist, mit sich geführt und an den Flanken abgelagert hatte, löste sich zunehmend von den Hängen, da der Permafrost schwand, und der Bruch deckte ihn nun zu, als könne der Gletscher nicht fliehen vor seinem eigenen Schutt. Ich trank einen Schluck. Loupp und seine Begleiter standen am Fuß einer Stahlleiter, auch sie tranken – ohne Hast, ohne, dass der Glatzkopf sein Gewehr anlegte und mich ins Visier nahm. Uns trennten vielleicht 200 Höhenmeter. War ihnen die Distanz zu groß? Fürchteten sie, mich zu verfehlen? Der Schuss würde weithin zu hören sein und vielleicht Wanderer und Bergsteiger alarmieren. Wollten sie kein Risiko eingehen und erst versuchen mich zu erledigen, wenn ein Fehlschuss ausgeschlossen war?

Ich stieg weiter, wollte den Abstand zwischen mir und den Männern vergrößern, passierte blauen Schneeenzian. Blutströpfchen flogen von Blüte zu Blüte. Schmetterlinge mit blutroten Flecken auf den Vorderflügeln. Immer gerundeter die Felsbrocken, immer blanker die Gneisplatten, durch die der Steig sich wand.

Wieder querte ich Schneefelder. Die Felder hatten eine Neigung von 45 Grad. Rutschte man ab, wäre es ein Sturz bis ins Tal. Der Schnee war vereist und hart. Vor jedem Schritt musste ich mit der Schuhspitze Tritte ins Eis kerben. Es war ein Nordhang, der Schnee stark verdichtet. Die drei folgten mir. Zögerten, mühten sich, parallel zu meiner Spur eigene Trittspuren zu legen, um ihnen dann offensichtlich nicht zu trauen und in meine Spur zu wechseln, hintereinander stapften sie, was Zeit kostete, bis sie die Felder schließlich doch bewältigt hatten, langsam und bedächtig. Eine erste Prüfung in schwierigem Gelände. Nichts im Vergleich zu dem, was folgte: Die Wand und der Klettersteig, Stahlstifte, Leitern und Seile. Unter mir der Eissee, eingebettet in die Schuttwände des Gletschers. Nur der Klettersteig führte hier hinaus. Die Sonne fasste an die Hänge. Die Geröllfelder glitzerten. Blasse Schwemmschweife aus Schluff trieben in den See hinaus, Sedimente, die sich erst in der Mitte des Sees verflüchtigten. Weiter draußen trug der See Eiskappen, als wären es winzige Boote mit weißen Segeln. Bläulich schimmerte der Mund am Fuß des Gletschers, eine trichterförmige Eishöhle, durch die der Gletscherbach austrat, seine trübe Milch. Ich stieg über ein paar Felsbrocken, die noch gänzlich unbemoost waren und erst kürzlich aus der Wand gebrochen sein mussten. Die Wand ließ sich von hier unten schlecht einsehen, versprang. Ich hangelte mich an den Stahlstiften in die Höhe, erklomm Leitern, querte Felsbänder, schmale Simse, auf denen der Schuh gerade noch Platz fand. Der Steig schien unversehrt zu sein. Ich kam voran, dann plötzlich keine Eisen mehr, keine Stifte, keine Leitern. Der Fels über mir war blank. Ich presste mich an den Stein, spähte nach einem Seil. Nichts. Ich kam hier nicht weiter. Teile des Steigs mussten bei dem Felsbruch in den See gestürzt sein. Ich musste handeln, musste es schnell tun, glitt Meter um Meter den Klettersteig hinunter, hörte schon ihre Stimmen. Der Weg zurück war abgeschnitten. Hätte den Klettersteig überprüfen müssen. Hätte mich erkundigen müssen, beim Pfarrer, beim Metzger, bei den Kollegen in der Bäckerei, hatte es versäumt, eine simple Frage zu stellen. Hatte mehrere Aufstiegsrouten geprüft, diese nicht. Hatte mich allein auf die Karte verlassen. Kein Weg führte um den See, nur ein winziger Pfad stieg vom Fuß des Klettersteigs diagonal in die Flanke des Bergs, unbefestigt, eine Geröllrinne, ein Gamssteg im Fels, nicht mehr, immer am Abgrund vorbei. Die Männer folgten mir die Rinne hoch, keuchten, fluchten, alles rutschte. Stein um Stein floh unter den Sohlen, schlug in den See. Das Wasser grau und tot, manchmal ein blasses Mintgrün. Es hatte keine vier Grad. Hier also, wenn alles schiefging, das Ende. Man überlebte keine fünf Minuten. Ein Ort, um nie gefunden zu werden.

Kein Pfad mehr, nur Schutt unter den Füßen, jetzt nicht rutschen, erst rutscht der Fuß und dann der ganze Mann, ich musste weg von der Falllinie, musste in die Knie gehen, den Schwerpunkt senken, der Schwerpunkt muss das Wegrutschen bremsen, bis alles still steht, der linke und der rechte Fuß, ins Geröll gestemmt, nur das Herz, das hämmerte, meine Stirn, das Haar klatschnass vom Schweiß, als ich die Gneisplatte erreichte.

Hakan führte. Loupp auf allen vieren. Dahinter der Glatzkopf. Eisbrocken schlugen von der Bruchkante des Gletschers in den See, ein Tosen im Ohr, darin ihre Stimmen gefangen; stürzende, hastende Stimmen. Hast ist schlecht, vor allem in den Bergen. Der Glatzkopf strotzt vor Selbstvertrauen, was er in den Beinen hat, denkt er, hat er auch im Kopf. Mit zwei, drei Schritten ist er an Loupp vorbei und kennt kein Halten, jagt auch an Hakan vorbei. Hakan begreift, dass dort kein Weg ist, nur Geröll, keine Tritte im Fels, keine Stahlstifte, der Weg ins Nichts. Hakan kauert sich nieder, zögert, ihm springt die Angst bei und kommt zu Hilfe, warnt vor dem Geröll, vor der Neigung, vor dem Sturz ins Wasser, und er hört ihr zu, kann nicht weiter, wie auch ich nicht weiterkann an diesem Punkt, dem finalen Punkt auf der Gneisplatte, der abschüssigen, die alles und alle ins Ende treiben will. Jetzt ist sie da, die Einsicht, vielleicht auch bei Loupp, der auf der schiefen Bahn zu Hakan schlittert und dann stoppt. Vielleicht 30 Meter noch hat der Glatzkopf bis zu mir. Warum schießt er nicht? Er hat das Gewehr. Was ist mit Loupp und Hakan? Auch sie werden eine Waffe haben. Ist ihnen ein Schuss zu wenig? Wollen sie mehr? Eine andere Art Rache, eine, die mir die Stirn kerbt, mir die Haut vom Gesicht und den Skalp vom Kopf schält, ich kann mir vieles vorstellen. Wollen sie *das*? Wollen sie diese Art Rache?

Er schaut mich nicht an, der Glatzkopf, nur auf seine Füße blickt er, und stürmt voran, linker Fuß, rechter Fuß und die Stöcke halten sein Gewicht. Weil er nicht schaut, nicht in die Weite, nicht auf den See, nicht auf mich, wird er schnell und immer schneller. Die Stöcke schrappen über den Fels, einer bricht aus, schlägt ihm aus der Hand, stürzt an mir vorbei den Hang und den Fels hinab in den See, und da hebt der Glatzkopf den Blick und hebt den Fuß und setzt ihn und achtet nicht, worauf; das Geröll ist überall, winzige Steine, weiße, graue, schwarze, kullern durch sein Gewicht aus der Schräge, gleiten in die Tiefe, auch der Fuß und dann der Mann, den die Schwerkraft fällt. Er kippt und fliegt auf mich zu, greift nach mir und greift ins Leere, weil der Fels und mit ihm die Bahn, auf der er rutscht, in die Tiefe verspringt und eine Fallbahn öffnet. An mir vorbei schlägt er über die Felskante, ab da nur noch Luft und sein Schrei, der an den Wänden bricht. Er strampelt und rudert und schlägt mit den Armen. Er peitscht das mintgrüne Wasser im See und trudelt. Die beiden anderen gehen in die Hocke, kleben am Gneis, die Mützen sind tief in die Stirn gezogen. Ich kann ihre Blicke nicht lesen. Sie sind hinter Sonnenbrillen versteckt. Aber ihre Stimmen, die höre ich, keine Worte, nur Keuchen. Ich muss aus der Schräge raus, will retour, und sei es in eine noch so schmale Horizontale, bevor sie mir folgen, mir tatsächlich folgen, wir balancieren, wir setzen Fuß an Fuß, während der Glatzkopf schreit, bald schwächer wird und sinkt, in den schweren Klamotten, den Bergschuhen, bis der Mund sich schließt und über ihm das Wasser. Schritt um Schritt hangeln wir uns den Hang hinauf, und Stein um Stein kullert runter zu den Schreien, die noch einmal heftig werden, dann verstummen wie das Wasserschlagen der Arme und Hände. Am letzten Buckel, das Herz dröhnt bis zum Hals und bis ins Ohr hinein, höre ich den Mann nicht mehr, und als ich das Plateau erreiche, aufschaue, ist er fort und das Wasser ruhig, nicht mal mehr ein Kräuseln, als wäre nie jemand ins Wasser gerutscht, als hätten mir Erschöpfung und Einbildung einen Streich gespielt. Ich stapfe voraus, eine Felsstufe höher, und Hakan und Loupp folgen mir. Sie reden nicht, sie sind still, steigen mir hinterher, steigen wie Trugbilder.

Nach einer Stunde erreichten wir die Moräne, schließlich den Gletscher. Wir betraten den Rand, die Bruchzone, das Toteis, wo der Gletscher verendete. Diese Route war ich nie gegangen, niemand würde sie gehen. Um uns herum Steinplacken, Blöcke, eingekerbt in schmutzgraues Eis, das sie hielt und ummantelte. Das Eis war gewalzt und aufgesprengt, die Schollen ineinander verschoben, ohne jeden Schnee, durchwalkt wie Erbrochenes. Ich schnallte die Steigeisen an, löste den Eispickel vom Rucksack. Schlug mit dem Pickel auf den Rand einer Spalte, prüfte, ob der Rand standhielt und mein Gewicht tragen konnte. Loupp und Hakan folgten mir. Der Aufstieg ins Nichts musste sie zermürbt haben, wie er auch mich zermürbt hatte. Es war Schwarzeis, von Schotter übersät. Erst weiter oben wurde der Gletscher weiß, wo der Firn nicht weggetaut war und die Spalten verdeckte. Loupp und Hakan würden die Gefahr kennen oder auch nicht. Oft laufen die Spalten im Inneren des Gletschers V-förmig zu, so dass man eingekeilt bleibt im Eis, vor allem wenn man kopfüber stürzt. Die Restwärme des Körpers taut das Eis in der Tiefe an, am Gesicht vor allem, da die Wärme dort am stärksten ist. Die meisten leben noch ein paar Stunden, in denen sie einschmelzen in das Eis, das sie schließlich ummantelt. Es müssen furchtbare Stunden sein. Der Gletscher bricht inwendig durch die Fließbewegung, Wände und Tunnel sacken ein, darum findet man viele nicht, nach Tagen schon nicht mehr, in Jahren nicht, bis jemand vielleicht, wenn der Gletscher kalbt, durch den Mund hinausgespült wird in den Eissee. Sehr selten. Sie werden die Angst spüren, bei jedem Schritt, die Erschöpfung, die Absurdität unseres Tuns. Wir sind eine abwegige Gemeinschaft, steigen ins Nichts. Hier braucht er sich auf, der Groll. Wird sie schwächer, die Wut, weil der Körper entkräftet ist angesichts der Öde, angesichts der Angst und das Gift in uns aufzehrt. Cyanblau das Eis. Ein Gluckern unter mir, ein Rauschen an den Felswänden. Der Gesang des Wassers. Die Sturzbäche an den Felswänden tränken den Gletscher, weichen ihn an den Rändern auf, unterspülen ihn. Er öffnet sich, lässt die Flut in sich hinein und schmilzt von innen nach.

Loupp und Hakan springen, wanken, sie stolpern, sie legen die Steigeisen an, wie es ein Alpinist tun würde, spätestens jetzt. Sie trinken einen Schluck, ich auch. Karen, es war August, die Pflaumen wurden reif. Auf dem Hang standen Ginsterbüsche, der Weg führte daran entlang, wir hörten ein Knistern und Knacken, traten näher, sahen an den Zweigen die schwärzlichen Schoten. Es war die Sonne, die die Schoten sprengte und uns die Worte von den Lippen nahm, da wir lauschten und warteten, dass sie aufsprangen, auch in den Hosentaschen, später auf dem Heimweg, die Handvoll, die wir gepflückt hatten. Unten im Tal der See mit einzelnen Windstraßen, wo der Wind das Wasser kräuselte. Ein Kahn zog durchs Wasser. Das Aufhellen der blanken Oberfläche, wenn die Ruder eintauchten. Noch hatte ich Karen versteckt vor der Zeit und vor Grunewald. Ein Vogel strich über den See, sein lautloser Flügelschlag. Ich hätte sie nicht verlieren dürfen. Nie wäre ich hierher geraten. Manche Menschen bewahren uns vor uns selbst. Wäre Karen in jener Nacht bei mir gewesen, wäre ich nicht in den Wald gegangen. Das Unglück hätte nicht seinen Lauf genommen. Zufall oder Blindheit entscheidet über unser Leben. In den Bergen wie im Leben ist nichts sicher. Nur ein falscher Schritt … Ich hatte Vaters Unglück ausgelöst, ich hatte die Weiche falsch gestellt, und ab da sauste sein Zug ins Verderben. Wir sind des anderen Unglücks Schmied. Nichts kommt ungerufen. Ich hatte lange mit dem Unheil paktiert. Bei jedem Foto, bei jedem gottverdammten Leid, von dem ich profitierte.

Die beiden folgten mir, wie einem der eigene Schatten folgt. Wir waren Brüder im Geiste. Wir kraxelten Meter um Meter. Irgendwann war jeder Schritt nur noch Wille. Die Kuppe wölbte sich, lief vor einem Felsrücken aus, eine schneefreie Partie, zerschunden, zerbissen von Frost und Sonne. Ich löste die Steigeisen von den Schuhen. Sie waren hier unbrauchbar, es war purer Fels, die Nordflanke des Berges. Der Gipfel lag im Schneegeflirr. Seine Eiskuppe glänzte auf, wenn der Schneefall für einen Moment nachließ. Unterhalb der Kuppe eine Felsschiene, die mich hinaufbringen würde, steil, die Blöcke ineinander verkeilt, einer des anderen Halt. Löste sich einer, lösten sich viele. Ich stieß mich hinauf, Block um Block, mit Fingerkraft, mit Zehenkraft, mit Hilfe der Kraft in den Armen und in den Beinen, ich wusste, wofür ich trainiert hatte, zwischen den Plattenriffen hindurch, der Fels blank und eisig, ohne Handschuhe wären die Hände gefühllos wie ein Stück Holz, spätestens jetzt. Die Auftritte im Fels waren schmal und ausgesetzt, eröffneten klamme Blicke zurück auf den Gletscher, in den Abgrund, der mit jedem Schritt wuchs. Auf allen vieren kletterte ich eine Schräge hoch, stemmte die Fußspitze in Rillen, krallte die Fingerspitzen in winzige Vertiefungen, in Schürfungen und Risse, bis ich ein schmales Plateau erreichte, darüber eine fast senkrechte Wand. Hier war Schluss. Keine Chance mehr höher zu steigen. Hier also … Ich hockte mich hin und wartete. Auf Hakan und Loupp. Nichts anderes konnte ich tun. Nebel zog auf. Ich trank einen Schluck, schnitt ein Stück von der Salami ab, stocherte mit dem Messer in einer Felsritze, ritzte Strichmännchen in den Dreck, es war ein Außenposten, ich filmte. Ein Graben, nicht sehr tief. Sie schossen von zwei Seiten. Ein Steckschuss in der Schulter und im Rücken, anfangs war der Soldat noch stabil, Schmerzmittel, der Blutverlust kompensiert durch eine Konserve. Ein Hubschrauber und wieder die Thunderbolt der Amerikaner. Das Bombardement, damit der Hubschrauber landen konnte. Als er neben dem Graben aufsetzte und sie die Trage mit dem Verwundeten im Laufschritt den Sanitätern übergaben, kein Feuern mehr. Einige Taliban sahen wir übers Feld abziehen. Nachts hätte er im Haus zu sein, sagte ich dem Jungen, er dürfe sich nicht so lange draußen im Dorf herumtreiben, ich schüttelte ihn, und er trat gegen mein Schienbein, ich gab ihm eine Ohrfeige, traf seine Lippe. Der Junge blutete, spuckte ein Stück Zahn aus, stürzte zur Tür hinaus. Ich warf mir eine Jacke über, folgte dem Jungen, rief ihn nicht, hielt Abstand. Er schlug sich in den Wald, Äste knackten, das Geräusch wies den Weg. Als die Schritte verstummten, blieb ich stehen, das geborstene Zahnstück lag scharfkantig und winzig in meiner Handfläche. Der Junge rührte sich nicht, blieb verborgen. Dann hörte ich ihn weinen. Ich machte ein paar Schritte, und er verstummte sofort. Ich wartete, fand ihn schließlich unter einer Fichte. Wie ein

Tier lag er dort, ein kleines Waldtier. Er schlief. Ich setzte mich zu ihm, legte ihm meine Jacke über, lehnte mit dem Rücken gegen den Baumstamm, hielt seine Hand. Als ich aufwachte, war der Junge fort. Ich zerbrach Stöcke und Zweige, legte damit auf dem Boden seinen Namen aus, als sei dies eine Beschwörung, die ihn in der Welt, in meiner Welt halten könnte, ein magisches Siegel.

Sie kamen nicht. Nicht Hakan, nicht Loupp. Vielleicht blieben sie im Nebel verborgen, waren ganz in meiner Nähe, noch konnte ich versuchen, auf die hintere Seite der Flanke zu klettern. Dort fand sich vielleicht eine Passage, die zurück auf den Gletscher und zurück zur Normalroute zum Gipfel führte. Ich war kein Kletterer, das war fremdes Terrain. Keines, in dem ich mich auskannte. Keines, dem ich gewachsen sein dürfte. War hier ausgesetzt wie ein Fisch im Sand, eine Katze im Meer. Jeder Tritt musste sitzen. Jeder! Es ist der Klang, der sagt, ob ein Stein hält. Man muss ihn zuvor mit der Fußspitze antippen.

Manchmal meinte ich ein Rucksackrot oberhalb von mir im Fels zu sehen. Hakan und Loupp. Beim Klettern traten sie Steine los. Ich presste mich an die Felsen, roch die Kälte des Gesteins, diesen leeren Geruch. Die Steine schossen an mir vorbei, ein Surren, ein flattriger Luftzug an meinem Ohr. Ein einziger Stein, der träfe, reichte, um mich zu erledigen. Ich gelangte zu einem Felsband, es war vielleicht 50 Zentimeter breit. Unter dem Rucksack nur noch Luft. Fallluft, Sturzluft. Mein Herz hämmerte. Es wusste Bescheid. Kein Straucheln, kein Hakeln, nie durfte die Sohle an einer Unebenheit hängen bleiben. Jedes Ruckeln konnte mich aus dem Gleichgewicht bringen. Endlose Minuten, seitwärts, nur seitwärts auf dem Gesims, Fuß an Fuß, endlich eine Rippe. Diagonal zog sie hinunter auf den Gletscher, eine Neigung von vielleicht 45 Grad, als kraxelte man ein Hausdach hinunter. Folgten Hakan und Loupp mir noch? Stiegen sie mir hinterher bis zur Trennzone, in das Niemandsland zwischen Eis und Fels? Ich hörte keine Stimmen, nur das Poltern von Steinen, die auf den Gletscher schlugen. Um mich herum Spalten, Klüfte von einem blassen Blau. Ich musste springen, landete am harschigen Rand der Abgründe, dort fassten die Steigeisen. Manchmal ein Schneesteg, der eine Spalte überbrückte. Falls er nicht hielt, hielt mich nichts mehr. Ich musste hier fort, musste zur Mitte des Gletschers. Dort wäre der Aufstieg sicherer. Ich bemerkte die Mulden, trügerische Schneedecken, die die Spalten verdeckten. Ein falscher Schritt und der Schlund würde sich öffnen. Die beiden holten auf. Schemenhaft meinte ich Gestalten im Glast zu sehen. Schwankende Figuren, die mir zu folgen schienen.

Der Gletscher wand sich eine Steilstufe hinauf. Ich rammte die Steigeisen in den Schnee. Nur die Frontsporne. Fast senkrecht war das Gelände. Tritt für Tritt, Zug um Zug. Als ich den Sattel erreichte, wurde der Wind eisig. Wieder tauchte der Gipfel in der Schneegischt auf. Ein Doppelgipfel, durch einen Grat verbunden, eine Wechte nur, fußbreit. Rechts eine direkte Sturzlinie von 700 Metern zurück auf den Gletscher. Links bremste eine Balustrade aus niedrigen Felsen den Sturz, wenn man Glück hatte. Es war die letzte und einzige Barriere. Passierte man sie, stürzte man über sie hinaus, war da nur Luft, für viele hundert Meter. Ich stieß mich Meter um Meter die Flanke hoch, erreichte den Vorgipfel, nicht mehr als anderthalb Meter Schnee noch unter den Füßen. Loupp und Hakan würden kurz hinter mir eintreffen. Die Fläche gerade noch breit genug, dass zwei Männer nebeneinander stehen können, und der Blick kippt nach links und nach rechts, und nichts fängt den Blick, nichts stützt ihn. Der Blick fällt all diese Meter hinunter. Der Blick eines Vogels, aber Loupp und Hakan können nicht fliegen. Sie können nichts mehr, weil die Panik in ihre Muskeln schießen wird, sie werden stürzen, wie jeder stürzt, den die Angst hier oben frisst. Und nichts ist erreicht, wenn man den Vorgipfel überschritten hat, denn dann die Verjüngung, ein Steg, ein Grat, zwei Fuß breit, nicht mehr, er läuft zum zweiten Gipfel, dem mit dem Kreuz. Ich höre ein Keuchen. Es müssen Hakan und Loupp sein. Noch ein paar Meter, bis der Grat sich senkt, dort darf man nicht ins Rutschen kommen, muss die Steigeisen in den Schnee rammen, in Schulterbreite, dass sie sich nicht ineinander verkanten. Wie geht man schulterbreit, wenn der Grat nur fußbreit ist? Fuß neben Fuß? Eisen neben Eisen? Ich ramme den Eispickel ins Eis, eine Hand fasst unten am Schaft, die andere am Pickelkopf. Ich taste mich die Stufe hinunter, bis der Grat wieder flach wird. Ich warte, ich kann sie nicht sehen, kann ihre Mienen nicht lesen, aber ihre Gedanken, die schon: Man sieht, wohin man fällt. Man spürt die Luft, die vorüberflutet, jene Sekunde, die sich dehnt und dehnt, bis man auf dem Gletscher aufschlägt. Es ist nur e i n falscher Schritt, wenn die Schrittbreite nicht stimmt, und Eisen an Eisen schrappt, und die Steigeisen sich verkanten. Der Wind hat den Steg geputzt, ihn blank gefegt. Stumpfes, schwefelfahles Eis. Kein Blick in die Tiefe. Sie lockt, will gesehen, will angeschaut werden. Wispert. Flüstert. Nur e i n Blick! Von den Füßen weg. In die Tiefe. Ein Blick genügt, und jetzt ist er da: der Schwindel und mit ihm die Angst. Sie speist und tränkt und befeuert den Schwindel, der in die Beine fährt, zwischen die Füße springt, die Zehen versteift und die Knie weich macht. Das Herz bockt, und plötzlich schwanken die Knie, die Beine, nach links auf den Gletscher zu, nach rechts auf den Abgrund zu. Ich balanciere weiter. Die Tiefe schweigt, hat ein Einsehen mit mir. Sie weiß: Ich bin nicht ihr Opfer. Ich nicht, aber Hakan und Loupp, die müssen noch hier vorbei. Der Junge winkt vom Gipfelkreuz mir zu. Der Junge lächelt, da sind endlich Schritte hinter mir, Eis knirscht unter den Steigeisen. Jetzt keinen Blick auf die beiden riskieren. Nur auf den Grat und das Eis schauen. Du machst es gut, sagt der Junge. Noch ein paar Meter bis zum Kreuz und es ist vorbei. Auf irgendeine Art vorbei. Der Grat nimmt noch mal einen Aufstieg, wölbt sich hoch zum Gipfel, das Kreuz ist im Fels zementiert, mit Stahlseilen vertäut. Die Schuhe aufs Eis drücken, damit die Vertikalzacken der Steigeisen über die gesamte Fläche der Sohle ihre Stahlzähne ins Eis rammen, denn das Eis ist lose und blank und schimmert bläulich wie die Tiefe, sagt der Junge. Ein Schrei löst sich hinter mir, wie erstickt unter einem Kissen, ein hohler, aus schwacher Brust. Fast zeitgleich, nur ein wenig verschoben auf der Zeitachse, ein zweiter Schrei, wie von einem Vogel. Sie werden sich angeseilt haben, einer sollte den anderen auffangen, wo doch gilt: Stürzt einer, stürzen beide. An einem solchen Grat hält niemand niemanden mehr. Ich wende den Kopf nicht, nicht an dieser Passage, immer nur den Blick auf die Füße zwingen, nicht zu Hakan, nicht zu Loupp. Sie werden sich in der Luft drehen, sich überschlagen oder mit den Füßen voran in die Tiefe fallen, kein Laut kann zu mir hochdringen, zu heftig pfeift der Wind, zu tief ist ihr Fall. Wo sie aufschlagen, hat die Flanke 70 Grad. Ohne Helikopter mit einer Winde hat man keine Chance sie zu bergen. 140 ist die Nummer der Bergrettung, sagt der Junge. Aus jedem Netz. Du hast Netz, das weißt du. Der Helikopter braucht eine Viertelstunde bis hier hinauf. Am Ende war es bei Großvater das Herz, sagt der Junge. Eine Pumpleistung von 30 Prozent, in den letzten Stunden nicht mal bei 20 Prozent. Da säuft man ab, da steigt das Wasser aus der Lunge bis in die Bronchien, man ertrinkt im eigenen Körper. Daher das Rasseln und Brodeln des Atems. Ich war dabei. Großvater konnte sich nicht aufrichten, konnte nicht fort vom Wasser, konnte nur liegen und das Wasser stieg und stieg. Jede Stunde, dann jede verdammte Viertelstunde stieg es an. Du warst nicht rechtzeitig da, darum erzähl ich es dir. Du kamst, da war er tot, so gut wie tot, einmal noch zuckte ein Finger, einmal noch pulsierte eine Ader am Arm, ein letztes flaches Atmen, nur ein Verpuffen der Restluft in der Lunge. 140 ist die Nummer. Du kannst jetzt nicht telefonieren. Du musst hören, wie das Wasser in ihm aufsteigt, wie er ertrinkt. Ihn konnte ein Anruf nicht retten, die 140 nicht, keine Nummer. Bis zum Hals steht das Wasser, er röchelt, weil das Herz nicht pumpt, wie es soll. Ahnst du, wie sehr es schlagen muss, solch ein Herz? Immer schneller muss es schlagen. Ich sah das Pulsieren unter der Haut in der Senke zwischen Daumen und Zeigefinger, dort flatterte sein Herz wie ein Vogel unter dem Eis. Am Ende kein Riechen, kein Sehen mehr, nur hören kann Großvater noch, hören muss er. Ein Taubenherz hat er, ein Herz, das das Wasser nicht fortschafft. Er hört es kämpfen, immerzu kämpfen und pumpen, und dann ist es genug. Er war nicht allein, ich war da, er bäumte sich auf, schnappte nach Luft, sein Gesicht zersprang. Das Wasser. Überall. Es flutete die Bronchien. Sein Herz flog … ja, wohin? Kann ein Herz fliegen? Glaubst du das? Fliegen, wie eine Taube fliegt? Oder wie die Zeit, die uns immer nur davonfliegt.

Ich ging den ganzen Weg ohne Stirnlampe. Der Mond schien. Ich betrat die Hütte, packte die Steigeisen und den Eispickel aus dem Rucksack und ging auf die Terrasse hinaus. Die Nacht war warm, was in den Bergen ungewöhnlich ist. Ich fischte ein Bier aus dem Wassertrog, und da erst, als ich an das Geländer trat, bemerkte ich die Steine – ich war mit dem Fuß dagegen gestoßen, und die kleine Pyramide aus Flusssteinen war umgekippt. Faustgroße Steine. In einigem Abstand waren sie ausgelegt, immer zwei übereinander, eine Spur, die von der Terrasse hinunter, an der Hütte und dem Schuppen vorbei zu Merals Hütte führte, bis zur Tür, die nur angelehnt war. Sie stand am Fenster, schaute hinaus in die Nacht und rührte sich nicht. Der Raum roch nach

Baumharz und nach ihr. Die Dielen knackten unter meinen Schritten. Ich bückte mich, unweit des Stuhls, der am Fenster stand, nahm einen Stein auf, legte ihn in ihre Hand.

Es ist spät, sagte sie. Du warst lange fort.

Ja, sagte ich.

Epilog

Es gibt Abende, an denen ich auf der Terrasse sitze und der Junge auftaucht. Manchmal steht er dort an der Brüstung. Niemand verschwindet ganz. Immer noch ist der Schuhabdruck des Jungen auf einem der Hölzer zu sehen, mit dem wir die Decke der Hütte verkleidet hatten, der Junge und ich. Das Profil seiner Sohle – auf dem Holz konserviert. Der Junge schaut über das Tal zu den Bergen, die verblassen. Das Licht wird stumpf. Meral kommt zu mir heraus. Ich strecke die Beine so aus, dass sie sich in der Schere, die sich auftut, auf der Bank niederlassen kann.

Wie groß ist das Gewicht der Seele?, habe ich Meral vor ein paar Tagen gefragt. Was flieht von einem Menschen, wenn er verliert, was er nicht verlieren darf?

Das Gewicht eines Tannenhähers, das Gewicht von zehn Libellen, hat sie geantwortet und frisches Wasser in die Blechdose auf der Terrassenbrüstung gegossen.

Der Junge wendet den Kopf, blickt zu uns herüber, winkt, nicht aufdringlich, und ich winke zurück, bis der Junge den Blick fortnimmt, wieder über das Tal schaut, zu der Sichel, die über der Kammlinie sichtbar wird. Es gäbe eine Leiter dort hinauf, eine Leiter zum Mond, hatte ich dem Jungen vor all den Jahren erzählt. Sie läge versteckt in den Bergen. Ein Wolkenschatten zieht über die Wiese, und der Wind bläst Merals Haar auf, fährt in die Tannen, schüttelt sie. Die Wipfel tanzen. Dohlen fliegen auf. Ihr langgezogenes, hart gerolltes *Krrrrääh* ist zu hören. Die Vögel rudern in der Luft. Schwerfällig und eckig ist ihr Flug. Ich horche in die

Nacht, die still ist, bis auf die zwei kleinen Lichter unten am Steig, Lichter von Taschenlampen oder Stirnleuchten vielleicht. Mein Bauch wird hart und das Atmen flacher. In den Knien ein Flattern.

Der Wunsch, dass ich zwei Wünsche frei hätte: Dass dem Jungen nie etwas Böses geschehen wäre – etwas, das dort draußen immer ist und auf uns wartet. In den Wäldern wie in den Menschen, dort zuallererst, und ich muss an Loupp und Hakan denken, die ich glaubte, vernichtet zu haben, und ich weiß, dass der zweite Wunsch, dass sie bei mir bleibt, nicht in Erfüllung gehen kann. Wegen der beiden. Ich streiche über ihr Haar, ihre Schultern, die fest sind wie die Schultern eines Mannes. Ich beobachte die Lichter, die sich langsam, aber stetig nähern. Ich fühle mein Herz klopfen, als ich mich an Merals Rücken presse. Ein Aufbranden und Pochen, ein stetig heftiger werdendes Muskelschlagen. Sie wird die Lichter nicht sehen. Ich weiß, sie hat die Augen geschlossen. Die Lichter tanzen den Steig hinauf. Sie scheinen schneller zu werden, vielleicht, weil der Aufstieg nun weniger steil ist, vielleicht, weil sie dem Ziel immer näher kommen. Ein Auto quält sich über den Pass. In den Kehren blitzen seine Scheinwerfer auf. Ein Murmeltier pfeift. Dann ist es wieder still. Ich habe Karen, ich habe Vater und den Jungen verloren. Das ist alles. Nichts bleibt.

Anmerkungen

Um Einblick in das Geschehen und die Kriegsverbrechen in und um Srebrenica während des Bosnienkrieges zu bekommen, habe ich mich u. a. auf die Reportage von Jörg Burger gestützt: »Auf dem Feld der Schande«, in: Zeit online vom 9.6.2011.

Weitere Details über die Vorgänge in Srebrenica konnte ich finden in: »Die Schande von Srebrenica«. Erich Wiedemann über die Kumpanei holländischer Blauhelme mit bosnischen Serben, in: Spiegel 44/1995.

In zahlreichen Berichten stieß ich auf Naser Orić, militärischer Kommandeur der Armija Republike Bosne i Hercegovine in der Stadt Srebrenica. Orić wurde vom Internationalen Strafgerichtshof für das ehemalige Jugoslawien wegen Kriegsverbrechen an serbischen Zivilisten angeklagt und zu zwei Jahren Haft verurteilt. Laut Haager Staatsanwaltschaft soll Orić vor der Eroberung der Stadt durch serbische Truppen zahlreiche Angriffe auf mindestens 50 umliegende serbische Dörfer befohlen oder angeführt haben. Die UN-Chefanklägerin Carla del Ponte legte gegen das Urteil Beschwerde ein, da es in ihren Augen zu milde sei. Orić wurde hingegen von allen vorgebrachten Anklagepunkten von der Berufungskammer freigesprochen (vgl. z. B. Wikipedia).

Die in diesem Zusammenhang im Roman beschriebenen Massaker an drei Zivilisten gehen auf Aussagen zurück, die die »Gesellschaft für bedrohte Völker« veröffentlich hat unter:

http://gfbv.ba/index.php/Genozid_in_Srebrenica/articles/aussagen-ueberlebender-opfer.html.

Die Aufkleber, wie z. B. *We are no Schnitzels*, die an der Tür des Kellertheaters angebracht sind, gibt es in einem Online-Punk- und Antifa-Shop: www.roter-shop.de.

Die Beschreibungen zu dem Albino-Jungen und dem Mädchen namens Precious wurden angeregt von den beeindruckenden Schilderungen Don McCullins. In: Don McCullin in his own words, beispielsweise auf YouTube.

Das Interview mit Michael Lange (in Spiegel online, 31.10.2012) und ein Gespräch mit Alice Smeets halfen mir, die Arbeitsweise von Fotografen besser zu verstehen.

Der Begriff *verlorene Orte* wie auch die entsprechenden Bildmotive wurden inspiriert durch den Fotografen Victor M.

Willi Achten

Die Handlung ist frei erfunden. Jede Ähnlichkeit mit lebenden oder toten Personen ist rein zufällig.

Pendragon Verlag
gegründet 1981
www.pendragon.de

Veröffentlicht im Pendragon Verlag
Günther Butkus, Bielefeld 2017

Lektorat: Eike Birck, Johanna von Stuckrad
Umschlag und Herstellung: Uta Zeißler, Bielefeld
Umschlagfoto: time. / photocase.de
Satz: Pendragon Verlag auf Macintosh
Gesetzt aus der Adobe Garamond
ISBN 978-3-86532-568-6
Gedruckt in Deutschland